古玉三生

武林剑◎著

時代文藝出版社

图书在版编目（CIP）数据

古玉三生 / 武林剑著．—长春：时代文艺出版社，2016.7

ISBN 978-7-5387-5207-6

Ⅰ．①古… Ⅱ．①武… Ⅲ．①长篇历史小说－中国－当代 Ⅳ．①I247.5

中国版本图书馆CIP数据核字（2016）第077239号

出 品 人　陈　琛
产品总监　郭力家
责任编辑　李天卿
　　　　　刘　兮
装帧设计　孙　利
排版制作　隋淑凤

古玉三生

武林剑 著

出版发行 / 时代文艺出版社
地址 / 长春市泰来街1825号　时代文艺出版社　邮编 / 130011
总编办 / 0431-86012927　发行部 / 0431-86012957　北京开发部 / 010-63108163
官方微博 / weibo.com / tlapress　天猫旗舰店 / sdwycbsgf.tmall.com
印刷 / 三河市万龙印装有限公司
开本 / 710mm × 1000mm　1 / 16　字数 / 292千字　印张 / 21
版次 / 2016年7月第1版　印次 / 2016年7月第1次印刷　定价 / 32.00元

图书如有印装错误　请寄回印厂调换

序：山河旧事话情长

陈忠实

我与《古玉三生》的作者并不相熟，却与时代文艺出版社的李天卿编辑是老朋友了。2015年立冬那日，李编辑打来电话拜托我为这本书写一篇序，看过书的题材后，我便觉得此类作品多如牛毛，更何况作者还是个年轻小友，如若读完觉得老套无趣，便婉拒了也好。

初拿到《古玉三生》这部作品的书稿，还是想着二十万字读起来不易，大略看个梗概就好，谁知阅过开篇之后又想着抽时间再往下多看一点儿，就这样几个周末的闲暇竟读完了整本。

情感的真挚与美，是一部言情小说的灵魂。这本书中着墨最多的是李璟熠与赵姶的三世爱情，作者武林剑用三个时空接续了一段尘缘：一世无奈、一世短暂、一世完满。的确，人对爱的回忆会有无奈，热恋中的人总觉得时间短暂，人对爱的预期几乎都是完美无缺，由此可见，林剑似乎用故事里的三生情愫隐喻着人一生的情感轮回。

首先，在人物的塑造上，这本书中有许多亮点。男主人公李璟熠是个初入职场的应届毕业生，然而与他有着记忆传承关系的李慕云却是个战国时代的将军。由于生活的时代迥然不同，他们的性情大相径庭，从林剑对两个人行为举止的描写、微妙表情的刻画中便可得见：李璟熠风轻云淡，李慕云志坚行苦。然而，放下书稿深深地回味一番，却又发现他们的骨子里透着同样的桀骜不驯，这似乎是林剑对人性的一种直白揭示——同一个内心会产生不同的表达形式。再谈女主人公赵婗，作为一国公主的她，娴静温婉且学识渊博，举手投足不失贵族风范，谈吐之间更是引经据典，这种自幼被“六艺”熏陶而产生的性情被林剑描写得淋漓尽致。此外，小说中其他人物的描绘也是丰满鲜活，例如敢爱敢恨的韩瑾玉、娴静如水的陈若莹、克己自重的梁珅、豪放不羁的张逸君，甚至博物馆值班室的小王、招待所打更大爷以及从未露面的李父等人物都是惟妙惟肖，这一点对于一个年轻后辈来讲着实难能可贵。

其次，这部长篇小说吸引我的地方远不止故事人物塑造，最主要的还是作者结合历史对自己故事逻辑的合理编织。故事以当代青年人的城市生活为开端，逐渐衍生到更辽阔的时空之中，接下来的情节离奇精巧，有些笔触颇有些《聊斋志异》的色彩。另外，林剑选择战国时代作为整个故事的大背景，以非常成熟的文字功力与想象力将秦赵之间最具关键意义的两次战争阏与之战、长平之战完美再现。我多年居住在西安，骨子里就对这座古城的千年文化极为亲近，当我们站在秦皇兵马俑面前感叹秦始皇的雄才与魄力之时，我们便已经习惯用“秦国的视角”去品读历史，逐渐忽略了曾经同样辉煌过的东方六国。然而林剑标新立异，他大胆地跳脱了历史框架式思维的束缚，站在赵国的立场上去想象秦赵长平之战胜败的不同可能性，从而打造了一场与历史战况极为贴切，结果却截然相反的盛世赵国，这不禁让人产生了这样的联想：如若长平之战赵国果真得胜，这一片山河将会如何变幻？又会怎样演化下去？

故事结局，林剑虚拟出了一个自己，并以作者的身份进入了小说世界，通过与男主人公的交谈促成了他返回战国时代的举动，最终还原了真实的历史，对林剑这种尊重历史、合理想象的写作态度我表示赞赏。

所以，我认为《古玉三生》确实值得一读，也相信每个读者都能在书中找到另一个自己，在脑海中勾勒出一段属于自己的传奇。

最后，我深深地祝福武林剑小友，希望他能够再接再厉，创作出更多优秀的作品。

目　录

缘　　序

爱，是君的一见倾心，是卿的长相厮守；情，是君的义无反顾，是卿的传世执着。爱情，就是与君生死契阔，携手伴卿直至记忆的尽头。

曾经，这里广厦林立，车水马龙，也是个喧嚣繁华的大都市，在那旧城的小区里住着彼此陌生的两代人——品茶纳凉的老人们与意气风发的毕业生，他们分别享受着悠然自得的退休闲暇与苦中作乐的职场奋斗。而如今，时过境迁，一切早已物是人非：广场不再熙攘，街市隐去了嘈杂，与其说是宁静，倒不如用“死寂”来形容，空荡荡的街道，静悄悄的小区，整个世界清冷得甚至有些诡异。

世界一概如旧，似乎只是没有了人，一个人都没有……

黄昏近夜，丝缕暮光滑过晚霞，钻进树枝间隙，在那旧城区的矮楼上洒落一片灿烂斑驳。疾风骤起，袭窗而入，矮楼的卧室中响起了“唰啦唰啦”纸张被风吹动的声音。就在这间屋子里，墙壁上贴满了、地板上摞满了同样的肖像画，那画中女子，束发如泼墨，黛眉似新月，两泓星眸仿若古井清泉般幽澈动人，特别是她嘴角扬起的那一抹醉人的浅笑，犹如画龙点睛之笔，让整幅画惟妙惟肖，仿佛在下一秒，她就会从这画像中走出来，继续去执着自己那段未尽的时光之旅。

就在这间屋子里仍有一个“人”，是这个世界中唯一留下来的一个“人”。他，静坐窗前，一条黑纱蒙住双眼，伴着脸上那凝滞了千年的微笑舞动画笔。笔下，一幅崭新的肖像画即将完成。

千年情殇匿流光，往事逐风散；盈盈时空奈花落，古玉续尘缘……

第一章　唤醒——古玉编织的尘缘

命运这东西，由不得你信抑或不信，往往都是在它发生之后，人们才会幡然醒悟。有人觉得这是偶然，也有人坚信那是必然，可无论你怎么理解，在宿命之轮的面前，人只是个卑微的评价者，仅此而已。

大学毕业后，李璟熠并没有像他的同窗那样忧心忡忡地奔命求职，或许在大多数人眼中，他是幸运的：与室友谈笑互嘲间报名参加了公务员考试，以无比放松的心态轻松搞定笔试，接着他又精心准备了个把月，居然顺利地通过面试。如此潇洒的成就让李璟熠一下子成为学弟学妹们争相效仿的榜样。在收到录用通知的那天，文学院的辅导员还特意给他争取了一个在全院师生面前做励志报告的机会，然而却被他找了个借口婉言谢绝了。

“即便有十个李璟熠，那也不会凭空多出九个名额来，一个人有一个人的活法，何必引诱他人去复制自己的生命轨迹呢？”

当时，李璟熠就是这么想的，在一个风悠云闲的下午，他变卖了大学期间的全部家当，背着单肩包惜别了那个在阳光下挥洒青春的大学时代。

午后两点零五分，火车载着李璟熠对未来生活的无限憧憬，向那个陌生的城市驶去。在李璟熠的对面坐着两个女孩儿，单从眉眼样貌来看显然是对儿亲姐妹。不过，一个浓妆艳抹，倔强的粉底盖住了原本的清纯；而另一个则素面朝天，反倒让略微年长的她显得涉世未深。李璟熠身旁坐着个中年男人，虽然这人相貌堂堂，衣装也算干净整洁，可他那不修边幅的一脸胡茬儿却给人一种老气横秋的感觉。列车刚一启动，男人便拿出了笔记本电脑，噼里啪啦地开始打字，那手指敲击键盘的声音忽远忽近，这让李璟熠突然产生了一种异样的错觉。虽然他眼看着这个男人就坐在自己近前，但却不知是为什么，似乎又离他很远很远。

李璟熠也没有太在意，拧开矿泉水瓶喝了一口。不料，就在他放回桌面的时候，一不小心没放稳，瓶子倒了，水顷刻间洒在了中年男人的键盘上，而在这时，列车也忽然“后知后觉”地前后一晃。男人的表情极度震惊，他很是艰难地咽了口唾沫，头就像僵尸般一顿一顿地扭了过来，用那种天塌下来似的眼神狠狠地瞪着李璟熠闷声说道：

“我靠，你……你不想活了？！”

李璟熠一怔，没想到这个男人的用词居然如此过分。虽说这本是自己的无心之过，但再怎么说终归是自己有错在先，李璟熠也不好出言反驳，只得一边道歉，一边拿出纸巾擦拭键盘。幸好李璟熠当时眼疾手快，及时扶了起来，所以洒出来的水并不多，男人试着敲了几个字，看到电脑一切正常后庆幸地长吁了一口气，然后也没再多话，埋下头继续敲击着键盘。

一场小风波弄得李璟熠甚是尴尬，他无奈地看了看坐在对面的两个女孩儿，双手一摊耸了耸肩，谁知她俩相视一眼并没有搭理他，万分无语之下，李璟熠只好从包里翻出本书，有模有样地看了起来。

这本书名叫《战国那些事儿》，是李璟熠刚才等车时在站前地摊儿上随意买来的，不过他买这书的初衷也不光是为了打发列车上的时间。李璟熠考取的岗位是省图书馆的文献整理员，这一职位让他很是自嘲：“唉，想去的没去成，反倒让我这个学中文的占了位置，真是暴殄天物哪。”

自打珅哥毕业后，李璟熠的寝室里就只剩下三个人，书法专业的张括军与他同年同月同日生，人送外号“飞饼男”，是艺术系的“风云浪子”。括军老爸是退伍军人，据说张括军名字里的“括”原本是“扩”这个字，可在上户口的时候家人没注意，一不小心就给登错了。有一次，张括军在寝室抱怨自己小时候没有存在感，珅哥笑眯眯地摇着把济公扇，一脸庆幸地调侃道：

“行啦，出生的那会儿没把你抱错就偷着乐吧。”

后来，李璟熠因为主持文学院的迎新晚会而一炮走红，得了个“风云才子”的称号，与张括军的“风云浪子”相得益彰。对于这两个称号，珅哥还做出过一个很有内涵的评价：

“所谓浪子，就是身边从不缺女人；所谓才子，就是身边从不缺女孩儿。哎哟喂，真是天地造化呀，咱寝怎么就蹦出这么俩活宝来。”

珅哥名叫梁珅，比他们大一级。虽是寝室里的老大哥，但身为理科生他很少会说出这么耐人寻味的话来，当时他俩一听，马上就有种“不明觉厉”的震撼，四道无限崇拜的目光看得珅哥心里直发毛。直到两个人毕业时，他们依然觉得珅哥的这句话说得很有深度，可终究还是没能领悟那其中的真正所指。

宿舍里，胖墩墩的程书航年龄最小，是历史系里出了名的书呆子，平日里的行为作风，完全无愧于他的名字，无论他在哪儿，书总是随身的必备之物，哪怕是去趟厕所，他就算忘带卫生纸也不会忘记夹本书。张括军说得好：

“哎！反正都是纸，他屁股那么大，万一不够了，将就着用呗。”

除此之外，程书航还是个态度严谨的完美主义者，只是有些时候确实是有点儿太较真儿了。李璟熠还记得前一段写毕业论文的时候，“飞饼男”居然第一个完成了论文，程书航很是纳闷儿，追着他讨问诀窍。张括军笑嘻嘻地抚摸着书航的头，阴阳怪气地说道：

“我说老四啊，书山有路你不走，学海无涯苦作舟。你被那书本囚禁了一万年，又被它逐出了自己的故乡……”

说着，张括军捡起只旧鞋，猫着腰一脸“憎恶”地回过头，露出个比鬼还难看的奸笑，忽地站起身把鞋往地上一丢，指着书航大声喝道：

“现在，你仍旧执迷不悟，真是自寻死路！”

直到照毕业相的时候，李璟熠才恍然大悟：“说的也是，现在有几个人的论文不是从书上‘借鉴’来的，与其把时间浪费在这种形式化的东西上，还不如早点儿接触社会来得更实际。不过，幸亏程书航当时没听懂，要不然，他坚守多年的价值观一定会瞬间崩塌的。”

于是乎，整张毕业照片上，就数李璟熠的笑容最灿烂了。

回想到这里，李璟熠抱着书傻笑了起来，渐渐地，一丝隐隐的惋惜冲淡了笑容：“唉，我这个职位要是让书航来做，一定会得心应手吧。”

毕业后，程书航留校做了辅导员，想起昨夜吃散伙饭时他那满载矛盾的祝福，李璟熠微微叹了口气，止住回忆专心致志地看起书来。这本书的写法很明显是在模仿《明朝那些事儿》的文风，可两者之间却有着天壤之别，一口气看到了秦赵长平之战，李璟熠愣住了，只见那书上赫然写着：

“长平之战，赵国一举获胜，在坑杀了四十万秦军降卒后一跃成为战国末期实力最强的诸侯国。”

面对如此荒谬的校稿错误，李璟熠郁闷至极，愤愤地把书往桌子上一拍，书页合上后封面露出的那一刻，他再次被雷到了。原来，这书的名字居然叫《赵国那些事儿》，根本就不是李璟熠当初想要买的那本，也不知在何时被那卖书的奸商偷梁换柱，硬是用本盗版书把他给糊弄了。李璟熠纠结地一笑，心中暗暗慨叹：“想那烽火连天的战国时代，一统天下的大秦帝国是多么强悍，面对东方六国联军尚能‘开关延敌’，令其‘逡巡而不敢进’，更何况它区区一个赵国……”

就在这个时候，李璟熠突然感到心脏一阵莫名的吃痛，他下意识地按着有些燥热的胸口，突然眼前一层浓雾袭来，模糊了视线。混沌朦胧间，李璟熠似乎看到一柄鲜红色的血剑正在微微泛光，忽地，又有一条薄如云纱的蓝色缎带，扭摆着优美的弧线向自己飘了过来。李璟熠吓得急忙闭上了眼睛，晃着脑袋使劲儿揉了揉太阳穴，当他再次睁开眼睛的时候，所有的幻觉瞬间消失了。

“昨晚的散伙儿饭一直吃到凌晨四点，今天我可得早点儿睡，好好地补上一觉。”李璟熠挠着后脖颈，心里暗自嘀咕着。

列车的到站广播声响起，李璟熠迷迷糊糊地背起包，起身正要往车厢的连接处走，这时，在他身后忽然传来一个女孩儿的声音：“哎，你的书忘拿了。”素颜女孩儿善意地提醒道。

“哦！谢谢啊！”李璟熠客气地回了句谢，可也不见他拿书，就那么转转地一转身，居然若无其事地下了车。的确，这种误人子弟的书，不要也罢！

出站后，李璟熠换了张新手机卡，打从今儿起，脚下的这个城市即将成为他梦想绽放的舞台。按照短信上的地址，李璟熠打了个车，直接“杀”到珅哥和陈若莹的住处。

陈若莹与李璟熠同为文学院的学生，不仅是他的学姐，也是珅哥论及婚嫁的女朋友。江南水乡，自古人杰地灵，出生在那里的陈若莹细腻温柔，心地善良，从上高中开始就长期资助着一个贫困山区的小女孩儿，时不时给她寄去一些现金或是生活用品，所以在李璟熠的眼中，若莹学姐绝对是个不可多得的好女孩儿。

一直以来，陈若莹都把李璟熠当作亲弟弟般看待，一听说他考上了这个城市的公务员，当即就预留出了一间屋子，让他在这个陌生的城市中轻松地拥有了一个落脚之地，这让李璟熠很感动。听珅哥说，那是一套三室两厅的老房子，由他和陈若莹一同租下，至于那另外的一室，珅哥留给了自己的表妹——一个与李璟熠同届毕业的艺术系女生。

玉秀园小区，在一幢盖满了爬山虎的六层小楼前，李璟熠仰头数着，五层朝南的阳台，那便是自己暂时的家了。李璟熠先在楼下买了张手抓饼，三蛋两肠，毋庸置疑的“顶级配置”，一边吃一边悠悠闲闲地爬到了五层，轻轻敲了敲502号房门：

“珅哥！学姐！我来啦！”

许久，无人回应，李璟熠又加大力度拍了几下，然后把耳朵贴在门上细听着里面的动静，可屋里还是一点儿声响都没有，他不禁皱起了眉头，两口吃完剩下的手抓饼，拿出手机翻着短信又仔细核对了一遍地址：“没错嘛，玉秀园3号楼502室，就是这里啊。”

李璟熠挠着头刚想给学姐打电话。这时，楼道里传来了一阵脚步声，那声音一步一停的，像是有个人在拖着什么重物上楼，等了好一会儿，终于，一个系着长马尾的女孩儿出现在眼前。当李璟熠看到她的时候，女孩儿已经累得上气不接下气，正坐在自己硕大的行李箱上歇着，一只手还在不停地扇着风。隔了一层楼梯，李璟熠舔着嘴上的油，好奇地俯视着她。女孩儿身穿水蓝色半肩长裙，白净的皮肤让她左颈处一块儿暗红胎记尤为明显。就在这时，女孩儿冷不丁一抬头也发现了李璟熠，两个人对视几秒后，她的眼中明显闪过一丝惊慌。可这会儿，李璟熠还在纠结着要不要下去帮她一把，谁知这姑娘居然一扭头，神色紧张地提着行李箱下去了。李璟熠瞬间凌乱了，一边拿出纸巾擦嘴，一边纳闷儿地寻思起来：“吓着她了？不能吧，我哪点儿长得像坏人了？”

想到这里，李璟熠滑开手机屏锁盯着自己的毕业照截图，愣了好一会儿后，方才无奈地摸着鼻子拨通了若莹学姐的电话。

“对不起，您拨打的用户正在通话中，请稍后再拨……”

李璟熠一怔，忽觉鼻孔一阵痒痒，仰起头面朝阳光重重地打了个喷嚏，揉着鼻子他又拨了珅哥的电话。

“对不起，您拨打的用户正在通话中，请稍后再拨……”

“呃，这俩人还真是天生一对儿。”发着牢骚，李璟熠抬手看了看表，“刚到四点，这个时间确实有些不合适，估计他俩都还没下班呢吧。”想到这里，他也不好意思再打，干脆铺了张纸巾坐在台阶上心不在焉地玩儿起了手机游戏。

过了一会儿楼道里光线逐渐昏暗下来，李璟熠揉了揉眼睛，捶着自己已经坐麻的双腿，再一看表：马上六点了！都这个时候了，他不仅没接到一个电话，甚至连条信息都没有。

“唉……这俩人到底在忙什么呢？”

嘀咕之余，李璟熠扯了张白纸，叠了个纸蛤蟆，又拿笔在蛤蟆背上龙飞凤舞地写道：“闲人李璟熠到此一游。”然后把它挂在门把手上，闷闷不乐地下了楼。李璟熠刚一出楼门，远远地就看见若莹学姐和一个女孩儿正合力拉着行李箱朝自己这边走来。这下李璟熠可算是“找到组织”了，他兴奋地挥着手喊道：

“学姐，学姐！”

陈若莹一见是李璟熠，马上微笑着也冲他摆了摆手。等她俩走到近前，李璟熠定睛一看，原来跟在学姐身边的正巧就是刚刚被他“吓跑”的那个姑娘。看着女孩儿惊讶中略显尴尬的神情，李璟熠估计她肯定也认出了自己。

“什么时候到的呀？”陈若莹关切地问道。

“呃，刚到刚到，哈哈，没想到在这儿碰见了，真巧啊。”李璟熠一语双关，心中暗想：“我什么时候到的？这事啊，不如问问你旁边那妹子，她可是最清楚不过了。”

“嗯，那就好，来我给你介绍一下，这就是梁珅的表妹韩瑾玉，跟你同届毕业，以后我们就要住在一起了。”说完，陈若莹又转向韩瑾玉，为她介绍道：“瑾玉，他是我弟弟李璟熠，是个准国家公务员哦。”

“璟熠？李璟熠，好奇怪的名字。”说着，韩瑾玉扑哧一声笑了出来。

李璟熠皱着眉头赔了个笑脸，心想：“笑吧，笑吧，唉……这可真是。”虽然心中难免有些小郁闷，但出于礼貌，他还是客气地回应道：“嘿嘿，你好你好地球可真小。”

听着两个人那怪怪的对话，陈若莹一歪头似乎也猜出个八九不离十来，于是，她难以置信地转头看着韩瑾玉笑问道：“瑾玉，你刚才说的难道就是……不会吧！”尤其是“不会吧”这三个字，陈若莹还特意用了重音。

“呵呵呵，诡异的世界，一切皆有可能。”李璟熠撇了撇嘴，耸着肩干笑道。

陈若莹一听，也捂着嘴笑了起来，从她那夸张的笑声中李璟熠已经能够猜想到，自己的形象肯定被这个韩瑾玉狠狠地“美化”了一番。

“我就说怎么打个电话俩人都占线，敢情是有人正在打小报告呢。”李璟熠微微侧头，暗自嘀咕着。

陈若莹好不容易才止住了笑，用指尖点了他一下，纳闷儿地问道：“你也是，早到了也不给我打个电话，‘阴森森’地猫在楼道里做什么？”

“啊？我打了呀，你和珅哥的电话都占线，后来也没见你俩回过来。”

“哪有啊……”一边说，陈若莹一边翻着手机的未接来电给他看。

看着四点二十分那一串儿有些熟悉的号码，李璟熠一拍脑门儿恍然大悟，原来他居然忘了自己下车后刚换了张新卡，压根儿就没告诉人家。

看着李璟熠那一脸悲催的可怜相，陈若莹打了个圆场说道：“好了，别站这儿聊啊，咱先上楼。璟熠，我替你拿包，你去帮瑾玉提一下行李箱，我俩拉着走了一路，手都酸了。”

“哦。”李璟熠鼓着腮帮子吐出口气，很是绅士地接过韩瑾玉的行李箱，跟在两个女孩儿身后，他一边爬楼梯，心里一边嘀咕着：“我的天哪！这箱子里究竟装着什么，死沉死沉的。”

一行三人刚进屋，陈若莹便开始给他俩介绍各自的住处。客厅东面的房间是留给韩瑾玉的，目测大约有个十几平方米，贴着墙放了张秀气的双人软床，床头柜上摆了只很是呆萌的Q版招财猫。在床对面是一组别致的旧式立柜，只要打开那扇镂花柜门，就能看到镶在里面的镜子，这样的设计不仅美观实用，同时还避免了在卧室里直接见到镜面的忌讳。环顾整间屋子，最吸引李璟熠的地方还是那个封闭式的小阳台，一面浅色映花纱帘将它与卧室隔开，显得颇为雅致。一边看，李璟熠一边遐想着："这要是赶上个冬日雪晴，泡一壶茉莉花茶，再放上把太阳椅，仰面朝天往那儿一躺，啧啧啧，品着香茗晒太阳，奢侈，真是奢侈啊。哎呀呀！可惜喽，这屋子怎么就不是我的呢。"在心底长吁短叹着，他转念又一想："不过这东厢房，下午哪见得着太阳……"侧脸看了看韩瑾玉，不料正好与她四目相对，李璟熠赶忙移开目光，望着陈若莹问道："学姐，我住哪儿？"

"你住在那间，跟我来。"说着，陈若莹带着两个人朝对面的卧室走去，推开门说道，"璟熠，就委屈你住西厢啦。"

门一打开，首先映入眼帘的是一张古香古色的大木床，在那阔气的皮制沙发前放了张双层玻璃茶几，虽说没有阳台，不过整体空间似乎比韩瑾玉那屋要大上些许。卧室里，日常物件一应俱全，床上也叠放着崭新的被褥，尤其是那台老式的熊猫牌彩电，让李璟熠忽然间有了一种回首童年般的温馨感。走到窗前，他拉开玻璃窗，逗弄着蔓生而上的爬山虎说道："西厢房这正合我意，早上不见阳光，可以睡得久一点儿，况且这屋里要什么有什么，我简直就是拎包入住啊。"

"知道你那悠闲的个性，背上挎包就敢走天下，所以我就把日常用品都给备全了，缺什么你再告诉我。"陈若莹温柔地说道。

"挺好的，不缺了，真是让学姐费心了。"李璟熠满怀感激地说道。

虽然，当着外人的面，李璟熠总是"学姐学姐"这么叫，但其实，陈若莹对他那比亲姐姐还要好，什么事都会预先为他考虑周全。

"走，再带你俩看看客厅和卫生间。"陈若莹抬手招呼着。

李璟熠把背包往沙发上一扔，跟着学姐来到了客厅。开放式的厨房与客厅相连，靠墙放着一张高挑的六个人餐桌，从那简约时尚的品位来看，显然是若莹学姐后来添置的。

拉着韩瑾玉的手，陈若莹微笑着对李璟熠说道："平时我和梁珅很少做饭，都是买现成的回来吃，现在有了你俩，家里就热闹了，不忙的时候咱们可以一起在餐厅里吃饭聊天。"

“哦哦，说起来了，怎么没见珅哥呢？”李璟熠好奇地问道。

“梁珅啊，他知道你俩今天过来，下班后直接到饭店买饭去了，估计也快到家了吧。”陈若莹抬头看着客厅里的挂钟说道。

“那可太好了，我们哥儿俩都快一年没见面了，今天必须喝他个一醉方休。”李璟熠豪情万丈地说道。

“哟，你可算了吧，那‘三杯不过冈’的酒量估计也没多少长进吧。”陈若莹笑着调侃道。

“三杯啊……那也可以了。”韩瑾玉点着头，在一旁小声说道。

“瑾玉你想多了，那是他啤酒的量。”

“哎呀，我就说那意思嘛。”说着，李璟熠像是忽然间想起了什么，扭头乐呵呵地对韩瑾玉说道：“要说起这酒量来，在我们寝室自然是珅哥最厉害。我给你讲啊，以前珅哥追学姐的时候，有一次中秋节喝高了，把个西瓜壳儿扣在脑袋上，夹了张破报纸就要到学姐寝室去表演植物大战……哎，等等，他是怎么说的来着？”李璟熠顿了顿，两只手一拍继续说道：“对对对！珅哥管那叫‘植物人大战僵尸’，那架势，好嘛，要不是我们哥儿仨死命拦着，第二天校报头条儿，他铁定亮了！”

李璟熠这一席话，再加上那收放自如的动作，运用到位的表情，把两个女孩儿逗得前仰后合。

“这什么时候的事啊，以前怎么没听你说过呢？”陈若莹忍俊不禁，轻轻一拳砸了过去。

“那我能告诉你嘛，这要是早让你知道了，我现在住哪儿去呀。”李璟熠笑嘻嘻地说道。

笑闹间，陈若莹拉开一扇门说道：“这里是卫生间，呃……也没什么特别的，不过有一点你俩可要注意。”说着，她指了指浴室里的玻璃门，“你们看，这里面一共装了两扇门，所以洗完澡后一定要看清楚，千万别撞到。”

李璟熠把头往近前凑了凑，摸着下巴纳闷儿地观察着这个脑残的设计，随口一句问道：“干吗非要安上两道门呢？”

“呃，我们刚搬进来的时候就这样了，听房东说好像是出于风水的考虑。”陈若莹解释道。

“风水啊……”李璟熠敲了敲玻璃门寻思着，“嘿，没想到这房东还挺迷信的。”

“好啦，别瞎琢磨了，赶紧回屋收拾一下，一会儿梁珅回来咱就开饭了。”

李璟熠“哦”了一声，顺手关上卫生间的门，回到了自己卧室。简单整理了一下包里的东西，他把那些该用的小零碎儿一一放好，然后往床上一倒，舒舒服服地枕在自己胳膊上，眼睛盯着天花板任思绪自在游走。

回想起刚上大学的时候，自己开始了生活上的独立，学生时代的喜怒哀乐依然记忆犹新，四年光阴转瞬间，如今迈出校门，即将去挑战经济上独立，社会又能给自己带来哪些新的感悟呢?

“人这一生到底应该怎么活？”百无聊赖的时候，李璟熠总会去思考这个恶俗却又难以归纳的问题。半年前，珅哥曾跟他说过：

“社会是个难以想象的大染缸，它会以物质生活为引诱，在最短的时间内摧毁梦想，当深陷于繁忙而又庸碌的‘奋斗’之后，你就会嘲笑自己曾经的天真……的确，面对生活压力，人情世故，我们必须现实点儿，逐渐去适应校门外的一切。不过，终究有一天你会发现，虽然年少轻狂时的梦想薄如蝉翼，但那才是自己真正想要的东西。”

细品着珅哥的话，李璟熠想起了日本江户幕府的初代将军——德川家康的遗言：

“人之一生，如负重远行，切不可急功近利。”

其实，完美的人生就是让梦想与现实永无休止地争斗下去，二者缺一不可，无论你摈弃哪个，都会迷失自我。所以说，人这辈子当真不容易，必须时刻肩负着两个重担前行，无论何时都不能擅自减负……或许，找到那个适合自己的平衡点，慢慢地习惯以后，一切也就轻松多了。

“嗨，这不就是生活嘛。”李璟熠感慨道。

夕阳在天际悄然隐没，当最后一抹余晖离开李璟熠脸庞的时候，他长长地伸了个懒腰。李璟熠下床走到窗边，两只眼睛出神地俯看着那川流不息的车辆，习习晚风迎面拂来，挂在他脖子上的玉佩贴近身体，带来一丝冰凉。托起玉佩，李璟熠凝视着刻在上面的两个古篆字——云婍。与其说那是爷爷的名字，倒不如说它是这枚玉佩的名字。当年李璟熠的太爷爷偶得玉佩的时候，“云婍”二字就已经刻在上面了，于是，太爷爷便随缘为李璟熠的爷爷取了名。一晃数十载，爷爷已然辞世多年，在遗书里他曾特意交代过，希望这块玉能传给李璟熠，算是留个念想。爷爷说：“这是咱老李家最值得继承的东西……”当李璟熠把玉佩挂在脖子上的那一刻，他再一次感受到了爷爷的慈爱，以及父亲那淡淡的苍老，如今的他身在异乡，紧握着玉佩穿越万千苍茫极目远眺：快七点了，老爸应该吃完饭了吧，这个时候老爷子会不会正坐在窗前抽烟呢？

正在这个怀乡思亲的时刻，门外忽然传来一阵清脆的敲门声，隔着门李璟熠听到若莹学姐在喊自己：“璟熠，准备吃饭啦。”

“哦，来了！”

抛却乡愁，李璟熠一边应声一边小跑了两步，打开屋门后，看到两个女孩儿正在桌边忙碌着，一股莫名的暖流涌入心底。

“梁珅已经到楼下了，马上就进门，你赶紧去洗个手。”陈若莹说道。

李璟熠应了声“好”，回头看见韩瑾玉正在费力地拍着牛肉酱的瓶底儿，他顺手帮着拧开后说了句“这是男人最平凡的存在意义”就钻进了卫生间。简单冲了冲手，李璟熠刚关上水龙头，就听见一个熟悉的声音喝道：

“璟熠何在？”

李璟熠从卫生间探出半个脑袋，霸气地接道：

“燕人璟熠在此！”

“来人！护驾！”说着，梁珅把两包饭菜冲着他伸了过去。

“容我三思……”李璟熠像模像样地捋着“胡须”说道。

梁珅低头看了看两摞饭盒，咽着口水说道：

“真是美味啊！”

“全军突击！”说着，李璟熠三步并作两步跑了过去，接过来才发现这重量还真不轻。

“挣扎吧！在血和暗的深渊里！”梁珅拍了拍手，得意地看着他。

“我……还是太年轻了……”李璟熠摇着头悲声叹道。

两个人这段“三国杀”式的对话一下就把陈若莹给搞糊涂了，她从来没有接触过这款桌游，产生不了共鸣，自然也体会不到那其中的乐趣。

“这哥儿俩唱的是哪一出呀？”陈若莹一脸不解地问道。

“他们那是对‘台词’呢。”韩瑾玉抿嘴浅笑，一语点破。

李璟熠一听，没想到韩瑾玉也是“同道中人”，于是，拎着饭菜大大咧咧地走到她面前，两只手往前一伸说道：

“尔等敢应战否？”

韩瑾玉机灵地一笑，并不接他手中的饭菜，微微小退了一步，躬身道：

“失礼了。”

就这样，李璟熠、韩瑾玉、梁珅还有陈若莹，四个年轻人在这间客厅“胜利会师”了。大家七手八脚地摆菜盛饭，拿杯子倒酒，忙得自是不亦乐乎，没一会儿工夫，一桌丰盛的“家庭宴席”便准备好了。眼前，各式菜肴色香味儿俱全，看来梁珅今天的确是没少买，四个小伙伴儿其乐融融地坐在一起边吃边聊，从点滴的校园生活侃到浩瀚的宇宙诞生，真可谓天马行空，好不自在。在这一刻，大家仿佛又回到了那个无忧无虑的学生时代，毫无顾忌地畅所欲言。

一顿“家宴”吃了两个多小时，待梁珅喝完杯中酒，满意地打了个饱嗝后，李璟熠很自觉地站起身，准备收拾桌子，刷洗碗筷。梁珅借着酒劲儿，一巴掌拍在他后背上，豪放不羁地说道：“我说璟熠啊，坐下坐下，你一个大男人老跟着掺和这些小事干吗？”

李璟熠眼珠滴溜一转，拖着椅子往陈若莹那边挪了挪，先在空间上和两个女孩儿形成“统一战线”，还没等梁珅反应过来，他便抢着说道：“要不，咱给珅哥一个露脸的机会？来来来，民主表决，公正公平，同意珅哥洗碗的不举手！”不容梁珅插话，李璟熠已经开始了倒计时，“三、二、一！全票通过！”

“嘿！李璟熠，一年不见，你可是学坏了啊。”梁珅又好气又好笑地指着自己说道，“我露脸？一个我媳妇儿，另一个是我表妹，我这是露哪门子脸哪？”

“不不不，这是给你争取一个表现的机会，珅哥，不用感谢我哈，这都是兄弟分内的事。”

说着，李璟熠又冲两个女孩儿眨了眨眼睛，她俩立刻会意，拍着手表示绝对赞成。梁珅乐呵呵地摸着肚皮，被媳妇、妹妹和好兄弟联合起来“算计”的感觉，也未尝不是一种幸福。

“行了，我洗我洗，谁让我今天最高兴呢！哈哈哈——”

于是，梁珅留在厨房洗碗，其余三个人便各自回了屋。临进屋前，陈若莹告诉他俩洗澡水已经烧好了，晚上可以冲个澡解解乏，李璟熠当即表示绝不辜负学姐的一番美意。而韩瑾玉则表示要继续收拾东西，就不跟他抢热水了。回屋换好睡衣，李璟熠叼着牙刷，夹了瓶洗发水，一阵风似的钻进了卫生间。当温水流过他身体的时候，那股畅爽劲儿别提有多舒服了。

冲过澡后，疲倦一扫而空，李璟熠穿好睡衣，哼着小调儿一边擦头发一边看着镜子里的自己，正要系上扣子的时候，他不由地发起了牢骚：“唉，我那可怜的腹肌，高中毕业那会儿还六块儿呢，现在可倒好，就剩下两块儿了，再这么下去，非得像珅哥那样变成一整块儿不可。”自嘲着，李璟熠把目光移到了胸前的玉佩上。经过水流的冲洗，玉佩晶莹剔透，幽幽绿云卷着一缕紫霞向玉心处悠然蔓延。听懂玉的行家说，这叫紫气东来，是祥瑞与高贵的象征。李璟熠把玉佩捧在掌心，仔细地端详着那上面的刻字，这“云婍”二字一高一低，“云”字靠上，刻得娇俏娟秀；而那“婍”字则略微偏下，反倒刻得苍劲有力，似乎并不是出自同一人的手笔。李璟熠把玉佩放在嘴边哈了口气，拿起毛巾小心地擦拭着。这时，外面传来了梁珅的声音：

“璟熠，洗完没，你手机响了好几遍，是不是家里打来的，赶紧去回个电话，给家人报个平安。”

“好！知道了，我马上出来。”

说完，李璟熠随手合上玻璃门，刚走出几步就感觉自己的手上似乎少了点儿什么，静心一想，原来是洗发水落卫生间了，他又急匆匆地再折回去拿，只听“咣当”一声，自己的整张脸狠狠地撞在了玻璃门上。这一下可撞得不轻，李璟熠连忙蹲下身，捂着又酸又痛的鼻子，透过模糊的泪眼看到自己手上一片鲜红，李璟熠一惊，心想：“千万别把玉佩撞坏了！”于是，他赶紧用沾了血的手摸索着胸前的玉佩，还好是虚惊一场，玉佩完好无损，可就在这时，“咚咚……”一个异常清晰的心跳声突然在李璟熠耳边响起，震了他一哆嗦！紧接着一个空灵而又婉转的女声沁入心扉：

“夫君——”

李璟熠立马慌了神儿，他捂着胸口下意识地问道：“谁……谁呀？”

“我！”闻声赶来的梁珅以为他是在问自己，随口回应道。

一见李璟熠蹲在地上那副狼狈相儿，梁珅不用问就全明白了，急忙扯了点儿卫生纸，一边给他擦血，一边埋怨着嘟囔道：“这破门邪乎得很，若莹怎么不提醒你一下。”

然而，此时的李璟熠似乎还没有从刚才那幻听中缓过神儿来，依旧呆呆地蹲在原地。

“发什么愣呢？撞傻啦？赶紧把头仰起来！若莹、瑾玉！快出来帮忙，没事，他穿着衣服呢！”

两个女孩儿一听梁珅这么说，也急忙跑了出来。梁珅把李璟熠扶到客厅坐下，陈若莹拿着一卷卫生纸，韩瑾玉接了半盆水，梁珅蘸着凉水一个劲儿地拍打着李璟熠的脑门儿，几个人一顿折腾，总算是帮他把血给止住了。鼻孔插着两卷卫生纸的李璟熠，一边自嘲地笑着，一边还不忘跟韩瑾玉打趣道：“明天你洗澡的时候可得注意点儿，这‘风水门’果然很邪乎。”

“我可没你那么迷糊。”说着韩瑾玉也“咯咯咯”地笑了起来。

当大家确定他已经没有什么大碍的时候，这才放心地各自回屋去了。李璟熠极端郁闷地躺在床上，摸着尚有余痛的鼻子嘀咕道：“这下可丢人丢大发了，我今儿是怎么了，过得稀里糊涂的。”

躺着缓了一会儿，李璟熠翻过身，拿起手机拨通了家里的号码：

“喂？老妈……啊，刚才洗澡去了……嗯，住下了，环境不错……不用，我这儿啥也不缺……没有，我没感冒啊，身体一直都挺好的……是是是，这就要睡了，你跟老爸也早点儿睡吧……行，有时间再聊……那我挂了啊，拜拜！”

挂断电话，李璟熠给手机充上电，下床闭了灯，随手打开电视机，胡乱选了个台。就这样，李璟熠躺在床上看了没一会儿便睡意袭来，他拿起遥控器关了电视，盖上薄被正要睡觉，忽然一个念头闪过：刚才真是幻听吗？怎么感觉说话的人就在身边……夫君？这是叫谁呢……

此时此刻，那个声音回荡在耳畔，萦绕在心中，久久不散，在温婉娇柔的语气中似乎透着一股得偿所愿的激动，伴着一通胡思乱想，李璟熠慢慢地睡着了。

入夜良久，万籁俱寂，一尺皓月银光穿过窗帘间隙，铺洒在玻璃茶几上，幽幽清辉散射而出，勾勒着一个华美的倩影。古衣女子，静静地坐在李璟熠的床边，墨发倾泻直下，轻触床褥，一只手宛若那不染纤尘的白玉，从真丝广袖中探出，轻轻地抚在了他均匀起伏的胸前。

夜风微凉，袭窗而入，女子缓缓地站起身，轻移莲步行至窗前，悄悄将窗子合上……

子夜玄烛映水镜，玉麝凝香传空灵。半曲战歌问君心，古玉留卿三世情。

第二章　初见——如真似幻的古衣女子

“嘀嗒！嘀嗒，嘀嗒嘀嗒嘀嗒……”

一阵定时炸弹的倒计时声响起，尚在睡梦中的李璟熠似乎对此毫不在意，就那么慵懒地翻了个身，把薄被往头上一蒙居然又睡着了。“嘀嗒”声越来越急，节奏间隔也越来越紧，突然，剧烈的爆炸轰鸣震得他睡意全无。懒散地揉着惺忪的睡眼，李璟熠从被子里伸出手来，摸索着关上了手机闹铃……这便是他每日清晨屡试不爽的起床方式。

在床上赖了一小会儿后，李璟熠慢悠悠地爬起来，伸展四肢，活动筋骨，摸了摸昨晚被撞到的鼻子，虽然还有点儿闷胀，但总体上已无大碍。接着，李璟熠又使出了自己的绝活儿，愣是把那床软塌塌的薄被叠了个方方正正，这是他自大学军训之后一直保持至今的好习惯，乍一看去还真挺像那么回事的。整理好床铺后李璟熠拉开窗帘，望着楼下行色匆匆的人流喃喃自语道：

“人常说，读书的时候觉得上班好，能够享受到那种无人约束的自由感，可工作几年后，反倒又怀念起学生时代了。外面的人盼着进来，而里面的人却挣扎着想要出去，正所谓围城啊！到底读书与上班比起来，哪个更有意思呢？”

独自愣在窗前瞎琢磨着，李璟熠隐约地嗅到了一股淡淡的幽香，皱了皱鼻子他也没多想，转身抓起毛巾，拿着牙具就要去洗漱。谁知刚推开门，李璟熠就看见披头散发的韩瑾玉正蹲在墙角，也不知在那儿鼓捣些什么，他探着头打趣儿地问道：

“您这是——逮耗子呢？”

没承想，韩瑾玉连头都没回，没好气地嘟囔着：“粘网线呢！”听那语气，她显然没有丁点儿开玩笑的心情。

见状，李璟熠把毛巾往肩上一搭，满心好奇地走了过去，看到韩瑾玉正一手摁着网线，一手费力地撕扯胶带，可由于地上有尘屑的缘故，那不安分的网线粘了又开，开了又粘，的确让人很是恼火。李璟熠挠了挠后脖颈儿，无奈地问道：“我说，你这样……那能粘住吗？”

韩瑾玉一听，唰地一下站了起来，转身把宽胶带往地上一甩，迸发而出的“小宇宙”把李璟熠吓得后跳了半步。

“那你说怎么办？用水泥砌进墙里吗？！”韩瑾玉双手叉腰，噘着嘴问道。

“哎哟喂，大清早的哪儿来这么大气性，挺文雅个姑娘居然让条小小的网线折腾成这样。”李璟熠笑呵呵地说道。

“那你来粘！”说着，韩瑾玉捡起胶带，气鼓鼓地套在了他的牙刷上，那发脾气的小模样弄得李璟熠哭笑不得。

“好啦，快坐下来消消气儿，一会儿我帮你弄。”

鼓着腮帮子，韩瑾玉“哦”了一声，一屁股坐到餐桌上，两只大眼睛直冒火，恶狠狠地盯着那条可怜的网线。看到她那愤恨的样子，李璟熠哪敢怠慢，迅速刷完牙，又匆匆地洗了把脸，一边擦水一边问道：“学姐昨天说，家里的工具箱放哪儿了？”

“储藏室。”韩瑾玉一脸肯定地答道。

“咱……咱家哪有储藏室啊？”

“嗯——”韩瑾玉摸着眉毛细想了一下，“也许就在橱柜里？”

“你刚说了，那是橱柜啊！放餐具的地方有工具箱？”

“要不……你去卫生间里找找？”心虚的语气，牵强的笑，再加上那傻萌傻萌的表情，显然这丫头已经开始乱猜了。

韩瑾玉说的这三个地方一个比一个邪乎，李璟熠叹了口气，心想：“唉，问了也是白问，跟她交流太困难了。”

于是乎，李璟熠满屋子找了一大圈儿，终于在冰箱顶上发现个小木箱。抱下箱子，他从里面翻出把羊角锤，又捡了几颗细铁钉，不慌不忙地走到墙角，先把地上的废胶带简单收拾了一下，然后，起身仰头环视，选了几个合适的位置钉上钉子。这会儿，韩瑾玉的气也顺了不少，她从手腕上扯下皮套，饶有兴趣地走到李璟熠的身后，一边扎头发一边问道：“你这是想把网线挂上去？”

李璟熠听后先是一怔，接着又很是诧异地看了看她，忽地张开双臂，迎着那初升的朝阳“含泪”喊道：“苍天哪！大地呀！她懂了，她居然明白啦！”

韩瑾玉知道李璟熠这是在故意气自己，咬着嘴唇小有害羞地敦促道：“少贫嘴，快干活儿。”

李璟熠“奸计得逞”，笑嘻嘻地又从木箱里取了把螺丝刀，慢条斯理地解释道：“网线粘到地上可不行，你想啊，平时洒个水、拖个地什么的，没几天就开胶了。”说着，他又指了指屋门补充道：“再说了，即便你粘牢了，那还得把线从地上引进去，这门一开一合的，时间长了肯定磨坏。”

一边讲解，李璟熠一边把那粘得七扭八歪的网线拆下来搭在钉子上，然后小心地将铁钉逐一敲弯；最后，他又在门框上选了个合适的位置，用螺丝刀和羊角锤打出一个不大不小的洞，让网线刚好能穿进去。就这样，三下五除二的工夫便轻松解决了韩瑾玉的难题。

“行啦，齐活儿！”

“咦？那我屋里就不用固定了吗？”韩瑾玉纳闷儿地问道。

“用不着，笔记本电脑不就是为了使用方便吗？我看这条线也足够长，你拉到床上看个韩剧或者在小阳台上打点儿东西都利索，平时不用了你就把它盘好挂起来，这样也不会显得屋里乱。”

“嘿，你说我要是再买个无线路由器，那不就更省事啦！”韩瑾玉打了个响指，顺着李璟熠的思路说道。

这么一句话差点儿没把李璟熠给气吐血，他心想：“早知道你要用Wi-Fi，那我还费这么大劲儿干什么。”

看着李璟熠郁闷得眉毛都颤了，韩瑾玉连忙抱起双手，哆哆地补赞道：“大神！没想到你这么厉害哦，想事儿干活儿真细致！”

李璟熠一脸无语地“呵呵”了一声，转而谦逊地说道：“其实这也没什么，习惯了。我小时候，爸妈工作特别忙，一放寒暑假，那家里就是我的天下了，饿了吃什么，渴了喝什么，全都是自己搞定，要是实在闷得慌，就做上个小物件儿什么的。一个小宅男憋在家里总得找点儿事做不是，刚一开始也难免毛手毛脚的，熟练以后就好了。”

“那你怎么不找同学出去玩儿呢？”韩瑾玉好奇地问道。

“唔……小的时候，班里同学都觉得我想法很怪异，没人愿意跟我玩儿，考上高中以后逐渐有了几个要好的朋友，直到上大学，我才真正体会到那种被人欣赏的感觉。”

说者无心，听者有意。虽然李璟熠话语间轻描淡写，但韩瑾玉的眼眸中似乎泛起了一丝不易察觉的忧伤，她若有所思地看着前方不在接话。这时，客厅里的气氛一下子沉闷了许多，李璟熠连忙把话锋一转，宽慰道：“其实，也没你想象的那么无聊啦，上小学四年级的时候，我也有个关系很不错的小伙伴儿。”

“是女孩儿吗？”见李璟熠并没有否认，韩瑾玉狡黠地继续猜道，“喂喂，不会是你的初恋吧？”

“啧！想哪儿去了，就是单纯的小伙伴儿而已。小伙伴儿是什么，放假的时候一起写作业，捏捏橡皮泥，做做手工什么的，最多也就玩儿个《新白娘子传奇》的过家家。”

“哎哟！你扮许仙呀？”

“我！唉……好吧！我扮法海。”李璟熠弱弱地说道。

韩瑾玉一听，马上乐开了花，咿咿呀呀地唱道：

“法海你不懂爱——雷峰塔要倒下来！”

李璟熠一脸黑线地看着她唱，心里竟也不自觉地跟着哼了起来，蓦然间，回想起那段连青涩都算不上的时光，他淡淡地补了句：“不过，她确实是第一个认同我的人。”

一提起这种事情，马上就勾起了韩瑾玉的兴致，她急切地追问道：“那后来呢？你俩怎么样了？”

“哪有什么后来，上高中以后就不怎么联系了。”

“切——”韩瑾玉撇了撇嘴，转身指着厨房里的一盘油条说道，“我哥给我买的早点，一起吃点儿吧，就当是犒劳你了。”

李璟熠洗着手，扭头看了那盘冷油条一眼，问道：“你一个女孩子，怎么早餐就吃这些呢？”

“那依你看我该吃点儿什么？海参还是鲍鱼？”说着，她端起小杯子，拈着兰花指，点头道，“嗯嗯嗯，野参乌鸡汤，想必也是极好的。”

“呃，倒也用不着吃得那么华丽，女孩儿早上煮碗大米粥喝那是最好不过了，顺便切点儿红枣一起煮进去，不仅养胃而且还能缓解痛经。”李璟熠一本正经地说道。

听到一个大男人说起这事，韩瑾玉惊得一口水没咽干净，呛得直咳嗽，她一边拍着胸口，一边纠结地问道：“不是吧，你怎么还懂这些？”

“哎呀，我懂不懂那不是重点，关键是你得知道。女孩子嘛，要时刻爱惜自己的身体，总这么糊弄怎么行？”李璟熠一板一眼地教育着她。

看着他那煞有其事的样子，韩瑾玉由衷地赞道：“没看出来，你还挺会关心人的。”可转念一想，她马上又满脸无奈地说道：“不过，跟你聊这些，总感觉怪怪的。”

“我说你怎么老纠结这事呢？来来来，我现在就给你做一碗，站旁边学着点儿啊。”

眼看着李璟熠拿起了锅就要淘米，韩瑾玉连忙摆手示意道：“喂，你还真要煮啊，凑合吃点儿得了。”

可李璟熠却没有就此罢休的意思，淘完米后又回屋取了包红枣，正要放在案板上切碎，坐在客厅的韩瑾玉哭笑不得地问道：“哟喂，你怎么还随身备着红枣呢？”顿了顿，她故意装出一副惊恐的表情，“难道说你也……”

“哎哎哎！瞎合计什么呢，算你走运，这是临毕业前哥们儿送给我的家乡特产。”

韩瑾玉笑而不语，望着那个正在厨房里为自己熬粥的男孩儿，心里暖洋洋的。

没一会儿工夫，一碗热气腾腾的大米粥就摆在了她的面前，李璟熠还不忘继续叮嘱道：“红枣补中益气，养血安神，通九窍，助十二经，记住一定要切成小碎块儿，等粥煮熟了以后再放进去，闷上一会儿才有利于营养吸收。”

听他讲得头头是道，煮起粥来又那么纯熟，韩瑾玉纳闷儿地问道：“哎，我说你这些都是跟谁学的啊？”

“小时候我爷爷教我的，我爷爷的父亲，嗯，就是我太爷爷，他是个大夫。”

“妇科大夫吧。”韩瑾玉坏笑着调侃道。

不料，李璟熠却非常认真地点着头说道：“对啊，妇科大夫。”

“真……真是妇科大夫啊！”韩瑾玉一脸诧异。

“怎么了？我太爷爷可厉害了！”这时，李璟熠特意指着自己胸前的玉佩，继续说道：“这块儿玉就是最好的证明。”

“咦？玉佩呀！我也有一块儿哦。”说着，韩瑾玉从衣领下抽出了一枚红褐色的玉坠在李璟熠面前晃了晃。

“呃？你这也是家传的？”

虽然，李璟熠很想凑过去仔细瞧瞧，但韩瑾玉毕竟是个女孩儿，自己总不能抻长了脖子趴在人家胸前吧。

见到李璟熠那兴趣盎然的样子，韩瑾玉不紧不慢地解释道：“那倒不是，我老爸比较喜欢玉器，于是就在家里收藏了一些，我从小耳濡目染，多少也能懂点儿。”一边说，韩瑾玉一边冲李璟熠伸出手来，“拿给我瞧瞧呗。”

李璟熠点了点头，摘下玉佩递了过去。韩瑾玉接过玉佩，郑重其事地翻过来掉过去，看了半天后点头赞道：“嗯，的确是块老玉，水头不错，摸起来也温润，可就是打磨得很一般，可惜这块好材料喽。咦？上面还刻着字呢，这字体是——”

“篆书，云焓，我爷爷的名字。不过，在爷爷出生之前，这玉佩上面就已经有刻字了。”

“那岂不是说，你太爷爷用玉佩的名字给你爷爷起的名？哇，这玉什么来头啊？”

“嗯……”李璟熠微微一顿，转而似有隐晦地说道，“其实也没什么，你赶快喝粥吧，一会儿凉了多不好。”

韩瑾玉的“胃口”刚被吊起来，可李璟熠却忽然转移了话题，看他那样子似乎也没有再往下说的意思，在强烈好奇心的驱使下，韩瑾玉两眼放光地恳求道：“哎呀呀，你就给我讲讲嘛。”

看着韩瑾玉一脸恳切的表情，李璟熠沉思了一下儿，开口徐徐说道：“好吧，你一边喝一边听我讲。”

一听有戏，韩瑾玉乖乖地把一勺粥送进了嘴里，然后马上抬起头，眼巴巴地看着他。李璟熠惆怅地叹了口气，给她讲起了当年的故事……

“我的太爷爷生活在农村，在当地是个很有名气的大夫，那时候，十里八村的只要一提起‘赤脚郎中李药师’的名号，也是无人不知无人不晓的。”

“啊？赤脚……看病不穿鞋呀！”韩瑾玉惊讶地问道。

“呃，赤脚郎中是过去对村子里大夫的一种俗称，不是光着脚的意思。”

“哦……”看着李璟熠那一脸严肃的模样，韩瑾玉不再打岔，认认真真地继续听他讲。

“我的太奶奶是童养媳，自小照顾太爷爷，虽然一直没有生养，但两个人的感情依然很好，日子过得也算清闲自在。直到一九四七年的冬天……那一年三月开春儿，第二次国共合作破裂，国民党查封了民盟总部，反动派在城里到处抓人，暗杀了不少民主党派的进步人士，弄得到处人心惶惶。有一天傍晚，天空飘起了鹅毛大雪，我太爷爷觉得立春后还下这么大雪挺诡异的，于是，早早就闩上了门准备睡觉。可他前脚刚进屋，都还没摸到炕沿儿，门外就传来了一阵闷闷的拍门声。听着那怪怪的动静，太爷爷犹豫了一下儿还是走了出去。刚打开门，一个孕妇就倒在了他的脚下，口中有气无力地重复着‘救救孩子，快救救孩子’。我太爷爷二话没说，急忙喊出太奶奶，两个人合力把孕妇小心地抬进了屋。给她一号脉，可把太爷爷给吓坏了，根据孕妇的脉象，她明显是难产，而且都拖了一段时间了。太奶奶还想问问她是从哪儿来的，可太爷爷心知事态严重，片刻耽搁就是一尸两命，当时也顾不上那么多，俩人忙活了半天，总算是把孩子保住了，可那孕妇产后大出血，已经是奄奄一息，回天乏力了。吊着半口气，孕妇告诉太奶奶，她丈夫姓李，是中国民主同盟的成员，一个月前在大街上被人绑走了，直到她快临盆了也没个音信。她心知自己身份特殊，城里的医院不敢去，逼得没办法才偷跑到乡下来。临断气前，孕妇从怀里取出了这块玉佩，说是婆家传下来的，送给太爷爷权当是报答救命之恩，同时也希望太爷爷能把这孩子抚养大。至于她自己，随便找个地方埋了就行，等孩子懂事了，带着去烧炷香，磕几个头，她也就可以瞑目了。交代好后事，孕妇就断气了。当天夜半，太爷爷冒着大雪，偷偷用独轮车把她的尸体运到后山埋了，又立了块儿无字碑。太奶奶一直没有生养，恰巧太爷爷也姓李，也算是一种缘分吧，俩人一商量，决定抚养这个孩子。太爷爷以前读过古医书，认得玉佩上的篆字，于是，就给孩子起名叫李云焓，这便是我爷爷了……爷爷去世后，玉佩就传给了我。在遗信里，爷爷特意交代过，他说这块玉是我们老李家最值得继承的东西，唉，是啊，它是我们的根儿。”

长长的故事讲到这里，李璟熠的语气尽是哀伤，他默默盯着眼前的空碗不再作声。还记得上大二的时候，学校组织预备党员观看《建国大业》，影片里有一幕反动派把进步人士丢进河里的画面，就只是那么短短的一个片段，看得李璟熠双拳紧握，热泪盈眶，坐在旁边的同学谁也不知道他这是怎么了……

世界，就是这样复杂而又有趣，想找到个真正懂你的人，其实比制造一艘宇宙飞船还难。

听完李璟熠的讲述，韩瑾玉也是黯然神伤，心中充满了歉疚，她很后悔，后悔自己不该有那么重的好奇心，非要让人家说起这么悲伤的家事。然而，面对如此尴尬的静默，韩瑾玉此时也不知道该说些什么好。气氛压抑了良久，李璟熠倦倦的声音终于打破了沉默：

“那个……我先回屋了，昨天睡得早，还没整理东西呢。”

话说到一半儿，李璟熠就已经站起身来，韩瑾玉见状连忙也跟着站了起来，欲言又止地说了半句：

“璟熠，我不该……”

看着她那忧心伤感的样子，李璟熠勉强挤出个笑脸，说道：“唉，没事，都过去那么多年了，我进屋待会儿就好了。”

“不不，璟熠。”韩瑾玉抱歉地说道，“我是说昨天在楼道里……真对不起。”

“噢，你还想着这事呢，我早都忘了。其实，一个女孩儿身处异乡，多点儿防范意识那是应该的，别太在意，我能理解。”

“嗯。”韩瑾玉真诚地点了点头，接着又说道，“还有件事，我哥单位组织员工郊游采摘，陈若莹也请假跟他一起去了，估计下周二才能回来，昨晚见面他俩光顾高兴了，忘记告诉你了。这是家门钥匙，给你一把。我下午要去趟同学家，有可能会住上一两天。”

“行，我知道了，碗筷先搁这儿吧，下午我要大扫除，顺手就洗了。”说完，李璟熠推门走进了卧室。

约莫快到中午的时候，整间屋子就剩下李璟熠一个人，他给自己泡了杯清茶，斜靠在沙发上看电视，看了一会儿觉得甚是无趣，这才关了电视机准备去把早上的碗洗了。不料，就在他把碗筷放进洗刷池，拧开水龙头的瞬间，身后忽然传来一个空灵的声音：

“这……本是妾身之劳……”

那声调轻灵而又婉约，就跟他昨晚听到的一模一样。可这一次确实把李璟熠给吓着了，他费力地咽下唾沫，关上水龙头缓缓地回过头，四下张望了半天，努力寻找着声音的来源。厨房里，窗户没有开，周围都是静悄悄的。李璟熠满屋子绕了一圈，然后，又跑到陈若莹和韩瑾玉的屋门前，分别敲了敲，当他确定整间屋子除了自己之外再无他人的时候，心里不由地犯起了嘀咕：“房东干吗非要在卫生间里安上个风水门呢，难不成……这房子闹鬼？”想到这里，他不禁打了个寒战，可转念又一想：“不会吧，珅哥和学姐都快住一年了，真要是有什么不干净的东西，他俩早就搬走了。”于是，李璟熠在屋里又转了几圈，还特意打开防盗门看了看楼道，却始终没发现半个人影。折腾了一阵儿，他再次回到厨房，一边继续刷碗一边合计着：“是不是昨晚撞的那下还没缓过劲儿来呢？”就这么瞎琢磨着，他不自觉地又摸了摸鼻子。

虽然，自己也算不上是个彻头彻尾的无神论者，但对那些鬼神之说他并不盲信。李璟熠始终坚信一点——所有看似离奇的现象，其实背后都有个很简单的原因。记得自己刚入大学的第一天，晚上熄灯后大家兴奋得睡不着，打着电筒在床上夜谈，程书航小有严肃地说道：

“恐惧是生命最大的威胁。早在一九八一年，波兰有人做过一个心理实验：他们把一名凶恶的死刑犯，蒙住双眼绑在密室的椅子上，并用刀背划过他的手腕，同时播放水流的滴答声，让他以为是自己手腕在流血，就这样一个星期后，当再次打开密室时，众人惊奇地发现，罪犯已经死在了座椅上。”

待程书航讲完，寝室马上静得出奇，大家不约而同地陷入了诡异的沉思，就在这时，张括军忽然幽幽地问了句：“我说书航啊，你确定那家伙不是饿死的？”

梁珅：“……”

李璟熠：“……”

程书航：“……”

想到这里，李璟熠轻松一笑，也懒得再去纠结，只当是邻居家电视机发出的声音，这么一来，紧张的情绪也就一扫而空了。洗过碗后，李璟熠接了盆水，准备回屋做个大扫除。脱去衬衫，又摘下玉佩和手表，正当他想光着膀子大干一番的时候，肚子却不给力地“咕噜咕噜”叫了起来，似乎在提醒着他该吃午饭了。探头一看表，也确实到饭点儿了，于是，李璟熠把抹布往盆儿里一丢，穿好衣服下了楼。

到了楼下，李璟熠东走走西逛逛，不经意间来到了住宅区南面的小吃街，没走两步，一股葱油的浓香飘进了鼻子，他伸脖子一看，原来，离自己不远处支了个小摊儿，一个双鬓花白的老师傅正拎着张薄薄的面饼，绕过头顶甩来甩去。

“嘿，印度飞饼！”

李璟熠乐了起来，想想自己第一次吃飞饼那还是大一时候的事呢。记得那次是跟张括军一起去的，吃完后括军觉得好玩儿，非要回寝自己做一个。他那股孩子气一上来，李璟熠还真是拗不过，只好陪着去买了白面和酒精炉。刚一回寝，张括军就在楼道里大声聒噪，把隔壁寝的几个哥们儿都喊了过来，非要给大家露上一手。一开始珅哥和书航都没在意，对于他这种无厘头的行为，大家早就见怪不怪了，可看着括军胸有成竹地和好面，提胯扭腰，很是风骚地飞了一下后，还真有那么点儿意思，几个哥们儿也开始起哄，拍着手连声叫好。这一下不仅长了括军的威风，同时也勾起了珅哥的兴趣，就连书航都放下书，推了推厚厚的眼镜凑过头去。然而，那面饼毕竟是张括军胡乱和面做成的，虽然也加了不少油，可还是没有人家的那么筋道，括军这第二飞，力度过大，面饼滑到半空中就断了，半张油乎乎的面皮跟长了眼睛似的，直直地朝书航脸上砸去，把他弄了个“油头粉面”。就因为这事，张括军得了个“飞饼男”的称号。后来，李璟熠还给他画了张海报，写着：“东施飞饼专营店，商机无限，欢迎加盟！”贴在门上，让整个男寝足足调侃了一个多月。

回忆着那段搞笑的情景，李璟熠点了两张饼、一碗绿豆汤，坐在小凳子上眼巴巴地等着享受那记忆的味道。没一会儿工夫，香飘四溢的飞饼和爽口的绿豆汤就摆在了面前，李璟熠风卷残云地吃了个干净。吃完后，他特意跟飞饼师傅买了两张面饼，寻思着自己回家也试着“飞飞看”，反正今天家里没人，正好能偷偷地过把手瘾。

吃过午饭，李璟熠又到附近的花市逛了一圈，看着那些争奇斗艳的花儿，自己也捧了盆仙人掌回来。说实话，这也就是李璟熠最大的能耐了，从小到大，各种花花草草他还真没少养，不过，没有一盆在他手底下开过花，要么“噌噌噌”地一直往高蹿，死活不长花骨朵儿；要么好不容易憋出个骨朵儿，临绽放前又蔫了。也就是这仙人掌，偶尔还能奇迹般地冒出一两朵小花儿，光为这事就能让李璟熠兴奋上好几天。

抱着仙人掌，拎着面饼，李璟熠哼着小曲儿到了家，可当他走进自己卧室的一刹那，眼前的景象令他大吃一惊。就在李璟熠出去吃饭的这会儿工夫，屋里已经被收拾得整整齐齐了，尘土和杂物堆在门口，显然是有人扫过地，原本放在地上的一盆清水也浑浊了，抹布晾在窗台上正滴着水，这也就是说连家具也被擦过了。见到这番光景，李璟熠慌忙放下手里的东西，跑到床头柜儿那儿一看，幸好玉佩还在，他长长地舒了一口气，又检查了自己的财物，钱一分不少，银行卡也是一张不差。李璟熠一脸茫然地坐在床边，一抬头发现，就连茶水也被人莫名其妙地续满了，这时，他警觉地皱了皱鼻子，屋里似乎有一股很清淡的香气，直觉告诉他，在自己出去的时候这屋里肯定来过人，八成还是个女人。李璟熠纳闷儿地寻思起来：“是不是学姐回来过了，再不就是韩瑾玉？”想到这里，他拿起电话逐一做了确认，然而，大家都没有回来过。这下李璟熠可就想不通了，挠着头在屋里来回踱步：“莫非房东回来啦？帮我收拾屋？她闲的啊！”虽说从昨晚到现在，他已经连续出现了两次幻听，可如今不一样了，如果非要牵强地去找个理由，那眼前这一切不是幻觉就是自己失忆了。

整整一个下午，李璟熠都在纠结这档子事，整个屋子除了已经上锁的两个卧室，他前前后后排查了个遍，却连一点儿蛛丝马迹也没找到。屋里的光线逐渐昏黄，李璟熠望着那一抹惨淡的夕阳，再看看这有些诡异的房间，不禁打了个哆嗦，又想到今晚家里就剩下自己了，他立马做了个决定——去网吧包宿。

“无论如何也得先躲过今晚吧，等大家都回来了再问问清楚。”想到这里，他戴上玉佩，锁好门窗，六神无主地下了楼。

第二天清晨，李璟熠打着哈欠从网吧里出来，强打起精神都不知道自己是怎么走回的家。回屋后，他哪还有那份吃早点的闲情逸致，连睡衣都没换便一头扎倒在床上睡着了。当然，昨天发生的那些怪事李璟熠还是放在了心上，所以临睡前，他故意在屋门下放了一杯水，这样一来，醒来之后看看水洒没洒，就知道自己睡觉的时候是不是有人进过屋了。

就这样，李璟熠一觉睡到了黄昏，直到金灿灿的夕阳晃着眼睛的时候方才醒来，他无精打采地撑开双眼，掀起薄被正要下床找口水喝，忽然，一股强烈的不安涌上心头。

“被……被子！被子被子！”李璟熠惊呼道，“我睡觉前明明就没盖被子！”

此时，他一身寒毛都竖了起来，额头上渗出的一层虚汗反倒让自己精神了不少，俯身看了看门前，那杯水依然安安稳稳的放在那儿，半滴都没洒。这么一来，李璟熠算是彻底服气了，坐在床上一拍大腿，心中暗怒道：“我靠！这算什么！闹鬼？灵异事件？”

想到这儿，他猛地从床上跳了下来，冲着空气怒斥道：“这是谁在拿我开涮呢！适可而止行不行！赶紧出来！”

喊完，李璟熠屏住呼吸，瞪大了双眼等待回应，可待了半天，屋里却没有一点儿动静，这下可把他惹毛了，光着脚又跑到客厅中央，愠怒地厉声叫道：“我就不信这个邪！今晚哪儿也不去了，倒要看看是谁这么无聊！”喊到这里，李璟熠微微一怔，跺着脚又补了句：“我倒要看看哪路来的小鬼儿敢这么戏弄人？光天化日的还反了你了！”

刚在客厅喊完，李璟熠又一头钻进了卫生间，指着那道无辜的风水门骂了一通。经过这么一闹，还真消气了，再次回到卧室后，李璟熠一屁股坐在床上，盯着被子暗暗给自己打气：“不做亏心事，不怕鬼叫门。不是说子夜时分鬼门关大开吗？那今晚上我就等到十二点，真要是撞见了，我倒想问问清楚，凭什么捉弄我！”

这么一想，也算是给自己壮了胆儿，李璟熠心里再也没有恐惧的感觉了，随意叠好薄被，他打开电视机，若无其事地看了起来。

夕阳垂幕后，李璟熠也没有心情去研究那两块飞饼了，简单泡了碗面，填饱肚子了事。为了晚上守夜能精神点儿，他一连喝了三杯咖啡，等到十一点半的时候，他又把电视机调成了静音模式，一面假装看电视，一面竖起耳朵警戒着周围的动静。

时钟一分一秒地向十二点逼近，李璟熠的心里也渐渐打起鼓来。为了确保万无一失，他从包里翻出一尊小佛像，死死地捏在手里，又从客厅里找了个手电筒，同时心一横，干脆把电视、吊灯、手机充电器，凡是家里能发光的东西通通关掉，在那“诡异”的黑暗中，他悄悄蹲在沙发旁，警惕地注意着四下的动静。这么一蹲，一个小时过去了，居然什么怪事也没发生，此时，李璟熠就像个泄了气的皮球一样，把佛像和手电筒都塞在了枕头底下，趴在床上思量着：“这可怪了，既非人为，也不是闹鬼，难道真是自己失忆了？明明是自己收拾的家，然后全忘了？”折腾了半天，李璟熠也累了个够呛，他翻身换好睡衣，蒙着被子没躺一会儿就睡着了。

夜半时分，李璟熠睡得迷迷糊糊，他似乎梦到了一个身穿古式汉服的女孩儿，背着自己站在月光下，一片皎洁洒在她绛紫色的衣衫上，映衬出团团素锦暗纹。虽然，女孩儿犹如泼墨般的长发盖住了脖颈，但却依然掩不住她那白皙如玉的肌肤。被如此动人的倩影深深地吸引，李璟熠不禁张口痴痴地问道：

“你……是谁？”

女孩儿并未答话，只是轻盈地转过身来，这让李璟熠终于看清了她的面容。青丝如绢，远黛纤眉，微合的双目缓缓绽开，脉脉双眸似秋水潺潺，淡唇微翘，扬起一抹醉人的微笑。

李璟熠看呆了，长这么大，他从未见过如此纯净的女孩儿，一分矜持端庄，几许儒雅大方，美！美得毫不做作！他不由得向女孩儿走去，想要看得更真切些，正当自己就快要走到她身边的时候，女孩儿缓缓地抬起手臂，将纤纤素手从广袖中伸出，那修长的手指宛如一朵即将绽放的水仙。此时，李璟熠再也忍不住内心的那股冲动，也大胆地伸出了手，想要将她牵住……

意识恍惚间，李璟熠仿若触到一段蚕绒锦布，那滑腻无骨的感觉让他不禁握得更紧，半梦半醒中，他慢慢地睁开了眼睛，梦中女孩儿那如真似幻的面庞映入眼帘。月华朗彻，倾洒在身，女孩儿的一对秀眉似凝墨般优雅，纤纤睫毛下，那双星眸澈如泉眼，正万分柔情地注视着他。时间，似乎在这一刻停滞了，幸福的感觉杂糅着阵阵茉莉幽香，在二人间沉浮……萦绕……

就在这个时候，女孩儿似乎察觉到他已经苏醒，一抹绯红擦上脸颊，怯生生地将手缩回了衣袖中。她这一动不要紧，一下儿把李璟熠从美梦中拽回到了现实。在这个静谧非常的深夜，一个不知名的女孩儿坐在自己的床前，最要命的是他还拉着人家的手！这突如其来的状况惊得李璟熠连滚带爬地坐了起来，他手脚并用，抱着薄被缩到床角，颤巍巍地抬起一只手，指着女孩儿惊恐地叫道：

“你你你！怎么进来的？开……开什么玩笑！”

虽然，李璟熠这么大的反应弄得女孩儿有些不知所措，但她还是异常平静地收起笑容，站起身往后挪了两步，半低着头，一只手挽住衣袖，兰指勾着一缕发丝，悄然不作声。

李璟熠双目圆瞪，死死地盯住女孩儿不放，两只手在身下一通乱摸，终于，他找到了自己的“救命稻草”——手电筒。紧抓着手电筒，李璟熠僵了半天，方才憋出了一句：

“女鬼！你我往日无怨，近日无仇，何以半夜至此纠缠？要命没有，缺钱……我给你烧！”

女孩儿抬起头，轻锁着秀眉，嘴角微扬，反倒是很自然地看着他。

“喂，我真的不想伤害你，当，当然！你——也不能伤害我！速速现出原……”这话刚说了一半儿，李璟熠连忙收声，心想：“我这不是没事找事呢嘛，她现在的样子真的很美，是不是披了张画皮哪，那要是脱下来了！……不得把我吓死。”想到这里，他急转话锋，装模作样地喝道：“罢了罢了，不必现出原形，速速退却，否则——待我亮出法器！你可就魂飞魄散啦！”

说完，李璟熠一脸紧张地看着她，随时准备行动。然而，这“女鬼”好像并不明白他在说什么，也不清楚他接下来到底想要做什么，樱口微张，欲言又止。

“好好好！这可是你逼我的啊！”

说着，李璟熠将手电筒举过头顶，望着女孩儿那清丽的面孔，虽然心中的确有些不忍，但毕竟人鬼殊途，他一狠心还是按下了开关。黑暗中，一束亮光直直地打在了女孩儿的身上，正当李璟熠等着那凄厉的惨叫声时，周围却安静得有些不正常。李璟熠顺光看去，原来根本就不像他想象的那样，女孩儿似乎只是觉得有些刺眼，微微侧头，抬起宽大的衣袖挡住了光线。

李璟熠登时傻了眼，一不做二不休，他干脆按下了吊灯的开关，卧室马上大亮，这让他自己都觉得有些晃眼。这时，再看那个女孩儿，人家仿佛已经适应了亮光，居然连衣袖都放了下来。

“不……不怕光！这么高的修为？！”说着，李璟熠又慌忙举起了小佛像，正对着女孩儿，稀里糊涂地念道：“南无地藏王菩萨！超度怨鬼冤魂！送往西方极乐！唔……太上老君急急如律令！百鬼退散！退散！！呃……八门金锁，尸鬼封印！封印！！”

好嘛，这连“尸鬼封印”都出来了，此刻的李璟熠可真是没词儿了，就差用影分身之术搓个螺旋丸了。

可没承想，女孩儿只是稍显疑惑，皓齿轻咬着朱唇，竟然还轻轻地往前探了半步，似乎是想看清楚他手里究竟举着什么。这一下儿，李璟熠就跟那霜打了的茄子一般，整个人瘫在床上，嘴里念念有词地嘀咕着：

“天哪！这‘女鬼’怎么这么不专业，不怕光我就忍了，可你不能连佛祖都不认识吧。”

“夫君……”

熟悉的声音又一次在他耳畔响起，只是此时，不再有那种空灵的感觉。

“原来，真不是我幻听……”李璟熠一边惊愕地嘀咕着，一边扭头看了看身后，盯着白墙愣了几秒后，他又回转过头来，指着自己的鼻子问道：“你这是在跟我说话吗？”

“倘若，妙凡的出现令夫君如此困惑，那我便回去了，夫君安歇吧。”

虽是面带微笑，但李璟熠听得出，女孩儿的语气中夹杂着一丝失望，透着些许忧伤。在原地站了一会儿后，女孩儿慢慢地朝他走了过来，越走越近，倩影，渐模糊，渐淡薄，最后竟凝成一道幽蓝色的光带，缓缓注入进李璟熠胸前的玉佩之中。面对这般离奇的情景，他一下子傻眼了，坐在床上愣了半晌后，托起玉佩喃喃道：

“天哪……这‘女鬼’居然是从我玉佩里出来的！”

说着，李璟熠颤颤巍巍地把玉佩摘了下来，放在眼前细细端详了半天，忽然，他好像是想到了什么，飞快地在自己大腿根儿处狠狠拧了一下。

“哎呀呀，疼疼疼疼疼！”

揉着被掐红的地方，阵阵余痛告诉他这根本就不是在做梦，刚才那一切全都是真实的。经这么一闹，李璟熠已是睡意全无，他魂不守舍地靠着枕头，一个劲儿地发傻。然而，女孩儿的倩影挥之不去，仿佛是印在了李璟熠的眼中，直到现在，他还能闻到女孩儿留下的那股茉莉清香。虽然此时，李璟熠还不能完全接受刚刚所发生的一切，但有一点他不得不承认，这个女孩儿的确是自己这辈子所见过最漂亮的，她的那双眼睛，宛如嵌在泉眼中的黑宝石一般明澈透亮，特别是嘴角扬起的一抹微笑，似乎给他一种似曾相识的亲切感。

这一晚，李璟熠几乎彻夜未眠，满脑子里都是这两天所碰到的奇遇，他一点一点，将这些看似无关的细节联系起来，却仍旧琢磨不出个所以然来。忽地想到了女孩儿的那只手，李璟熠不禁握了握空空的手掌，试着去回味那份刚离去不久的温存，就这样，直到天际蒙蒙发亮的时候，他才浑浑噩噩地再次睡去。

第三章　相识——淡茉凝香

“嘭嘭嘭，嘭嘭嘭嘭！”

一阵敲门声惊醒了仍在酣睡中的李璟熠。随即，陈若莹的声音在门外响起：

“璟熠，你在屋吗？”

“吼——”李璟熠从薄被里露出头来，发出一声闷闷地怪叫。

“什么动静啊？璟熠，你干吗呢……明天报到需要带的材料都准备好了没？”陈若莹隔着门提醒道。

尚在睡意蒙眬的状态，李璟熠也没有搭话，伸手在床头柜上乱摸着，好不容易才找到手表，眯缝着眼睛看了一下时间：

“一点十五……这是AM还是PM啊？哎哟……”

按住太阳穴，李璟熠揉着揉着竟又睡了个回笼觉，当他再次睁开眼睛的时候，下午的阳光已经懒懒地趴在了地板上。歪过头，李璟熠朝窗户的方向看去，不由心中一凛，慌忙看了看表：

“我的天哪，都下午三点了！”

明天周二，是李璟熠去省图书馆正式报到的日子，可单位要求携带的个人履历、毕业证以及身份证复印件，他还一样都没准备呢。想到这里，李璟熠翻身下床，拿过毛巾，叼着牙刷就要去洗漱。可谁承想，他刚冲出门，没走两步就跟“陈若莹”撞了个温香满怀，险些把“学姐”撞倒。李璟熠抢上前去将她扶住，连声道歉。

“对不起，对不起。”

“哎呀！疼疼疼！”

一听声音不对，李璟熠抬起头定睛一看，哪是什么学姐啊，明明就是韩瑾玉。

“不好意思，我睡迷糊了。”李璟熠急忙解释道。

“哎！你踩着我脚呢！不硌得慌啊？！”韩瑾玉这声音几乎是喊出来的。

李璟熠闻言一惊，赶紧把脚抽开，可由于动作过大，他一个趔趄向后摔去，在倒地之前，自己的手好像是抓住了一束什么东西，连带着“哗啦”一声脆响。

“花儿！我的茉莉花儿！！”韩瑾玉跳着脚，指向李璟熠身后喊道，这一次，她的声音里明显带着哭腔。

摔倒在地的李璟熠也确实感觉自己刚才带倒了什么物件，低头一看，一株茉莉花已经被他连根拔起，精致的陶瓷花盆摔了个“四分五裂”，新浇过水的花土洒了一地，几朵含苞待放的花骨朵也已凋落。果然，在李璟熠的手底下，花儿一般都是难逃厄运的……

“李璟熠你有病吧！”怒气冲天的韩瑾玉狠狠一跺脚，扭头跑回了卧室，那重重的摔门声吓得李璟熠大气儿都没敢喘。

听到客厅里的吵闹声，陈若莹急匆匆地跑了出来，看到表情木讷的李璟熠坐在地上，再加上他身下，残花断枝一片狼藉，陈若莹也顾不得问事情的缘由，连忙将他扶起来，关切地问道：“摔坏没？”

“没事，我还好。”说着，李璟熠指了指韩瑾玉的屋门，一脸愧疚地小声说道，“可韩瑾玉……”

“你没事就行。”陈若莹俯身拍着他身上的泥土，轻责道，“平时挺稳重的一个人，这两天是怎么了，莽莽撞撞的。”

“呃，其实我……”

话刚说了一半儿，李璟熠连忙住了口，这两天发生的事还真不好解释，他总不能跟学姐说，自己昨晚碰上个不怕光、连佛祖都免疫的“女鬼”吧，那么高端的无厘头谁会相信。况且这话一说，明摆着伤了学姐的心，人家提前腾出房间，又辛辛苦苦地准备好一切，让自己拎包入住，省去多少不必要的麻烦……

李璟熠在心里一顿合计，想着编个什么理由能把这事顺理成章地圆过去，这时，陈若莹倒是先开口了：“是不是因为明天就要去报到了，有点儿紧张？”

李璟熠摸着后脖颈儿，想了想说道：“可能……多少有点儿吧。”

“别太紧张，你外表阳光，为人处事也很有气度，第一次见面不会给别人留下坏印象的。你想想，千军万马的独木桥咱都闯过来了，报个到又算什么呢？把心态放平和，说话的时候别太露锋芒，总之，多听少说就行了。”

陈若莹认真地传授着经验，就像是亲姐姐一样，无论李璟熠做错了什么事，学姐对他永远都包藏着一丝默默的偏袒。不过，李璟熠这会儿想的哪是什么去报到的事呀！虽然，昨天发生的那一系列“灵异事件”确实让他心有余悸，可现在，更令他抓狂的是大发雷霆、摔门而去的韩瑾玉。僵立在原地，李璟熠看着地上的残枝碎叶，一声不吭，这时，陈若莹也看出了他的心思，轻声安慰道：“瑾玉是女孩子嘛，在梁珅姥姥家又是最小的妹妹，惯了一身小公主的脾气，待会儿我进屋哄哄就好了。”

说着，陈若莹蹲下身，准备收拾地上的枝叶和泥土，李璟熠连忙跑进卫生间，拿出扫帚撮子说道：“学姐，我来扫吧，怪脏的，你快去忙自己的事吧。”

“嗯，那你小心点儿，别扎着手，明天我们公司要提案，手头儿有个PPT得赶出来。”说着，陈若莹冲李璟熠轻松一笑，便转身回了屋。刚要关门的时候，她又回头宽慰道：“收拾完了你先去准备材料，瑾玉那边有我呢，让她先消消气，一会儿我去看看。”说到这里，陈若莹略微想了一下儿，建议道："嗯——瑾玉挺喜欢吃杧果的，一会儿你顺便买两个回来。"

"哦！懂了懂了！"李璟熠感激地冲她点了点头，心想有这么个姐姐真好。

陈若莹回屋后，李璟熠小心翼翼地扫了半天，生怕再弄出什么新乱子来。收拾干净后，他耷拉着脑袋，看了看手中那奄奄一息的茉莉花儿，摇头叹气道："唉，这比那孙猴子推倒的人参果树还难救，根都折了，肯定活不成了。"一脸惋惜地把残枝扔进垃圾袋，他钻进卫生间草草洗漱后，拿着U盘和钥匙出了门。

下楼后，李璟熠先找了个复印社把材料打印出来，接着又一连转了几条巷子，虽说现在是水果旺季，但他却始终没能找到个卖杧果的小摊儿，万分无奈之下，只得走进了一家水果超市。一般来说，水果专营店里的东西大都是漫天乱要价的，可为了缓解自己和韩瑾玉之间的紧张关系，李璟熠也只好忍痛"割肉"了，毕竟以后还要跟人家同住在一个屋檐下，总不能让珅哥和学姐两头儿为难吧。

"老板，有杧果吗？"

"有，小的七块一斤，大的九块。"水果超市的老板热情地招呼着。

虽然，李璟熠并不了解杧果的行价，但听这老板的报价，似乎也没有自己想象的那样贵得离谱。李璟熠是不爱吃杧果的，更不会挑，他闻闻这个又捏捏那个，站在身旁的老板撑着袋子，笑呵呵地说道："小伙子，杧果可不能这么挑啊。"老板的语气厚实和缓，没有一点儿斤斤计较的意思。

"不好意思，给朋友买的，您受累帮着挑几个好的。"

老板笑着点了点头，很专业地挑选起来，一面往袋子里拣，一面问道："给小姑娘买的吧？"

"嗯——是，呵呵。"

"那咱挑俩熟的，再配上几个生的，熟的当天就能吃，生的养两天再吃，这样，你的一份儿心意能持续好几天呢。”

李璟熠听了觉得甚有道理，又看这老板如此和蔼，他一咬牙，豪气地说道：“老板，给我来一箱，家里人多，给大家都尝尝。”

“好嘞，算你六块一斤！”

李璟熠一脸茫然，心想不是无奸不商嘛，怎么还有人主动降价的，太不符合逻辑了，他不由地仔细观察着水果店老板。眼前的这个中年男人貌似跟自己父亲是一般年龄，古铜色的脸上爬满了皱纹，两道三角眉吊在眼睛上，显得格外精神。

没一会儿工夫，老板已经给他拣出了一箱，称了称刚好十斤，李璟熠付了钱正要提箱离去，走到店门口的时候，他忽然眼前一亮，摆在架子上的两盆茉莉深深地吸引了他。走到花儿前，李璟熠凑过鼻子闻了闻，那股淡雅的幽香着实令人心旷神怡。

“怎么，你也喜欢茉莉花？”老板在他身后问道。

“呃——还行吧。对了，老板你这茉莉卖不卖，我想买一盆。”

“哦？买一盆？哈哈哈哈。”老板爽朗地笑了起来，继续说道，“小伙子，这两盆花我可养了好几年啦，更何况，茉莉可不是俗花，在她面前提钱不太好啊。”

“哦？这有什么讲究吗？”李璟熠满心好奇地问道。

“在咱中国，养茉莉花有一千六百多年的历史了，西汉那时候是随着佛教一起传进来的。”

听他这么说，李璟熠不由暗发感慨：“真没想到，一个卖水果的竟然懂得这些，果然是高手都在民间哪。”

“我给你讲个小典故吧。这茉莉别名奈花，文雅点儿叫玉麝，起初改成茉莉的时候是不带草字头的，末尾的末，利益的利。相传明末清初那会儿，苏州有个姓赵的老汉从南方带回一捆香花苗，种在了大儿子的茶田里，隔年花苗长成小树，开出一朵朵小白花，连带着整个茶田都香雾缭绕。这一年，大儿子靠卖香茶叶发了财，可两个弟弟却认为这香茶叶是父亲种的香花所得，吵闹着要把哥哥挣的钱均分，否则就要把那香花树砍掉。村里有个德高望重的戴夫子过来劝解，告诉大哥不要自私自利，家庭和睦才是最重要的。为让他谨记这个道理，戴夫子就把那香花取名为末利，意思就是把个人私利放在最后，这样活着才不累。大哥听了戴夫子的话，把花苗分给了两个弟弟，从此以后兄弟三人一起种花，护花，卖香茶，日子过得是一年比一年红火。”

听完故事，李璟熠恍然大悟地点了点头，没想到小小的茉莉花居然还有这么多说道。

“你要是当真喜欢这花儿，回去能用心养，那我就送你一盆吧。”

李璟熠一听，连忙文绉绉地推辞道：“不不不，君子不夺人所爱，能听您讲这个故事，我就已经很受教了。”

“小伙子，看你这样子刚毕业吧？”李璟熠点头称是。老板长叹一口气，继续说道：“我儿子能比你大上几岁，毕业五年啦，一直都在外地打拼，刚上班的时候也挺不容易的，再加上那孩子生性要强，什么苦累都自己扛着，唉……你说我一个卖水果的个体户，也帮不了他什么，咱不昧良心乱要价，也不缺斤短两，权当是给儿子积德了。”

老板的这番话让李璟熠想起了远在家乡的老爸，所谓可怜天下父母心，在如今这个社会，若用“春蚕到死丝方尽，蜡炬成灰泪始干”来形容父母之爱，是不是也很贴切呢？

作为父母，他们可以用不同的方式，明里暗里为子女奉献自己的一切，茉莉啊，末利……

提着一箱沉甸甸的杧果，李璟熠走出了水果超市，回味着老板的那番话，还没走出几步远，忽然一个厚实的手掌拍在了自己背上，他扭头一看，原来是珅哥下班回来了。

“买的什么这是？”梁珅故作好奇地问道。

“哦，杧果。”

梁珅低头一看，不禁调笑道：“喔！买这么多，你这是要到山上喂猴子去啊。”

李璟熠一听，顺带着联想到了韩瑾玉，噗的一声笑了出来：“哈哈哈！珅哥，咱能不这么搞笑吗？”

“怎么，给瑾玉买的？”

“咦？你怎么知道？”

“呵呵呵，小丫头给我打来电话告状了，好嘛，简直就是血泪控诉啊，你怎么惹着她了？”

“唉，我把人家的茉莉花给弄死了……”李璟熠一脸悲催地说道。

在珅哥面前，李璟熠并没有表现得过分愧疚，因为，男人之间有时候用不着那么丰富的表情。

“我这个表妹啊，都让家人给惯坏了，一丁点儿事非要小题大做，你别在意，我替她向你道歉。”梁珅无可奈何地说道。

“其实这事也怪我，冒冒失失的……本来想给她再买一盆，可出来晚了，花市早就关门了。”

刚说了这么两句话，两个人已经走到楼下，然而，梁珅却没有立刻上楼的意思，反倒招呼他到旁边的小亭子里歇凉。待李璟熠坐定，梁珅点了支烟，深深地吸了两口后，说道：

“其实，瑾玉这孩子挺不容易的。我小时候，二姨——也就是瑾玉的妈妈，身体一直不太好，嫁给姨夫以后好几年都怀不上孩子，家人听说邻村有个女大夫，凡是找她调理过的人都怀上了，于是，姨夫就带着二姨去找那人瞧病。后来干脆就搬过去暂住，在我印象中，约莫也就一年的工夫，二姨还真生了个女儿，这个孩子就是瑾玉。二姨和姨夫很宠这个来之不易的女儿，无论瑾玉喜欢什么，他俩都会竭尽全力地满足。记得瑾玉小的时候特别招人喜欢，身边的小朋友也都愿意跟她玩儿。可等到瑾玉上初中的时候，二姨去世了，打那以后，她就好像是变了个人似的，平日里也不见她再跟好朋友一起玩儿了，一到寒暑假，她就把自己关在屋子里，有时候一连好几天都不出门……”

听着珅哥讲述韩瑾玉的过去，李璟熠的心头涌起一丝淡淡的伤感，他觉得韩瑾玉的童年就像是自己儿时记忆的巧妙翻版，孤独而又倔强。

“不过，自从瑾玉上大学了以后，她慢慢变得开朗起来，脸上的笑容也渐渐多了，看着她终于从阴影里走了出来，我这个当哥哥的也挺欣慰。其实，瑾玉这孩子心眼儿挺好，就是嘴上不饶人。毕业后来到我身边也是我姨夫的意思，一方面，找工作的时候我能多少帮衬着点儿，另外，也是最重要的——给她找个好归宿，沉稳一点儿，脾气好一点儿，能真心待她的男孩儿。”说到这里，梁珅把烟头儿掐灭，陷入了沉思。

看着珅哥沉默不语的样子，李璟熠开口劝慰道：“珅哥你放心吧，我也帮着多留意点儿”

梁珅听完先是一愣，转而狐疑地笑问道：“我给自己妹妹找对象，你跟着瞎掺和啥？”

“哎！你想什么呢，我说的是工作那事！”

说到这里，两个人不约而同地笑了起来。从大学走到现在，兄弟间的话题，梦想越聊越少，现实越谈越多，也许，这才是真正意义上的生活吧。就这样，两个人又小坐了一会儿后才上楼，当梁珅拿出钥匙准备开门的时候，李璟熠突然从后面捅了捅他，梁珅扭过头，一脸鄙夷地望着李璟熠说道：“怎么，你还紧张啊？屁大点儿事，不至于吧！嘿！这也不是你性格啊！”

“不是……就是……珅哥，有个事……我想问问你。”

梁珅一拳砸在李璟熠的前胸，说道：“什么不是就是的，有什么事说呗，才一年没见，你咋变得婆婆妈妈的。”

李璟熠组织了一下语言，吞吞吐吐地说道：“珅哥，依你看这世界上到底……嗯……到底有没有……鬼？”

看着李璟熠那神秘兮兮的样子，梁珅不由乐了起来，不以为然地说道：“鬼这样的东西，那都是你们这些文科生胡编乱造的，然后一个接着一个瞎传，最后弄得跟真事似的，好像有谁看见过一样。”

“那……那要是真有人见到过怎么办？”李璟熠不假思索，弱弱地追问道。

“你看见了是吧？”

“呃……怎么说呢，应该……算是没有吧。”李璟熠的语气充满了不确定。

“还应该算是没有？！那玩意儿它压根儿就不存在！哎！你是不是那天撞傻了？”一边说，梁珅一边看着仍旧站在那儿发愣的李璟熠，转而郑重其事地补充道，“我承认，这世界上确实存在着一些看似怪异的现象，凭借现在人类的认知还无法解释。可至少我相信，无论是什么离奇怪异的事，总有一天会从科学的论证中找到答案。”话说到这里，梁珅见李璟熠还是那一脸不开窍的样子，忍不住猛拍了他后背一下，笑骂道：“行了行了，怎么了这是，神神道道的。”说完便把钥匙插进了锁眼。

刚一进家，李璟熠就看见韩瑾玉的卧室门正敞着，陈若莹坐在床上轻轻地给她梳着头发。

“瑾玉，看看璟熠给你买了什么？”梁珅大大方方地进了屋，一边说一边把李璟熠也拽了进去。

“哼！才不稀罕他的东西呢。”说着，韩瑾玉一噘嘴，把头扭了过去，只给李璟熠留了个后背。

“稀不稀罕人家也给你买了，一份心意还能拒之门外啊。”说着，梁珅示意李璟熠先把箱子放下。

李璟熠把杧果纸箱轻轻地放在了地上，然后像个木头桩子一样杵在原地不吭声。梁珅轻咳了一下，对他使了个眼色，一把将他推到了前面。这时的李璟熠还真有点儿难为情，背在身后的两只手紧张地来回搓，好不容易才憋出一句：

“瑾玉，下午真不好意思，呃……我那里有盆仙人掌，要不你先凑合养着？”

“你那是长刺的！我那是开花的！能一样吗？！”

韩瑾玉的一句话把李璟熠噎了个半死，他只得愁眉苦脸地试探问道：“那要不明天下班我再给你买一盆？”

“哼！上哪儿买……那是我姐妹费了好大劲儿才弄到的，全市区也不见得能找到十株。”韩瑾玉愤愤地小声嘀咕着，明显是还在跟他怄气呢。

可韩瑾玉的声音虽然很小，却还是被李璟熠听到了，他不禁觉得甚是好笑，一边打起了退堂鼓，一边暗自寻思着："真没想到，这小姑奶奶的脾气居然这么大，你应该说那是王母娘娘在蟠桃会上送你的……"

说起来，李璟熠最怕遇到的就是这种情况。记得以前上中学的时候自己就不幸碰到过一次，他不小心把一个小姑娘的水壶给打碎了，人家可倒好，买新的不稀罕，赔钱也不行，非要个跟原来一模一样的，到后来，硬是闹到班主任那儿才算了事。

看着稍稍有些冷场，陈若莹连忙帮着李璟熠解释道："瑾玉，明天璟熠就要去报到了，他心里紧张也在所难免的，所以才……"

没等陈若莹把话说完，韩瑾玉就抢着说道："不就是个公务员嘛，有什么了不起的！"

韩瑾玉这话一出口，不仅让陈若莹很尴尬，就连梁珅这个表哥也被她弄得下不来台了。

"怎么说话呢这是？人家赔了礼又道了歉，你还想怎样？！瑾玉，你今天可有点儿过分啊，这不是在咱家，没人惯着你！"梁珅沉着脸，严肃地说道。

梁珅冷冰冰的声音着实把韩瑾玉吓了一跳，在她的记忆里，表哥从来没用这么重的语气跟自己说过话，她下意识地往陈若莹的身边靠了靠，也不敢再出声了。

梁珅觉得，今天这事闹成这样也不好再谈下去了，转身冲着李璟熠说道："璟熠，你先回屋吧，明天的正事要紧，这儿我处理就行。"说罢，他弯下腰打开箱子，从里面拣了几个较大的杧果塞给了李璟熠。

此刻，李璟熠是如蒙大赦，临出门前对韩瑾玉说道："一会儿你也尝尝，挑熟的吃，生的养两天再吃。"

韩瑾玉嘟着嘴冲他"哼"了一小声，再看看梁珅依然板着脸，又怯怯地把头转了回去。李璟熠双手一摊，轻轻地带上门，回到了自己的卧室。

回屋后，李璟熠翻箱倒柜可算是找出袋方便面来，刚想倒水泡上，这才发现屋里没有热水。为了避免跟韩瑾玉在客厅里碰到，李璟熠蹑手蹑脚地走到屋门前，悄悄推开一道门缝，想先看看外面的动静，谁知，一个女孩儿的身影出现在了他的眼前，似乎就是昨天晚上遇到的那个“女鬼”。李璟熠吓得猛退一步，厉声喝道：

“大胆女鬼！”

屏住呼吸，李璟熠紧张地盯着屋门，心想：“不会吧，屋里这么多人，难道她已经猖狂到这个地步了？”

正当李璟熠还在愣神的时候，门“吱”的一声被推开了，陈若莹端着个保温饭盒，一脸惊愕地站在门口说道：“璟熠，你干吗呢，吓我一跳。”

“学……学姐，是你呀，不好意思，我那什么……”李璟熠搜肠刮肚，总算编出个比较靠谱的理由来，“昨天看了个恐怖片，条件反射，学姐你快进屋。”

“哎哟，你可真是的。”陈若莹一手捂着胸口，另一手将饭盒递过来说道，“这是瑾玉给你做的可乐鸡翅和米饭，本来中午就想给你送过来，可我在门外叫了你半天也没反应，谁知下午又出了这么一档子事。”

“哇……她她她……她给我做的？！”李璟熠吃惊地张大了嘴，指着饭盒一副受宠若惊的表情。

“唉，她呀，就是刀子嘴豆腐心，知道你还没吃晚饭，这不刚才特意又让我给你送过来的。你吃完了就早点儿睡吧，明天还得去报到呢。”说完，陈若莹便转身回屋了。

关上门，李璟熠坐在沙发上，两只眼睛直勾勾地瞅着面前的饭盒，盯了好一会儿这才不可思议地打开盖子。三个喷香诱人的鸡翅躺在白里杂黄的米饭上，那黄色的小颗粒应该是小米吧，这饭菜光看着就叫人食欲大增。

李璟熠吧嗒着嘴，不由赞叹道：“真看不出来，这小姑奶奶还有这么一番手艺呢！” 一边感叹着，他一边拿起筷子夹着鸡翅咬了一口，“嗯！色香味俱全！甜而不腻，回味无穷啊！”

李璟熠不住地点头称赞，没一会儿工夫便把那饭盒吃了个底朝天，打着饱嗝，他一边看电视一边归拢着明天要带的证件和材料，忙了一会儿已经十点了。洗漱完毕后，李璟熠熄了灯躺在床上刚要闭眼，忽然间又想起了什么，低下头，他看着胸前的玉佩轻声说道："姑娘啊，今晚你可千万别再出来了，明天我要去新单位报到，那可不是闹着玩儿的。嗯……不管是新仇还是旧怨，咱都得从长计议是不？”说完，李璟熠摘下玉佩将它收进了床头柜里。

枕着半条胳膊，李璟熠一边属羊一边念叨着："明天还是给家里打个电话吧，问问这玉佩的事也好。”想着想着，他慢慢地睡着了，这一晚还真就平平静静地过去了。

第二天去单位报到还是比较顺利的，李璟熠的直属领导赵主任是个很随和的人，看过他的大学履历后，对李璟熠那温文尔雅的言行举止也十分满意。安排好办公桌，赵主任又为他逐一介绍了同事，最后告诉他明天就可以正式入职了。李璟熠很有礼貌地把自己的材料送到人事处，接着，便一身轻松地走出了办公楼。

这个单位李璟熠比较中意，无论是离家的距离，还是那静雅的办公环境，基本没得挑。不过，唯一让他感到郁闷的就是自己未来的同事们。在赵主任介绍的时候李璟熠发现，大家的平均年龄怎么也得在五十岁左右，原本他还计划着参加工作以后，买本关于人生哲学的书来读读，给自己增加些阅历，如今看来是真心用不着了，这帮老前辈们，随随便便拎出一个来，那都是有故事的人。一路上，李璟熠哼唱着《夕阳红》小调儿，满心惬意地回了家。

家里没人，珅哥和学姐肯定在上班，至于韩瑾玉，八成是面试去了。在客厅吃过午饭后，李璟熠大摇大摆地泡了杯绿茶，奢侈地窝在沙发上享受着午后阳光下的闲暇。眯了一小觉后，他拿起手机拨通了家里的电话。

“喂？爸。”

“璟熠啊，吃饭没？今天报到怎么样？”

“刚吃过，报到挺顺利的，我明天就正式上班了。”

“嗯，那就好，上下班的路上要注意安全，工作上有什么不明白的事就给我打个电话，我们可以谈一谈。”老爸打着官腔说道。

“行，我知道了。对了，爸，有个事我想问问你。”

“什么事你说。”

“就是咱家那块玉佩，呃……这玉佩吧……嗯……”一时间，李璟熠还真不知道该怎么形容最近发生的这些怪事。

话筒那边，听着李璟熠说话磕磕巴巴，老爸的语气马上变得严厉起来。

“你把它弄丢了？！”

“哎呀……不是啊！”

“摔坏了？！”

“哎哟，爸——你就不能盼点儿好事吗？玉佩好好的呢！”

“璟熠，我可告诉过你，那玉佩是咱家顶重要的东西，绝不能到了你这儿就传不下去了。”

“知道了，其实我就是想问问，这玉佩它……嗯……就是……有没有什么比较特别的地方？”

“特别的地方？比如——”

“呃，比如？嗯……比如它能说话？”李璟熠试探着问道，话语间一点儿底气都没有。

“啊？科幻小说看多了吧你，说什么呢？”

“唉，我就是那么一问嘛。”

“一天天的胡思乱想什么呢？好好工作那是正事，在单位的时候有点儿眼力见儿，别迷迷糊糊的。”

“啊，知道了，那要是没什么事我先挂了啊。”

“嗯，晚上早点儿睡，早晨记得吃饭。”

“哦，知道了。”

“少吃点儿泡面，跟住在一起的朋友好好相处。”

“哦，记住了，那我挂了啊，手头儿正好还有点事呢。”

李璟熠的老爸是个不会结束对话的人，要是再不找个借口，今儿这一下午他算是有事干了。

“行，挂吧，对了对了，你要是上班不忙就抽空谈个女朋友，实在找不到合适的，就近原则，你同事也行。”

老爸的这么一句话把李璟熠雷了个外焦里嫩，挂断电话后，他心想：“就我那帮同事，哎哟喂！孙子都抱上了。”

一个电话打过去，半点儿线索也没问着，李璟熠无奈地往床上一趴，正想拿个枕头垫在脑袋下，谁知刚一侧头他猛然发现，自己昨天弄脏的那条裤子正晾在窗边。李璟熠慌忙跑到近前一看，天哪！居然还滴着水，这明摆着是刚刚有人洗过。他一个箭步折回床边，从床头柜里拿出玉佩，瞪着两只眼睛说道：“肯定又是你，喂喂！能不这么神出鬼没的吗！”

说着，他晃了晃玉佩，不甘心地问道：“嘿！女鬼，你总这样是为了什么啊，倒是给我个解释呀！”

冲着玉佩说了半天，可它竟连一点儿反应都没有，李璟熠也不死心，继续说道：“我说女鬼啊，呃……那个……玉精？仙子？海……海螺姑娘？”

李璟熠把他能想到的又比较合适的称谓叫了个遍，可玉佩依然毫无反应，反倒弄得他自己跟个神经病似的。就这么折腾了好一阵，他把玉佩放到茶几上，叹着气埋怨道：

“哎哟……我这么叫你，你都不出来，非要大晚上的吓唬人，你不是不怕光吗？”

枕着胳膊躺在床上，李璟熠的大脑像过电影一般，努力回想着这两天发生的种种。虽然他已经不再怀疑这一切的真实性了，但在心里还是不自觉地做起了排查：

“珅哥可没这么无聊，学姐公司今天提案，走得比我还早，韩瑾玉这小姑奶奶……呃！估计不可能，更何况早晨走的时候我明明把卧室门锁上了啊，唔……对！今天出去我还真没戴玉佩……”

正当李璟熠拧着眉毛胡思乱想的时候，一股淡淡的茉莉花香悄然而至，他一歪头，那华美的倩影又一次出现在了眼前。

女子，娴静而立。一裹绛紫色的交领襦裙，云袖翩翩；皓白色裙带鎏着金丝，环腰而系；就在那裙带垂落下来的部分，错落着几点鲜艳欲滴的红梅，在白日里显得格外引人注目。

“夫君。”女孩儿忽地一声轻唤。

李璟熠战战兢兢地爬了起来，颤抖地指了指她，又指了指茶几上的玉佩。看到女孩儿颔首微笑，李璟熠也跟着愣愣地点了点头，可还是不由自主地往后缩了缩身体，就这样目不转睛地盯着人家看了半晌，好不容易才憋出句客套话：

“要不……你先坐？”

女孩儿黛眉轻扬，略显诧异，随即露出个优雅的笑容，轻移莲步，很是端庄地坐在了沙发上。随着女孩儿的走动，一阵茉莉香风沁入肺腑，这芬芳清新淡雅，让李璟熠很难把她与那些怨鬼冤魂联系在一起。

“你……真是从我玉佩里出来的？”

“是。”女孩儿答得言简意赅。

“这屋子是你收拾的？还有我的裤子……也是你洗的？”

“是。”女孩儿再次坦然答道。

李璟熠也没料到她居然如此直言不讳，反倒是弄得自己没了下文。僵了好一会儿，他又问道：

“那你为什么要做这些？”

女孩儿的目光静如星海，大胆地直视着他，悠然说道：

“这些本就是我该做的。”

“大半夜冒出来吓唬人……也是你应该做的？”李璟熠无奈地问道。

女孩儿没想到他竟会这么问，一时间也不知该如何作答，只好静静地端坐在那里，纤细的手指勾着一缕自然垂落的发丝。

“还有，你为什么要叫我夫君啊？”还没等女孩儿答话，李璟熠又抢着继续说道，“呃，你也不用解释的太多，既然你能从我玉佩里出来，现在你就算说自己是外星人我也信。可问题是，我怎么会是你的夫君呢？”

女孩儿微微一怔，眉心轻锁，星眸迟疑，似在回忆着什么。渐渐地，她的眼角浮起一丝憔悴，轻叹了一口气后徐徐说道：

“时隔千年，夫君，这让我从何说起？”

“千——年？”李璟熠一脸惊愕，半张着嘴，掰着手指低头算了半天，若有所思地问道，“唐朝还是宋朝？”

“什么？”女孩儿不解地问道。

看着她那疑惑的表情，李璟熠暗自寻思着：“难道比唐宋还早？”于是，他又往前推了推问道：“再往前那就是三国争霸啦。”

“天子衰微，王权下移，率土之滨，何止三国。”这番话，女孩儿说的是不卑不亢。

“天子……王权！那不就是春秋战国嘛！”

李璟熠一边说，一边偷偷地注意着女孩儿的反应，尽管他已经提到了“春秋战国”，可女孩儿却依然略显茫然地看着自己。

“还不是啊……再往前那就是夏商周啦！”

说到这儿，李璟熠也不敢再往前推了，真要就这么推算下去，那可就到了茹毛饮血的原始社会了。然而，他发现在自己说到“夏商周”的时候，女孩儿的眸中明显有了一丝回应。此时，李璟熠也忽然明白过来：所谓“春秋战国”这样的称谓都是后代人给加上去的，当时应该不是这么叫的。妈呀！看来这姑娘是玩儿真的呢！

想到这里，李璟熠试着继续引导她：“这样吧，齐楚燕韩赵魏秦，你是哪国人？”

“夫君与我自然都是赵国人。”

“赵国？呃……”李璟熠揉着鬓角，冥思苦想了一番说道，“那你叫什么名字？”

“我叫……”女孩儿顿了顿，继而柔声说道，“妙凡。”

“哦！妙凡！”李璟熠露出个恍然大悟的表情，就好像是想起了什么一样。

“你怎么会知道这个名字？”女孩儿一脸惊奇地望着他。

“嗯——”李璟熠拖了个长音，摇着头说道，“从来没听过。”

“没听过吗？如此……那名字就不重要了，我能再次见到你，就已经很满足了。”女孩儿的言语间没有丝毫犹豫，似乎是已经认定了他。

这是李璟熠第一次在白天见到妙凡，仅通过这么一番简短的交流，之前他心中的那份恐惧感已消失得无影无踪。眼前，这个女孩儿名叫妙凡，她的一颦一笑有种很强的亲和力，这反倒让李璟熠觉得是自己过于大惊小怪了，与这般文雅的女孩儿仅交谈了那么几句话，一股怜香惜玉之情便在他的心中泛滥开来。又是静默了几分钟后，李璟熠语气温柔地劝慰道：

“妙……妙凡，对吧，嗯……或许在你的过去经历了很多事，可从春秋战国到现在，已经过去了整整两千多年。”说着，他将语速逐渐放缓，“你刚才也说了，时隔千年，所以说句实话，我真不知道你口中的那个夫君指的到底是谁。”

说到这里，李璟熠的语气中掺杂了一丝莫名的惋惜，那种感觉真的很奇妙，就连他自己也不清楚为什么会这样。跟前一次相比，这算是李璟熠跟妙凡比较正式的初次相见，也是他第一次真真切切地看清了这个女孩儿的容貌。那是一张只有在《诗经》的幻梦中才会出现的容颜，温婉娴静的语气，落落大方的举止，特别是那一抹始终挂在唇角的微笑，散发着浓浓的书卷气质，任谁看了都会懂得什么叫陶醉。面对眼前这个谜一般的女孩儿，李璟熠真的很想听一听她的故事。

“夫君，我不需要任何名分，只想陪在你的身边，这样就好……”

妙凡说罢，一阵清风拂过面颊，吹乱了额前几缕青丝，只见她素手轻抬，将发丝理在耳后，这个女孩儿家不经意间的小动作让李璟熠的心漏跳了一拍，他如痴如醉地看着妙凡，大脑中已是一片空白。

突然！屋外传来了开门的声音，李璟熠立马慌了神，他以最快的速度翻身下床将自己屋门关上，迅速转过头，压低了声音对妙凡说道：

“嘘！好像有人回来了，你就在这屋里好好待着，千万别出声，我出去看看。”

看着他那六神无主的样子，妙凡微微点了点头。得到了她的默许回应，李璟熠这才好好地镇定了一下情绪，心里暗暗嘀咕道：“不会是韩瑾玉吧，能碰巧在这个时候回来的估计也只有她了，真要是让她看见有这么个女孩儿坐在我屋里，那可就有的解释喽。”

一边想着，李璟熠一边轻轻地推开屋门，探出半个脑袋一看，晕！还真是怕什么来什么，果然是韩瑾玉。

“我可不能再惹事了。”就这么寻思着，李璟熠刚要把头缩回来，不料韩瑾玉已经看见了他。还没等李璟熠行动，韩瑾玉便冲着他喊道：“李璟熠！干吗去？！”

“我……我……”一边说，他一边迫不得已地走了出来，回手将屋门关紧，眼看着韩瑾玉一步一步地朝自己走了过来。

“怎么了，看见我就跟见了鬼一样！”韩瑾玉一脸不满地说道。

“哪有啊，我这不是怕你看见我又生气嘛。”李璟熠牵强地解释道。

“我有那么小心眼儿吗？”

“你——”虽然，李璟熠真心想说“你有”，可本着“和谐社会”的精神，硬是给憋了回去。

“对了，你给我买的杧果挺好吃的，不过就是有点儿多，一会儿我再给你拿一些过来。”

“哎！不用了！真不用！”李璟熠焦急地摆着双手，生怕她进到自己屋里来。

“不要拉倒！”说完，韩瑾玉嘟着嘴白了他一眼，扭头就要回屋。

看着韩瑾玉即将离去的背影，李璟熠悬着的一颗心总算是落了地。可正当他拍着胸脯暗自庆幸的时候，那丫头像小猫一样，探着身子东闻闻西嗅嗅，居然又回来了！

“咦？这香味……你真给我买花啦！快让我进屋看看呀！”韩瑾玉兴奋地说道。

李璟熠慌忙贴门而立，一只手牢牢地抓着门把手，遮遮掩掩地说道：

“没……没有，真没有！是……空气清新剂！对！是空气清新剂的味！”

“拜托，编瞎话也讲点儿专业精神好不好，说话都吞吞吐吐的，哎呀，你就让我看看是什么品种嘛！”

“姑奶奶呀，我真的没买！我发誓！发誓！”说着，李璟熠的另一只手也不自觉地横挡在了门前。

“哼！你发‘五’也没用！不让看算了，屋里藏着宝呢？讨厌！”说着，韩瑾玉一扭头，气鼓鼓地回了屋。

眼看着韩瑾玉关上了屋门，李璟熠终于长吁了一口气，心想：“小祖宗，天地良心啊，我这可是为你着想，万一再把你吓出个好歹来。”

靠着屋门，李璟熠又站在原地等了一会儿，直到他确定韩瑾玉肯定不会再出来的时候，这才放下心准备回去。然而，他刚要开门，突然从韩瑾玉的卧室里传来了一声尖叫：

“啊——有老鼠！璟熠你快来！”

听那声音叫得急切，李璟熠也顾不上多想，连忙赶了过去，一进屋就看见韩瑾玉正蹲在床边。李璟熠轻手轻脚地走到她身后，也跟着蹲了下来，小声问道：“在哪儿呢？”

“嘘——”韩瑾玉回过头来比了个噤声的手势，贴在他耳边说道，“床底下呢，你先在这儿看着，我去拿扫把。”

“快去快去！我在这儿盯着，千万别让它跑了！”

说完，李璟熠便傻乎乎地守在床边，还不时侧身低头往床下看看。

此时，韩瑾玉却是一脸窃笑地猫着腰，蹑手蹑脚地向后退去。刚到门口，她忽然哈哈一笑，调皮地说道："你不让看，那我就偏要看！"话音未落，人已经一溜烟不见了。

李璟熠这才意识到自己上当了，说时迟那时快，还没等他站起身来，从自己的卧室里就传出"哇"的一声惊呼！这下，李璟熠连死的心都有了，他一边往自己屋里赶，一边飞快地搜罗着借口："该死！这可让我怎么解释啊，演话剧的？Cosplay？化装舞会那也不到时候啊！"

可当李璟熠回屋一看，刚才那个叫妙凡的女孩儿已经不见了，卧室里就只有韩瑾玉一个人。只见她张着嘴巴，面带惊奇地环顾着屋中的一切。

"怎……怎么了？你这一惊一乍的。"李璟熠郁闷地问道。

"喂喂喂，你这屋子也太干净了吧！东西摆放得这么整齐不说，还喷了满满一屋子的茉莉香水，你不会有洁癖吧！哗！被子叠得跟豆腐块一样，你有强迫症啊！"

她这么一席话一下子就给李璟熠定了俩病症，还都是精神性的。当然，此时的李璟熠哪有闲心去顾及这些，他摸着下巴暗自琢磨起来："咦？那个叫妙凡的女孩儿哪去了？藏起来了，还是又回到玉佩里了？"

正当李璟熠一通乱猜的时候，"啪"的一声，韩瑾玉在他面前打了个响指说道："又愣什么神哪！"

"呃……没事没事。"李璟熠目光呆滞地摇了摇头。

"跟你说话可真累，老是这么心不在焉的。喂！饭盒还我呀！"

"啊！对对对！"说着，李璟熠赶忙从茶几上拿起那已经刷干净的饭盒，眼睛不由自主地瞟了一眼玉佩。

"味道怎么样，好吃吧！"韩瑾玉笑嘻嘻地问道。

"嗯！确实不错！"李璟熠发自内心地点头称赞。

"那改天再给你做喽。好啦，我得回屋海投简历了，刚才去的那家单位也太不靠谱了！二货面试官居然说，他就是想看看，什么样的应届毕业生敢应聘需要十年以上工作经验的执行总裁。"

说完，韩瑾玉冲他做了个鬼脸，哼着歌回了屋。等完全确定她已经进屋之后，李璟熠赶紧锁上了自己的卧室门，转身拿起玉佩自语道：

“好家伙，来无影去无踪，您可真是神龙见首不见尾啊！”

傍晚的时候，梁珅和陈若莹下班回家，四个人在客厅一起吃过晚饭，陈若莹见李璟熠和韩瑾玉已然“化干戈为玉帛”了，心情甚好，特意带着两个人出去逛夜市，梁珅则懒洋洋地躺在家里看世界杯。

晚上将近九点的时候，他们一行三人才回家。洗漱之后，李璟熠有些困倦，熄了灯静静地躺在床上，他摩挲着胸前的玉佩，心中充满了疑问。直觉告诉自己，这个叫妙凡的女孩儿来历绝不简单，她到底经历过什么，为什么会从我的玉佩里出来呢？

辗转反侧了良久，李璟熠暗下决心：“下次再见面的时候一定要问个清楚，不管她是来找我的，还是碰巧误会了，总得弄明白不是。”想通了这一点后，他长长地打了个哈欠，打开薄被盖在身上，伴着那满屋的茉莉余香睡着了。

第四章　问缘——轻啼小试彻长空

一连几日就那么平平常常地过去了，梁珅和陈若莹计划年底买婚房，两个人一有空就会在网上研究城区里新开的各处楼盘，从地理位置到周边环境，从房屋均价到升值空间，什么附近学区、住宅物业、户型格局……几乎是样样都得考虑到位。的确，买房子是普通家庭一辈子最大的一次支出，许多新婚小夫妻都是耗尽了父辈半生的积蓄才换来那么个“光鲜亮丽”的容身之所。虽然不能做到尽善尽美样样如意，但老百姓的孩子对待这种事情也理应慎之又慎，就像李璟熠老爸所说的：

“买房子可不能想着省钱图便宜，一定要选个中意的，怎么也是半辈子的事嘛！需要钱了跟我说，虽然你老爸我这个李纲非那个李刚。”

最近，韩瑾玉一直计划着跟几个朋友去城南的玉溪山露营。于是，她今天网购个帐篷，明天又扛回个睡袋，自然也是忙得不亦乐乎。当然，韩瑾玉得空也会投投简历，然后精心打扮一番，有模有样地去参加几次面试，不过每次回来都是一脸怨气，不是觉得工作环境太差，就是认为面试的HR变态。

一到周末闲暇，四个人偶尔会齐聚客厅。每当这个时候，韩瑾玉就成了家里不可或缺的“开心果”，给大家说几个朋友的糗事，再讲上一段离奇的灵异故事，她极度活跃的思维模式和那“天不怕，地不怕”的性格令李璟熠煞是羡慕。

再说李璟熠，到今天为止，他已经在文献中心上了半个月的班。由于自己是新人，主要以学习为主，所以每天的工作量并不大，倒也乐得清闲。在这段时日里，李璟熠的玉佩一直都老老实实的，没有再生什么异样，那个叫妙凡的女孩儿似乎也没了动静，至于深夜时分有没有趁李璟熠睡熟之后再出来过，便不得而知了。

今天是周五，李璟熠正在单位食堂吃午饭。提到省图书馆的食堂，那还真是有趣的事，自助餐厅的打饭模式，在职员工只要花两块钱便能吃个饱，正所谓，“两块钱你买不到吃亏，两块钱你买不到上当”。在如今这个社会，两块钱能做什么？上了地铁一直坐到终点站？买根老冰棍追忆一下童年？而对于李璟熠来说，两块钱就意味着：一个鸡翅两碗汤，三碟小菜四两饭，捂着肚子遛个弯儿，至于那七八九十是什么，他也不记得单位老前辈们是怎么说的了……

吃罢午饭，李璟熠聚精会神地坐在办公桌前摆弄着一个魔方，这时，单位的刘姐回来了，刚一进门就笑眯眯地对他说：“小李啊，忙不？刘姐刚买了几盆花，帮忙搬上来呗。”

“哎，好！”李璟熠顺手把魔方丢进了抽屉，跟着刘姐下了楼。

办公室里的刘姐坐在李璟熠的前面，四十多岁了，却是“心老，人不老”，似乎挺有个性的。听单位同事讲，她这个人心气高得很，读书的时候学习拔尖儿，体育优秀，唱歌、跳舞、演讲、绘画，几乎是“十八般武艺样样精通”。在来到文献中心之前，刘姐曾是一家保险公司的营业部总监，寿险营销的MDRT会员，带领着一个二百多人的大团队。她为人精明强干，处事八面玲珑，交际圈子特别广，用赵主任的一句话来概括那就是：“别人的‘萝莉时代’她是‘御姐’，别人的‘御姐时代’她是‘女神’，别人的‘女神时代’她已经成功蜕变成了女强人。”

图书借阅室外的走廊里，李璟熠和刘姐把花盆放在地上歇口气，闲聊了几句工作琐事后，刘姐问道：“小李，有女朋友了吗？”

“女朋友，嗯——”迟疑了一下后，李璟熠硬着头皮说道，“算是有过吧，毕业之后各奔东西，也就没有再联系了。”

“哦，相处了多久啊？”

“这个嘛……很久以前的事了。”李璟熠挠了挠头，不好意思地笑道，“呵呵，实在是记不起来了。”

“嗯？不是你上大学的时候吗？”

“不不，不是那会儿，还要早一点儿。”

“高中？”

“呃……还要再早一点点。”

“初中啊！”刘姐诧异地说道。

“不不不，是小学四年级的时候。”此时，李璟熠倒是淡定得很。

“啊？那叫女朋友吗？小小年纪懂得什么呀。”

听到刘姐这么说，李璟熠挠着脖子尴尬地苦笑了起来，可他自己还真就那么点儿可怜的感情经历，总比说从来没谈过恋爱强吧。

“那你上大学的时候怎么没找一个呢？中文系不是一贯的‘羊多狼少’美女如云吗？”刘姐好奇地追问道。

“大学那会儿吧，异性朋友倒是挺多，可要说女朋友，好像还真没有。”

“咦？怎么会，咱们小李文质彬彬的，长相一点儿也不差啊。”

“上大学的时候，身边有一帮好哥们儿，平时老聚一起瞎玩胡闹，也就没太在意这事。不过，倒也有女孩儿暗示过，可我觉得未来还有很多不确定的因素……”说到这里，李璟熠微微一顿，接着又小有严肃地补充道，“女孩儿不比男孩儿，感情上的事人家耽误不起，所以我还是……”

“嗯，对待女孩子，在你没想好的时候就不应该去轻易招惹人家，可话又说回来，这一点你们男人根本做不到……不过小李，你年纪尚轻就能有这种想法，刘姐还是很欣赏的。”

“是吗？呵呵，我就是觉得感情这事吧主要还得看眼缘，强求总归不太好。”

“嗯，小李，虽然你来单位的时间并不长，平日里看似风轻云淡的，可刘姐觉得，其实你骨子里藏着一份桀骜不驯的劲儿，也许是还没遇到那个能降得住你的女孩儿吧。”

听着她那似有喻指又耐人寻味的话，李璟熠再次有了种“不明觉厉”的感觉，第一次是珅哥，第二次便是这个眼睛很毒的刘姐了。

“爱情，在男人眼里它可能就是个闪闪发光的瞬间，可女人看来却是一条绵延无尽的曲线。”说到这里，刘姐双目无神地望向窗外，语气中尽显无助。稍顿了一会儿后她再次开口：“曾经有过那么一段时间，我觉得爱情其实挺简单，完全在自己的掌控之中，可到后来我才明白，也正是在那个时候，自己已经错得不可挽回了。”

这时，刘姐的语气渐渐变得倔强而又悲凉，李璟熠听得也是一脸茫然，毕竟他还没有真真正正地爱上过谁，自然也体会不到那种滋味。

“刘姐，我能问你个比较俗的问题吗？”愣了一会儿，李璟熠忽然问道。

“嗯？”刘姐转过身平静地看着他。

“你觉得……什么样的爱情最美好？”

“暗恋。”刘姐十分笃定地说道，“在那个时候，你眼中的另一半完美无瑕，你看他什么都好，觉得只要跟他在一起似乎就等于什么都有了。”

“哦。”李璟熠似懂非懂地点了点头，又继续问道，“那你说这世界上到底有没有真爱？或者说……爱情到了什么程度才算是真爱呢？”

“只要在一起。”刘姐平淡地说道，“一起体会新鲜与乏味，一起度过激情与平淡，一起经历辉煌和挫折，一起感受欢乐和悲伤……”

在说这番话的时候，刘姐一连用了五个“一起”，直到后来，李璟熠听两个比较八卦的同事闲聊间说起刘姐的两次家庭变故，那时他才知道，原来，那“五个一起”是一个有过切身之痛的人对真爱的最终诠释。

大学毕业后，学校给刘姐分配到了一个很不错的单位，可她却顶着全家人的反对放弃了那份工作，背井离乡跟着自己的一个学弟来到这个陌生的城市结了婚。刘姐的丈夫在一家印刷厂做出纳员，她自己则应聘到了一所幼儿园当老师，结婚还不到一年，夫妻俩就有了孩子，一家三口过起了和和美美的小日子。然而， 当儿子快两岁的时候，刘姐又怀上了第二个孩子。在当时那是不允许生二胎的，可刘姐坚决不同意把孩子打掉，只好偷偷地跑到乡下生了个小女儿，暂时寄养在一户农家里。由于平日工作太忙，夫妻俩有一段时间没去看孩子，等两个人再去的时候，孩子连同寄养的那户人家都不见了，刘姐和丈夫四处打听了一年多也没个音信。这失子悲恸对于一个母亲来说是很难用言语来形容的，就这样，刘姐悲伤过度，辞去工作在家缓了好几年。再往后，随着儿子慢慢长大，丈夫微薄的收入逐渐不能满足家里的生活开销，刘姐也只好重新寻找工作以贴补家用。经人介绍她来到了一家保险公司，从最底层的业务员做起，也就两年的工夫便成了这家公司的营销总监，随着收入的增加，家庭生活也越来越富裕了。可惜好景不长，五年前刘姐离婚了，具体原因好像是丈夫背着她包养了个“小三儿”。按常理，这种事一般会发生在那种事业有成的男人身上，可自从刘姐当上营销总监之后，她丈夫便一直赋闲在家，一心一意地打理家务，照顾孩子，成了个纯粹的“家庭妇男”。在两个人离婚的时候，刘姐的丈夫是净身出户的，房子、汽车、存款甚至是孩子的抚养权，他什么都没要，一句“缘分已尽，你就放过我吧！”便在离婚协议上签了字。婚变发生后，刘姐再度辞去工作，闷在家里整整两年才将伤痛淡化。赵主任是刘姐的老同学，在他的“关照”下，刘姐以合同工的聘用形式来到了文献中心。赵主任知道刘姐并不缺钱，这么做不过是为了让她能出来走走，免得宅在家里时间太长与社会彻底脱节。

李璟熠知道这件事后特别震惊，他怎么也没想到平日里笑容可掬的刘姐居然承受着如此巨大的伤痛。

原来，女人竟可以坚强到这种地步……

下午上班的时间就快到了，同事们三五结伴陆续回到办公室。在大家手里，有的转着保健球，有的拿着收音机，他们谈笑风生，可李璟熠却是满腹牢骚：“晕，看看人家的同事都在做什么，网购、K歌、泡吧……再看看我的这些老前辈们——养生！唉，等哪天，我也弄上个收音机到花园里遛弯儿去，唔……最好再牵上条邋里邋遢的老狗。”

正当李璟熠趴在桌子上无趣自嘲的时候，赵主任忽然走了进来对他说：“小李，两点整你来我办公室一趟。”

还没等他答话，赵主任已经转身出去了，李璟熠连忙打起十二分的精神，先整理了一下思路，把这两天的工作在脑子中简单地过了一遍，然后盯着手表掐着点儿走进了赵主任的办公室。

一进屋，赵主任便大气地摆了个手势，示意他坐下。

“小李，这周六南城区历史博物馆要搞一个活动，需要你代表咱们省图书馆参与一下。”赵主任喝了口茶，继续说道，“咱们部门的人员构成你也了解，大家都处在上有老下有小的年龄，一到了周末那比上班还忙。你是咱单位里唯一的年轻人，应该把握好每一个机会多历练历练，这样将来才能扛得起重担。”

“行！没问题，我一定把您交代的工作做好。”李璟熠的回答干脆利落。

“嗯，小伙子不错！”赵主任赞许地点点头，“我这儿有份材料，是他们活动的主要内容，去之前你好好看一下。另外，有件事我还要具体交代一下，这次你要代表我们省图书馆送幅毛笔字过去，也用不着写太多，几个字就行，大方醒目，寓意深刻。如果你自己能写那是最好，实在不行就找人代笔，书法功底说得过去就行，可也不能太马虎了。”

“毛笔字啊，这个……我的字确实是拿不出手，嗯——我尽量想办法吧。”

提起毛笔字，哎哟，那可真是戳中了李璟熠的软肋，虽说自己写不好，可他连做梦都想练就一笔行云流水的书法字

“还有，我看过你的大学履历，知道你对围棋别有一番心得。南城

区博物馆的宋馆长是我老朋友，这套玉围棋你顺便帮我带给他，那老宋也是个视棋如命的人，如果有机会你可以跟他切磋一下下。”

“嗯，我知道了。”李璟熠一边点头一边想：“反正周末在家里闲着也是无聊，听说南城那边是开发区，规划得很好，青山绿水的去转转也不错，更何况还能跟老手下棋……”

李璟熠一向行事低调，也算是个深藏不露的人，不过一提到围棋，那他还真用不着谦虚。小时候朋友不多，李璟熠一个人在家里百无聊赖，一到了中午，电视上有围棋讲座，他就跟着学，慢慢地便喜欢上了下棋。父亲发现儿子有这个兴趣之后，还陪着他用雨花石DIY了一套围棋，后来又专门请了几个老师，这一学就是八年。上大学的时候，省里举办高校围棋联赛，李璟熠轻而易举地蝉联了四届冠军。别看他平日里一副闲云野鹤的样子，可一旦下起棋来，那种淡定睿智，细腻平稳，也曾令不少女孩儿为之倾慕，芳心暗许。举棋落子间，李璟熠杀招凌厉，防守稳健，往往在最关键的时刻能使出一些不循常理的套路，总令对手百思不得其解，最终自乱阵脚投子认输。

“好了，这两件事一定要办好，下班后你坐轻轨直接过去，至于食宿问题你不用担心，单位都已经安排好了。”

“啊？这么着急？”

“你现在就去准备一下，三点的时候再跟我出去办点儿事。”

“主任您忘了，我还得准备毛笔字呢，还有，您给我的材料我还没……”

“小李。”赵主任打断了他的话，“工作我已经安排好了，能不能完成那就是你的事了。”看着李璟熠面露难色，赵主任又语重心长地继续说道：“你要记住，在这个社会上没有人想故意难为你，所以要想把工作做得漂亮，光靠勤奋和努力那是远远不够的，这就是社会和学校的最大区别。我留心观察了几天，虽然你平时不怎么爱说话，但我看得出其实你很有想法，年轻人不露锋芒固然很好，可到了该表现的时候，就一定要毫不含糊地冲上去，知道吗？”

“嗯，我知道了，谢谢赵主任。”李璟熠严肃地点了点头。

“以后，不会就学，不懂就问，但要记住，学不是目的，悟才是关键，学来的东西永远都是别人的，只有悟出来的才是你自己的。年轻人，别闷头老参悟人生哲学，那些东西，懂得越多，活着越累，只有通过实践悟出了自己的道理，路才能越走越舒坦。”

赵主任的话越说越深奥，李璟熠听着听着也泛起了迷糊。这时，赵主任忽然爽朗一笑，说道：“你这孩子，嗯……很不错！比起我那女儿来可是强多了。我的闺女算是被惯坏了，一天天正事不想，老研究什么星座啊、血型啊，真是没辙呀！呵呵呵，好了，你快去准备吧。”

就这样，李璟熠走出了赵主任的办公室，回到自己位子上盘算着：“看来这次得麻烦括军跑一趟了，幸好他离南城区不算太远。”

下午，跟赵主任办完事后已临近傍晚，李璟熠给珅哥打了个电话，说明自己周末要加班后便匆匆赶往轻轨车站。

晚上七点四十分，李璟熠坐上通往南城的轻轨，在车上吃过简餐后他马上联系了张括军。

“喂，括军！”

“嘿！二哥！这么有心情给我打电话？”

“想你了呗。”

“你可拉倒吧！跟珅哥在一块儿呢？”

“没有。这周末我出差，现在坐轻轨往南城那边儿去呢，有个事你可得帮帮我，十万火急啊。”

“你看看，我就说嘛，你这家伙有好事肯定想不起我来。”

“好啦，这事我真着急，你现在赶紧帮我写上一幅毛笔字，我们单位要。”

“嗨！就这点儿事啊，小菜一碟，太没问题了！”

“还有，晚上我就住在南城区，你还得坐火车给我送过来，我是实在赶不到你那儿去了。”

“哎哟！要的这么着急，这下可麻烦了，我现在人在北京呢。”

“北京？你小子怎么跑到首都去了？”

“这不是有个书法协会要开书画展嘛，我导师就把我介绍过去给人家帮帮忙，顺便碰碰运气，兴许还能认识一两个大腕儿哪。哎！对了，可以让我导师帮你写嘛。”

“这个我早想到了，可是不行啊，括军，我最快八点才能到南城，折回去找你导师写字那晚上就没车了，我回不来啊。”

“唉，这可就难办了，要是我自己肯定是没的说，关键那是我导师，人家也不能特意给你送过去呀。”

“要不，你帮我问问你的学弟学妹们，或者你那些红颜知己也行。”

“红颜知己啊……嘿，你这么一说我还真想到了一个人！”

“谁啊？”

“赵丽冉啊！”

“谁？”

“哎呀，你忘了，就是我的前前女友的闺蜜，你俩以前不是还有过一腿吗？她家离南城区多近啊！我让她写一幅，再给你送过去不就完了，这样的话兴许晚上还能成就一番好事呢，一箭双雕！哎——不用感谢我啊，这都是兄弟分内的事！”

“我靠！你可千万别给她打电话啊，算我求你了行不，我跟她那真不合适。”

“靠什么靠，不孝有三，无后为大！哥们儿这都换了仨女朋友了，你还处男呢！”

“啧！你小点儿声，旁边都是人！再说了，那种事情我不得慎重嘛！”

“哎哟喂，我的亲二哥啊！你就听我一句劝……”

“哎！等一下！哇！我看见飞碟了！先不说了啊，我得赶紧把它拍下来！”

没等张括军回话，李璟熠赶紧挂断了电话。接着，他就像是一只泄了气的皮球，靠在座位上一脸愁云地望向车窗外。

话说张括军前前女友的这个闺蜜，那李璟熠可是太太服气了。先说名字吧，李璟熠至今为止都不知道她到底叫什么，可能叫赵丽冉，也可能叫赵莉岚，幸亏李璟熠是个土生土长的北方人，他要是操着一口南方话，那可就有意思了。其次，那就是爱好，这姑娘平生最痴迷两件事——星座和灵异。在她看来，上帝造人和达尔文的进化论那都是胡扯，人家的观点是：人是时光的旅行者，每个人都在用生命创作着自己的故事。就说第一次见面吧，那李璟熠几乎是捡了条命才活着回来的。约会嘛，正常逻辑不都是一起吃个饭，然后到小树林里漫步一番，别管天冷不冷，给女孩儿披件衣服什么的。可这姑娘那叫一个别出心裁，约李璟熠晚上十点半在人文楼的顶层见面，下午的时候还给他发短信讲了个鬼故事：

“以前，人文楼吊死过一个女孩儿，她生前一直渴望找个男朋友，可由于她右手长了六根手指，所以男生都很嫌弃她，最后女孩儿终于崩溃了，吊死在了人文楼。打那以后就有了这么个传闻，凡是晚上在人文楼里遇到这个女孩儿的单身男性都会被她带走，到地狱里去给她当男朋友。”

“白天不谈人，夜里莫论鬼。”这老话说的那是一点儿都不假。整整一个下午，李璟熠根本没把这事放在心上，他觉得这个故事虽然离奇，但确实没什么新意，可到了晚上他独自一个人爬上人文楼，心里居然还真有那么点儿毛骨悚然。在顶层，李璟熠等了很久也没见那姑娘出现，正当他想打个电话问问的时候，背后突然传来一个极其幽怨的声音：“同学，我上自习忘了时间，这么晚了，你送我回寝好不好，我怕黑，不敢一个人走。”李璟熠一回头，一身寒毛都竖了起来，在自己的面前正站着个身穿白色连衣裙的女孩儿，那一张脸没有丁点儿血色，苍白得要命。李璟熠紧张的心怦怦直跳，合计着这种事情宁可信其有不可信其无，难道真让自己给撞上了？于是，他只得抱着赌一把的心态问了句：“同……同学，能让我看看你的手不？”女孩儿似乎知道他要这么问，也不搭话，僵直地抬起了一只手，慢慢拉起衣袖露出手指，那诡异动作简直就不是一个正常人该有的。壮着胆子，李璟熠探头一看：五根手指！这才松了口气，说道："哎哟，没事了没事了，不过我还得等人呢，只能把你送到楼下。"女孩儿也不理会，跟在李璟熠的身后下了两层，到了个十分漆黑的楼层，女孩儿忽然幽幽地说了句："下了两层，还有十六层……"李璟熠一时间没反应过来，刚想回头问问她那话是什么意思，女孩儿突然发出一个极其凄厉的声音："同学呀，难道你就不想看看我的另一只手吗？"李璟熠一听，顿时头皮发麻，小腿肚子阵阵痉挛，面对这光景哪还敢再回头，正当他要拔腿奔逃的时候，身后突然传来了女孩儿"咯咯咯"的笑声，她一把抓住李璟熠的胳膊，兴奋地喊道："李璟熠！Surprise！"原来，她就是传说中的赵丽冉（赵莉岚）……

后来，碍于张括军的面子，李璟熠又和她见了几次面，在两个人那短暂的交往中，没有鲜花，更没有巧克力，一句话——没有甜蜜只有惊悚。对于李璟熠来说，每次跟她聊天都意味着世界观的重筑、人生观的改写、价值观的进化。再往后，李璟熠也是敷衍不下去了，只好绞尽脑汁地寻找各种推托见面的理由：比如太阳进入天蝎座不适合约会啦，最近他要通灵不近女色啦，程书航一个射手男居然活出个处女座性格，自己必须立项研究啦……到最后，李璟熠实在是编不出来了，直接给她发了个信息："你来自古代，我来自外星，我们之间是不可能的！"这短信一发那姑娘还真消停了，如此一来，李璟熠也自认为这事总算是告一段落了。然而，临毕业前，张括军突然神经兮兮地对他说："赵丽冉（赵莉岚）非你不嫁，她说你是这个时空中唯一能懂她的人，而且还破译了她的真实身份。"听了这话，李璟熠的精神世界彻底崩塌了……

轻轨列车缓缓驶入了灯火通明却人烟稀少的南城区。下车后，李璟熠满大街转悠着买毛笔、墨水和宣纸，由于自己人生地不熟，忙忙活活地直到晚上九点才把那"文房四宝"凑齐。买好了东西，李璟熠按照材料上的地址找到了南城博物馆招待所，等他把一切都收拾妥当的时候都已经十点多了。在招待所的房间里，李璟熠从床边走到桌前，一会儿蹲在地上发愣，一会儿又试着在报纸上写俩字，没一会儿工夫，满地都是废纸团。李璟熠抬手一看表，马上十一点了！这一下他可是真慌了，把心一横自语道：

“行了行了，凑合写吧，字再丑也总比没有强啊！”

于是，李璟熠铺平宣纸，深吸了口气，再次拿起毛笔，蘸饱墨，颤颤巍巍地提笔刚要书写，不料一滴墨水掉在了雪白的宣纸上，他气愤地放下笔，把宣纸揉成一团，砸在了地上。李璟熠还是知道自己有几斤几两的，愁眉苦脸的一头顶在桌面上，两只手臂无力地自然垂下，没了动作。可就在这个时候，一股熟悉的香气飘然而至，闻到了那清冽的芬芳，堆在李璟熠额头上的愁云慢慢散开，拧在一起的眉毛也渐渐舒展，微笑悄悄地挂在了他的嘴角上。缓缓地睁开眼睛，李璟熠心中一震，蓦然回头叫了声：

“妙凡？”

然而，空荡荡的房间除了自己再无他人，李璟熠转回身来，一丝莫名的失落浮上心头。他托起手中的玉佩，放在鼻子下轻轻嗅了嗅，然后振作精神，重新铺好了一张宣纸，拿起毛笔竟不知不觉地在纸上写了个“妙”字。看着自己那横歪竖斜的“墨宝”，李璟熠不由得摇了摇头，放下笔长叹了口气。

“夫君，心不静则神不稳，何以动墨？”

李璟熠惊得一怔，站起身再次转过头去。紫衫端庄，裙带矜持，皓白如玉的双手互挽着放在身前，一张纯净的笑脸正凝望着他。

“妙凡？真……真的是你！”

“夫君是在习字吗？”妙凡颔首轻语道。

李璟熠一听，马上耷拉下脑袋来，倒在床上垂头丧气地说道：“我得写幅字，明天早上就要。唉，可我自打一下生那就不是拿毛笔写字的料，别说心如止水了，就算冻成个冰块那也白搭，写出来的字……呃，就跟蜘蛛乱爬一样。”

妙凡走到桌前，轻轻地拿起宣纸，悉心辨认一番后，一抹红晕悄然擦上脸颊。她微笑着回过头，凝视着李璟熠问道："夫君刚刚所书的可是个'妙'字？"

"啊——"李璟熠显得有些惊慌失措，连忙干笑着解释道，"对，是个'妙'字，呃……妙手回春、妙不可言、妙笔生辉，妙……妙……妙……"

妙凡一听，不禁掩口轻笑，柔声问道："夫君是在学那猫儿叫吗？"

还在继续"妙"着的李璟熠一愣，搔了搔头，冲着妙凡不好意思地憨笑起来。

"若夫君如此烦恼，不妨由我来代笔吧。"

听她这么一说，李璟熠马上来了精神，他喜出望外地看着妙凡问道："你会写毛笔字啊！"

"你说呢？"妙凡莞尔一笑。

"哎呀，对对对！我都给忘了，你是古代赵国人！"

说着，李璟熠急忙翻身下床，连鞋都顾不上穿，心中一阵狂喜："哎哟我的妈呀，可算是来了个懂行的人！"

只见妙凡神态自若地端坐在椅子上，微抬素手，胸有成竹地拈起笔，问道："夫君是要我写在这块白布上吗？"

"呃……理论上讲这个叫宣纸，哎！管它叫什么呢，只要你能帮我随便糊弄上几个字，你愿意叫啥都行。"

妙凡会意一笑，蘸了点儿墨汁，戏谑地问道："那夫君是让我写个'妙手回春'吗？"

"别别别！"李璟熠一边出言阻止，心中一边暗想：真要是写个"妙手回春"，再送到博物馆去……哼哼，那我可就出名儿喽。

看着李璟熠着急的样子再加上那有些古怪的表情，妙凡抿嘴一笑，轻吟道：

"大学之道，在明明德，在亲民，在止于至善。大丈夫，格物致知，诚意正心，修身，齐家治国平天下。”

妙凡的声音婉转动听，语气抑扬顿挫，虽是念出来的，可在李璟熠听来，却是犹如黄莺出谷般的轻吟浅唱，在如此美妙的音色下，还有谁领略不到那陶醉的意境呢。

“妙凡，你唱得真好听。”李璟熠痴痴地赞道。

“唱？”妙凡黛眉轻扬，继而说道，“如此，那便为夫君写个‘止于至善’吧。”

说罢，妙凡刚要下笔，不料秀眉微蹙，略有疑惑地看着小碟子里的墨汁，顿在了那里。站在旁边的李璟熠不明缘由，小心翼翼地问道：“要不……你先找个地方练练？”

“夫君，这染布用的颜料是不能用来写字的。”

“染布的？不会吧！”李璟熠诧异地拿起墨汁瓶，看了看标签念叨着，“我买的这是墨汁没错啊。”

“此等俗物焉能书写圣人之言。”

“哦——我懂了！”李璟熠恍然大悟，转而一脸踌躇地说道，“你要的是那种现磨出来的墨汁吧？妹子啊，这大半夜的你让我上哪儿找去？”

“夫君！我是你的发妻，怎能以兄妹相称？”妙凡轻呼道，她那表情好像是发生了天大的事一般。

“不不不，我的意思是……啧，哎呀，我怎么给你解释哪，要不这样，你先凑合着写完字，一会儿我慢慢跟你说行不？”

“可……我真的下不了笔。”说罢，妙凡连毛笔都放下了，一双星眸平静而又认真地望着他。

看着妙凡那严肃的神情，再想一想这幅字毕竟是要送给南城博物馆的，劣质墨汁也确实有些随便了。于是，李璟熠皱着眉头琢磨了一阵，点头说道：“那你先在这儿等一会儿，我再出去转转。”

“夫君。”妙凡咬着嘴唇低声说道，“对不起，是我不好，让夫君劳顿了。”

“没事。”李璟熠宽慰道，“你就在这屋里等我，不管谁敲门都不许开，我带上钥匙一会儿就回来了。”

说完，李璟熠便锁上门急匆匆地下了楼。可刚一到楼下，他又犯起难来，心想：这可真是死要面子活受罪，唉，这大晚上的到哪儿买去啊。

抱着试试看的心态，李璟熠在附近找了一大圈，书法用品店确实有几家，可现在这个点儿人家早就关门了，一看根本没戏，他只好再次折回招待所，正欲上楼，又想起了妙凡那坚决的神情。万般无奈之下，李璟熠只得在招待所的大院里来回踱步，边走边合计着：怎么跟她说呢？要不然劝她凑合一下得了。就这样思量了许久，他终于还是垂头丧气地准备上楼。经过门厅的时候，李璟熠无意间瞟了一眼门卫室，忽然眼前大亮。透过小窗户，他发现在里面的桌子上正堆着笔墨纸砚，其中就有他急需的墨块。李璟熠喜上眉梢，赶紧跑过去敲了敲门。

“谁啊？”一个苍老的声音问道。

“大爷，我是来这边出差的，想求您点儿事。”李璟熠扯着嗓子喊道，生怕老大爷耳背听不到。

“啥事啊？”门卫大爷打开门，一面打量着他一面问道。

“大爷，我想借您的墨块用一下。”李璟熠指着老大爷的桌子说道。

“啥玩意儿？”老大爷把手放在耳边，茫然地问道。

“墨——块！”李璟熠一字一顿地说道，顺势往前探了一步，特意指了指桌子上那两个黑黢黢的东西。

老大爷弯着腰，转身往桌子上看了半天，好不容易才弄明白了李璟熠的意思，可他却毫不犹豫地摆了摆手，说道：“不借不借，那是我孙子的东西，孩子明天上课要用呢！”

“大爷，您看我真的是急用，一会儿就给您送回来，再说了，您这儿不是有两块呢嘛。”

“那也不行，万一孩子不够用呢。”

李璟熠听了很是无语，心想："你孙子那是去写毛笔字，又不是喝墨水。"他没想到，在如此心急如焚的时刻却碰上个这么执拗的人，眼睁睁地看着墨块近在眼前可就是拿不到。李璟熠复又苦苦央求了半天，可那老大爷似乎也钻进了牛角尖，死活不借。这时，他忽然想到韩瑾玉戏弄自己用的那个方法，一不做二不休，他猛地指了一下老大爷身后的地面，喊道："大爷！有老鼠！"

"咋啦？"老大爷一怔，似乎没听明白。

"耗子！有耗子！"李璟熠换了个俗称，继续急切地喊道，"快快快，都钻床底下去啦！"

"哎哟！哪儿呢？！"

说着，老大爷急忙俯下身满地寻找，李璟熠手疾眼快，抢上一步拿起墨块就飞奔出了大厅，这时，老大爷也发现自己上了当，从墙根抄起把扫帚追了出去。真没想到，这老大爷看着岁数不小，身体却硬朗得可以，李璟熠在前面拼命跑，老大爷就在后面穷追不舍。飞奔间，李璟熠"急中生智"绕着招待所的大楼跑了一圈，趁老大爷还没转过弯儿来便一个箭步冲进了招待所门厅，就这么上气不接下气地狂奔上楼，迅速用钥匙打开屋门狼狈地逃回了屋。一进屋，李璟熠赶紧反锁上门，喘着粗气对妙凡说道："哎哎……哎呀……可……可算是给你找来了。"

看着李璟熠满头大汗的样子，妙凡连忙走了过去焦急地问道："夫君，你这是怎么了？"

"不用管我，歇会儿就好了，你快看看这个行不行。"

"行，这个行。"妙凡连看都没看便点头说道。

听到她的这句话，李璟熠放心地长吁了一口气，走到桌子前拿起半瓶矿泉水，"咕咚咕咚"一饮而尽，他一边擦着嘴边的水迹，一边说道："可累死我了。"

"夫君，你歇息片刻，我即刻研墨书写。"

"别别别，我帮你研墨，你写就行，你这一身衣服多漂亮，弄脏就不好了。"说完，李璟熠将砚台里的残墨倒净，洗过碟子后又接了点儿水，拿着墨块磨了起来。

妙凡理了理衣襟，坐在椅子上正欲书写，可刚提笔，手又顿在了半空中，她这一停不要紧，站在后面的李璟熠冷汗都下来了，弱弱地问了句："又……又怎么了？"

"夫君，辛苦了。"妙凡并没有回头，那语气中明显夹着一丝哽咽。

话音未落，妙凡已然开始运笔，写字、补墨、收笔，一气呵成，她的姿态沉稳矜重，笔法挥洒自如，暂且不论那字写得如何，光是这灵动似仙的架势就让李璟熠赞叹不已。再看那字，清新飘逸，大气卓然，任凭谁看了都会眼前一亮。这不禁让李璟熠心中的好奇又加深了一层，他暗自寻思起来：这姑娘到底是什么来头，字写得比括军导师都好，难不成是个书香门第教养出来的大家闺秀？

"夫君，可以了。"妙凡放下笔，笑盈盈地回头望着他。

李璟熠如获至宝地捧起了妙凡的"神作"，皱着眉头看了半天，勉勉强强也就认出个"善"字来。

"妙凡，你这字体是……小篆？"

"秦地之人，草莽耕夫而已，焉能与天子风雅相提并论。"

妙凡在说这番话的时候，眉宇间明显地凝着一丝不屑，而站在旁边欣赏书法的李璟熠似乎并没有太在意，虽然也是似懂非懂地点了点头，但他根本就不明白妙凡这话的真正含义，好在字终于写完了，压在自己心头的一块巨石总算是落了地。轻吹着未干的墨迹，李璟熠满心感激地说道："今天多亏有你，帮了我这么大个忙，谢谢了。"

"夫君，这都是我应该做的。"

听到妙凡再次称呼自己夫君，李璟熠心中一阵纠结，他把字放在桌子上摊平压好，再三思虑后忍不住问道：

"妙凡，你总是这么夫君夫君地叫我，你就那么确信我就是你要找的那个人吗？"

说到这里，李璟熠把目光从她身上移开，摸了摸鼻子略显尴尬地继续说道："你貌若天仙又这么娴静大方，而我……只不过是个普通到不能再普通的凡人。"

"曾经，你也是这样说的……"妙凡站起身来，直视着李璟熠，"夫君是我一生中所见过的最有勇气的男子。"她的话说到这里戛然而止，纤细的指尖摩挲着桌子上的围棋盒，仿佛是在重温那段幸福的记忆。

李璟熠静静地看着她，也没了下文。两个人就这样沉默了良久后，李璟熠找了个新话题："妙凡，不如我教你下围棋吧。"

妙凡扑闪着一双美眸，神情稍显诧异，继而又微笑着问道："夫君是想与我对弈？"

"嗯，下围棋很有意思，你要不要试试？"

"好，那妾身便虚心求教了。"说着，妙凡一抿嘴，优雅地做了个万福。

于是，两个人将棋盘摆好，开始对弈。围棋一直都是李璟熠的强项，对付眼前这个柔弱的小丫头那绝对是绰绰有余。他抢先从棋篓里抓了一把白子，对妙凡做了个谦让的手势："妙凡，执黑先请。"

"夫君真乃谦谦君子，卑以自牧也。"伴着一声轻赞，妙凡托着长袖，落下了一颗黑子。

两个小时后，李璟熠的额头、掌心、后背积满了汗水，这么一会儿工夫对他来说简直就是度秒如年。此时此刻，李璟熠已是两次中盘完败，这第三盘的局势对他来说也是相当不利。妙凡的棋风轻灵飘逸，沉稳大气，那以静制动的棋路完全克制住了李璟熠杀伐狠辣的棋招，他万万没有想到，那么娇弱的身体中竟蕴藏着如此惊人的实力。虽然，在李璟熠的围棋生涯中，他也不是百战百胜的，但输得如此惨烈甚至是毫无悬念，这确实还是头一次。

眼下这一步进退两难，李璟熠考虑了很久，终于两指微颤，万般艰难地落下了一颗白子。

"夫君这是要投子认输了？"妙凡笑颜如花，露出了一对浅浅的梨涡。

李璟熠的喉咙干得要命，头上又渗出了一层热汗，他紧张地盯着棋盘寻找生机，哪还有搭话的心思。眼看着妙凡就要落下那颗让他万劫不复的黑子时，突然，两个人眼前一片漆黑，屋子里的灯一下子全都熄灭了。这样的场景让李璟熠感觉自己仿佛又回到了大学时代，无数个这样的夜晚，当兄弟们正沉浸在“Fire in the hole”“人在塔在”“Double kill”的声音中时，不知不觉，熄灯的时间到了，在黑暗忽然降临的那一刻，大家仍然意犹未尽……

眼睛逐渐适应了黑暗，借着月色朦胧，李璟熠看到妙凡镇定自若地将黑子放回棋篓，却没有丁点儿惊慌失措的样子。李璟熠心想：天哪，她居然这么从容，就好像早知道要停电似的。一边寻思，他一边摸索着向窗边走去。窗外，除了那皎洁的月光之外，四下黑漆漆的，就连路灯都不亮了。

“夫君，出什么事了？”妙凡平静地问道。

“可能是临时停电吧，要么……就是到点儿该熄灯了。”说着，李璟熠自嘲地笑了起来。

“停电？”很明显，这个来自千年前的女孩儿，对“电”这个词汇毫无概念。

“哦，是这样，‘电’这个东西就跟灯油差不多，停电的意思，呃……怎么说呢，就是暂时没有灯油了。”李璟熠耐心地解释道。

“原来如此。”妙凡会意地点了点头，显然她领悟得非常快。

“这下可好，棋也下不成了，眼看着我就要翻盘了，唉！真是可惜。”李璟熠厚着脸皮说道，虽然那语气中充满了惋惜，但他心里恨不得马上解脱。

“其实，夫君的棋艺并不差。”

妙凡的话让李璟熠汗颜至极，他故作镇定拉了把椅子坐到窗前，仰头望着夜空中的弦月残星问道：

“妙凡，有件事我很好奇。”

“夫君请讲。”

“你的书法，嗯……”李璟熠先提书法，故意兜了个圈子，“还有围棋，都是跟谁学的？”

“家父为我请了先生，自小修习‘礼乐书数’，教习先生是奕秋的徒孙，偶得闲暇，先生便会教我弈棋。”

“奕……秋啊！你是说鲁国的那个奕秋？”李璟熠不由大吃一惊，心想：“他可是下围棋的老祖宗，你得了奕秋的真传，我要能赢那就怪了！”

“夫君识得奕秋先生？”

“那当然了，要是连他都不知道那还下什么围棋啊。”说着，李璟熠眼珠一转，兴奋地继续说道，“对了，我给你讲一个关于奕秋的小典故吧。”

这下，李璟熠可算逮住个机会，正想分上五章十八回，在这个蕙质兰心的女孩儿面前好好显摆一番。

“夫君说的可是那‘心不在焉’的典故？”

妙凡的这句话对李璟熠来说无异于当头棒喝,. 他光顾着激动，却忽略了一个至关重要的问题——妙凡本来就是那个时代的人。

“唉……也是，这么著名的故事，你那教习先生怎么会不给你讲呢？”李璟熠耸了耸肩，闷声说道。

妙凡似乎看出了他的心思，柔声宽慰道：“夫君不必如此介怀，刚才的几局对弈，夫君求胜心切，这才让我抢占了先机。”

“呵呵。”李璟熠挠着头干笑了一声，心想：“我这还要教你呢，天晓得你竟然这么大的来头。”

妙凡望了望窗外，轻声问道：“这么晚了，夫君不准备歇息吗？”

李璟熠抬手看了下表，没想到时间居然过得这么快，都已经是凌晨一点二十了，然而，此时的他还真没有困倦的感觉，心想：反正明天的活动九点才开始，晚睡一会儿也没什么。于是，李璟熠故意调笑道：“我要是睡了，那你怎么办？屋里可就这么一张床。”

妙凡听后微微侧目，看了一眼那并不宽敞的单人床，贝齿轻碰下唇，毫不扭捏地说道："妙凡守在夫君身边就好。"

看着她那宛若古画般的侧脸，一股莫名的感动在李璟熠心中激荡，他深吸了口气，发自肺腑地说道："说实话，我长了这么大还是第一次见到你这么漂亮的女孩儿，不仅书法造诣这么高，围棋还下得这么好……呵，能被你这样的女孩儿叫上一声夫君，我李璟熠也算是三生有幸了。"

"女为悦己者容……"

"士为知己者死。" 没等妙凡说完，李璟熠便下意识地接道。对于这句出自《战国策·赵策》的经典语句，程书航曾专门给他细细地讲解过，那个时候书航还一本正经地跟他强调说："二哥，你别看秦始皇统一了天下，但在战国时代，赵国的实力绝对是不容小觑的，胡服骑射、完璧归赵、负荆请罪、毛遂自荐，那是一个充满了传奇的国家……"

不料，妙凡听到"士为知己者死"这句话后，忽然站起身来紧紧地抓住了李璟熠的肩膀，随即语气坚定地说道："妙凡不要做夫君的知己！"

那只手的力度，柔弱中嵌着一丝倔强，温软中透着一股坚强。见到妙凡如此激动，李璟熠犹豫了一下，胆怯地拍了拍她的手，站起身来将她的椅子挪到了自己身边。

月辉朗朗，星河隐晦，两个人比肩而坐，两双不同的眼睛望着同一片夜空，听着妙凡均匀的呼吸声，李璟熠沉醉在了那清幽的茉莉淡香之中。

"可以给我讲讲你的故事吗？"李璟熠问道。

妙凡缓缓地合起双目，开始拼凑她那珍藏了千年的记忆碎片。

"那年上巳节，我将行及笄之礼。"

"及笄……之礼？"

"及笄是嘉礼的一种，是女子出嫁之前最重要的礼仪，这个仪式盛大而又烦冗，仅次于男子的冠礼。"

“冠礼啊，哦，那我知道了，你所说的就是成人礼吧。”

“嗯……三月三日清晨，我在尚清池沐浴更衣后便要去宗庙祭祀。祭礼结束，我乘着步辇穿过邯郸城最繁华的街市，行至半路，人群中忽然冲出一个男子拜倒在步辇前，正当我疑惑不解的时候，那人竟站起身来冲我喊道，‘步辇上的女子，慕云此生必娶你为妻！’我自小深居简出，何曾见过如此大胆之人，那时又事发突然，我当真不知该如何是好，更不敢抬头去细看他的容貌，一心只想着快些离开……到了第二日我听闻，待步辇前行之后，那人便被侍卫押入了大牢。家兄得知此事后觉得甚是有趣，还亲自去大牢会了会他，没过几日，竟将他收为了自己的门客。后来，家兄每每与我见面都会提及此人，大赞他的一腔豪情壮志，从家兄的口中我得知，他的名字叫李慕云。闲暇时，我曾作赋两句‘既见冬雪，何怨无春’。一日，家兄捧来一卷锦布，上书‘韧草颔首，秋华未晚’。家兄说这是慕云所作，我见他接得有趣，不由来了兴致，就在锦布上回了句‘望舒佳人，半樽清酒’。如此几日悉心等待，且看他如何应对，可一连数日不见回复，直到那一天，家兄终于拿来了那块锦布，我打开一看，上面写着‘壮士情愁，直醉云霄’。家兄告诉我，慕云已随大军出征阏与，并要家兄转告，待他凯旋之日建功立业后便要娶我为妻。那一晚，我独守残烛彻夜未眠，心想此人虽有些许冒失，但他那一怀情愫也当真是难能可贵，既然他已经这么说了，此番出征一定立功心切，必要与那秦人死战。唉，其实我宁愿与他终生遥遥相望，也不想他为此血染沙场，枉送了性命，可那时，大军已出行数里，怕是听不到我的这番话了。”

听到这里，李璟熠不由暗叫可惜，脱口说道：“他也太死心眼儿了吧，要换作是我，按照你们那会儿的习俗，早托人去你家提亲了，还管它什么建功立业，只要能与自己心爱的人在一起，功名利禄不要也罢。”

听到李璟熠这么说，妙凡双眸熠熠闪光似乎很是感动，然而，转念间她眉宇微蹙，又陷入了浓浓的惆怅。

“你怎么了？”李璟熠关切地问道。

“即便是有了这份心意，可婚姻大事又谈何容易呢？”

“啊？有这么复杂吗？古时候不都是‘父母之命，媒妁之言’嘛，难道你家人不同意？哎对了！你父亲叫妙什么？”

听李璟熠问的这么别扭，妙凡不禁掩口笑道：“妙凡不过是我的闺名而已，家父姓赵。”

“你爹姓赵？你又是赵国人……”一边说，李璟熠的大脑一边飞快地检索着自己那点儿可怜的历史知识，再联想到妙凡那不俗的谈吐，优雅的举止，他眼前猛然一亮，想到了一个人！惊愕地看着妙凡，李璟熠颤声问道：

“你爹不会就是那个平原君——赵赵……赵胜？！”

“平原君……平原君……平原……君……”妙凡收起笑容，口中不断重复着这三个字，她的眼神逐渐变得恍惚茫然。

“我就说呢，棋艺精妙绝伦，书法行云流水，分明就是一个大家闺秀的出身，可没想到……你居然是平原君的女儿。”

李璟熠这么大的反应显然有些出乎妙凡的意料，不过很快，她又恢复了平静，一言不发地坐在那里，满面尽是愁伤。许久之后，李璟熠再次打破沉默，毕恭毕敬地轻声问道：“郡……郡主，敢问您移驾千年，到底是所谓何事啊？”

“你……真的什么都记不起来了吗？你曾对我说过会永世不忘！”说着，妙凡的眼眸已然噙满了泪水。

李璟熠心中一凛，惊慌失措地看着她，这是自己第一次看到妙凡落泪，究竟她和那个李慕云之间发生了什么事，竟能让这个始终把微笑挂在嘴边的女孩儿如此伤心。

“你暂且退下吧，我想一个人静一静。”妙凡起身，轻挥长袖。

看着她那气场非凡的架势，李璟熠很自觉地站了起来，在原地愣了一会儿后小心翼翼地开口问道：“退……退下？”

李璟熠想了想，继续问道：“郡主殿下，您看这间房就这么点儿地方，我往哪儿退啊？厕……厕所？”

这时，妙凡也意识到了自己的情绪有些失控，时隔千年，世事变迁，一切早已今非昔比了，她沉沉地低下了头，让那垂落的长发遮住忧伤，良久后，妙凡轻叹了口气淡淡地说道：“你先就寝吧，不必理会我。”

“那我就先睡了啊。”李璟熠指着床，恭敬地说道。

然而，妙凡却没有应声，李璟熠偷瞄一眼，见她垂着头，静静地坐在那里。无奈之下，李璟熠也只得轻手轻脚地爬上床，老老实实地盖上被子，连衣服都没敢脱一件，躺得笔挺，就像具僵尸一般。闭上眼睛，李璟熠强迫自己不再去想任何事情，就这么躺了一会儿后，他居然稀里糊涂地睡着了。

漫漫长夜，冷月微凉，妙凡起身缓缓走到窗边，仰头望着夜空，月的倒影，映照在她如水般清澈的眸子里，勾起了无限伤感的回忆。

“这让我该如何是好……”紧了紧衣衫，妙凡喃喃道。

返身来到床边，凝望着那个已然睡熟的“陌生人”，一颗晶莹的泪珠划过脸颊，滴落在李璟熠自然摊开的手掌中，温热已逝，寒凉犹存……

第五章　回首——阏与关外铸英名

曙光露白，撑开了黎明的序幕；晨雾隐散，南城区迎来崭新的一天。由于刚刚来电，昨晚未关的顶灯晃醒了李璟熠，他一脚蹬开被子，坐起来环顾四周，小小的房间一览无遗，已然没有了妙凡的倩影，并排摆放在窗前的两把椅子以及空气中余存的茉莉暖香似乎还在提醒着自己，昨夜种种并非“黄粱一梦”。

起身洗漱后，李璟熠拧开一瓶矿泉水，边喝边欣赏着妙凡的书法风韵。

“止于至善……啧啧啧，这笔字写得可真好，不愧为平原君的女儿。”他再次赞叹道。

盯着那仙骨娟秀的字体，李璟熠回想起昨晚妙凡所讲述的一切，尤其是当自己提到平原君的时候，她的神情是那样无助，再加上后来妙凡那判若两人的行为举止，让她的故事更加扑朔迷离。

究竟是怎样一个契机唤醒了这个沉睡在玉中的女孩儿？在她身上怎么会有一股淡雅的茉莉花香？还有那个李慕云……他出征以后发生了什么事？是不是战死沙场了？难道自己真是他的转世重生？

放下字，李璟熠侧头眺望着冉冉升起的旭日，心中的重重疑团让他愈发想要弄清楚整个事情的始末。不经意间的一瞥，李璟熠发现桌子上又多了一幅字，那是妙凡的手笔，所写的正是玉佩上“云婠”这两个刻字。如果说“云”代表着李慕云，那“婠”指的又是谁呢？为什么妙凡的名字没有刻在玉佩上？细细一品，李璟熠的疑惑越来越多，想到相识几日来，妙凡对自己的种种，他也不知道是该惆怅还是无奈。回味着伊人的微笑，李璟熠极目远望，天际朝霞灿烂……

南城博物馆的活动按部就班地进行着，宋馆长对李璟熠送来的书法尤为赞赏，他特意找人将字装裱起来，准备挂在二楼新建的古兵器展厅。当聊到围棋的时候，两个人更是一见如故，只是由于时间太紧，始终没能抽出空来切磋一番。虽然，这对于两个围棋迷来说未免有些遗憾，但已成“惊弓之鸟”的李璟熠却有种侥幸逃生的感觉，自从昨晚三局连败给妙凡之后，他对围棋那股趾高气扬的劲儿已被打击得一干二净。

傍晚，雨丝淅沥，李璟熠坐在回程轻轨上，两只眼睛出神地望着车窗外，匆匆掠过的雨景丝毫勾不起他的兴致，妙凡的倩影仿佛近在眼前，挥之不去的茉莉淡香缠绵流转，这让他根本无法停止那莫名的思恋。这时，手机忽然响了起来，打断了李璟熠的思绪。

“喂，小李吗？”电话那边传来赵主任的声音。

“是我，赵主任。”

“回来了吗？”

“还在轻轨上呢，马上进城区。”

“嗯，南城区博物馆的事做得挺好，听老宋说，你送过去的书法非常不错，是自己写的吗？”

“不，不是，是我的，嗯……一个朋友帮着写的。”

“哦，听老宋那意思，字体很灵秀，像是女孩儿的手笔。”

“嗯对，她是我的大学同学，呃……书法专业的。”

“呵呵呵，你也老大不小了，是该考虑一下自己的终身大事了，别耽误工作就行。好了，路上注意安全，回家好好休息。”

李璟熠本想解释一番，可那边却已挂断了电话，赵主任随口一句话弄得他心潮澎湃。李璟熠心想，妙凡要是个现代的女孩儿那该有多好。可转念又一想，唉，如果她真的生活在现代，不知道会有多少高富帅拜倒在人家石榴裙下，哪还能给自己留机会。想到这里，他不觉苦笑了一下，又把脑袋偏向了车窗。

到家时已过了晚饭的时间，李璟熠在楼下吃了碗酸辣面，嚼着两粒益达悠闲地上了楼。刚一开门，他就看见韩瑾玉独自坐在客厅，手里正摆弄着一只黑色的小猫。

“咦？哪儿弄来的‘黑猫警长’？”

“可爱不？下午我路过花市买的。”韩瑾玉萌萌地说道。

看着李璟熠那饶有兴趣的样子，韩瑾玉托起小猫，握住一只毛茸茸的小爪子冲着他打招呼。可谁承想，李璟熠伸手刚想摸一下，小猫忽然双目圆瞪，盖了撮儿白毛的小脑袋使劲儿往后缩，就连四肢也慌乱地挣扎开来。

韩瑾玉拍了他手一下，一脸不悦地说道：“看你把我们家依依吓的。”话音刚落，她抱起小猫就要回屋。

“哎，等会儿！你管这猫叫什么？”

“啪”的一声韩瑾玉带上了屋门，并没有回答他的问话。偌大的客厅就只剩下皱着眉头的李璟熠，他一脸黑线地往自己卧室里走，嘴里嘟囔道：“买只猫居然叫依依，那不跟我小名重音嘛！我晕，这丫头故意的吧，一天天的净跟我对着干，真是上辈子欠着她了。”

今晚，整个屋子静得出奇，李璟熠窝在沙发上摘下玉佩将它举过头顶，借着日光灯欣赏着玉的纹理。在灯光的映照下，玉佩忽然泛起一层幽蓝，玉面上的几颗红点似乎也开始围着“云”字蜿蜒流转起来。突地！一条荧光缎带从玉心滑出，团团香雾倾泻而下，将早已动弹不得的李璟熠埋没其中。接着，眼前出现了一片无边无际的盲白，当空落落的身体跌下云层后，他的视线才逐渐清晰……

亭台楼阁，古色古香，宏大的祭礼台上锦缎飞扬；青铜方鼎，镇于中央，手托漆盘的侍女垂首对立。精致的白玉雕花桌案前，女子一袭水蓝对襟襦裙，俨然跪坐；祭台东侧的主位上，贵妇身着盛装，正满目慈爱地凝望着她。

一鼓响起，女子娴静起身，碎步缓行至贵妇面前，双手交叠抬至齐眉处，恭敬礼拜，红衣礼官高颂祝词：

“吉月令辰，乃申尔服！敬尔威仪，淑慎尔德！眉寿万年，永受胡福！”

二鼓响起，女子跪身叩拜，礼官再颂祝词：

“以岁之正，以月之令，咸加尔服！兄弟俱在，以成厥德！黄耇无疆，受天之庆！”

三鼓响起，女子转身，面向“赵”字旌旗，肃然三拜。稍许，贵妇起身，在两名婢女的搀扶下行至铜鼎前，润手、拭干，马上有一侍女跪倒在地，将手中漆盘高举过头，贵妇从盘中拈起一只镂花玉簪，走到女子身前轻轻地将簪子插在了她的墨发间。女子颔首拜谢，又有两名侍女托着漆盘走了过来，一个将盘中衣饰转呈给女子身后的婢女，另一个则跪在女子正前，将盘中一樽清酒呈给了她。女子端起铜樽，抬袖掩面慢慢饮尽，在衣袖放下的那一瞬间，李璟熠终于看清了她的容貌。

“妙凡？”他不禁叫出声来。

女子微微一顿，仿佛是听到有人在轻唤，稍有疑惑地循声望去。李璟熠心中一阵惊喜，正要迈步走过去之时，一片浓霾迎面扑来，挡住了双目。他焦急地挥舞着手，试图将雾气拨散，然而，当视线再次清晰的时候，李璟熠发现自己仍旧坐在沙发上，玉佩依然挂在胸前。

“怎么在这儿睡着了？”李璟熠迷迷糊糊地嘀咕道，“刚才那是……梦？太真实了……”说着，他低头摩挲着玉佩，不自觉地问了句：“妙凡，是你吗？”然而，四下寂静，没有任何回应。失落涌起，徘徊在李璟熠的心头，他黯然哼笑，撇嘴吹了吹前额的头发，心想：“唉，可能是我太累了吧。”拖着略有疲倦的身体，李璟熠换好睡衣爬上床，没一会儿工夫便再度进入了梦乡……

朦胧间，妙凡手握一卷帛书，独身立于城楼之上。雪色蚕丝披风裹着水蓝对襟襦裙，缎带坠坠齐胸而落，衣袂翩翩舒展直下，真是一个难得的无风良日。纤眉下，妙凡的星眸盛着隐隐惆怅，虽有一抹浅笑挂在嘴角，但却依然掩不住那忧心的倦容。目光，顺着车辙马印向远方延伸，从西城门下直至苍茫路尽，这条出征之路她已无厌地看了千百次，可终究还是忍不住一望再望，或许只有如此，她才能让自己暂时忘却日晷那始终拖沓的阴影……

翻越巍峨的太行山，邯郸城千里之外，几十纵战骑四蹄生风，狂奔在苍凉的荒滩戈壁，所过之处飞沙走石，土浪迭起，层层尘烟经久不散。“赵”字旌旗踏风狂舞，战盔寒光冲坚毁锐，轻装勇武的军士们握紧缰绳急挥马鞭，毫不懈怠。直至夕阳铺金，人困马乏，轻骑部队的行进速度才逐渐放缓，疲倦笼罩着军队的每一个角落。

“报——禀都尉！前方五里即是北山，先锋小队已探明，山谷栈道中并未发现秦军！”

“好！”轻骑都尉一声大喝，双目雷光熠熠，他拔出佩剑直指前方，下令道：“全军听令，加速行进，务必在入夜前驻军北山！”

“喏！”

将士齐呼，声震寰宇，新一轮急行军开始了……

月晦星稀，层云跌宕，错落有致的营火绕着栈道一直绵延到山谷尽头。炊烟袅袅，混杂着山间薄雾盘旋在军营上空，疲累的军士们围坐在篝火旁养精蓄锐，偶尔传来几句轻微的交谈声。

“李卒长，咱们没日没夜跑了这么久，走多远了？”一个精瘦的士兵问道。

“依我看，尚不足百里。”说着，李慕云扯下一把稻草丢进了篝火堆。

“咱在那阏与关里守着不挺好嘛，为啥非要跑到这鸟不拉屎的北山来？”旁边，一个胖军士摸着滚圆的肚皮发起了牢骚。

“抢占北山，屯兵高地，和阏与关驻军互为犄角，这样不仅可解阏与之围，而且还有机会大破秦军建功立业，只要他们敢来围山……”火光映入李慕云的双目，激荡起他心中重重斗志，紧握长枪的手兴奋地颤抖着。

“听说秦人挫楚破齐，连战告捷，士气锐不可当，就连赵奢将军都在阏与关内守城避战，怎的突然把咱们轻骑营调出来了？”瘦军士一边说，一边从腰间摸出块干粮揉进嘴里。

“说的是啊，秦人犹如虎狼，一向凶残狠辣，真要是攻过来，单凭咱这一万多骑兵能撑住吗？”胖军士也跟着附和道。

“撑不住也得撑！你我堂堂七尺男儿，若不能保家卫国，留得这副空皮囊何用？！大不了血染黄沙，埋骨他乡……”此时，附近的军士慢慢聚拢过来，等着他的下文。李慕云义正词严，朗声说道：“我大赵男儿，向来心不畏死，踏尸前行，齐楚之辈焉能堪比？秦狗犯境，定叫它有来无回！”

“哼！来一个杀一只，来两个杀一双！爹！儿子一定会为你报仇雪恨的！”一个士兵拍戈怒喝道。

“嗯！秦狗太嚣张了！是时候让他们见识一下大赵的实力了！”

“心不畏死，踏尸前行……心不畏死，踏尸前行……”聚过来的军士默声附和着李慕云的话，士气大振，就连刚刚那满腹牢骚的胖军士，此刻也是摩拳擦掌，怒眉斜竖。

“待他日策马凯旋，执子之手荣归故里，身披铁血荣耀，复问天下，谁人敢藐视我大赵雄师！”说罢，李慕云缓缓起身，迎着邯郸方向吹来的东南风挺枪而立。

此番出兵北山，原本就是李慕云向主将赵奢提出的建议，在他心里比谁都清楚，这次，秦人要么不来，一旦发兵必然死战攻山。按照秦国的军事编制，没有战争也就没有晋升。先前，赵奢将军以逸待劳，在阏与关内避战坚守，挫敌连捷之锐，令秦人数日未尝胜果，僵持至今，把他们逼得心浮气躁，一颗杀戮建功之心早已饥渴难耐。而现在，秦人见我军向北山突发骑兵，若无意外，他们一定不想错失这一争功夺勋的大好时机，必然倾巢出兵前来夺山，以威慑我阏与关内驻军，可这恰恰却是我们最希望看到的。兵法云："实则虚之，虚则实之。"此次调兵北山，看似是为了抢占高地，与阏与关遥相呼应，其实不然，只要能成功诱使秦人伸出"拳头"，阏与驻军就可以看清他们的动向，待秦人与我部骑兵在北山胶着酣战之时，赵奢的主力大军便可从本阵出击，挥戈奔袭，截断他们的后路，如此一来便是瓮中捉鳖，秦人必败。然而……这也就意味着，进驻北山的一万多赵国骑兵乃是此战诱饵，很有可能全军覆没。

李慕云极目远眺，心事重重，此时此刻，他所担心的并非是自己的处境，而是秦人会不会动用主力攻占北山。倘若他们虚张声势，只以小股骑兵伪装成大军佯攻挑衅，而我们的阏与驻军仍按计划出兵，秦人的真正主力便能轻而易举地攻下阏与关，关隘一破，阏与城告危，万一失守，后果就不是丢失一城一池那么简单了……

寒夜未央，冷风萧瑟，营火将熄，人声缄默。众将士枕戈待战，正欲稍作安歇，突然间，一个声音刺破长空，彻底终结了这才要开始的宁静。

"秦人来了！全军备战！备战！"

霎时间，都尉警戒的号角声，军队集结的嘈杂声交织在了一起，士兵们拔剑操戈，提枪跨马，准备迎战。秦人果然来了，可谁也没能料想到他们居然来得这么快。

"咚——咚——咚咚咚！"

这是秦人即将进攻而擂响的战鼓，几通鼓声过后，赵军头顶上便传来了嗖嗖的箭矢飞掠声，如此看来，秦人似乎三军齐到。果不其然，火箭齐射之后，秦人骑兵夹杂着呼啸的战车冲上阵来，紧随其后的是如同洪流般奔压而上的重甲步兵。

两军阵前，轻骑都尉一声令下，赵国轻骑似离弦之箭奔袭而出。双方骑兵刚一交锋便血肉横飞，厮杀声、呐喊声，折戟断铁、军马长鸣，顿时连成了一片。兵刃相接的瞬间，电光石火迸发而出，在黑暗中映照出彼此狰狞的面孔。骁勇善战的赵军所面对的是秦人修罗般的攻杀，一场硬仗直至破晓天明才结束。“杀敌一千，自损八百”，虽然秦人被暂时逼退，但赵军也相应付出了惨重的代价。

死尸、血河、狼烟、断剑，把那葱郁秀美的北山雕刻得惨淡凄凉。嗜血的乌鸦，三五成群拍打着翅膀，时而在空，盘旋滑翔，时而栖落，俯身啄食，染血的鸟喙偶尔发出一声骇人的悲鸣。

晨光破晓，血日初升，赵军各部清点完阵亡将士，正在安顿重伤兵卒。李慕云坐在一棵老树下擦拭着长枪上的残血，忽然，秦人阵地再次擂动了战鼓，那声音仿若催命丧钟一般震慑着每个赵人的魂魄。防御号角尚未吹响，将士们一个接着一个慢慢地站起身来，抽刀拔剑，双眸流火，面对又一场恐怖的恶战竟毫无惧色。

没过多久，整齐的步伐声伴随着秦人鬼魅般的身影在地平线上起伏攒动。看来，他们此番进攻只有重甲步兵上阵，按照最基本的兵种相克原理，这显然是对赵国骑兵赤裸裸的羞辱。轻骑都尉跨上战马，携众将士严阵以待，李慕云的部队则奉命留守军营，随时准备出兵接应……或是……救援。

一声号令划破天宇，赵军铁骑兵分三路冲杀而去，秦人的重甲兵毫不恋战，当即四处溃散。当赵军将士轻松地冲破那道薄薄的封锁线后，一股不祥的预感迅速在军中蔓延开来，没等都尉发出后撤的命令，刚刚被完全击溃的重甲兵突然迅速集结，整齐地横排成三道盾墙截断了回路，埋伏在山坡下的秦弓箭伏兵拉弓上弦，夺魄利箭犹如暴风中的刺骨冷雨，齐刷刷地射向了赵军。一时间，箭雨漫天，人仰马翻，赵军将士拼命地挥舞着手中兵刃，方才劈断一支，那另一支却已经毫不留情地钉入了身体。箭雨过后不留半点儿喘息之机，秦人战车接踵而至，残活的赵军骑兵虽已抱定视死如归的信念，可却依然控制不住身体的瑟瑟颤抖。敌人狡狐般的计谋令这一众将士如坠鬼狱，此时此刻，突围也显得毫无意义了。

“报——李卒长，都尉被围！”哨探亲兵回营来报。

“快！全队上马，随我前去救援！”

“可是……都尉并未发出请援信号。”

李慕云一听不由大惊骇然，身上顿时冷汗淋漓，对于前方战况他已经猜到个八九不离十了，都尉不发救援信号只有两种可能：第一，根本没有这个机会；第二，救援只能使我军的损失更加惨重。李慕云手托额头，紧闭双目，身边的士兵屏气凝神，紧张地等待着他的命令。终于，李慕云脑中灵光一闪，冲着哨探亲兵喊道：“去！通告各路留守卒长，带上所部半数骑兵和全部战马准备出击！”说完，李慕云翻身跨上战马，提枪厉声命令道：“先锋小队全部上马，余下的人原地备战，没有我的命令谁也不许动！违者军法从事！”

“喏！”众人齐呼。

在李慕云的带领下，留守的几位卒长带着各自兵马以最快的速度赶到了秦人的重甲兵阵前。前方是死一般的宁静，已然听不到兵将厮杀的声音了，空气中弥漫着新鲜的血腥气，似乎预示着都尉所带的部队已凶多吉少。

“各位卒长，请命所部战马率先冲入敌阵以探虚实，骑兵尾随其后以击杀敌重甲兵为目的，切不可越过步兵阵地。”

“李卒长担心有伏兵？”并肩的一个卒长问道。

“不是担心，我敢断定……”李慕云举枪指着不远处的一个分叉小路说道，“烦请王卒长率所部军士沿此坡路下行伺机而动，待我等与敌兵混战之后，弓箭伏兵必定暴露行踪，届时你立刻出击袭扰。另外切记，穷寇莫追。”

很快，所有伪装好的战马蓄势待发，几声令下，脱缰的马匹肆无忌惮地冲入敌阵。正如李慕云所料，光是这无人驾驭的战马就不费吹灰之力地冲垮了重甲兵阵。这时，赵军骑兵分两路出击，一路闯入秦人重甲阵地，与重甲兵胶着厮杀，另一路则神不知鬼不觉地从坡道悄悄逼近。山坡中埋伏好的秦弓箭兵眼看着混战在一起的两国士兵，因害怕误伤而不敢放一箭，就在这杂乱之际，又见一股赵国骑兵来势汹汹地冲杀过来，处于近战劣势的弓兵来不及挽弓搭箭便夺路而逃。转看重甲兵阵地，秦人步兵毫无招架之力，伤亡惨重，零星几队漏网之徒也是丢盔弃甲，抱头鼠窜。可当两路赵军在坡道处凯旋相迎的时候，一个浑身浸血的士兵带来了噩耗。

“报……报……都尉战死！我军主力已被全歼，秦人不留俘虏，连降卒也不放过。”

李慕云听闻倒吸了一口凉气，险些从马上跌落。如今主将战死，军心必然动摇，秦人杀戮降卒，定是要全歼我军。然而，若在此刻弃守北山，秦人攻占后便会识破我军计谋。原来这山上的骑兵只是诱饵，星夜驰援的主力大军就在身后，如此一来，他们必然夹道布兵，设下圈套，一旦牵制住奔袭而来的赵奢将军，秦人便会向阏与关外的留守部队报信，那么外强中干的阏与城就命悬一线了。

虽然，李慕云心知情况危急，但他的面色仍旧沉着。冷静地跳下战马，李慕云飞身登上一块高高的巨岩，举枪向天，大声喊道：

“将士们！在下卒长李慕云，请诸君务必听我一言！我确信，赵奢将军的主力已在星夜驰援的半途，只要我等据守北山三日，秦人必然大败！”

众人听闻面面相觑，几个卒长也是接头交耳，窃窃私语。忽然，位列前排的一人扯着嗓子喊道：“你算老几，老子也是卒长！守守守！守个屁！依我看，咱就是那赵奢老儿派出来试探秦人实力的。弟兄们，咱被骗了，想活命跟我走！”

此人话音刚落，军中已是人心浮动，乱作一团，有几波人甚至已经跃跃欲试。

见到这种情况，李慕云眸中闪过一道寒光，只见他一个空翻飞下巨岩，三步上前，抽出一个士兵的佩剑，没等说话那人缓过神来，他已手起刀落，生生削下了此人的头颅。落地站定，李慕云抹去脸上血污，一手捡起地上的头颅，一手持剑指着面前的军士怒斥道：“保家卫国，何惧死乎？摆在你们面前的也就这两条路，怕死的沿着坡道赶紧滚蛋！愿意留守的速与我撤回军营再做打算！”

看到李慕云的剑术如此凌厉，又回想起他刚才带兵打退秦人的睿智，军中士兵鸦雀无声，一个个屏住呼吸，咽着唾沫，紧张地盯着眼前这个陌生的卒长。

李慕云见军心已稳，趁热打铁继续喊道："现在不走的，回营后再言逃跑者一律处斩！到那个时候，休怪我李慕云无情，翻脸不认人！"

"喏！喏……喏……"在李慕云所属亲兵的带头下，众将士纷纷回应道。

"回营！"李慕云跨上战马，一声令下，全体士兵撤回大营，竟无一人逃跑。

在接下来的三天中，秦人出乎意料地镇定，他们再没发起任何形式的进攻，虽然这给了赵国士兵短暂的喘息之机，但是军粮告竭的危机却远比敌人的猛攻可怕。渐渐地，士兵们开始杀马充饥，吃光战马后，大家只得以草为食，即便是这样，仍有半数以上的士兵食不果腹。绝望笼罩着死寂的军营，偶尔发出两声悲伤的啜泣，杂着几句无助的安慰。眼看着军心涣散，李慕云心急如焚却又无可奈何。入夜时分，他身披赵国战旗，将全部残兵召集在一起，悲壮地说道：

"将士们，我们背负着大赵的未来，坚守着故土的希望！秦人犯我阏与，兴不义之师，其狼子野心天地难容，必败！我大赵铁血男儿，出征千里，保家卫国，承天意，顺民心，必胜！赵奢将军的援兵已至，秦人如今腹背受敌，我们与其坐等救援，不如趁机杀出去建功立业，为荣耀而战！"

这番话，虽然李慕云语气坚定，说得是不卑不亢，但他心里却着实是没有底，战场形势风云突变，赵奢此时在哪里他自己也不清楚，可若是再不出击，那就真的被秦人困死了。

此时，人群中忽然有人低声唱起了雄壮的邯郸战歌：

"大赵河山，巍峨瑰丽，胡服骑射，问鼎诸侯！"

渐渐地，士兵们开始附和跟唱，歌声驱散了恐惧，众人群情激奋，满腔热血再度沸腾，誓与秦人生死一战。

残月悬天，繁星璀璨，好一个晴朗的夜晚，在李慕云的带领下，赵军发起了突袭，一场悲壮而又血腥的“背水之战”揭开序幕。秦人红着眼睛，如洪水猛兽一般对阵扑杀，赵国的士兵一个又一个含泪倒地，痉挛抽搐的肢体，死不瞑目的双眼……

带着士兵，李慕云且战且退，硬是把秦人主力全部拖入了北山之中。此时，赵军也已被逼退到峰顶绝路，李慕云全身三处刀伤，一处中箭，喘着粗气坐在地上，麻木的手臂不住地颤抖着，他折了一段枯木，咬在嘴里，拔下腿上的半只残箭，冷汗杂着鲜血不断渗出，一遍又一遍地浸染着衣衫。

“李卒长，援军真的到了吗？！”一个士兵情绪失控，愤恨地喊道。

“李卒长！将士们钦佩你的忠诚勇武，大丈夫能屈能伸，咱撤吧，再打下去，可就打光了！”另一个士兵跪在地上，紧紧抓住李慕云的长枪苦劝道。

“李卒长，我求求你，带着我儿子逃命吧，他才刚满十三岁，是我们家最后的血脉了！你们快走，我带兵断后！”一个年迈的卒长叩首恳求道。

“谁都可以投降，可我不能！谁都可以逃跑！可我不能！不能……我不能当逃兵……绝对不行！”说着，李慕云吃力地站起身来，看着一众生死与共的弟兄，继续说道，“现在要走的，我不怪你们，从这后山小路下去兴许可以活命。但在这里！哪怕就剩下我一个人，也得守到最后！”

说罢，李慕云长枪支地，昂首向天，合上双目心中默念：“娢公主，我不能当逃兵，我必须建功立业！只有这样才能配得上你……”

“不好了！李卒长，秦人步兵又杀上来了！”

李慕云圆瞪双目，发出一声震天怒吼：“留守的壮士们！为了心中的挚爱！！杀……”

余下的百名士兵跟着李慕云再次杀入敌阵，刀光剑影，箭雨袭天，突然，一柄雪亮的长戟架在了李慕云的脖子上，他的后颈已经能感觉到那咄咄逼人的寒气。李慕云当即向前半步，丢出长枪，刺死了不远处的一个秦兵，接着反手一握，死命抓住了敌人的战戟，他知道自己一旦松手，这夺命战戟便会立即回勾，那也就到了他与这个世界惜别的时刻。僵持中，李慕云心有不甘地怒视着对面的秦兵，呵斥道：

“秦狗！你们死定了！赵国大军会为我们报仇的！”

然而，秦兵的表情没有惊疑反倒更加凶狠，显然，他并没有听懂这话的意思，可根据衣饰标识却发现了李慕云的卒长身份，咬牙切齿地拼命回勾，丝毫不愿舍弃这一立功的机会。就在这千钧一发之际，李慕云俯身，忽地抢上一步，顺势夺下长戟，紧接着回手一记顺劈，竟将那秦兵的右臂生生砍断。把战戟重重地插入土中，李慕云望着邯郸城的方向一声长叹：

“婠公主，慕云无能，你我来世再见！”

这时，一个黑影从李慕云身后偷偷地跳了出来，举起手中长矛凶狠地刺向了他的后背上，李慕云眼前顿时一黑，沉沉地向前扑倒下去……

“啊！”随着一声大吼，李璟熠惊坐而起，他大口大口地喘着气，身上的汗水已将睡衣打得透湿，惊乱之际，他忽觉胸口像是烙了块火炭一般燥烫难当。李璟熠脱去睡衣低头一看，玉佩红光燃燃，“婠”字纹络充血，挂在胸前正腾着热气。他一把攥住玉佩，另一只手则用力按压太阳穴，回想着刚刚的噩梦。就在这时，不远处突然响起一阵重重的脚步声，李璟熠踢开薄被四下乱摸，试图寻找自己的“长枪”，脚步声停后，紧接而来的却是一声娇斥：

“死李璟熠！大清早的鬼叫什么！还让不让人睡觉了！”

听到那熟悉的声音，李璟熠连滚带爬地翻下床，打开屋门后，着一身睡衣的韩瑾玉闯入了他的视线。愣了几秒，李璟熠使劲揉了揉眼睛，一片黑暗过后，他睁开尚有金星乱蹦的双眼，猛地抬手抓住韩瑾玉的肩膀激动地说道：“韩瑾玉！是韩瑾玉！我还活着，哈哈哈！我还活着！”

李璟熠力道实在过猛，韩瑾玉那宽松的睡衣被拉下了一角，大半个肩膀都裸露出来。韩瑾玉羞急地一扭肩，挣开李璟熠的双手，捂着肩膀破口大骂：“该死的李璟熠！你是不是有病！穿个内裤出来耍流氓！大变态！赶紧滚回去吃药！”

被这骂声一激，李璟熠总算清醒过来，他低头一看，果然自己的下身只穿了条三角裤头，整个人几乎是赤条条地站在韩瑾玉的面前。李璟熠刚想解释道歉，不料韩瑾玉竟一拳砸在他肚子上，弄得他一下岔了气，捂着肚子逃回卧室。靠着屋门，李璟熠清晰地听到韩瑾玉隔着门大声怒斥：“大色狼！伪君子！装什么装！姑奶奶倒了八辈子霉，居然会跟你住在一起！”

李璟熠一吓，猫着腰龇牙咧嘴地爬上了床，从枕头下摸出手表一看，时间还不到六点，于是，他赶紧把手机设定在七点半的闹铃关闭，以免再惹事端。接着，李璟熠又蹑手蹑脚地走到门前，趴在门上细听着外面的“风吹草动”，当他确定韩瑾玉已经离开的时候，这才放心地踮着脚回到了床上。钻进被窝，李璟熠蒙上薄被，先是摸了摸床，然后又摸了摸自己的脸，好一会儿，他才拉下薄被，探出一双眼睛，皱着眉头警惕地环视四周。见到屋里一切正常，李璟熠绷紧的神经终于松懈了下来，他将那已经恢复常态的玉佩收进床头柜，闷闷不乐地发起了牢骚：

“这下可真是没得救喽，韩瑾玉非杀了我不可。唉，自从住进这间屋子就没过上一天安生日子……不过，想想也奇怪，以前这块玉佩也没这么神道，自打认识了韩瑾玉，先是听到各种古怪的声音，然后就见到了那个超凡脱俗的妙凡。唔——韩瑾玉也有块红玉，莫非这两块玉之间还有什么感应不成？”

李璟熠越想心越乱，几件事情间的联系若隐若现，却又找不到任何头绪，可越是这样他就越想整理清楚。在这种状态下，李璟熠也不敢再睡了，竖起枕头靠在那儿发愣，脑袋里是一团糨糊，一个早晨就这么过去了，直到他听到屋外传来几次关门声后，这才慢吞吞地披上睡衣钻进卫生间洗了个澡。吹干头发，李璟熠冲了杯咖啡，坐在客厅撕开面包，一边吃一边继续琢磨。

对于心中的种种疑惑，最直接的办法就是去问妙凡，迟疑了一下，李璟熠还是放弃了这个念头。上次提到平原君的时候妙凡就很伤感，再联系昨晚的梦境，他隐隐觉得那个李慕云很有可能是战死沙场了，如果自己再去问妙凡这些，那无异于逼着人家去回忆那段伤痛的往事。一想到妙凡忧伤的泪光，李璟熠的怜香惜玉之情油然而生，可这事又总得有个了解，想到这里，进退两难的他狠狠地咬下一大口面包，一边嚼一边暗下决心：

“还找个合适机会问清楚吧，要是再这样下去，我非得被送进精神病院不可。”

李璟熠将面包袋扔进垃圾桶，转头瞥见把简式太阳椅正摆在阳台，不由一阵困意袭来，也没管是谁买回来的，他四仰八叉地往上面一躺，晒着太阳准备补个觉。正当李璟熠躺得舒服，迷迷糊糊就要睡着的时候，钥匙开门声让他的心顿时一紧：“如果这个时候恰巧是韩瑾玉回来了，如果自己所躺的太阳椅恰巧又是她的，如果这恰巧又是某某人送给她的世间独一无二的太阳椅，那我可真就该卷铺盖走人了。”

残酷的现实又一次悲催地验证了墨菲定律，没等李璟熠逃回卧室，韩瑾玉已经推门而入，两个人在客厅撞了个正着。尴尬地望着韩瑾玉，李璟熠的身体不自觉向后仰，双脚也不听话地直往后退，他心想：唉，这下要是能一头碰死了那该多好。

“孽畜！哪儿跑！我叫你一声，你敢答应吗？”

“我……我……”李璟熠一吓，结结巴巴地回道。

“大清早的在屋里狼嚎鬼叫，故意下套引我过去，紧接着就出来揩油，现在怎么了？一个大男人敢做还不敢当啦？”韩瑾玉面带愠色，可语气中似乎并没有责怪他的意味。

然而，李璟熠却满是无奈，暗自佩服韩瑾玉那“精妙无比”的推理能力，可面对“铁证如山”，也由不得他再做任何解释了，免得逼得人家恼羞成怒，一气之下举起宝葫芦收了自己。

李璟熠生硬地挤出个笑脸，干咳了几声说道：“不好意思啊，早上梦魇了，发癔症呢，您大人有大量，千万别跟我一般见识。”话都没说完，他就要往卧室里撤。

“干什么去？过来帮我把东西拿进屋！”

李璟熠一听，也只好硬着头皮走了过去，一边走，心里一边纳闷儿地合计着：“这小姑奶奶今儿怎么转性了？按照她的性格早该一把菜刀甩过来才对啊。”

接过韩瑾玉手中的大包小包，李璟熠掂了掂，习惯性地顺嘴嘟囔道：“嗬！买这么多吃的？你这是要备战备荒，还是存粮过冬啊？”

“李璟熠！”韩瑾玉把钥匙往桌子上一拍，白了他一眼，“怎么你一张口就能给我一个灭了你的理由呢！”

“关键是你一下子买这么多吃的，这让我很难淡定啊。”

“拜托，你看看清楚先，这是猫粮啊！唉，跟你说话太耗元气了！”

“啊？你还真打算养它呀？”

“要不然呢？”韩瑾玉眨眨眼睛问道。

“我还以为你就是抓过来玩儿两天呢。对了，那小猫的名字咱能改改不？你看它头顶上盖了撮儿白毛，不如叫白顶儿，白帽儿，要不然叫白起也行，秦国的大将军，嗬，多霸气！”

“怎么？我给小猫起个名字还碍着你事儿啦？”

“那不是跟我小名重音嘛。”李璟熠无奈地撇了撇嘴。

“哎呀，你一个大老爷们儿非要跟个小猫抢名字，再啰唆我就叫它李璟熠！”

“好了好了，叫依依挺好！”这姑奶奶的意愿李璟熠哪敢忤逆，凭她的脾气，真要是犟起来那绝对是说一不二的。

“对啦，你今天下午有事吗？”韩瑾玉问道。

“下午啊，嗯，我是准备好好……”

“嗯，你没事就行，正好陪我去步行街逛逛。”

李璟熠原定的补觉计划还没说出口，就被韩瑾玉的一句话堵了回来。

“逛街啊……你不投简历了？”李璟熠将猫粮放下，一脸为难地看着她。

“你别哪壶不开提哪壶行不行，小心我一怒之下把你煮了喂猫咪！”韩瑾玉双手叉腰，怒视着他说道。

“好好好，我不提，我不提。可我下午确实想在屋里睡觉啊，昨晚做了个噩梦，一晚上没睡好，不信你看看我的眼睛，全是血丝。”李璟熠腾出手来，正要扒起眼皮给她看。

“你要是敢推托，哼哼，我就去告诉我哥，说你今天早晨穿着内裤非礼我！”

“去！去！去！小祖宗哟，我去还不成嘛。”李璟熠万般无奈，把精心准备好的下一个借口憋了回去，谁让自己大错铸成，如今已是覆水难收了。

“切！第一次见面就流着口水玩猥琐，今天早晨又被你吃豆腐，现在可倒好，直接闯进人家闺房里来。”

李璟熠一听，半张着嘴脖子往前一伸，那样子就像刚吞了只死苍蝇一般。

“我马上还要出去一趟，你下午一点准时在楼下候着就行了。”

“哦，我知道了。”

说完，李璟熠“幽怨”地站在原地发愣，心里合计着逛街这事还有没有再商量的余地。

“喂——”韩瑾玉闷闷地叫了声，抬手指了指门外。

“又怎么啦？”李璟熠呆呆地回应着，依旧一脸好奇地站在原地。

“我、要、换、衣、服！”韩瑾玉不耐烦地指着他，一字一顿地喊道。

“咦？你不是要出……”没等他把话说完，一个枕头飞过来，慌得李璟熠带上房门拔腿就跑。

出了屋，李璟熠把家里的垃圾归置在一起，没一会儿工夫韩瑾玉便换了身运动衣走了出来。

“我出去了啊。”

“哎，等会儿，你下楼顺便把垃圾扔了。”说到这儿，李璟熠偷瞄了韩瑾玉一眼。一看苗头不对，急忙点头哈腰地补充道：“谢谢！谢谢！”

韩瑾玉撇了撇嘴，也没再说什么，提起垃圾袋转身出了门，李璟熠站在门口，毕恭毕敬把她目送下楼后这才关上了房门。

韩瑾玉走后，李璟熠洗净了咖啡杯转身回卧室，不料还没等他进屋，一股茉莉清香扑鼻而来，这让他心中一阵激动，轻轻地推开门，妙凡的背影就在眼前，她正站在床边为自己整理着衣服。

“妙……妙凡！”

第六章　若水——女孩儿的心，净如水晶

习习和风穿过纱窗吹淡了屋里的香气，李璟熠背靠窗台凝望着坐在床边的妙凡。正午时分阳光灿烂，妙凡紫衫上的祥云图纹若隐若现，裙带皓白胜初雪，鎏烫着几缕金丝，一段自然垂落，另一段则埋入了裙褶间，几点红梅尤其鲜艳，错落无序地绣在上面。

扬起头，妙凡抬手撩开额前的一缕发丝，正巧与李璟熠的目光相对。看着她那娴静若水的微笑，李璟熠的心悄然震颤，在这般宁静的气氛下，笑容悄悄爬上了他的脸颊。就这样呆呆地愣在原地，李璟熠的眼睛直勾勾地望着妙凡，直把她看得秀眉轻皱，不明所以。轻咬着下唇，妙凡一脸疑惑地整了整衣衫，好奇地问道："夫君，我身上可有不妥之处？"

"哦……咦？你怎么出来了！"

此时此刻，李璟熠就像丢了魂儿一样答得是驴唇不对马嘴，经妙凡这么一问总算回过神来。

"夫君这是怎么了？"

"没什么，可能是……在白天看到你还有点儿不适应。"李璟熠目光闪烁，飞快地扯了个谎。

"夫君今天的眼神，妙凡觉得很熟悉。"

“是吗？”李璟熠诧异地挠了挠头，憨笑着说道，“是吧……”

接下来又是一阵长长的沉默，李璟熠一会儿看看这儿，一会儿瞧瞧那儿，偶尔偷偷地看一眼妙凡，不过很快又把目光移开，他那个样子就好像是在林子里四处觅食的小松鼠一般。

“刚才那位韩姑娘，她是夫君的朋友？”妙凡首先打破了沉默问道。

“韩姑娘？呃，你是说韩瑾玉啊。”对于妙凡口中这种古老的敬语，李璟熠显然还有些不习惯。

“夫君给她买过水果。”

“啊？其实……那就是个见面礼，呵呵，见面礼而已。”李璟熠干笑着答道，不过总算搪塞过去了。

“那夫君还亲自为人家煮粥。”这一次，妙凡那柔柔的语气中委实透着一丝酸意。

“嗯，这个……举手之劳，顺手的事儿嘛。”

话到这里，李璟熠的笑容愈发僵硬，脸上的肌肉也开始不自觉地抽动起来。虽然妙凡已不再追问，但那一双美眸却直直地望着李璟熠，这让他有一种“做贼心虚”的感觉，不管怎么说，人家妙凡好歹叫他一声“夫君”，问问自己和其他女孩儿的关系自然也是理所应当的事。

“其实吧……”李璟熠欲言又止。

“嗯？”

“我是说韩瑾玉，她是我学姐的男朋友的妹妹，呃，所以，平时多留心着照顾一下。”李璟熠有点儿紧张，把那原本简单的关系绕得甚是复杂。

妙凡却不搭话，依然平静地望着李璟熠，弄得他心里一阵发毛。虽然，在李璟熠的心中韩瑾玉充其量不过是个普通朋友而已，但面对妙凡的问话，自己着实有种被“妻子”盘问的感觉。

“韩姑娘的相貌与我的一位故人颇为神似。”忽然，妙凡幽幽地说道。

“故人？”李璟熠不禁好奇起来。

“可相比之下，韩姑娘的性情还是过于刚强些。”

“嗯，她那脾气有时候确实是大了点儿，可心性还是不坏的。”

“所谓上善若水，厚德载物。”妙凡话锋一转，略显严肃地说道。

“什么？”李璟熠一脸茫然地问道。

“女子若水，天性使然，故女子之尚德，在于不争，己不争是为修身，相夫不争是为齐家，夫以不争之性令天下莫敢与其争，是为天下平。妻恩如水，夫恒爱之，是故恩爱也。”

“哎，等等，等等！你慢点儿说，我得琢磨一下。”

很显然，妙凡这轻描淡写的一番话蕴含着极大的信息量。看着李璟熠迷惑的表情，她又耐心地解释道：“我的意思是说，女子高尚的品德应如涓涓细流，作为妻子，她不仅要保有一颗不争的心，同时也要适时教导自己的夫君，让他心如止水，与世无争，如此一来，无论是对家庭和睦还是外在事业都是有益而无害的。妻子的恩德就像那源源不断的流水，换来夫君持久而又永恒的爱，这便是恩爱的道理了。”

“哦，有点儿懂了……嗯——可要是照你这么说，一个大男人遇事不争不抢，那活得也太窝囊了吧。”

“不争之性才是最大的争，古往今来，能厚积而薄发者才不会像陨星那般转瞬即逝。”

李璟熠若有所思地点了点头，没等他再次发问妙凡继续讲道：“处乱不惊，载君长行；波涛汹涌，航船必没。若得铜镜，可正衣冠，此言不虚，然而夫君在外已有太多的铜镜，所以妻子这面铜镜在妙凡看来确实没有太大的必要。”

“你的意思是说，男人在外面奔波劳累受尽冷嘲热讽，所以回家后妻子应该多鼓励？”

“正是。”妙凡斩钉截铁地答道。

“唔——挺有道理的。”李璟熠赞许地看着妙凡继续说道，“可我总觉得在你字里行间好像有种男尊女卑的感觉，不过这也难怪，毕竟我们所处的时代不同。”

“自然之法，并不以世事变迁而更改，况且，我并没有男尊女卑的意思，不知夫君的这般感触因何而生？”妙凡把玩着裙带问道。

“就像你刚才说的，什么女子如水，相夫教子啊，感觉是把女性推到了弱势的一边。”

“天地乾坤如唇齿相依，本无尊卑之分，然而有些人非要执拗地去推敲这些，反倒为世间徒增了太多无用的想法。男女平等相敬扶持，此乃自然法则，这些事情越是刻意地去分辨就越容易陷入偏激，不去谈论反而清晰明了。”

“嘿，这我懂，用现代的语言来解释那就是一句话，‘不作死就不会死’。”

“男女平等天经地义，不过是分工有别而已，双方地位自古不能相互取代。诚如羲和初升，望舒渐隐；日暮夕阳，月华清朗，阴阳各有所长缺一不可，故而平等。”

“呜哇！真没想到，一个小小的问题你居然有如此见地，像我们这个时代的女孩儿，一般很少会去琢磨这么费脑筋的事，呃——你是怎么做到的？”李璟熠一脸钦佩地看着眼前这个睿智的女孩儿，心中敬意油然而生，可转念一想他又多了几分无奈，“不过，话又说回来，其实有些女人的过度刚强大多源自一些不求上进的男人，唉，毕竟你我生活在不同的时代，这就好比你不能理解我们这两男两女共住在同一屋檐下一样。”

妙凡听罢会意地点了点头不再做任何辩解，就那样微垂着眼睑一言不发地坐在床上，也不知道在想些什么。此时，李璟熠也不再说话，偏头向窗外看去。

“夫君。”妙凡一声轻唤。

“嗯？”李璟熠很自然地应道。

“妙凡给你讲个故事吧。”

“好呀！”李璟熠一听，马上来了兴趣。

看着他那一脸孩子气的模样，妙凡莞尔一笑娓娓道来：

“上神盘古，开天辟地，最终力竭而亡，为了能亲眼看看自己创造的世界，盘古把他的精魂凝聚在了双眼之中，一只叫羲和，另一只叫望舒。后来，也不知过了多久，从羲和与望舒中各走出来一个人。从羲和里出来的是个男子，他自称伏羲，并把羲和改称为太阳；从望舒里面出来的是个女子，她自称女娲，也把望舒改称为月亮。这二人带着盘古残存的记忆来到了那个寂静无声的世界，为了维护盘古的梦想并让它永恒地循环下去，二人决定把世界改造得更加完美。凭借着盘古赋予的智慧，伏羲创造出了阴阳八卦，给世界带来最初的秩序，女娲则将飘散在世界中的力量收集起来，依照伏羲的八卦之术，做了金、木、水、火、土的初始分类，接着，女娲又依照阴阳调和之理，创造了许多不同的物种，以确保整个世界平稳循环。当二人将一切都安置妥当后，便准备返回到日月之中，伏羲在白昼的时候就回到了太阳里，而女娲则必须等待夜晚的到来才能再回到月亮里。伏羲走后女娲很孤单，于是，她用脚下的泥土仿照着伏羲的模样捏出一个男孩儿来，接着她又从太阳上揩下一丝火焰，放进了男孩儿的胸膛。这一下，男孩儿忽然动了起来，冲着女娲傻傻地笑着，女娲高兴地跟他玩了许久，在男孩儿的陪伴下，女娲便不再寂寞。可转眼间到了晚上，女娲该回到月亮里了，男孩儿得知女娲必须离开，眼中流出了晶莹的泪珠。女娲不忍让他孤独地生活在这个世界上，便依照自己的模样用泥土捏出一个女孩儿来，又从月亮上敲下一块水晶放入她的胸口，这时，女孩儿也动了起来，冲着女娲羞涩地微笑着，于是，女娲把她放在了男孩儿的身边后便安心地回到了月亮里。就这样，女娲无意间创造了人，并把盘古的力量均匀地注入了他们的体内，从此，人就成了这天地间唯一具有盘古灵性的生物，在盘古记忆的影响下，人成为世界秩序最早的遵循者和探索者……”

这个故事很美，美得令人感动，妙凡讲到这里语音减弱，而李璟熠却早已听入迷了，一双眼睛痴痴地望着她。透过妙凡那清澈的眸子，李璟熠仿佛看到了一个全新的世界，一个纯净无瑕的世界。在那个世界里，人们日出而作，日落而息，在平凡的生活中创造价值；在那个世界里，人们发自内心的相敬互爱，在朴实中谱写真情；在那个世界里，没有人会去谈论幸福，因为幸福就在手中，就在脚下，就是生活的点滴瞬间。

不知不觉中，李璟熠爱上了这个传说，爱上了那个世界，也爱上了讲故事的女孩儿……

“夫君。”妙凡柔声叫道。

“妙凡。”李璟熠微笑地望着她。

“那天的笔墨可还在吗？”

“嗯，还在。”李璟熠不好意思地摸了摸鼻子，“都怪我第二天走得着急，乱七八糟的东西一股脑儿塞进了包，还真忘了还给人家。”

“那妙凡再为夫君写几个字吧。”

“真的吗？太好了！”李璟熠兴奋地说道，“你毛笔字写得那么好，要不是我的工作职责所在，才不会送给他们呢！”

“夫君当真？”妙凡笑盈盈地问道。

“当然了！”李璟熠正经八百地说道。

“那以后，妙凡就只给夫君一人写字。”

李璟熠一愣，应了声“好”，虽然他脸上满是诧异，但心里却升起一股浓浓的满足。也不知从何时开始，妙凡以及她所带来的一切都变得那样真实，跟她在一起的时候，李璟熠感受到一种前所未有的舒适，仿佛只有她在的时候，李璟熠才是真实的自己，毫不掩饰的自己，这样的状态真的好轻松。

待妙凡写好字，李璟熠小心翼翼地将纸张铺在茶几上晾干，又特意在纸的四角各压了一块重物，生怕它被风吹落。

“妙凡，谢谢你那天晚上帮我写字。”

“嗯。”妙凡轻轻地点了点头。

“妙凡，时间不早了，下午我得陪韩瑾玉去逛街，已经答应人家了我也不好失约，呃——你不要介意。”

“嗯。”妙凡温柔地默许道。

“妙凡。”已经走到门口的李璟熠又转过头来，“昨天晚上，我梦到你了。”

“嗯。”妙凡嘴角扬起了那熟悉而又亲切的微笑。

有人说，男似乔木，女如藤蔓，男人一心想着永无止境地向上生长，而女人却只愿意牢牢地将他缠绕，看似是为了锁住男人，其实不然，因为，藤蔓缠紧了乔木就会深深地扎根泥土，只有这样，男人才能更实稳的顶天立地。

乔木来，乔木来，藤无乔木随风摆。乔木生，乔木生，藤抱乔木好生根。寂寥空度数世老，未若相思一载春。

——《鱼馆幽话》

丝萝非独生，愿托乔木……

李璟熠走后妙凡轻轻地推开了韩瑾玉的屋门，看着那卧室中所陈列的一切，浓浓伤感浮上眉心。往事随风去，情谊心中留，闺房里的姐妹嬉闹，邯郸城外渐行渐远的红衣车队，熟悉的画面又一次重现在眼前……

闺房中，妙凡捧着李慕云出征前留下的帛书，入神地默读着上面的词赋，忽地，一个顽皮的声音在耳边响起：

“王姐看什么呢，这么认真喔，婵儿都进来好久了。”

妙凡抬起头，见是妹妹来了，急忙羞赧地卷起帛书藏在身后，假意轻责道：“几日没见，你是愈发调皮了，来了也不通传一声。”

“你姐姐呀，那是在睹物思人咧，嘻嘻嘻。”伴随着清脆的声音，利落的语气，一个女孩儿迈着轻快的步子走了进来。只见她身材高挑，相貌清秀，一袭武装在身，眉宇之间英气十足。

“臻姐姐？”妙凡稍有吃惊，转而笑嗔道，“哈，你们两个，居然一齐跑来作弄我。”

“哟哟哟，我俩这还没说什么呢，你看你，怎的脸都红了。”臻郡主随意找了个位置坐下，斟了一杯香茶调笑道。

“哪有，不过是天气太热罢了。”说着，妙凡一手轻触脸颊，一手偷偷将帛书藏进被褥，起身来到臻郡主对面坐下。

“王姐，你来看，这是什么？”

说着，婵儿从袖带中取出三块方方正正的玉石，小心翼翼地摆在了桌案上。妙凡侧目细瞧，抿了抿嘴说道：

“这好似是那篆刻印章用的籽料吧，嗯，瞧着还算透亮，你哪里寻来的？”

“此乃我父君门下食客进献而来，正巧三枚，我们一人一个。”说着，臻郡主眸珠一亮，“哎，对啦！不如我们把自己的名字刻在上面，往后通信见印如见人如何？”

“好呀！好呀！”婵儿兴致盎然，立刻拍着手表示赞同。

于是，妙凡取了刻刀，三个女孩儿马上着手篆刻起来。约莫一炷香的工夫，三枚印章刻好。一枚在“臻”字中间夹了支利箭，一枚在“姶”字周围绕了圈缎带，一枚在“婵”字上端顶了朵三瓣小花。三只手交叠在一起，齐声道：

“那就这么说定啦，以后见印如见人！”

嬉笑声逐渐远去，妙凡缓缓蹲下身来，探手进去摩挲着趴在笼子里的小猫，两句心伤催泪的辞别话语回响在耳畔：

“婵儿明天就要离开邯郸了，燕国是不是在很远很远的地方？王姐，待你与慕云哥哥成婚之日，别忘了也给婵儿捎个口信儿，带一壶邯郸的喜酒，婵儿要好好地醉上一回。”

“五年了，眼看着约定的期限就快到了，李慕云等了五年，你也盼了五年，怎能在此时轻言放手？好了，无须再劝！出嫁魏国之事，臻，心意已决，但愿那李慕云能好好待你，也不枉我这一番苦心！”

整整一个下午，韩瑾玉拽着李璟熠把步行街转了个遍，她几乎是逢店必进，见到喜欢的衣服也定要试上一试才肯罢休。这下可苦了李璟熠，他就像个小跟班儿似的，颠儿颠儿地跟在韩瑾玉的身后。半路上，偶尔遇到个健身顾问，韩瑾玉还似模似样地扯着李璟熠到健身房里逛了一圈，跟人家教练讲了半天价，到最后竟丢下句“再考虑考虑”便头也不回地下了楼，弄得马上就要掏腰包的李璟熠一阵凌乱。也许，这就是最真实的韩瑾玉吧，只要她愿意，就可以毫无顾忌地自由自在，像个寻宝客一样快乐地探索着身边所遇到的一切。

就这样，直到夕阳没落华灯初上，韩瑾玉这才想起，从中午到现在李璟熠还一口饭都没吃呢，于是，拉着他来到夜市的小吃街，这边买袋鸡柳，那边尝串烤肉，半条街走下来李璟熠总算是混了个半饱。这时，韩瑾玉也有些疲倦，两个人找了间西餐厅，喝着咖啡闲聊歇脚。

“看你下午这么乖……”

一边等着她的下文，李璟熠一边幻想着自己舒舒服服地躺在床上的情景。

“一会儿带你去看电影吧，就当是奖励，3D版的《冰雪奇缘》我朋友说特别赞！”韩瑾玉满心喜悦地说道。

可李璟熠听得却是一脸黑线，喘了半口气，用那半死不活的语调乞求道：“小姑奶奶，你怎么还有力气呢，我都快虚脱了，这一下午，好嘛，快把我这辈子要逛的店铺都转完了，咱们回去吧啊。”

“哎呀，你就陪我去吧，反正明天又没什么事。”韩瑾玉央求道。

“喂，我明天还得上班呢。”李璟熠一边作揖，一边无奈地说道。

“明天的事明天再说，今儿你还没过明白呢！”

“那你晚上不照顾小猫了？你们家依依还没吃饭吧？”

“明天再说，明天再说，走啦走啦，一会儿赶不上电影开场了。”

“我晕，你把人家买来，然后又这么不负责地丢在家里不管？”

“哎哟！你一个大男人怎么婆婆妈妈的，今天本姑娘心情好自愿相陪，还容得你推三阻四了？”

一听韩瑾玉这么说，李璟熠委实不好再推托，只得硬着头皮跟她去了。幸运的是《冰雪奇缘》早就下线了，可不幸的是韩瑾玉退而求其次，又换了个叫《古玉尘缘》的片子……

坐在黑漆漆的电影院里李璟熠是昏昏欲睡，他始终不能理解，现在的网络这么发达，坐在家里抱着电脑看电影不挺好嘛，困了倒头就睡，那多自在，为什么非要跟着一群人挤到这乌漆墨黑的电影院里，还得花上二十五块钱买桶爆米花。

既来之，则安之，不管怎样，李璟熠还是将影片看了个大概。这是一个治愈系的古装轻喜剧，也是李璟熠最受不了的类型。就在这百无聊赖之际，他开始饶有兴趣地寻找片子里的各种穿帮镜头。正当自己找的起劲儿的时候，韩瑾玉的头悄悄地靠在了他的肩膀上，随即，一股浓郁的发香飘进了鼻孔。李璟熠一怔，整个人都傻了，他心想："这姑娘不是挺烦我的吗？今天这是怎么了，哪根筋搭错位了吧？"于是，李璟熠慢慢地低下头，正好与仰头望着自己的韩瑾玉四目相对，那一双美眸满是妩媚，火热的目光席卷了他的惊讶。李璟熠慌忙抬起头，两只眼睛直直地盯着荧屏，忽然，他感觉自己的脖颈间一阵温热，紧接着，耳边传来了一个软软的声音：

"谢谢你今天陪我玩，真的很开心……"

走在回家的途中，两个人一路无语。在这个时候，李璟熠也不知道自己应该说点儿什么，对他来讲，刚刚在电影院里发生的一切都太突然了，他不知道韩瑾玉的那个吻到底代表着什么。面对这个女孩儿，李璟熠感觉到太多难以确定的东西，单单只是这几周的相处就已经让自己疲于应对了，要说两个人在一起之后会怎样，他根本不敢想象。韩瑾玉的个性十分鲜明，她就好比是一支热情似火的玫瑰，大胆而又奔放的表象下却隐藏着一颗羞涩的心。说实话，李璟熠不懂得如何去跟这样的女孩儿相处，有些时候甚至提心吊胆，生怕一不留神惹怒了她，弄得自己很是难堪。在这茫然之际，妙凡清丽的笑容又一次浮现在了李璟熠眼前，她的一颦一笑犹如烙印，不经意间已然深刻于心。虽说与妙凡相处的时间并不算多，但两个人间那自然而又略带委婉的交谈让李璟熠着实很放松，也不知从何时起，他渐渐地喜欢上了那种“相敬如宾”的感觉。

思绪游走到这里，李璟熠忽地萌生出一股悲凉堵在心头压抑难挡，他很清楚，自己与妙凡之间有着遥不可及的距离，如果一定要说出来，那就是——他根本配不上人家。这时，他忽然无端地羡慕起那个李慕云来，对这个活在两千年前的人充满了酸酸的好奇。李璟熠很想知道这个人究竟有着怎样的魅力，竟能让妙凡如此执着，当然，他也很庆幸自己与李慕云之间那种微妙的联系，正因为这层联系的存在，妙凡才会来到自己身边。李璟熠害怕了，他开始真正地担心——到底自己是不是妙凡所苦寻的那个人？如果不是，那他们之间的一切便是镜花水月，过眼云烟。然而，比起知道真相，李璟熠倒是更愿意维持现状，只要不去深究前世的层层羁绊，谜底自然不会揭晓。或许，没有希望也就没有失望……

“璟熠。”忽然，韩瑾玉挽住了他的胳膊。

“啊？”思绪未收的李璟熠心猿意马地回答着，被挽住的那条胳膊像是灌了铅一般，僵垂着不敢乱动。

“我有点儿冷。”

“哦！那咱们赶紧走，眼看就到家了。”

说完，李璟熠便加快了脚步，韩瑾玉也不再有话，紧贴着他一路无言地上了楼。或许是听到了他们的脚步声，正当李璟熠要掏出钥匙的时候，门已经被梁珅打开了，带着一脸默许，珅哥略显严肃地责问道：“你俩去哪儿了？玩得这么晚，下次早点儿回家！”

梁珅的口气就像个家长，可字里行间却没有半点儿盘问的意思。面对这样的情景，李璟熠也不好解释什么，毕竟珅哥也确实没问什么。然而，站在自己身边的韩瑾玉倒是乖巧得有些反常，在他臂弯处轻拧了一下后便低着头回屋去了。此时，客厅里只剩下他们两个男人，梁珅揪下毛巾，擦去嘴角残留的牙膏沫后坐到了客厅的椅子上，李璟熠知道珅哥一定是有话要对自己说，也就跟着坐在了对面。

“去哪儿了这是？”梁珅笑着问道。

“逛了一下午街，本来早就能到家，可吃过晚饭后又去看了个电影，这才耽误了。”

“没想到你也挺会浪漫的嘛，以前我还真没看出来。”梁珅调笑道。

“珅哥，其实我俩……”

“璟熠。”梁珅打断了他的话，语重心长地问道，“我们是好兄弟对不？”

“那当然了！”李璟熠有些不解，“怎么了珅哥？”

“有些心里话我想跟你说说，其实……也不是什么大事。”

“嗨，有什么大不了的事被你搞得这么隆重，你是不是担心我跟瑾玉之间……”

“不不。”梁珅摆了摆手，继续说道，“你误会了，我是真心想把这个妹妹托付给你。”

“托……托付？珅哥，我没听错吧？”

“呵呵。”梁珅一声淡笑，坦言说道，“其实我心里有数，瑾玉的个性可能有点儿不适合你。”

李璟熠看了梁珅一眼，继续沉默不语，平静地等待着他的后话。

“上大学那会儿，瑾玉交过两个男朋友，我承认，那两个男孩儿的确能跟她玩到一起去。可你知道，生活绝不是游戏，瑾玉要是跟那样的人在一起了怎么能脚踏实地地过日子？”说到这里，梁珅无奈地摇了摇头，“兄弟，一晃咱都认识四年多了，你的脾气我很了解，在那么多好哥们儿中，我觉得只有你才称得上是个表里如一的君子，无论是在外人的面前，还是在寝室我们相处的时候，你都是一样的。”

“君子啊，那可当不起，我只是不想一个人活出两种姿态，不累吗？”

“所以说，我既把你当哥们儿又把你当家人。”梁珅的语气满是诚恳，“我这个表妹啊，处理感情的态度就像是一柄利剑，任凭自己的喜好随意挥舞，可毕竟是个女孩子，我真怕她有一天会伤到自己，而你，璟熠，我们都觉得你很适合做她的剑鞘，教她学会收敛。”

“我们？呵，这是你和学姐的意思还是你自己的？”李璟熠问得一针见血。

听到这话，梁珅愣了一下，静默许久后，他才再次开口说道：

“我是个从农村里走出来的孩子，家里给不了太多的经济扶持，所以，在感情上我几乎没什么选择权。若莹她心地善良，脾气温和，能跟这样的女孩儿在一起是我连做梦都不敢想的事情。其实，以她的条件本该过着闲适的小资生活，可如今，唉……连个属于自己的家都没有。”

“怎么突然跟我说起这些来了，珅哥，你的努力学姐都看在眼里，只要你拼尽全力地去爱护她，别让她受伤那就算对得起自己了。”

听罢，梁珅沉下头，闷闷地吐了口气后，忽然冒出句：“你跟若莹也是可以成为一家人的。”

“我再说一遍，陈若莹是我学姐，也是我未来的嫂子！”李璟熠不自觉地激动起来。

“璟熠，你……”梁珅的身体微微一颤，抬起头睁大了眼睛看着他，“我的意思是说，如果你和瑾玉在一起了，我们就会成为一家人。”

听了这话李璟熠才反应过来，原来珅哥是在故意套自己的话，一股闷火烧上心头，他噌地一下站了起来，喊道：“够了！珅哥，你怎么还在纠结那件事？这么长时间了你还是这么敏感！对！以前是有人说过我跟陈若莹很般配，可那又能代表什么？就因为这么句破话直到今天你还在疑神疑鬼地试探我？！”

眼看着梁珅低头不语，那种所谓的“自卑”表现让李璟熠怒火中烧。虽然他很想趁这个机会把珅哥的心结彻底解开，但终究还是强压了下去。李璟熠知道，陈若莹与他俩只隔了一扇门，为了顾及学姐的感受，他只好压下火气又坐回到了椅子上。尴尬的寂静在客厅里悄无声息地蔓延着，此刻，李璟熠心乱如麻，他始终想不明白，为什么别人顺嘴说的一句恭维话，珅哥非要这么较真儿。

良久，李璟熠缓缓地站起身来向自己的卧室走去，临关门前他回过头说道："我明天还要上班，就先回屋了，你也赶紧回屋吧，学姐还在等你。"说到这里，李璟熠顿了一下，略显坚决地补了句："我只会把瑾玉当成妹妹那样照顾。"

关上屋门，四下寂静，李璟熠一把拉开窗帘，探出头去让夜风尽情地吹拂着面庞，闭上眼睛，他贪婪地呼吸着夜的气息，回忆随风而至，将他的思绪带回到了三年前——

那是一个刚入秋的夜晚，从学校的人文楼里走出了两个身影：西装革履的李璟熠和一身碎花晚礼服的陈若莹。路灯下，两个人迈着悠闲的步子并肩而行，远远望去就像是一对即将步入婚姻殿堂的"新人"。

"学弟今天的表现当真是出人意料呀，第一次上台主持就能收放自如，没想到你的口才这么好。"陈若莹赞道。

"不不不，学姐的串场词流畅自然，凭的那是真才实学，跟你做搭档简直太有默契了。"

"好啦，咱俩就别在这儿相互吹捧了，一会儿让别人听见那可就糗大了。"

"我说的是事实嘛，学姐的文学功底确实深厚，台上主持全靠即兴发挥，哪像我，光是稿子就背了一天两夜，也就是今天临场发挥得好，糊弄一下外行人还是轻松加愉快的。"

优雅的上弦月洒落一片皎洁，树影婆娑，随风摇曳，李璟熠阳光般灿烂的笑脸，陈若莹银铃般清脆的笑声，那美好的瞬间总是令人难以忘怀。

"学弟，我们去秀湖那边走走吧。"

"好啊！早就听说学姐出生在江南水乡，从小那是枕着河曲睡，听着船歌眠。今晚我无论如何也要失足落水一次，也感受一下美女救英雄的滋味，兴许明天还能上个校报头条呢。"

陈若莹一听不禁“咯咯咯”地笑了起来，顺口编了个标题：“西服男不慎坠湖，妙龄女挺身相救。”

“那可不，学姐救人那叫见义勇为，哪像我，淹死了也是活该，最多在校报的公告栏上写两句——文学院某男生夜不归寝，失足落水，校保卫部提醒各位同学引以为戒，从即日起，凡夜间十点后仍未归寝的学生一律院级以上通报批评，望周知。”

就这样，伴着一路闲侃两个人来到了秀湖水畔。学校里的秀湖是建校时开凿的人工湖，湖水源自西面的人造小瀑布。值得一提的是，每逢入秋时节，小瀑布附近的景色是最美的，今夜恰巧又起了雾，瀑布水潭上浮云缭绕，层叠起伏，再加上几块在雾中错落凸起，高低无序的假石，整个儿水潭宛如一幅微缩版的江山社稷图，别有一番意境。

绕过小瀑布来到秀湖南岸的蘑菇亭，李璟熠和陈若莹比肩坐在长椅上，此时虽已入夜，但却毫无凉意，偶尔一阵和风吹起，逗弄过莲叶荷花后又在湖面踩下几处涟漪，激荡着朗月的倒影。

“湖上风来波浩渺，秋已暮、红稀香少。水光山色与人亲，说不尽、无穷好。”陈若莹轻吟道。

“嗯，好词好词！”李璟熠点头称赞，顺口接道，“莲子已成荷叶老，清露洗、苹花汀草。眠沙鸥鹭不回头，似也恨、人归早。呵呵，李清照的《怨王孙》，一贯的清丽脱俗，婉约飘逸。”说着，李璟熠站起身来，“既然学姐这么有兴致，那我也献丑再吟上一首。”

埋头踱步两个来回，李璟熠举头望月故作深沉地吟道：

“秋江楚雁宿沙洲，雁宿沙洲浅水流。流水浅洲沙宿雁，洲沙宿雁楚江秋。”

“哎哟哟，好绕口的回文诗哦。”陈若莹皱着眉头，问道，“赵明诚写的？”

“对啊，你看，秋、流、水、浅，沙、江，楚、州、宿、雁，来来回回就这么十个字，居然写成了一首诗，够狠吧。”

“他呀，就是太追求这些刻意的东西。”说着，陈若莹抬手折下一段柳枝拿在手中把玩。

“也不是啊，还有别的呢，比如……”

“莫道不销魂，帘卷西风，人比黄花瘦。”没等李璟熠开口，陈若莹便颂出了李清照的千古佳句。

此句一出，堵得李璟熠是哑口无言，凡是学中文的人都知道这句词的分量。话说在九九重阳节的时候，李清照思念夫君赵明诚，曾经寄词一首，赵明诚读罢大为赞叹，可心中却又不甘逊于妻子，于是用了三天三夜，填词五十首，然后将妻子的词一并混入其中拿给好友品论。谁知，好友再三斟酌，最后道出只有这“莫道不销魂，帘卷西风，人比黄花瘦”可称为无上佳句。

“哎呀呀，学姐果然是文学院当之无愧的首席才女，绝对没有之一！”李璟熠笑赞道。

“学弟今天这是怎么了，都恭维我一路了。”

“我不过是实话实说而已，能把李清照的词吟得这么适时适景，恐怕在咱文学院的学生里也找不出第二人了吧。”

“好好好，那我就当真喽！对了，大学四年的生活你是怎么计划的？”

“计划？呃……”李璟熠想了想，摇着头说道，“没有，没什么计划，我老妈说得精辟，‘计划赶不上变化，只要做好眼前的每件事，就能把每一天过充实’。”

“哦？也不准备找个女朋友吗？咱们文学院的这届新生里可是美女如云哟。”

“这个嘛，确实没想过，不过要是真有喜欢的，我保证学姐是第一个知道的人。”

“呵呵呵，那我可是太荣幸了。”

“这有什么荣幸的，其实我一直把你当作自己的姐姐一样，别管是什么样的女孩儿，必须先过姐姐这一关。”

“嘻，能认到你这么有才的弟弟，也算是我大学生活里最有意义的一件事了。”

说到这里两个人“击掌盟誓”，一段没有血缘关系的亲情就这样开始了，他们俩互望着对方，越看越亲切，还别说，两个人眉眼间倒真有几分相似。

“对了，姐，我听说你正资助着一个南方贫困山村的小女孩儿，她现在怎么样了？”

他的这一句话，瞬间抹去了陈若莹脸上的闲情逸致。

“姐，你怎么了？”看着陈若莹忽然变得如此沉默，李璟熠不禁好奇地问道。

“她叫雯雯，汶川地震之后我就再也没收到过她那边的消息了。”陈若莹幽幽地说道。

“你是说她……她已经……”

陈若莹默默地点了点头，轻叹一声说道：“在我宿舍里还有一张她寄过来的水彩画，上面画着一个头扎羊角辫儿的小姑娘，牵着一个手捧桃心、头顶花环的女孩儿，在那个女孩儿的背后，她还十分认真地用画笔加上了一对五彩翅膀……”说到这里，陈若莹声音渐低满是哽咽，泪珠在眼眶里打了个转儿，始终没有溢出。

“唉……姐，别想了。”李璟熠暗自神伤地坐回到长椅上，轻轻拍了拍她的后背。

二〇〇八年五月十二日，下午两点二十八分，一场突如其来的地震不知割断了多少人的幸福，埋葬了多少人的未来，也令李璟熠难以释怀，在他玩的游戏《魔兽世界》的好友栏中有个名叫“对猪弹琴”的哥们儿，也是自从那次突然断线之后就再也没有回来过。

“我去！你这二货，练个法师居然一级到二十级一路用法杖敲过来！你就不会搓个火球术吗？”

“等哥们儿有了逐风剑，铁定帮你把通灵马刷到手！”

“吼吼！看动画没！埃辛诺斯战刃太帅气了！这次可不能再让给你

了。唉，话说你一个法师为啥非要扛个风剑，真是糟蹋了。”

“哈哈哈！你就是整个WOW（《魔兽世界》）里最难看的女法师……”

气氛忽显悲凉，坐在长椅上的两个人不再对话，各自追忆着那份逝去的曾经，就像是在不约而同地默哀着。

记得有一本书上写道：男孩儿来自火星，是那浑身战血的阿瑞斯；女孩儿来自金星，是那手托金苹果的维纳斯。由于彼此源自不同的星球，所以他们始终无法真正地读懂对方……或许，正是这一弯浅浅的若水真情成了彼此心灵间一种无言的倾诉方式。

良久，陈若莹站起身来，用脚扫出一大块平地，拿着刚刚折下的柳枝在地上写道：“朝起雨丝舞轻盈，邻家子规问天灵。雾笼云飞今何日，浅草湿路道清明。”

李璟熠走了过去，念着地上的诗句细细回想了半天后问道：“这首诗我还真没见过，出自何人之手啊？”

“是我写的。”

李璟熠一愣，不由得心生敬意，这首诗虽不敢妄称名句，但也颇有唐宋大家之遗风，望着陈若莹的背影，他不禁暗自感慨道：“学姐这样的才女，她未来的‘赵明诚’将会是怎样一个人呢？”

……

忽然，一阵敲门声响起打断了李璟熠的回忆，转过身，他抛开满怀愁伤，恢复了一如既往的坦然。开门一看原来是韩瑾玉，还没等李璟熠说话，她便抢先问道：“璟熠，你刚才是不是跟我哥吵架了？”

“没有，不过是说话声音大了而已，我俩也有‘交流基本靠吼’的时候。”李璟熠宽慰道。

“那……是因为我们的事儿吗？”韩瑾玉低下头，小声问道。

“我们？不不不。”李璟熠双手齐摆，脑袋摇得像个拨浪鼓。

“哦……对了，璟熠，谢谢你今天帮我整理小猫的窝，现在依依吃饱了正睡觉呢。”

韩瑾玉说完也不等他回话，留下了个恬静如水的微笑便转身跑回了自己的卧室。

李璟熠一边关门，一边纳闷儿地寻思着：“呃，猫晚上还要睡觉吗？我什么时候帮她整理猫窝了？不会是妙凡做的吧……”想到这里，李璟熠小心地将茶几上压着宣纸四角的重物移开，撕了块胶带纸郑重其事地把妙凡的字贴在了墙上。

仰头望着那娟秀而又大气的字体，李璟熠感叹道：“上善若水……写得好，说得更好。”

凝望了一会儿，李璟熠把玉佩重新挂在脖子上，熄了灯躺在床上喃喃道：

“小妹妹，好兄弟，你们……一路走好！”

“雯雯，无论你在哪里，姐姐都会像那个天使一样，永远守护着你……”

“兄弟！无论你在哪里，我始终都站在你的身后，火力全开地输出……”

第七章　恋种——庄周梦蝶破情茧

单位——食堂——家，李璟熠在这样千篇一律的工薪节奏中又度过了两个多月。自从妙凡出现之后他的生活充满了奇幻的色彩，那种感觉就好像是在枯燥无边的海滩中邂逅了一颗珍珠，从起先的惊奇疑虑到后来的企盼欣赏，这分厘毫丝之间的心理渐变自然而又微妙。

每当夜阑人静时，李璟熠便会打开电视机，故意把音量调得很低，然后靠在沙发上聚精会神地发会儿呆，静候着伊人出现。一席稍显拘谨的寒暄礼让后李璟熠的话匣子就会打开，给妙凡轻声讲述一些现代的生活琐事，看着他讲得口若悬河直至手舞足蹈，妙凡的嘴角总是扬着一弯浅笑，带起脸颊处一对秀气的梨涡，这般嫣然若仙的笑靥令李璟熠万分沉醉。就这样相处了一段时间后，李璟熠发现在妙凡的身上似乎有着一种与生俱来的宁静，这样的气质让她在接触大多数新鲜事物时都不会表现得过分惊讶，或许，古词里那所谓“天生丽质难自弃”形容的便是她这样的女孩儿吧。

等到李璟熠说累了准备上床睡觉的时候，妙凡就会起身关灯，然后转坐到沙发上静静地想心事。时间一长，李璟熠难免于心不忍，每每想到自己入睡后妙凡独自坐在黑暗中的情景，他心中便会涌起一股浓浓的怜惜。于是，趁周末休息的时候，李璟熠专程去买了一盏玻璃风灯，每次熄灯后他就会点上烛火，为妙凡彻底驱散那长夜的黑暗与寂寥。

荧荧烛光下，李璟熠侧卧在床，望着妙凡那优雅的倩影慢慢睡着……每当这样一个夜晚过后，清晨的卧室里就会弥漫着满屋的茉莉芳香，带给他一整天的好心情。

妙凡说，她很喜欢这样的烛光。从前，她也时常以宫灯为伴，饮一盏清酒，品读几简诗书。了解到妙凡有这样的习惯，李璟熠又专程到书店买了本《诗经》，借工作闲暇之机便依照着电脑上转换过来的篆体字抄录一些，到了晚上再拿给她看。妙凡的聪慧再一次让李璟熠叹服，也就那么几天工夫，妙凡便理解了楷体字与篆体字之间的书写差异，到后来，即便是没有李璟熠在旁“翻译”，她也可以毫不费力地阅读现代书籍。

习惯成自然，渐渐地，无论妙凡晚上有没有出现，李璟熠都会点上风灯，再在床头柜上摆几页新近抄录的《诗经》，只有这样，他才能让自己睡得安心。也曾有过那么几次，李璟熠甚至冒出一种想让妙凡躺在自己身旁的冲动，然而，如此唐突的想法一直被他深藏在心底。面对这个圣洁如莲的女孩儿，李璟熠始终秉持着“只可远观，而不可亵玩焉”的精神底线，因为他不想让自己的一身浊气玷污了这份难能可贵的纯净。慢慢地，妙凡的一声“夫君”成了李璟熠每天下班后最美妙的憧憬。

在这段日子里，梁珅和陈若莹依然在为买房子的事而苦恼。其实，陈若莹的家庭条件还是很不错的，相比之下，梁珅那边就差了许多。按理说，梁珅的父亲大小也是个包工头儿，每月挣得也并不少，可后来李璟熠才知道，珅哥的母亲自去年大病之后就一直瘫痪在床。现在，不算日常花销，每个月的医药费就已经让家里入不敷出。为了不再给二老增压添负，珅哥平日里非常节俭，把自己每月工资的一多半都存起来凑首付。可毕竟他工作的时间不长，在购房这么巨大的经济支出面前，积攒了一年的钱也只是杯水车薪而已。有一次，因为点儿芝麻小事，陈若莹与梁珅恶吵了一架，在李璟熠打电话劝解的时候，陈若莹啜泣着对他说：

“我爸妈那是在嫁女儿，没有彩礼也就算了，总不能让我家再搭上套房子吧。璟熠，这不是有没有闲钱的问题，你明白吗？”

学姐最后的那句“你明白吗？”让李璟熠苦闷不已，他在想，现在的陈若莹还是当年的那个诗画少女吗？曾经那份风花雪月的心境怎会被物质现实吞噬得如此之快？

一想到这里，李璟熠的心头就会堆起一层不愿承认的酸楚，还记得那天夜游秀湖回寝之后，陈若莹给自己发来一条意味深长的信息：

“如果不想错过一份感情，最好的办法就是在原地等待，煞费苦心的追求，时间一久便成了强求，让那原本美好的东西也跟着变了味儿。”

倘若，陈若莹当初的这句话真的就是在暗示李璟熠，那这一句等待，一等就是一年，然而在这一年的时间里，李璟熠的所作所为却是挖空心思、竭尽全力地帮助梁珅追上这个愿意为自己驻足的女孩儿。果然，童话里的故事都是骗人的，即使是在那用象牙与白玉堆砌而成的大学时代，这幕“金童玉女”的佳话也未能上演。

“既然之前已经做下决定，事到如今就没有理由再去回溯。后悔？呵呵，那是毫无意义的事……”李璟熠是这样告诫自己的。

在这几个星期里，韩瑾玉反倒是十分乖巧，很少跟李璟熠使小性子不说，偶尔心情好了甚至还会亲自下厨给他做上一顿精致的晚餐。就在韩瑾玉陶醉在李璟熠对自己辛劳成果的赞赏之时，她并不知道，李璟熠的这种称赞只是发自肺腑的感谢而已，内里不掺杂丁点儿男女情愫，更没有在上面寄托任何爱意。韩瑾玉没有想到，就在自己悉心构筑着浪漫城堡的同时，李璟熠心中的情种已经悄然萌发，他正在重拾旧梦，一步步地接近着那个早在千年前就已经爱上的女孩儿。

今天是九月份的最后一天，一个令人兴奋的小长假即将到来，临近中午，李璟熠办公室的老前辈们陆陆续续都已经走得差不多了。长假前夕，单位里也没有什么重要的工作了，可前辈们的家中却还有一大摊事等着处理呢。就像赵主任所说的："刚刚还在喜笑颜开地参加着婚礼，没一会儿工夫就得去个哭天抢地的葬礼。人这一辈子，先是睡觉梦得很诡异，然后就是生活过得很诡异，等到哪天，往那儿凉飕飕地一躺，哈！整个世界都诡异了……"

作为单位里唯一的年轻人，而且还是个新人，别人能做的事情并不代表自己也可以，在这一点上，李璟熠还是很有自知之明的。此时的他正坐在办公桌前，一丝不苟地把D盘的资料拷到E盘，然后再从E盘拷回到D盘，就这么乐此不疲地鼓捣了半个上午。

吃过午饭后，办公室里除了李璟熠还有个跟他一样没有提前下班的人——刘姐。看着那个默默浇花的背影，李璟熠忽然想起刘姐曾对自己说过，她最不期待的就是放假，宁愿待在办公室也不愿再回到那空荡荡的家里。如今，老父老母已然辞世，儿子也成家立业了，虽然会经常回来陪她，但儿子毕竟不像女儿那么贴心，刘姐心中的苦楚再没有人能与她分担。

"有些男人为了小三儿铁石心肠地把你扫地出门，也有些男人假仁假义地把一切都留给你，明明是自己做错了事，还要故意摆出一副'大义凛然'的模样，所谓'五十步笑百步'，女人被抛弃的事实始终没有改变，那还有脸说什么心安理得？恶心的衣冠禽兽永远都不值得原谅！什么房屋产权，子女的抚养权……一个净身出户就撇开了全部的家庭责任与生活负担，说白了，不就是为了能轻松地享受那'美好'的未来吗？"

刘姐的话就像一柱冰凌，狠狠地插进了李璟熠的心。虽然刘姐这种以偏概全的理论让他很难接受，但在这样一个过来人的面前，李璟熠似乎没有什么反驳的资格。刘姐家中连只解闷的宠物都没养过，按她所说的："我以后不会再为某个人，某件事去付出什么，喜欢花草，那是因为植物自始至终都没有感情，不会再让我伤心欲绝。"

看着融融暖阳下刘姐那高冷孤傲的背影，李璟熠似乎感觉到了一颗已死的心挥发而出的阵阵寒意，忽然间，他喜欢上了妙凡曾说过的那句单纯的“玩笑话”：

“夫君，上善若水，厚德载物……妻恩如水，夫恒爱之……”

到底是谁做错了？男人还是女人？抑或是大家都没有错，错的只是如今这个充满诱惑令人身心浮躁的时代？可这样一个时代不正是我们创造出来的吗？网评“专家”留言说：“没有信仰的人，会在浮华如梦的生活中迷失自我。”如果真是这样，那信仰究竟被丢在了哪里？又是在何时遗失的？或者说，信仰这种无比高尚的东西我们是否真正拥有过？……

“请问，李璟熠是在这个办公室吗？”

突然，一个再熟悉不过的声音打破了办公室的空寂，李璟熠止住思绪抬眼一看，妈呀！居然是韩瑾玉！正当他还在琢磨这丫头是怎么找到这里的时候，刘姐已经放下了水壶望着韩瑾玉问道：“你……你是？”

“阿姨您好，我叫韩瑾玉，请问李璟熠是在这里工作吗？”

“韩……瑾玉……韩瑾玉……”刘姐目不转睛地打量着她，口里喃喃地念着那个名字。

“阿姨？”韩瑾玉一歪头，好奇地说道。

“啊？”刘姐的神情有些慌乱，像是从什么思绪中被突然叫醒，“哦，对了，你找小李吧，那儿，最后面的办公桌。”

“谢谢。”韩瑾玉点了点头，露出个客气的微笑。

眼看着韩瑾玉一步步地朝自己走过来，李璟熠皱起眉头，心中一阵纠结：“为什么这姑娘总给人一种猝不及防的感觉呢？俗话说‘无事不登三宝殿’，也不知她这又是想起什么来了，居然直接杀到单位来找我。李璟熠啊李璟熠，警醒着点儿！管好嘴！万一哪句话没说对又把人家惹毛了，天晓得这姑奶奶会做出什么事来。”

“嘿！愣什么神呢？”韩瑾玉打了个响指，敲着他的办公桌说道。

“你是怎么找到我单位的？”李璟熠诧异地问道。

“本小姐自有办法，况且我来这里也不是一次两次了，那天在你们食堂吃饭的时候你就坐我前边，只不过我懒得理你罢了。”

李璟熠神情一凛，心想：“我的娘哎，这是啥时候的事啊……”

“喂喂喂，人家都放假了，你怎么还赖着不走啊？”韩瑾玉嘟着嘴一脸轻松地问道。

“什么叫赖着不走……再说哪儿放假了，下午还得上班儿呢。”李璟熠压低声音，一边说一边警惕着朝赵主任的办公室望去，心想：得赶紧想个办法把这小祖宗打发走，一会儿让赵主任看见那可就麻烦了。

这时，刘姐也走了过来，此时她正用一种难以言表的眼神看着韩瑾玉。

“小李，这位是？”虽是在跟李璟熠说话，但她的目光却未离开韩瑾玉分毫。

“哦，她是那个……”

还没等李璟熠把他那句“我学姐的男朋友的表妹”搬出来，韩瑾玉居然大大方方地对刘姐说道：“我是李璟熠的女朋友。”

这么突如其来的一句话惊得李璟熠差点儿从椅子上摔下来，当时他那复杂的表情简直难以形容，如果非要描述一番，那就是憋着一泡大便却始终找不到厕所的样子。

“哟，是小李的女朋友啊，呵呵呵，上次我问的时候他还不好意思承认呢，今天可算被我碰了个正着。”刘姐这话分明是说给李璟熠听的，可她的眼睛却依然在望着韩瑾玉，那语气中似乎还夹杂着一丝难以明喻的欣慰。

“刘姐，其实我们只是住在一起而已，她是我……”李璟熠脱口而出的一句大实话把本来挺简单的事反倒是越描越黑。

“璟熠！”韩瑾玉小脸通红，打断了李璟熠的话细声嗔道，“当着外人的面儿你瞎说什么呢……”

这一下，李璟熠真想狠狠抽自己一嘴巴，不过，看着韩瑾玉那扭捏羞涩的小模样，他不由暗自发笑：“我的个神哪！这丫头居然也有脸红的时候！我真是没那个胆子，要不然，非得用手机把她拍下来不可。”

正当李璟熠坐那儿瞎琢磨的时候，韩瑾玉已经跟刘姐搭上了话，刘姐问明她的来意后，终于把目光移到了李璟熠的身上，“既然小韩都已经来了，那你就先走吧，这点小事，我跟赵钰仁说一声就行。”

“刘姐，刘姐！”李璟熠急忙站起身来，摆着手说道，“不用了，真的不用了，没事，我下班以后再陪她。”

然而，刘姐根本就没有在意他的话，冲着韩瑾玉慈爱地一笑后便径直走进了赵主任的办公室。这下可把李璟熠郁闷坏了，他心惊胆战地想着：“赵主任早就说过，不能因为谈恋爱而耽误工作，你当然觉得这是小事了，省图书馆这么大个办公楼里，也就你敢直呼赵主任的大名。”

眨眼工夫，赵主任便和刘姐一起走了出来，也不给李璟熠说话的机会，赵主任直截了当地说道：“原来这位就是小韩啊，嗯，人长得跟写出来的字一样娟秀。”赵主任边说边点头，接着把目光转向李璟熠，“今天下午也没什么事，我就给你提前放假了，去吧，带着女朋友逛逛街，买几件新衣服。”

“赵主任，其实我……”面对赵主任先入为主的误解，李璟熠显然已是百口莫辩了。

“年轻人嘛，偶尔一两次没有关系，这大下午的，别人都走了，我把你一个人留着也挺残忍的，呵呵，去吧去吧！”赵主任朗笑道。

“谢谢赵主任，谢谢刘姐。”

还没等李璟熠回过神来，韩瑾玉倒是挺懂礼貌，抢先帮他答了谢，这回可真是阎王爷下请帖——不走都不行了。于是，李璟熠勉为其难地挤出个“感激”的笑脸，磨磨蹭蹭地关上电脑跟着韩瑾玉走出了办公室，可还没等两个人下楼，刘姐一路小跑着从后面追了上来。

“刘姐？怎么了？”

然而，刘姐直接无视李璟熠的存在，冲着韩瑾玉和蔼地问道：“小韩，阿姨想问你个事。”

“嗯？什么事？阿姨您说。”

“我看你脖子侧面有一小块红，那个是天生的吗？”

“是胎记，怎么了，阿姨？”韩瑾玉不自觉地摸了摸脖子。

“没……没事！”刘姐咬着嘴唇，那紧张的神情像是在极力压制着什么，就那么愣了几秒钟后，她继续说道，“是这样，阿姨……以前看过一本面相书，上面说女孩儿脖子上有胎记那是最福气的象征，这样的人一辈子肯定是顺顺利利，吃穿不愁。”

“哦，真的吗？嘻嘻嘻。”韩瑾玉笑盈盈地说道。

“一定的！嗯……对了！你跟小李要是周末有空就来我家玩，阿姨做菜特别好吃。”刘姐异常热情地邀请道。

“嗯，有机会我们一定去。”韩瑾玉客气地答应道。

就这样，在刘姐的目送下，韩瑾玉挽着一脸茫然的李璟熠走出了办公楼。

七拐八拐绕了几个弯儿，韩瑾玉带着李璟熠来到了附近新开张的一家咖啡小屋。诧异地跟着熟门熟路的韩瑾玉，李璟熠是满心折服：“我在这儿都快上两个月班了，也没把单位附近转明白，这丫头是怎么做到的，就像是带了导航仪似的！”

走进咖啡馆，韩瑾玉挑了个靠窗户的位置坐定后给自己点了杯卡布奇诺，接着又给李璟熠要了杯叫什么“蓝色抑郁”的鸡尾酒。听着那奇葩的名字，再看看杯子里蓝幽幽的液体，李璟熠的第一个反应就是珅哥化学实验室里的碱式碳酸铜溶液。就这样，两个人一边喝，一边闲聊起来。

“哎，你们单位的那个刘姐，她是特意坐到你前面的？”

“我不知道啊。”

“她为什么对你这么好呀？”

“我不知道啊。”

“那别人都走了，怎么就她和你还在办公室啊？”

“我不知道啊！”

这三个“我不知道啊”，李璟熠回答的语气着实很无辜，他确实是不知道刘姐今天到底怎么了。

“啧！那你知道什么呀！”韩瑾玉抿了口咖啡，一脸无奈地看着他。

“我跟你说，她今天吧确实有点儿怪怪的，可到底是为什么，那我还真说不上来，平时也没看她对谁这么热情过啊。”李璟熠摸着下巴，一边说一边纳闷儿地合计着。

“不过，我倒是觉得她这个人蛮亲切的，你看，还邀请咱们去她家呢。”

“不不不。”李璟熠做了个打住的手势，特意强调道，“不是咱们，我觉得她貌似是在特意邀请你呢，跟我好像没多大关系。”

“嗯？”韩瑾玉眼珠滴溜溜地转着，悉心回味了一番，“听你这么一说，好像还真是哦。”

“唉，算了，别想了。”李璟熠闻了闻眼前的鸡尾酒，问道，“说起来，你今天怎么有空跑到我这儿来了？”

“怎么，我不能来呀？”韩瑾玉轻拍了一下桌子，嘟起了小嘴。

“那倒不至于，我就是挺好奇你是怎么找到这里来的，还有，你真在我们单位食堂吃过饭啊？”

“切，找你还不容易。对了，告诉你啊，今天我心情可是好得很哟！”

“哦？遇到啥好事了这是？”

“自然是天大的好事啦，我这里有个好消息——”韩瑾玉故意拖了个长音，“还有一个更好的消息！”韩瑾玉又特意用了重音，“你想先听哪一个呀？”

看着她略带狡黠的笑脸再加上那抑扬顿挫的语气，李璟熠忽然间有了一种快要被骗上“贼船”的不祥预感。

“要不——你先说说那个更好的消息？”李璟熠试探着问道，边说边注意着韩瑾玉的表情，生怕她说出什么不靠谱的事来。

“更好的消息嘛，跟你还有点儿间接关系，那就是——”韩瑾玉一顿，郑重其事地宣布道，“下个星期我就要正式上班啦！”

“哎哟喂！这可确实值得庆贺一下。”说着，李璟熠举起杯跟她碰了一下，一边喝一边想：“我的天哪，哪家单位这么厉害，居然能把这小姑奶奶给请动了。”想到这里，李璟熠又追问道：“那你在哪儿上班啊？”

“和平大街，嗯嗯嗯。”韩瑾玉扬了扬眉毛，“建设西路——”

“建设西路啊……那不是就在我单位附近嘛！”

“省图书馆办公楼二层的写字间是外租出去的，懂？”

“我靠！不会跟我在同一个楼里吧！”李璟熠彻底傻了。

“等等，先别急着高兴，还有个好消息呢，这个跟你可有着直接关系哦！”韩瑾玉一脸坏笑地说道。

李璟熠心一紧，暗暗合计着：“直接关系？该来的终于来了，她这么兴冲冲‘不远万里’地跑来找我，八成又是要拉我陪她去逛街了，上次就累了个半死，这次说什么也不跟她去了，本来就上了一个星期的班，这要是再折腾一下午，估计我就散架了！”

“先说好啊，不管是庆祝你找到工作还是为小长假欢呼，只要不让我陪你去逛街，咱干什么都行！”

“切，当然不是去逛街啦！”

“哦，那还行。”李璟熠暗吐了口气，忐忑不安的一颗心总算轻松了不少，“那你说吧，什么好事？”

“明天咱们四个人一起去玉溪山拜佛，上次我去的时候就许了愿，这次是专程回去还愿的。”

“哦！爬山啊！”李璟熠一听马上来了兴趣，“主意不错，嗯！这个可以有！”

“嘻嘻嘻，不错吧！所以我才专门过来找你的，一会儿咱们去商业街溜达一圈，买点儿明天要带的东西。”韩瑾玉一脸兴奋地说道。

李璟熠一听，差点儿被刚咽到一半的鸡尾酒呛死，绕了半天最后还是去逛街。他长长地叹了口气，僵硬地摆出一副可怜相儿，一面用手指在桌子上画着圆圈，一面有气无力地念叨着：“我被诅咒了……我被诅咒了……”

果然，喝完咖啡后李璟熠不可避免地被韩瑾玉拖到了商业街。这一次韩瑾玉又有了新思路，在她的生拉硬拽下，两个人先是去了商场的电玩城，在打电动的时候，一个长相萌萌的小朋友指着李璟熠说道：

“妈妈，这个叔叔都长胡子了还玩电动游戏呢，我都不玩了。”

“唉，童言无忌，童言无忌……”李璟熠是这样安慰自己的。

打完电动后，韩瑾玉非要再去趟花市看看小宠物，李璟熠考虑到那里离家比较近，说不定逛完便可以回家，也就跟着去了。谁知，韩瑾玉刚一进去便马上爱心泛滥，这边摸摸小兔子，那边逗逗小松鼠，要不是李璟熠死活拦着，她差点儿就买了只仓鼠！

“我的大小姐啊，你见过谁把猫跟耗子养在一起的？汤姆和杰瑞？找刺激呢吧！”

可这还不算完，更大的“惊喜”还在等着李璟熠。逛完了花市韩瑾玉又拉着他去陪自己做头发。在踏进美发店之前，李璟熠依然天真地认为在这个世界上最恐怖的事就是陪韩瑾玉逛街，然而，四个小时后，当韩瑾玉拖着面如死灰的李璟熠从美发店走出来的时候，望着那早已漆黑的天空，李璟熠再次顿悟了……

“呀，都十点啦，你饿坏了吧？”韩瑾玉关心地问道。

李璟熠双眼无神，表情呆萌，机械地不住点头。

“走吧，咱们打车去逛逛夜市，顺便吃点东西，十一点过后夜市可就要关闭啦，等你吃饱了我们还可以去看……”

没等她把那“美好”的计划说完，李璟熠一屁股坐在了马路牙子上，用一种宁死不屈的眼神望着她，口里念经似的说道：“我要回家……”

“唉，你可真是难伺候，好啦，既然你不想去那就算了。”

李璟熠一听马上来了精神，噌地一下站了起来满眼感激地看着韩瑾玉。

“这样吧，咱们找个地方吃饭，然后去KTV唱歌怎么样？”

这话一出，李璟熠如同从天堂直坠地狱，他呆呆地望着电线杆，心里盘算着："要是我拼尽全力一头撞过去，兴许就能把它撞断，如果选好角度，说不定它倒下来的时候正好能把这个女魔头压死，唔——那我也算死得其所啦。"想到这里，李璟熠还真就朝那边大步走了过去，不过没用头撞，而是紧紧地抱住了电线杆，任凭韩瑾玉花言巧语地再说什么，他就是不撒手。这边，韩瑾玉费尽唇舌，那边，李璟熠充耳不闻，僵持了好一会儿，韩瑾玉终于妥协了。

此时中秋已过，夜间气温不冷不热还很清爽，这个时节是一年中气候最宜人的时候。一边走李璟熠一边望着街道旁的路灯，不禁想起了妙凡在玻璃风灯下看书的情景，想着想着，他的嘴角不由得扬起了一丝微笑。

"想什么呢，表情这么花痴？"

"呃……放假啊，七天啊，干点儿什么好呢？"

韩瑾玉将信将疑地"哦"了一声，似乎有点儿失落，之后便也没有再说什么。然而，当两个人走到楼下的时候，她又让李璟熠犯了难，只见韩瑾玉蹲在楼门口，望着那黑洞洞的楼道嗲声嗲气地说道：

"妈妈咪呀！五层楼啊，每层都要上二十个台阶，一共八十个台阶，好多啊……"

"八十个台阶？！你怎么算的？晕！就算是体育老师也教不出来你这样的数学吧！"

"榆木脑袋！"韩瑾玉白了他一眼继续说道，"我问你，从一层到二层几个台阶？"

"二十个啊！"李璟熠不假思索地答道。

"好，那二层到三层呢？"

"二十个啊！怎么了？"

"嗯，三层到四层呢？"

"也是二十个啊，到底怎么了？"

"四层到五层呢？"

"废话呢，二十个！我就纳闷儿了，你那八十个怎么算出来的！"

“咱家住五楼对不对，你自己掰着指头加一加，手不够用还有脚！”

李璟熠拧着眉毛一加，果然是八十个台阶，还没等他完全反应过来，韩瑾玉一脸鄙视地反问道：“从地下打洞打出二十个台阶然后钻到一层来，怎么？《鼹鼠的故事》啊！”

李璟熠一听顿时无语，稀里糊涂的居然被这个小丫头绕了进去，很认真地犯了个这么低级的错误。

“就你这逻辑思维能力还理直气壮地说我呢？切！我不管，作为惩罚你得把我背上去！”

“娃娃，你可莫闹喽！这三更半夜的，我？背着你……呃，乍一看去还以为是双头妖怪呢，万一让谁撞见了再把人家吓出个好歹来。”

“哪儿有人嘛，不管不管，我累了！半步也走不动啦！”

“好啦，听点儿话吧，你再这样我可就不管你了啊，一会儿来个坏人把你抓走，卖到偏远山区给人家生娃去！”

“去就去！真把我弄丢了，看你怎么跟我哥交代！”韩瑾玉一扭头，还真不吃他那一套。

“行行行，待着吧你。”说着李璟熠假意往前走了两步，突然回过头露出个诡异的笑脸，比着噤声的手势说道，“临近午夜，阴阳交替，保不齐有哪个冤死鬼拖家带口地跑出来。妹子，你想好啦？我就不多说了，你懂的。”说完，李璟熠还特意指了指韩瑾玉的身后，接着伸直手臂像僵尸一样跳进了楼道。

经他这么一吓还真见效，刚刚还蹲在地上耍赖的韩瑾玉噌地一下站了起来，半捂着眼睛追了上去，两只手死死地抓着李璟熠的胳膊，就这样拉拉扯扯、一惊一乍的，俩人足足用了十多分钟才到家。

进门后，李璟熠发现珅哥和学姐居然都不在家，他长出了一口气，庆幸地说道：“幸亏你老哥不在，要不然肯定还得说我。对了，这俩人上哪儿潇洒去了，这么晚了还不回家，不是说好明天要一起去爬山吗？”

“嗯——他俩可能先去了吧，明天……跟咱们在山脚下会合。”韩瑾玉支支吾吾地说道。

“啊？真的假的？”李璟熠一脸狐疑地问道，然而，咕咕叫的肚子让他完全没有心思在这事上纠结，“算了，你饿不饿，我煮点儿面条，一起吃一口吧。”

“不啦。”韩瑾玉摆了摆手，“困死了都，我要回屋睡觉啦，晚安！”

“妈呀，你也有累的时候，刚才不还叫嚣着要去唱歌吗？”

“你想去吗？走啊！”韩瑾玉马上来了电。

“别别别，我就那么一说，你也就那么一听。赶紧去睡觉，养精蓄锐，明天咱还得爬山呢。”李璟熠催促道，生怕再勾起她的兴趣来。

“无聊！”韩瑾玉懒懒地丢下这么句话，无精打采地走进了自己的卧室，看那样子确实是累坏了。

李璟熠双手一摊，撇着嘴回屋摘下手表、玉佩，飞速换上睡衣后便急不可耐地跑到厨房烧水煮面，他一气下了五个鸡蛋，硬是把一袋面煮成了两袋的分量。看着那喷香诱人的“佳肴”，李璟熠满意地点了点头，碗也懒得拿直接端着锅回了屋。刚一推开门，一股熟悉的香气扑鼻而来，李璟熠侧头一看，妙凡果然站在窗边，冲她点头示意后，李璟熠满怀欣喜地反锁上了门。

“夫君为何这么晚了才用膳？”

“唉，别提了，让韩瑾玉那小丫头给坑了，你自便，我可得先吃了。”

说罢，李璟熠颠儿颠儿地把锅放到了茶几上，在佳人的陪伴下幸福地吃了起来。妙凡坐在床边，也是第一次见到竟还有人抱着锅吃饭的，看着李璟熠那狼吞虎咽的吃相儿，她不禁掩口而笑。三下五除二的工夫，李璟熠就把锅里的面条吃了个底朝天，打了个饱嗝，靠在沙发上再也不想动一下。

“夫君吃饱了？”

“饱了饱了，哎呀呀，真是太痛快了。”李璟熠慵懒地说道。

妙凡起身为他倒了杯水，轻语道：“若是累了那便早点儿歇息吧，明早还要上班。”

听到妙凡说出句这么具有家常气息的话语，他的心中一阵感动。在这短短的两个多月时间里，妙凡对现代生活的理解程度已经大大超出了李璟熠的预想，这般聪慧再次令他折服，每次听李璟熠讲述的那些现世百态时候，妙凡总是以淡然一笑来回应，而当他回忆起自己生活的点滴瞬间时，妙凡的眼中才会熠熠闪光。

“明天放假不用上班，不过我跟大家约好了明早一起去爬山，这也算是一种休息吧。”

女孩儿的心思都是很细腻的，无论生在哪个时代都一样，李璟熠特意对韩瑾玉的名字避而不提，担心的正是妙凡会因此多想。

“一定要去吗？夫君已经很累了。”妙凡的神情中充满了发自内心的关切。

“是啊，都已经答应人家了，突然说不去那多不好啊。”

“夫君，极心无二虑。”

“啊？”李璟熠知道，每当妙凡引经据典的时候，往往都蕴含着极其特殊的意义。

“如果一个人，他能够完全专注于某件事、某个人，那就不会给自己带来太多的顾虑，只有这样才能让心境变得轻松。你这个人，表面上看来风轻云淡，很好说话，可妙凡知道，其实你的心思很重，在乎的事、在意的人太多了，如果总是这样处处考虑别人的感受与看法，那便是苦了自己。浮生未歇，辛酸自知，其第实，夫君的心已经很累了。”

李璟熠鼻子微酸，这还是他头一次听到有人道出了自己的心声，而且那还是一个跟自己相识并不久的人，他心中的激动许久才得以平复。

“妙凡，妙凡。”李璟熠连叫了两声，“谢谢你总是这样设身处地地为我着想，除了父母，你是这世界上第一个真正关心我的人。”

“我……只是想读懂你。”

“读懂？”

“是，读懂，只要我试着去读懂你，这样你也可以读懂我。”

妙凡的这一句“读懂”轻叩着李璟熠的心，在他生命中所遇到的女孩儿里，从未有过谁能为他这么用心，而这番用心又是那么恰到好处。此时此刻，妙凡忽然变得与自己如此的贴近。终于，李璟熠拿出了平生最大的勇气，直视着妙凡，郑重其事地说道：“妙凡，我……”

“咚咚，咚咚咚咚！”

突然，门外传来了一阵敲门声，扰乱了将两颗心逐渐拉近的情丝。

“璟熠，你睡了吗？”是韩瑾玉的声音。

李璟熠吓得一激灵，猛地坐起身来，一脸惊愕地望着妙凡比了个噤声的手势，然后蹑手蹑脚地走到门前，装出困倦的声音答道：“唔，怎么了？”

“你已经睡了吗？”

“嗯……嗯！睡着了，怎么？有事吗？”

“屋里就我一个人，我有点儿害怕。”韩瑾玉的声音充满了胆怯。

“噢，要不然你开着灯睡吧，我这衣服都脱了。”

一面说，李璟熠一面偷瞄着妙凡，那“心虚”的样子跟做贼似的。然而，妙凡仍是一贯地从容镇定，却不像他那般惊慌失措，一双美眸望着窗外，似乎对此事漠不关心。

“哦，好吧……”韩瑾玉的语气中夹杂着些许失落，“那你明天别忘了早起，爬山要带的东西还没准备呢。”

“知道了，晚安。”

李璟熠也不多话，心里只想把这小姑奶奶赶紧送回去，同时，他又冲着妙凡指了指床，示意她往中间坐一点儿。妙凡略微迟疑了一下，抬手指了指床中心的位置，等待着李璟熠的回应。此时，李璟熠悬着的一颗心还未落定，也顾不得那么多，只是十分肯定地用力点了点头。妙凡见状抿了抿嘴，慢慢脱下鞋，撩起裙摆跪坐在了床中央。看着妙凡坐定，李璟熠又把耳朵贴在门上细听了好一会儿，直到确定韩瑾玉已经回屋之后这才松了口气。他轻轻地走到床边闭了灯，转身对妙凡说：

“咱们在床上聊吧，这要是让韩瑾玉听见了那可就不妙了。”

“好。”妙凡颔首，回应了一个浅浅的微笑。

点起玻璃风灯，李璟熠特意坐在了离门不远的床边，一边竖起耳朵听着门外的动静，一边思量着跟妙凡说点儿什么，好重新开启话题。

“夫君好像很在意这位韩姑娘。”妙凡首先开口道。

“不是在意，我这叫害怕。”李璟熠无可奈何地笑着说道，“唉，何止是怕啊，简直就是惹不起，绝对的惹不起。”

“夫君？”妙凡一顿，直言道，“我想知道，何为女朋友？”

她乍这么一问，弄得李璟熠半晌哑口无言，特别是在妙凡面前，这个略显敏感的词他当真不知该如何解释。一个皱着眉头支支吾吾地说了半天，一个秀眉轻蹙听得是一头雾水。最后，李璟熠言简意赅地概括道：

“所谓女朋友，就是所有异性朋友里你觉得最特别的那个人。”

这话刚一出口，李璟熠的心便怦怦直跳，望着眼前这个忽然间点亮自己生命的奇女子，这个坚定执着地爱着她“夫君”的女子，这个始终把微笑挂在嘴角让自己无比舒畅的女子……李璟熠的眼中隐隐泛出一种不同于以往的情愫。

“夫君在想什么？”妙凡问道。

“我在想那个李慕云，他究竟何德何能让你这么执着。”李璟熠直言不讳地说道。

“承君一诺，必守三生。”妙凡的回答也是毫不隐晦。

“那假如，我并不是李慕云……”李璟熠的情绪激动起来，“那你还会继续陪在我身边吗？”

妙凡没有出声，静望着他轻轻地摇了摇头，在那如水般透彻的眸子里，李璟熠明显看到一丝坚毅的决绝，这时，他感觉自己似乎陷入了泥泞的沼泽之中，现在的他只能僵在那里不敢挣扎，因为，越是挣扎自己便会陷得越深。

两个人就这样相视对望了许久，李璟熠默默地低下了头，带着一丝无助的期望喃喃道：

“妙凡，其实在我梦到你的那天晚上，后来……我还梦到了李慕云。那两个梦特别特别的真切，等我醒来以后甚至都有点儿分不清，到底哪个世界才是真实的。”

“夫君可曾听过庄周梦蝶？”

“庄周……梦蝶？呃，庄生晓梦倒是听过。”这时，李璟熠也想起了唐代诗人李商隐的《锦瑟》，不禁默诵道：“锦瑟无端五十弦，一弦一柱思华年。庄生晓梦迷蝴蝶，望帝春心托杜鹃。”

妙凡一怔，吃惊地看了李璟熠好一会儿说道：“这词赋的韵味极其深厚，不像是夫君这般年岁的人所作。”

被妙凡一语道破，李璟熠点头默认，转而说道：“妙凡，你给我讲讲庄周梦蝶吧。”

“嗯，是这样的，曾经有个叫庄子休的人，他梦见自己变成了蝴蝶，醒来以后再度回味梦境时，他便分不清究竟是自己做梦变成了蝴蝶，还是蝴蝶做梦变成了自己，正所谓庄周梦蝶，自喻适志与，不知周也。”

“究竟是我梦到了李慕云……还是李慕云梦到了我……”顺着妙凡的思路，李璟熠的心里也画上了同样的问号。

“妙凡！”忽然，李璟熠神情认真地问道，“在找到李慕云之前，你……可以做我的女朋友吗？”

“是那个最特别的人吗？”妙凡柔声问道。

李璟熠没有答话，只是把头埋得更低，就像在等待着即将到来的宣判一样，他从未想象过这样的自己说出这样的话。

“好。”

妙凡的答案是那样出乎意料，可一切仿佛又在情理之中。李璟熠依然不敢抬头，心中的狂喜与惆怅扭打在一起，他不知道自己该用怎样的表情去面对妙凡。

“谢谢你。”强忍着内心的纷乱，李璟熠平静地说道。

“你的这一声谢谢，对于我来讲……太轻了。”

“为什么？”李璟熠诧异地抬起头。

“这世间有些事，只对我道一声谢那是远远不够的……夫君，你且安歇吧，我在一边守着就好。”说罢，妙凡就要起身下床。

“等一下！”李璟熠大胆地说道，“今晚你……你能躺在我身边吗？”

这话刚一出口，李璟熠也是自觉唐突，他觉得自己未免有些得寸进尺了。然而，妙凡只是理了理鬓边的发丝慢慢地躺在了床上，白皙的双手交叠放在腹前说了声：“夫君，不早了，快睡吧。”说完，她闭上了双目不再出声。

看着近在咫尺的妙凡，滚滚暖流在李璟熠的胸膛翻腾不已，带着幸福而又忐忑的微笑，他吹熄了烛火小心地躺在了妙凡的身边。李璟熠把盖在自己身上的被子拉出了一多半，盖在妙凡身上的同时无限温柔地道了句：

“娘子，晚安……好梦。”

第八章　心结——一花一世界，一笑一尘缘

两个人和衣而眠，就这样度过了一个美好而又微妙的夜晚。秋阳冉冉扫净了晨雾，为喧闹的城区争得片刻宁静。当李璟熠睁开眼睛的时候，妙凡已不在身边，被褥上，茉莉淡香犹存，似乎还在提醒着他，伊人只是刚刚离去不久。

这是李璟熠参加工作后的第一个小长假，原本他还计划着拿自己的工资买点儿补品，回家去看爸妈尽尽孝心。可没承想，这二老居然去苏杭旅游了，而且，早在一个月前就已订好机票。这件事还是李璟熠临放假前往家里打电话的时候才知道的，弄得他一点儿存在感都没有。在电话里，老妈的声音明显年轻了许多，就连一向不苟言笑的老爸也破天荒地跟他开了几个玩笑，电话挂断后，李璟熠忽然感觉到一种奇妙的忧伤。

常言道："光阴似流水，年华几许深。"仿佛就在昨天，自己还依偎在母亲的怀抱中，睁大了眼睛望着灵隐寺里那庄严肃穆的千手观音像。如今，儿时的照片已然泛黄，二十年时光弹指一瞬间，爸妈选择在这个时候故地重游，为的正是去印证那份相伴偕老的少时诺言。在父母那个年代，本来就没有太多奢华的资本去营造浪漫，自己的出生，在给他们带来些许欢愉的同时，也夺走了两个人的自由，被爱的结晶所"束

缚”，他们伴随着李璟熠的茁壮成长而慢慢变老，或许，这就是那所谓“奇妙忧伤”的源头吧。

靠着枕头，李璟熠无意中瞥见挂在墙上的那四个字——上善如水。白色生宣纸映衬着婀娜灵秀的笔迹，昭示出运笔者纯净而又柔软的心。合起双目旧梦重温，流光千年前，阏与关外的北山一战历历在目，清晰的画面，极近切身的感受，好似把李璟熠又一次带回到了那个风起云涌却又不乏浪漫的战国时代，他很想就这样睡去，再度重温一遍那份传世的羁绊。

恍然入梦间，由远及近，一阵悠扬的笛声响起，打断了李璟熠的千思万绪，他拿起手机眯缝着眼睛一看，居然是张括军打来的。

“喂？二哥！”

“哟！您老——从北京回来啦？”

“嗯，我明天到你那儿去。”

“啥？”李璟熠一怔，“明……明天？你自己过来啊！”

“靠，珅哥给你发信息了，你没看见？他和学姐都在我旁边呢，明天我们一起回去。”

“啊？”李璟熠又是一怔，“什么时候给我发的短信？我没注意啊！等等等，珅哥什么时候跑你那儿去啦。”

“哟喂，你没睡醒呢吧，是不是昨晚一夜春宵，劳累过度啦！”

“你！你怎么知道的？”李璟熠愕然一震，惊坐而起，心想：“这小子通神啦！他怎么知道的？除了我自己应该没有人再见过妙凡哪！”

就在李璟熠满头雾水地纠结纳闷儿时，电话那边传来了张括军奸邪的坏笑。“嘿嘿嘿，士别三日当刮目相看，二哥，你终于爷们儿一回！”说罢，电话里响起一阵嘈杂的疾跑声，接着，他便听到了张括军激动不已的声音：“珅哥——珅哥！老二不负众望，昨晚得手啦……”话说到一半儿居然还把电话给挂了。

李璟熠木讷地挠头思量着，猛地一拍脑门儿恍然大悟：“晕！那小子指的不会是我跟韩瑾玉吧！”想到这里，李璟熠急忙拿起电话，刚要接通的时候，他却又挂掉了，“唉，这两天脑子有点儿不灵光，别再越描越黑了，本来没啥事又给弄出点儿事来，算了，清者自清吧。”

下床洗漱后，李璟熠叼着饼干给自己冲了杯牛奶，坐在客厅的椅子上，他边喝边翻看着手机新闻。一顿早饭吃完，李璟熠扭头扫了眼韩瑾玉的屋门，悄声笑骂道：

“这小姑奶奶，昨天还信誓旦旦地说要早起爬山，现在可倒好，人家珅哥和学姐根本不知道这事不说，她反倒安安稳稳地睡起懒觉来了。”

无奈地一耸肩，李璟熠戴上耳机，靠在椅子上听着催眠曲又睡了个回笼觉。约莫快到十点的时候，韩瑾玉的屋门“吱”一声开了，李璟熠半睁开眼睛，看着她笑问道：“哎哟哟，你总算醒了。”

“唔……几点啦？”揉着惺忪的睡眼，韩瑾玉懒懒地问道。

“十点半了，就这还要去爬山呢？”李璟熠一脸无奈地说道。

“哎呀呀，现在去也不晚，你等我十分钟，咱马上就出门。”

“喂，你真要去啊？！”李璟熠拍了拍手表，“眼看着就到中午啦。”

“不是跟你说了嘛，这次我是要去还愿的！”韩瑾玉蛮不情愿地嘟囔着。

“呃，好吧好吧，你赶紧收拾去，准备好了叫我一声，我回屋等你。”

“好——”韩瑾玉拖着长音，迷迷糊糊地旋进了卫生间，刚刚还在吹眉毛瞪眼睛的她这一下又变得慵懒起来。

回屋后，李璟熠换好休闲装，又找了双比较舒适的运动鞋穿上，刚想准备一下爬山要带的东西，这才体会到什么叫“巧妇难为无米之炊”。昨天，韩瑾玉打着要去买吃的的旗号，拽着李璟熠疯了整整一个下午，正经东西那是一件也没买。也不知是自己过于循规蹈矩，还是韩瑾玉太潇洒自由，李璟熠发觉自己很难跟上她的节奏，总有一种被她牵着鼻子走的感觉。李璟熠从来没想过要控制别人，更讨厌被别人控制，想到这里，他闷闷地叹了口气，怏怏不乐地倒在了床上。就这么趴了好一会儿，他仍旧没听到韩瑾玉那儿有什么动静，不由得烦躁起来。又在屋里百无聊赖地转悠了将近半个小时后，终于，一阵不紧不慢的敲门声响起，李璟熠皱着眉头打开门，没好气地甩了句：

“我说你这十分钟也忒长了吧，自己看看表，这都几点了！”

然而，韩瑾玉却对他的满腹牢骚毫不在意，刚一进来就东闻闻，西嗅嗅，皱了皱鼻子问道：“你怎么总爱往屋里喷香水呢？真没见过哪个大男人像你这样。”

李璟熠一吓，身体不自觉地往后倾，压坐在被子上说道：“我不就喷了点儿花露水嘛，驱驱蚊子罢了，你别总这么大惊小怪的。”

“喂喂，现在都秋末了，哪来的蚊子！切，又变成花露水了，上次还说是空气清新剂呢。”说着，韩瑾玉把手一伸，一脸不信任地说道，“花露水是吧，拿出来给我看看呀！”

“刚——用完了！”

“哦——”韩瑾玉故意摆出一副恍然大悟的样子，点着头向前逼近一步，急转话锋追问道，“那空瓶呢？拿出来瞧瞧！”

“扔——扔了啊！”

“编！你接着编！”韩瑾玉眉毛一扬，也不知是怎么了，忽然蹦出句，“瞧把你紧张的，我又没说不喜欢你这样！”

“那我也没说喜欢……”李璟熠话赶话地嘀咕着。

“什么？”韩瑾玉侧过耳朵，似乎确实没听到他在说什么。

“唉！我是说习惯啦，习惯往屋里喷点儿香水，我有强迫症，闻不到香味睡不着觉。”李璟熠闷声闷气地说道，那语调就跟念经似的。

就这样，两个人有一句没一句地调侃了好一会儿，临到出门前，韩瑾玉居然又跑回到自己的卧室里，还把门反锁上了，天晓得她这又是想起什么来了。站在楼道里，李璟熠窝了一肚子火，好不郁闷地又等了半天，这一上午的宝贵时光就这么付诸东流了。隔着楼道的玻璃窗，李璟熠望了望正午的太阳在心中暗发狠誓：“打今儿起，不管这丫头再以什么样的理由邀我，我李璟熠绝不应承！”

今天虽是小长假的第一天，但道路上却一点儿也不堵，旅游大巴畅通无阻，约莫一个半小时的工夫就把他俩送达玉溪山脚下。稍作安歇后，两个人迎着晚秋的清爽开始爬山。

玉溪山坐落在西南城郊，由几个高矮不一的小山连绵而成，两座主峰的海拔还不到五百米。在玉峰和溪峰之间的山谷中，一条小溪蜿蜒而下，中游处绕经一块面水靠山的宝地，便是玉禅寺的所在地了。那是一座非旅游性质的寺庙，没有强制性的香火钱布施，也不会收取任何小景点的参观门票，换言之，它依然是块尚未被利欲熏心者开发的净土。城区中，一些信佛的俗家弟子把这里当作礼佛圣地，每每忙里偷闲之时，大家便会三五结伴到寺院的客房小住上几日，清晨跟着老禅师吃斋念佛，午后伴着往来的香客顶礼膜拜。这样一来，玉禅寺虽不像那些所谓很灵验的大寺庙一般人声鼎沸，但也算得上是香火旺盛了。

在两个人上山的这一路上，鸟啾虫鸣流水潺潺，秋后的玉溪山，霜叶似火，银杏披金。山路间，偶尔还能巧遇几只准备匿食过冬的小松鼠，摇晃着蓬松的大尾巴，机警地搜寻着只有它们才能找得到的美食。两个人慢爬至山腰，天高云阔，神清气爽，身处在这样悠然祥和的环境中，烦恼和压力顷刻消融，任谁都能享受到轻松与惬意。

一路上，李璟熠是越走越精神，可韩瑾玉反倒叫苦连天，被她这么拖着，两个人走走歇歇，足足花了一个小时才到达玉禅寺正门。庄重古朴的红木大门外，对栽着两棵情人松，树干上缠绕的圈圈红线，伴着梵音百转向佛祖送达众生寄留的美好夙愿。

李璟熠在寺院门前买了两份素斋，与韩瑾玉坐在木亭的石凳上边吃边歇脚。

“这地方怎么样？”韩瑾玉问道。

“嗯，真挺好的，不像我想的那样人山人海，人看人。”李璟熠不住点头称赞。

“是吧，上次我来的时候正赶上寺里面做法事，人是比现在多了些，不过还蛮有秩序的，不像其他地方那样乱糟糟的。”说着，她踮起脚尖，向寺庙里望了望，“今天应该没有什么特殊活动，所以感觉更清净了呢。”

“清净多好啊，你看看咱这代人的生活环境，无论在哪儿，各种各样的声音一股脑儿地往耳朵里跑，没有一刻是彻底安宁的，乍一看去，好像每个人都活得挺滋润，其实呢，哼哼，辛酸自知喽。”李璟熠双手一背，仰天长叹，不自觉地引用了妙凡的话。

“啧！我顶不爱听你这么说话，弄得自己跟个老学究似的。”忽然，韩瑾玉在他面前打了个响指，“你呀，没事别老操心众生疾苦，管好自己得了！”

“唉，你不懂——”李璟熠往前踱了两步，老气横秋地继续说道，“我妈说，情感的传染力极强，人要总待在一个重压环境中，乐观情绪是很难养成的。马克思主义哲学认为，环境造就个体，那个体呢，反过来影响……”

“哎哟哟，马克思要是听到你这话，没准儿一激动，诈尸活啦！那俄国人民还不得把你供起来呀！”

“啊？他复活跟俄罗斯有毛线关系？喂喂，马克思是德国人。”

“胡说！马克思不是战斗民族的崇拜主神吗？”说到这里，韩瑾玉忽地看见李璟熠那一副认真而又诧异的欠扁样儿，她把嘴一努，不耐烦地催促道，“哎呀，好了好了，我管他是哪国人，你吃完没？”

“哦哦，还有一口，还有一口。”说着，李璟熠把最后一块黄瓜塞进嘴里，一边嚼一边半开玩笑地说道，“哎，你说要是等哪天，这世界上就剩下我一个人了，嘿，那可就彻底清净啦！”

“闭嘴！吃饱了就赶紧跟我进去还愿，少在这儿发梦！”

话音还未落，韩瑾玉已经站起身，头也不回地朝玉禅寺大门走去，李璟熠连忙把杂物丢进垃圾桶，一路小跑着追了上去。

正像韩瑾玉说的那样，今天香客来得并不多，进寺走了一大圈，李璟熠只看到零星几个信徒。在这肃穆的氛围中，大家双手合十，目光虔诚，还没进大殿便开始毕恭毕敬地三拜九叩。李璟熠对这些倒不是很在意，此时此刻，他的目光已经被左侧一堵青灰色石墙吸引住了，在那面石墙上，用精美的鎏金楷书刻着佛家的无上经典——《般若波罗蜜多心经》。李璟熠虽然并没有太浓厚的佛教信仰，但对于这部《心经》，读过几次后便视若珍宝。

忽地，佛钟空鸣，浑厚悠然，李璟熠的心也跟着蓦然震颤，他轻抚着石墙上的刻字，仰望那缥缈在空的袅袅青烟，肃然诵道：

“观自在菩萨，行深般若波罗蜜多时，照见五蕴皆空，度一切苦厄。舍利子，色不异空，空不异色，色即是空，空即是色，受想行识，亦复如是……”

这时，韩瑾玉连同身边的几个香客都不约而同地一齐向他望去，静默地聆听着那略显沧桑的声音，直到他诵完，钟声刚好停止，韩瑾玉第一个拍手赞道：“哇，过目不忘，你还有这本事哪！”

“没有啊，以前心情烦躁的时候我会读读这部《心经》，时间一长自然也就背下来了。”

“呀，原来你也信佛啊。”

“那倒没有，我就是觉得这个经文言简意丰，百读不厌，最特别的是里面那句‘心无挂碍，无挂碍故，无有恐怖，远离颠倒梦想，究竟涅槃’，不同的人读上一遍，领悟到的完全不一样，即便是同一个人在不同的时间读，很有可能会感受到两个完全相反的意思，不信你也试试，挺奇妙的。”

“噫——又开始犯魔怔了，奇怪的人！”韩瑾玉吐了吐舌头，拽着李璟熠继续说道，“走走走，跟我到大殿里拜一拜，然后你就去抽支签，求个姻缘什么的。”

“啊？求姻缘……”没等李璟熠说完，他就已经被韩瑾玉拉进了大殿。

殿内，文殊、观音、普贤，三位菩萨的金身垂眸而立，眉宇悲悯，凝望着跪拜在彼端的芸芸众生。此时，韩瑾玉两眼微闭双手合十，已然跪倒在莲花垫上。被这份恭敬虔诚所感染，李璟熠也学着她的样子，一脸坦然地跪了下来，合目思索一番后，在心底默念道："菩萨，我想知道答案，关于我的、妙凡的，还有……还有那个李慕云，所有谜题的答案。"默念三遍后，他双手摊开，一拜再拜。

"喂，够啦！"韩瑾玉拉住他，悄声说道，"许完愿就到前面案子上去求支签。"

李璟熠随口应了一声，起身来到案前从那黄木签桶中抽了一支出来，拿在手上一看，签语写道：

"一花一世界，一笑一尘缘。"

李璟熠满面茫然，盯着签子读了几遍，依旧是不明所以，他实在是搞不懂，这上面写的花呀笑呀的，跟自己所求的究竟有什么关系。就在李璟熠百思不得其解的时候，一个和尚来到他面前，行了个佛礼道：

"施主，请随贫僧入内室解签。"

说完，和尚做了个邀请的姿势，走到前面引路。李璟熠回头看了韩瑾玉一眼，只见她努了努嘴，示意李璟熠先捐点儿香火钱，可李璟熠歪头皱眉地琢磨了一下，这才恍然大悟地走到功德箱前，对着三尊菩萨像恭敬地又拜了一遍，然后，扭头就跟那和尚走了进去，很显然，他压根儿就没明白韩瑾玉的"一番苦心"。

绕过文殊菩萨金身，引路和尚停在了一面黄布门帘前，双手合十道："请施主入内稍后，一会儿自有本寺佛僧为您解签。"

"哦，谢谢。"

说着，李璟熠也学着他的样子，双手合十，客气地回了个礼。掀开门帘，他进入禅房，里面正中央的桌案上铺了几张黄纸，摞着两部佛典，还有一支尚未墨干的毛笔搁在砚台上。李璟熠往桌案前的木凳上一坐，一边静待一边四下打量起来。

这间禅房很窄，几乎没有什么太特别的地方，只是挂在桌案后的一道珠帘，深深地吸引了李璟熠的目光。这道珠帘由一排排的菩提子串联而成，拼出了一幅古画：崇山峻岭作背景，银钩晓月为陪衬，在一座古城楼下，画着一男两女和一驾马车。男子手持利剑坐在驾车的位置上，似乎正要斩断车马缰绳，两个女子面对着双手互挽，像是在依依惜别。

盯着看了好一会儿，李璟熠注意到在这珠帘古画的落款处盖有一方精致的红印，他蹲下身来仔细一看：篆书？哇，这什么字啊，写得这么别扭。左边像是个酒杯，中间……嗯，肯定是支箭！这右边，嘶……貌似是个昆虫，呃，苍蝇吧……看到这里，李璟熠不禁摇了摇头，唉，要是妙凡在就好了。

就这么边看边琢磨着，李璟熠的脚忽地一麻，身体顺势向前倾了半步，这时，他惊讶地发现原来这道珠帘后面还有间屋子。李璟熠不禁好奇地站起身，在他撩起珠帘的一刹那，一股浓郁的檀木沉香迎面扑来，没想到，这里面居然“别有洞天”，于是，他便饶有兴趣地往前探了一步。

禅房内室中，一张古式木床首先映入眼帘，在木床上的矮脚禅桌旁，有个年长的老禅师袈裟半披，双目紧闭似在打坐，那静如雕像的架势俨然是一位得道高僧。李璟熠猛然惊觉，这才意识到自己好像是误闯了人家的卧房，于是，他连忙躬身行了个佛礼，对自己的冒失表示歉意。正欲慢慢退出之时，打坐的老禅师缓缓睁开了眼睛，开口问道：“施主可是来解签的？”这声音如暮鼓晨钟，浑厚苍劲。

“是。”李璟熠恭恭敬敬地答道，“我不知道这是您的卧房，贸然闯入还望大师见谅。”

“施主高抬了，老衲不过是个闭关诵经的和尚，平日里并不解签。”

“真对不起，打扰到了您的清修。”

“无妨事，施主既无心而入，那便是你我的缘分了，请上来坐吧。”

李璟熠本想道个歉就出去，没想到这位大师竟如此礼遇，所谓客随主便，本着“既来之，则安之”的精神，李璟熠脱下鞋，盘腿坐在了老禅师的对面。

“既已求签，心中必有所求，老衲虽不善解签，但还是可与施主谈上一谈。”

李璟熠一听，连忙把手中的签子呈给他，想了想说道：“大师，其实我也没有什么可求的事，只是……唉，不瞒您说，最近在我身边发生了很多奇妙的事，让我挺迷茫的。”

老禅师点了点头，接过签子摆在掌心念道：“一花一世界，一笑一尘缘。”

“呃——”李璟熠迟疑地望着老禅师问道，“您看，这说的是什么意思啊？”

“一花一世界……尘世间有那么四种奇花，玉麝、瑞香、忍冬、丹若，这也是我佛家所尊崇的四大圣花，其中这玉麝就是人们常说的茉莉。茉莉花本以装饰秀发为用，在阿旃陀壁画里，文殊菩萨的宝冠上就有这镂金茉莉。昔时，佛祖拈花，唯迦叶笑，继而步往极乐，所以，茉莉一瓣虽然微小，若遇得有心人，读懂了她，也就等于参透了大千世界。”

“读懂。”李璟熠想起了妙凡的话，若有所思地点了点头，说道，“我试着读懂她，她就能读懂我，这样我俩都会读懂这个世界，对吗？”

“如此看来，施主慧根颇深。”老禅师微笑着说道。

“不不不，这句话不是我说的，是……”

李璟熠正想解释，可那老禅师却自顾自地开始阐释签语的下半句：“一笑一尘缘……笑可结缘，一笑一缘。一生执念一份缘，便可获释心之宁静，俗世姻缘，在佛家看来乃是因缘。”说到这里，老禅师在纸上为李璟熠写出了这两个同音异字，“修缘千百年，结缘一瞬间，前世种下的因，今生萌生的果，冥冥之中，缘起缘灭皆有定数，施主此时不宜有太多的顾虑，悉心等待，答案终将揭示。”

“等待？”

“人世间的等待大多源出一颗痴心，可施主缘遇到的这个等待，除了一颗痴心还有一份执念，这不单单是针对某一个人、某一件事……”

听着那晦涩难懂却似有针对性的话，李璟熠困惑地抬起头来，不料正与老禅师的目光相交，在他那平静而又深邃的眼神下，李璟熠忽然感到一阵重重的眩晕，他下意识地闭上眼睛使劲晃了晃脑袋。

“施主不必疑惑，在未来，你会有很长的时间去想明白这件事，而如今，施主既然有心求签，那不妨就去看一看自己在前世种下的因吧。”

突然，老禅师的音调变得异常高昂，无形中给李璟熠增添了不少勇气，将信将疑中，他再次睁开眼睛直视着老禅师的双目，然而，令他难以置信的是，老禅师的瞳孔竟然像旋涡一般旋转起来，转速越来越快。李璟熠眼前的光线逐渐黯淡直至一片漆黑，那种感觉就像是被吸进了一个伸手不见五指的诡异空间，虽然自己什么也看不见，但却能清晰地感受到那天旋地转的眩晕。就在这个时候，李璟熠听到了一个冷冷的声音，叫着他的名字：

“李璟熠……”

这冷冷的声音由近及远，越来越小，越来越模糊，直到他已经完全听不清的时候，声音转而洪亮起来，可语调却变得与之前大不相同。

“李慕云……”

渐渐地，这两个名字似是交织在了一起，在李璟熠的左右两耳边轮流回响着，到后来，他甚至已经分不清它们之间的区别了，等到自己眼前出现一丝微弱的光亮时，这两个声音同时静默了下去，紧接着便传来了一阵忽近忽远的嘈杂声……

“止血……快快……有多少拿多少……”

“将这些药草研碎……热水不够了……再去！”

“手！李卒长的手指刚才动了一下！李卒长！李卒长！你们两个速去回禀赵将军！”

“头……头……好晕……”李慕云无力地撑开沉重的眼皮，一阵恍惚过后他看到个剑眉虎目的彪形大汉，带着一脸尚未褪尽的战痕正焦急地望着他，见到他逐渐苏醒，那大汉咧开大嘴激动地笑了起来。李慕云稍稍侧头，顿时感到喉咙间似有无数尖针插入一般，扎痛难当。

“水……给……我口……水……”

“水——”大汉看着手中的空碗愣了一下，接着便用那滚雷般的声音冲旁边的士兵吼道，“倒水去！快点儿！”

费力咽下几口清水后，李慕云虚弱地用嘴喘了几口气，胸膛那火烧火燎的憋闷感一下子减轻了不少。望着眼前一张张熟悉的面孔，李慕云依稀感觉到自己的双腿还在微微颤动着，他试图握拳却发现手掌一点儿劲儿都使不上。

“赵将军到——”

洪亮的通报声从军帐外传来，围在李慕云身边的一众士兵马上起立，整齐地按一字排开，各按军职身份站好。军帐门帘掀起，一个容颜苍老的将军风风火火地走到了李慕云身边。

“赵……将军……”李慕云几欲挣扎想要坐起来，然而，尚处于麻木状态的身体却完全不受自己控制。

赵奢一手压住李慕云的额头，一手紧握着他的手臂说道：“醒了就好，醒了就好啊！”说着，他又把军医叫到近前，问道：“他的伤势要紧吗？”

“禀将军，李卒长刚醒的时候已经能喝水了，如此看来，伤势应该暂无大碍，可他伤劳过度，伤口估计会愈合得很慢，恐怕没有半月休养还是下不了床的。”

“嗯，现在最不缺的就是时间了，行军速度可以再放缓一些。”赵奢捋着胡须点了点头，随即大手一扬说道，“好了，李卒长已经醒了，这里暂且不需要那么多人，都退下吧。”

“喏！”众士兵一声齐喝，虽目光不离李慕云，但还是依依不舍地退出了军帐。

看着军士逐个离去，赵奢略微沉思了一下，叫住一个手持书简的年轻人：“括，你留下来照顾李卒长。”

待众人都出去之后，军帐里只剩下赵氏父子和李慕云。此时，赵奢的面色不再严肃，他神情激动地握住李慕云的肩膀，俯身在他耳边赞道："好小子！据守北山整整二十一日，破敌两万，斩了秦人三个都尉……"话到这里，赵奢的声音居然哽咽起来。

"阏与……邯……郸……"

"孩子，放心吧，秦人大败，阏与关尚在，邯郸城坚不可摧！"

"婠……婠公主……"

"啊？"赵奢一脸不解，与身旁的赵括面面相觑，也不知道李慕云想要说什么，迟疑了好一会儿才宽慰道，"大王、王子还有公主们都好，邯郸城的一切都好，我们已经在回家的路上了。"

听到他这么说，李慕云的脸上浮起一丝欣慰的笑，他轻咳了两声还想说点什么，可张了张嘴却无力再发出半点儿声音。

赵奢拍了拍他的胸口，说道："先安心疗伤，别的事情自有老夫安排，班师回朝后老夫为你请头功！"说着，赵奢站起身来对赵括叮嘱道："括，小心照顾李卒长，有什么事直接向我汇报。"

"孩儿知道！"赵括拱手答道。

赵奢说罢转身便要离去，在撩起帐帘的一刹那他忽地回过身来似乎还想问些什么，可望了一眼躺在病榻上极度虚弱的李慕云，始终没有把话说出口。

赵奢走后，偌大的军帐里就只剩下赵括和李慕云，赵括把书简搁在一旁，轻轻地走到李慕云身边替他把被子重新盖好，"李卒长，你再睡会儿吧，我在这儿守着。"

李慕云动了动眼皮，微微点头后便沉沉地睡了过去，赵括又往火盆里加了几根木柴，然后抱着书简入神地看了起来。

也不知是过了多久，喉咙里的干渴让李慕云再度苏醒，守在一旁的赵括连忙放下书简，倒了碗清水扶他喝下。比起之前，李慕云这会儿的精神已经好了很多，手脚也有了些许力气。

"李卒长，感觉好些了吗？"

“嗯。”李慕云刚一抬手，臂弯处顿时感到一阵伤口被撕裂的麻痛，“呃！”

“李卒长勿动！”赵括连忙轻按住李慕云的手臂，“你臂上有处很深的刀伤，军医刚为你止血缝合。”

“你是？”李慕云偏过头去，看着眼前这个有些面熟的人问道。

“在下赵括，赵奢将军正是家父。”赵括略显自豪地说道。

“原来是赵将军的公子，慕云失敬了。”

“快别这么说，李卒长坚守北山一战成名，剑术兵法无不出神入化，在下深感钦佩。”赵括抱拳致意，“待李卒长战伤痊愈，赵括必登门拜访，还望李卒长不吝赐教。”

“括公子聪颖过人，盛名在邯郸城内已是家喻户晓，怕是慕云要向公子请教才对。”

“括，虽自幼熟读兵书，但还从未独当一面地领略过真正的沙场临敌，况且对于李卒长在北山的排兵套路，更是兵法未见，实战鲜闻。”

“用兵者，随机应变，切不可拘泥于一格，攻心为上，伐谋为下，不战则已，战则必胜。”

“赵括受教了，但愿有那么一日能与李卒长并肩疆场。”

李慕云刚想点头，不料一阵重重的眩晕袭来，他强忍着剧痛，抬手搭在额上断断续续地喘着气。

“李卒长！你怎么了？我我我……这就去请军医！”说罢，赵括小心地将书简收好，三步并作两步疾驰而出。

此时，李慕云的眩晕感越来越重，眼前的光亮也在不断减弱，耳边忽然响起了一个洪亮的声音，叫着他的名字：

“李慕云……李慕云……李慕云……”

声音亮如洪钟，震得他头痛欲裂，李慕云感觉到似有一股无形的力量正在抽空着自己的身体。慢慢地，两股急速旋转的涡流出现在眼前，一个暖暖的声音由远及近幽幽传来：

“李璟熠……李璟熠……李璟熠……”

当眼前的旋涡完全停滞之后，李璟熠终于有了一种身心落地的感觉，此时，他的双眼酸胀难忍，眼泪不自觉地淌了下来。抬手揉着眼睛抹掉泪水，李璟熠发现自己仍旧坐在那张木床上，刚刚亲历的一切连同为他解签的老禅师已然不知所踪。拿起签子，李璟熠带着满心疑问走出了禅房想要找那老禅师问个清楚，事到如今，自己与李慕云之间的纠葛也只能问他了。

从内室禅房来到解签室，李璟熠依然未见那老禅师的身影，他纳闷儿地撩开黄布门帘走了出去，找到方才为自己引路的和尚问道："小师傅，刚刚为我解签的大师去哪儿了？"

"唔？"引路和尚被问得莫名其妙，"为您解签的佛僧还未到。"

"哦！是这样，我刚才无意间闯进了内室的一个禅房，里面有位正在闭关清修的大师已经给我解过签了，只是，我还有一些问题想请教他。"

"内室？禅房……"引路和尚越听越糊涂，真有点儿丈二和尚摸不着头脑的感觉。

看着引路和尚那茫然呆板的表情，李璟熠一阵急躁，心想："你是新来的还是念经念糊涂了。"于是，他只得把那老禅师的样貌长相细致地描述了一番，可引路和尚挠了挠头，仍旧无动于衷地呆看着他。李璟熠无奈地叹了口气，把签子投回到签筒正要去找韩瑾玉，然而没走出两步路他似乎是想到了什么，转身快步折回，也顾不上再跟那引路和尚解释便径直冲进解签室去找那面菩提子珠帘。谁知，珠帘已经变成了一幅水墨挂画，画上的内容也与之前他所看到的大相径庭。李璟熠不顾一切地掀起画卷定睛一看，正如他所猜测的，画卷的后面只是一堵墙，哪还有什么内室禅房。李璟熠不死心地举手拍了拍墙面，又狠劲儿敲了敲，那厚实的声音证明这墙绝对是实心的。就在这时，李璟熠身后传来了一个脚步声，他满心期待地扭头一看，却不由得皱起了眉，进来的是那个引路和尚。

"施主，您这是……"

不等和尚把话说完，李璟熠已经大步跑了过去，抓住他的胳膊紧张地问道：“我问你，这间屋子里真的再没有其他禅房了？”

“从来没有啊。”引路和尚十分肯定地说道。

出家人不打诳语，引路和尚的神情绝对不是在说谎，况且他也没有必要骗自己。李璟熠身心俱颤手脚冰凉，额头上瞬时渗出了一层冷汗，他伸手探向前方，踉踉跄跄地走了出去。

面无表情的李璟熠一到佛像大殿便快步向韩瑾玉跑去，也不理会她的询问，抓起她的胳膊大步流星地走出了玉禅寺，弄得韩瑾玉一路小跑才能勉强跟上。出了寺庙，李璟熠惊魂未定地坐在山道旁的石墩上，埋着头一言不发。见到这突如其来的变化，韩瑾玉不由担心起来，蹲在他面前仰头问道：“璟熠，你怎么了？”

李璟熠摆着手却又点了点头，这两个动作没有一点儿连贯性，显得极不协调。

“是不是签子抽得不太好？我看你刚进去没一会儿就出来了，后来……好像又进去了一次。”

“我进去的时间不长吗？！”李璟熠猛抬起头，惊恐地问道。

“是……是呀。”韩瑾玉吓得往后挪了一步，补充道，“五分钟吧，兴许还不到。”

听了她的话，李璟熠一巴掌捂在眼睛上，口中不停地自语道：“怎么会，这怎么可能——”

看着李璟熠似乎很痛苦的样子，韩瑾玉把手放在了他的膝盖上，轻拍着安慰道：“璟熠，别想了，抽签这种事情纯当是娱乐就好，一般都不准的。”

“不——”李璟熠缓缓地摇着头，“准，很准，真的很准！”说着，他抬起头望了一眼玉禅寺，继而又直勾勾地盯着韩瑾玉说道：“我信了，这回我真的信了。”

“你信什么了？”韩瑾玉皱着眉毛好奇地问道。

“一花一世界，一笑一尘缘。” 说着，李璟熠站起身来痴痴地望向天空，“前世因，今生缘，姻缘，姻缘……因缘而生，那媞公主就是你吧……”

“璟熠？”韩瑾玉面色惊异地站起身来愣在了那里，一抹柔红悄然擦上脸颊的瞬间，明眸善睐，顾盼生辉，仿若秋水蜿蜒流转，她似乎是把李璟熠口中的“媞公主”听成了“韩公主”。

“韩瑾玉，对不起，现在才告诉你，其实我早就已经爱上……”

“不用说了，我懂。”话音未落，她便扑在了李璟熠的怀中，两根手指轻轻地压在他的嘴上，柔声说道，“其实，我也是——”

“啊？你也是什么？”

李璟熠先是一怔，接着整个身体都僵住了，他不知道韩瑾玉为何会突然这样，正想把她推开的时候一股生分的茉莉花香扑鼻而来。闻着那似是而非的香气，李璟熠的目光开始恍惚迷离，西南风骤起，在枝叶被风吹动的“沙沙”声中，他似乎听到了妙凡的一声轻唤：“夫君……”

妙凡的长发，妙凡的黛眉，妙凡的星眸，妙凡嘴角那一抹醉人的微笑，唯美的画面，一个紧挨着一个在他眼前忽闪而过。苦苦的思恋挣脱束缚，在李璟熠的心海放任蔓延，张开双臂，他紧紧地抱住了“妙凡”，带着一脸幸福的微笑合起双目。

“妙凡，原来我真是你要找的那个人……他就是我……我就是他……”

流风将碎云拉向天际，夕阳铺满了整个玉溪山，淡红色的光线穿过层层树叶洒下一片灿烂斑驳，艳艳红霞中，紧紧相拥着的两个人，却怀揣着不同的情愫与期许，错生出一场尴尬的浪漫。

“璟熠，今天出门的时候，我特意回去喷了点儿香水，茉莉花的，是你最喜欢的味道吧。”

第九章　情债——玉叶与金枝

归程大巴载着对玉溪山的丝丝眷恋由宁静驶入了喧嚣，车上乘客大都还沉浸在青山绿水的自然美景中，偶尔几句闲话，谈一谈礼佛感悟，聊一聊家长里短。而此时，李璟熠却没有这么悠然的心境，身边是靠在他肩头小憩的韩瑾玉，而自己脑中却填满了妙凡那魂牵梦萦的微笑。现在的李璟熠归心似箭，此时此刻，他最想见到的人就是妙凡，憋了一肚子的话想要跟她说。

在玉禅寺那隐秘的禅房里，老禅师让李璟熠看到的，或者说，是让他亲身经历的一切，令李璟熠无比确信，自己与李慕云之间所牵扯的绝不仅仅是一层关系那么简单。身处军帐的时候，李璟熠可以清晰地感受到火辣辣的战伤余痛，甚至连清水入喉的舒爽都是那样的真实。直觉告诉他，这些不是梦境，更不是回忆，而是就在刚才真真切切发生过的事。坐在车上，李璟熠隐隐察觉到自己的记忆似乎被莫名扩充出一块天地，在那里游离着无数模糊的画面，飘忽着断断续续的呼唤。然而，就像磁铁的同极相斥原理一样，他越是努力地去回想，那些情景就越朦胧，声音就越疏远……

大巴车缓缓地刹在了一个交通岗前，韩瑾玉挪了挪身体顺势搂住了李璟熠的手臂，半梦半醒中呢喃道：

“璟熠，到了吗？”

“还没呢，睡吧睡吧，到了我叫你。”随口一句敷衍，李璟熠把脸扭向窗口，不再说话。

李璟熠深知，自己今天犯下了一个很致命的错误，直到现在他都搞不清楚当时到底是怎么了，明明搂在怀里的人是妙凡，可一睁眼却变成了韩瑾玉，面对这样一个天大的误会，他百口莫辩。说起来也惭愧，活了二十几年李璟熠的确没有真真正正地谈过一场恋爱，若是单论长相，韩瑾玉其实并不差，她属于那种后现代风格的小美女。然而，这一点并非是李璟熠最看重的，在他的心里，韩瑾玉只是个俏皮的小妹妹而已，遇到什么矛盾自己尽量让着点儿罢了；可妙凡却不同，她带给自己的感觉很对，让李璟熠平生第一次有了心动的体会，这种“类似爱情”的感应绝不是一声“夫君”，一抹浅笑就能催生的。

一直以来，李璟熠都很清楚自己想要的是什么，小说里、现实中，情侣间的喜怒哀伤他已司空见惯，这让他下定决心：不把未来妻子的幸福建立在前任女友的泪水上。所以，李璟熠渴望在自己足够成熟的时候遇到一个值得他用情专一的女孩儿，从美好的初恋开始相守终生。然而，这份难能可贵的想法在今天反倒变成了遥不可及的愿景，所谓事与愿违，说的便是他现在这般纠结苦闷的心情了。

原则或是底线，这些需要人坚守的东西，它有时候如同攥握在掌心的细沙，抓得越紧，流失得就越不期然……

大巴驶入车站，李璟熠推醒韩瑾玉，随着一众乘客下了车，在路边的烧烤大排档草草吃过晚饭后，两个人便打车回了家。一回到卧室，心烦意乱的李璟熠一头扑倒在床，扯过条枕巾盖在脸上一言不发地躺着装死。

“哎呀呀，你怎么这么懒，还不到十点就睡觉？”

“呼……”李璟熠故意打起了呼噜，一心想着赶快把韩瑾玉送走。

“喂——你起来啊！”说着，韩瑾玉一把将枕巾揪了下来，“不许装睡，我知道你根本就不困。”

“小祖宗啊，你在车上倒是睡精神了，我肩膀都快压断了。”李璟熠一边嘟囔，一边捶肩。

“好啦好啦，一会儿我给你揉揉行了吧。”

“唉，可不用劳您大驾了，只要你能让我安安稳稳地睡一觉，我就阿弥陀佛谢谢了。”

“啧！你怎么就没个年轻人该有的样子呢？明天放假，少睡一晚又不会死。”

“等等！”李璟熠猛地坐了起来，满脸黑线地问道，“你刚才说少睡一晚？听这意思，一会儿还有节目啊！”

“嗯哪，我去拿电脑，咱俩通宵玩网游呗！我教你玩《英雄联盟》。”说着，韩瑾玉兴奋地比了个剪刀手，“Hi！德玛西亚！”

“啊……你咋就这么精神呢？”说着，李璟熠又直挺挺地倒回在床上，望着天花板苦劝道，“爬了一天的山多累啊，快点儿回屋睡觉吧，明早我再陪你玩行不？”

李璟熠一边说一边眯缝起眼睛，偷偷地看着韩瑾玉的反应。说实话，李璟熠今天确实不怎么累，不过是想找个托词赶紧把她打发走，韩瑾玉若是不走，妙凡是一定不会出现的，这一点李璟熠的心里明镜似的。然而，韩瑾玉却极不情愿地努起了嘴，一双眼睛可怜巴巴地望着他。

“好啦，快回去吧，要是实在睡不着，你就跟依依玩会儿，猫不是夜间动物嘛。”李璟熠再次劝道，此时，他语气中已经明显有了下逐客令的意思。

“李璟熠！”韩瑾玉双手叉腰突然一声怒斥，“我今晚哪儿也不去，就在你这屋！”

这话一出口，把李璟熠吓了一大跳，他惊慌失措地爬起来，看到韩瑾玉小脸通红，也不知是害羞，还是真的气急了。

“开什么玩笑！你在这里，那我上哪儿睡去？”

“怎么？不想负责了是不是？李璟熠你行啊！”说着，韩瑾玉把提包往床上一甩，扭头插上屋门噘着嘴靠在门上，那气鼓鼓的表情真恨不得把李璟熠生吞活剥了。

“别别别，我怎么你了，还……还负责，说得怪吓人的。”

李璟熠底气十足，因为他心里很明白，事到如今，自己再也不能冠冕堂皇地去顾及韩瑾玉的感受了，在见到妙凡之前他和韩瑾玉间的误会必须澄清。然而，正在气头上的韩瑾玉哪还给他说话的机会，严词厉色地反问道：“你要是不喜欢我干吗总招惹我，还让我哥一次又一次地旁敲侧击！”

“什么，珅哥？”李璟熠一下蒙圈了，“他——跟你说什么了？”

“少装蒜！你们男人就没一个好东西！”

“哎，你等一下，怎么忽然上升到这个高度了，你这么一说骂骂我也就罢了，可你爸不也是男人嘛……”

“李！璟！熠！告诉你！我现在没有心情开玩笑，你个登徒浪子，到底想要干什么？”说着，韩瑾玉脱下鞋往地上一摔，跳到床上指着李璟熠的鼻子喊道，“别跟我耍那些欲擒故纵的小把戏，本小姐不吃那一套！”

韩瑾玉突然这么大的动作惊得李璟熠瞠目结舌，面对她这一番数落，李璟熠觉得自己现在就算跳进黄河也洗不清了，他当真没想到，这件事情的原委根本就不像自己想象的那么简单，珅哥什么时候掺和进来的？他这么处心积虑的到底想干什么？想到这里，李璟熠心底腾起了一股无名怒火，可自己又不能把这火气撒在一个姑娘家身上，于是，他只得做了个深呼吸，略微平复了心情后语气和缓地问道：

“瑾玉，你告诉我，珅哥跟你说什么了？我真……”

“那好！我就告诉你！”韩瑾玉的语调满是哽咽，“记住，女孩子的有些东西，一旦你拿走了就别想完整地还回来！”

说到这里，她的眼眶已噙满泪花，眼看着那豆大的泪珠就要簌簌而落，这时李璟熠哪还有闲心去埋怨珅哥，转而软语劝慰道：“瑾玉，你别哭，先别哭啊，咱们有事好商量嘛。”

韩瑾玉后退了一小步，慢慢地蹲下身，抱着腿埋下头蜷缩在床角小声抽泣起来。望着韩瑾玉那微微颤抖的肩膀，李璟熠这次确实慌了神，他笨手拙脚地又是找纸抽，又是递毛巾，可韩瑾玉根本就不想理他，哭得是越来越欢了。李璟熠傻愣在一边是干着急没办法，过了好一会儿，韩瑾玉终于哭声见小，这时他才敢试着开口安慰道：

“好了好了，别哭了啊，我就是觉得咱俩发展的有点儿快，一时间还适应不了，这样，我们先当朋友处着好不好？”

“真的？”韩瑾玉抬起头，梨花带雨地问道，“你心里也是这样想的吗？”

“瑾玉，其实我已经……唉！怎么跟你说呢！”

此时的李璟熠心乱如麻，他很想告诉韩瑾玉自己喜欢的人是妙凡，从前就是，如今依然不改，可面对这样的状况，这些话他委实不好说出口，更何况妙凡的事三言两语也解释不清楚。

“璟熠……”韩瑾玉伸手拉住了他的衣角，幽幽地说道，“其实我知道，你已经有了喜欢的人。”

“你怎么知道的？”

听了韩瑾玉的话，李璟熠大脑一阵短路，一句“你怎么知道的”让他跟上午一样，很认真地犯了个幼稚的错误。

“你喜欢陈若莹对不对？”

当陈若莹这个名字从韩瑾玉口中说出的那一刻，李璟熠马上释然了，这下他算是全明白了：“梁珅哪，梁珅！就因为当年那些与我们毫不相干的人，一句‘璟熠与若莹，金童配玉女’的恭维奉承，你居然压抑到了今天！不信任我这个兄弟无所谓，可学姐是你未来的妻子，难道你连她也不相信吗？”想到这里，李璟熠的心像是被什么重物狠狠地砸了一下，那种苦闷与失落没有亲历又怎会懂得。

沉默了许久，李璟熠沉沉吐出口气，极度无奈地说道：“瑾玉，我们之间的事有很多你还不了解，可我想让你知道，陈若莹是我学姐，梁珅是我大哥，在他俩的世界里不会有我的存在，曾经没有，现在也没有，将来……更不会有！如果你哥总是在这些毫无意义的破事上纠结，那他凭什么给学姐幸福？”

“你真的想开了，彻底……放下了？”韩瑾玉不依不饶，执拗地追问道。

“哼呵。”李璟熠苦闷一笑，倔强地回应道，“对！我想开了，也放下了。你找个机会告诉你哥，我答应过他会好好照顾你，单就这一点我是不会让他失望的。”

“璟熠，我不在乎你过去爱过谁，也不想勉强你，人常说睹物思人，更何况你现在每天都能……”韩瑾玉咬了一下嘴唇，继续说道，“如果你愿意，我……我可以跟你搬出去住。”

“没那个必要。”李璟熠目光坚毅，漠然地摆了摆手，语气冰冷地说道，“有些事情珅哥必须自己想明白，我搬走了那就等于是在帮着他逃避，这样下去他的心结永远都解不开。”

“嗯！我什么都听你的。”韩瑾玉抬手擦去眼角余泪，徐徐说道，“璟熠，你知道吗？自从妈妈去世以后我就再也没吃过亲人做的饭。”

“怎么，你爸平时不给你做饭吗？”

“在妈妈刚走的那段时间里，爸爸一度非常消沉，那些日子真的很难熬。家里总是空荡荡的冷。不知道为什么，那个时候我觉得爸爸好陌生，好像没有了妈妈，我在他眼里就什么也不是了。妈妈还在的时候，爸爸都会温柔地叫我小名儿，陪着我写作业，给我讲故事哄我睡觉，可是在那段日子里，爸爸根本就没有发自内心地关心过我，他对我用的最多的称呼就是‘你’。”

“瑾玉……”

“后来，爸爸为了撑起这个家，一心扑在工作上，虽然对我也像从前那般慈爱了，但自从他把精力都放在工作上以后就变得非常忙，大多数时候只会把钱留给我，让我自己买东西吃，偶尔忙里偷闲，也会给我带回来几大包好吃的，可总是来匆匆，去匆匆。慢慢地，我开始学着做饭，别的女孩儿有妈妈教，那我就照着电视自己学，可是我发现自己特别特别的笨，学了好几遍就是做不好，菜不是太咸就是太淡。璟熠，我好想要一个家，一个属于我自己的家，我想有个人能一直一直地陪着我，用一辈子来关心我，我不想再这样一个人了，真的不想……”

“瑾玉，其实在你身边也有很多人在关心你，你爸爸，珅哥还有若莹学姐，他们……”

“那不一样！”韩瑾玉默默地摇了摇头，一颗泪珠滚落下来，“记得你第一次给我煮粥，给我讲你自己小时候的事还有你太爷爷的故事，那种感觉真的好贴心，好温暖，好幸福，好难得……女人做饭用手，男人做饭用心，虽然就只有那么一次，但我已经上瘾了，依赖了就再也放不下了。”

“瑾玉，其实那天我只是……”话说到一半儿李璟熠忽然感觉自己的喉咙里像是堵上了什么东西，一种哽咽带来的阵痛油然而生，“唉，算了，我们之间的事以后再说好吗？快去擦擦眼泪再好好洗把脸，要不然明天早晨眼睛会肿的。”

韩瑾玉出去后，李璟熠疲惫地躺在床上，两只眼睛呆望着天花板，脑袋沉沉的。就在刚刚，韩瑾玉的一番话勾起了他满心悲怜，渐渐地，悲怜融成凄凉，化作落寞……此刻，虽然卧室里分外温暖，但李璟熠的身心却是寒凉无比，也许，打一开始自己就不应该住在这里，那样，他便不会遇到韩瑾玉，不用刻意地与陈若莹保持距离，也不需要时刻在意梁珅的感受。

“妙凡，妙凡，你能听到吗？我很想你，你感受得到吗？妙凡……带我走吧，让我离开这个复杂的世界，摆脱这些庞杂的人际关系，要是能与你单纯地生活在一起，那……该有多好啊。”

没一会儿工夫，韩瑾玉换好睡衣提着笔记本电脑走了进来，在李璟熠的身旁坐下后，她怯生生地问道：“璟熠，你还困吗？”

“没事了，不困。”李璟熠摇着头淡然一笑，“现在好多了。”

“那你能陪我看一会儿电影吗？”

“嗯，好。”

看到李璟熠点头同意，韩瑾玉很自然地把小桌子搬了上来，显然是要与他窝在床上一起看，这可是李璟熠万万没有预料到的。然而事已至此，自己还有什么拒绝的余地呢？紧攥着胸前的玉佩，李璟熠尽量跟韩瑾玉保持着一定的距离，他心里很明白，自己不能对她的未来负责，所以，无论韩瑾玉怎么做，那都是她的事情，只要不再跟她有实质性的接触，或许自己还可以做到问心无愧，也相信妙凡是可以理解的。

时间一分一秒地过去了，电脑里播放着什么李璟熠根本就没心情看，思前想后，他总觉得这样很不好。妙凡毕竟是个生活在古代的女孩儿，对于"男女授受不亲"的观念她一定很看重，而现在自己也的确是骑虎难下，进退两难了。想到这里，李璟熠借故去了趟厕所，在浴室里闷了许久之后，他的上下眼皮开始打架，再次回到卧室的时候，韩瑾玉仍旧坐在床上聚精会神地盯着电脑屏幕。半坐在床边李璟熠再三思虑，终于把心一横说道：

"瑾玉！我——"

"嗯？怎么了？"韩瑾玉转过头，眼眶已有了微微的红肿。

"那个——呃，没什么，就是有点儿困了，要不你先看着，我睡会儿，等演到关键剧情的时候你再叫我。"

说罢，李璟熠蜷缩起身体躺在床边，韩瑾玉闭了灯，又乖巧地为他盖好被子，接着便插上耳机入迷地继续看了起来。

睡梦中，妙凡的倩影忽近忽远，她时而微笑，时而蹙眉，李璟熠张开双臂迎上前去，正当自己马上就要抱住她的时候，那倩影忽然消失得无影无踪。李璟熠呼喊着妙凡的名字，焦急地四下寻找，一声"夫君"蓦地从身后传来，他满心欢喜地转过身，可眼前除却黑暗什么都没有……

当李璟熠醒来的时候已经是第二天上午了，床上的电脑还没关，韩瑾玉侧卧在他身边睡得很香。李璟熠闭了电脑又替她将耳机摘下，然后轻轻地把小桌抬下了床。

出屋后，李璟熠洗了个澡，一边擦头发一边在厨房里转悠，正寻思着早饭吃点儿什么，无意间瞥了一眼手表，哈！巧了，刚好十一点十一分。这貌似是个很魔幻的时间，每每临近中午时，你不经意间看一眼表，很有可能就是这个点儿。接着，他又无奈地耸了耸肩，自嘲道：

“这一觉，居然把早饭都给睡过去了，算啦，再撑会儿就该吃午饭了。”

于是，李璟熠把毛巾往架子上一搭，准备换衣服下楼买饭，这时，门外响起了钥匙开锁的声音，他探头一看，原来是珅哥和学姐回来了。等所有人都进来之后，他看见了张括军那副坏笑着的面孔，在张括军的身旁还站着一个貌似不是很面生的女孩儿。李璟熠总觉得自己应该在哪里跟她有过一面之缘，可具体是什么时候，一时间还真说不上来。

张括军一如既往，潇洒而又张扬，一见李璟熠便嚣张地喊道：“二哥！别来无恙乎！”

“嘘！嘘！”李璟熠连忙比着噤声的手势，指着自己卧室说道，“你小点儿声，屋里还有人睡觉呢！”

“是瑾玉吗？”梁珅瞟了一眼李璟熠的屋门，纳闷儿地笑问道，“瑾玉睡觉，你干吗指着自己的屋子？”

李璟熠还没来得及解释，张括军马上立正站好，“哗”地一下行了个军礼，无限崇拜地说道：“二哥辛苦了！”

看着张括军如此夸张的动作，站在他身边的女孩儿忍俊不禁，掩口偷笑起来。虽然，梁珅此时的表情很是无奈，但李璟熠看得出，他的眼睛里充满了释然。站在最前面的陈若莹也是面带微笑地凝望着他，文静的笑容中透着一股亲切的祝福。

“你个死孩子别瞎说，我俩之间没……”

“嘿！你可甭解释，我自己可以想象。”张括军龇着两颗大板牙，笑得是愈发猥琐了。

“好啦，你俩怎么一见面就闹，这样吧，大家先到我屋里坐会儿。”一边说，陈若莹一边打开了自己的屋门。等众人都进去之后，她又转身对李璟熠说道：“璟熠，快去把你们家瑾玉叫起来，告诉她有客人来了。”说完，她便径直向冰箱走去，为大家拿饮料。

很明显，若莹学姐现在已经完全默认了他俩之间的关系，可当着这么多人的面，李璟熠也确实不好再解释什么，或许，学姐的这种承认让珅哥看到了未必是件坏事。

李璟熠回屋叫醒韩瑾玉，待她洗漱完毕之后，“三对儿”年轻人围着桌子，和面、拌馅儿，嬉嬉闹闹地包起了饺子。在吃午饭闲聊的时候，李璟熠终于认出了张括军带来的那个女孩儿，她不就是当初来城区的火车上坐在自己对面的那位浓妆“少女”嘛。原来，她的名字叫卿晓月，竟是张括军的十三姨——第十三个小姨妈，简称十三姨。李璟熠原以为括军是个奇迹，可万万没想到，他姥姥才是传说。接着，卿晓月告诉李璟熠，那天跟她一起坐车的是自己的孪生姐姐卿晓云，也就是张括军的十二姨，如今已是程书航的未婚妻，大约在明年五一的时候就能喝到他们的喜酒了。张括军说，书航跟“晓云阿姨”是在毕业后的一次聚会上认识的，书航对她一见钟情，可卿晓云比书航整整大了五岁。起先，对于如此巨大的年龄差卿晓云是非常在意的，是书航的大胆追求与执着用心最终感动了她，两个人的爱情就这样飞快地修成了正果。于是，程书航这个寝室里的老小终于实现了华丽的逆袭，神奇地变成了张括军的十二姨夫。

吃过午饭，大家聚在一起打扑克，玩桌游，整个下午的时光，他们仿佛又回到了那个无忧无虑的大学时代。临近晚饭的时候，梁珅下楼去买菜，女孩子们则挤在厨房里做煎饺，无所事事的张括军非要去李璟熠的卧室里“参观”一下，没想到，两个人刚一进屋，张括军立刻鬼鬼祟祟地反锁上门，一脸坏笑地捅着李璟熠叹道：

“一夜……啊不！两夜春宵，缠绵无尽，二哥，你可真是不鸣则已……”

没等张括军说完，李璟熠一拳砸了过去，皱着眉头说道：“啧！你能正经点儿不，这万一让人家听见了多不好。”

“哟嗬！敢做不敢当，爷们儿，咱还能不能在一起玩耍啦！”

“哎呀，我跟她之间真的没啥，你们这些搞艺术的人，想象力咋就这么丰富呢。”李璟熠一边叠被子，一边无可奈何地解释道。

按照张括军的性格，他本来应该“强词夺理” 再幻想出一段恶俗的情节来，然而此时此刻，却听不到他的半点儿动静。李璟熠不禁好奇地转过头，这才发现括军正半张着嘴巴，两眼放光地盯着墙上的字发傻。

“看什么呢这又是，一天到晚神神道道的！”李璟熠随口一问。

“哎哎哎！这……这字！”

李璟熠心中一凛，他深知张括军对书法很有研究，心想这小子不会是看出什么门道来了吧。于是，他连忙放下被子，走到张括军身后问道：“这字又怎么了？”

“我靠！不会吧，嘶……不可能，不能够啊！”张括军神经质地自言自语着。

看着他诧异中略显茫然的表情，李璟熠很是心急，一手掐住张括军的后脖子，前后摇晃着他的身体问道：“这字怎么了？有什么不对劲儿，你倒是说呀！”

“这字……”张括军的话说到一半儿，又卡住了。

“说！”李璟熠一巴掌拍在他的后背上。

“这字！写得可真——好！”

“晕！咋没憋死你呢！”

说完，李璟熠暗出了一口气，可张括军忽然紧紧地抓住了他的胳膊，不依不饶地问道：“二哥，这上面的大篆是谁写的？”

“哦，原来这是大篆啊，我一朋友写的啊。”李璟熠不以为意地说道。

“一个女人，居然能写出这么大气磅礴的篆书。”张括军竖起了大拇指，赞叹道，“不简单，当真是不简单哪！”

“哦？你怎么知道是女孩儿写的？”李璟熠好奇地追问道。

“靠！我要是连这都看不出来，那还在书法界混个屁呀！”说着，张括军往近前走了一步，伸长脖子又细看了半天感叹道，“二哥，说实话啊，这么古老的篆书笔法我也只是在碑文拓印书上见过一两次，真正的书法临摹这还是头一次看到。”

“哦。”李璟熠愣愣地点了点头，继续问道，“那要是依你看，假如在古代什么人能写出这样的水准来？”

“这……还真不好说。”张括军摸了摸下巴上的小胡茬，悉心思索一番后缓缓道，“要是在汉代，苦心修习过书法的王公贵族应该都能写出来。”

“嗯，那要是再往前推点儿呢？”

“再往前推点儿？什么意思？”张括军一脸狐疑地看着他。

“比如，春秋啦，战国什么的。”

“那会儿啊，写出这么好的大篆，唔……怎么也得自小精习‘六艺’吧。”

“那得什么人才有资格从小就接触‘六艺’呢？”

“虽然，从春秋到战国礼乐开始下移，但在当时，真正精通的人还是凤毛麟角的，若是男子，唔……七国诸侯之子差不多都能写出这种水平来。”

“哎哎，那要是女子呢？”李璟熠急切地追问道。

“女子啊。”张括军眼不离字，十分笃定地答道，“周天子的帝姬，诸侯国君王的嫡出，要没有这样的出身，绝对接受不到这么精良的教育。”

“君王……嫡出……”李璟熠睁大了眼睛，喃喃自语道。

“二哥二哥！”张括军的语气突然变得急促起来，“既然写这个字的人是你朋友，那你能安排我见她一面不？”

“干吗呀！你不都有女朋友了嘛，怎么还敢动歪心思？”李璟熠的头摇得像个拨浪鼓，“不行不行，这个女孩儿绝对不行！”

“二哥！我没跟你开玩笑，这样的女孩儿我哪敢轻易亵渎，我是真心要讨教一下。”话到这里张括军明显一顿，转而迟疑地问道，“等等，你刚才说……女孩儿？！她多大了？”

“呃，这个嘛，估计跟我岁数差不多？”

“滚蛋！”张括军翻了个白眼，“逗我呢？一个二十四五的小丫头片子能写出这字？”

“真的，我没骗你，当时我也觉得挺神奇的，虽然不太懂书法，不过第一次看到她写字的时候我也震住了。”

“行！”张括军狠狠一拍手，指着李璟熠说道，“你帮我约她，要是她能当着我的面写出这么高水准的笔法，我……我认她当亲妈！”

李璟熠听后先是一愣，转而“哈哈哈”地放声大笑起来，然后就像是在哄小孩儿一样摸着张括军的后脑瓜儿，说道：“哎哎哎！这个行，这个真行！等有机会我一定给你引荐一下，等着吧啊。”

“好，一言为定！我张括军拭目以待！”

说罢，张括军伸手就要去摘那幅字，李璟熠见状一把抓住了他的手，问道：“你又想干吗？”

“这字送我吧，二哥，真的，送我吧！你跟她那么熟，回头再要一幅呗。”

“别动别动！人家专门为我写的，我怎么能转手就给别人呢！”看着张括军那毫不甘心的表情，李璟熠也只好勉为其难地应承道，“这样吧，只要你保证不把这事儿说出去，下次我一定求她给你写一幅，写什么内容你随便挑。”

“这可是你说的啊，也甭快递了，我亲自过来取！”

“行行行，不过你想见人家，这事还的容我跟她商量一下。”

“没问题，你说什么是什么，下次我只来取字这总行了吧。”

“放心吧，走啦走啦，珅哥都回来了，一桌子人都等着咱俩吃饭呢。”

吃过晚饭后已经八点多了，梁珅跟李璟熠一起给张括军和他的十三姨找了个宾馆，安顿好他俩后，两个人默不作声地一直走回到楼下。刚进楼道，梁珅就示意李璟熠先不要上去，坐在台阶上，他掏出火机点了支烟，抽了几口后问道：“你跟瑾玉……在一起了？”

“没有，我们只是好朋友，昨天瑾玉在我屋里看韩剧，看得晚了就在我床上睡着了，其实我俩……”

没等李璟熠说完，梁珅摆着手打断他的话问道："实话告诉我，你到底喜不喜欢瑾玉？"

"不喜欢。"李璟熠斩钉截铁地说道，"在我心里，早就有喜欢的人了。"

梁珅听罢，手明显抖了一下，烟都差点儿掉在地上，他一脸紧张地看着李璟熠，嘴张了半天却始终没说出什么来。

"我心里的那个人不是陈若莹。"李璟熠显然有些不耐烦，"珅哥，你真的想多了。"

"那你……"

"珅哥！我已经说过了，我喜欢的人不是陈若莹，早在认识你们之前，我就已经爱上了一个女孩儿，我跟她之间的感情不是常人能想象得到的。"

"那以前怎么没听你说起过呢？"

"这是我个人的事情！珅哥，我希望你能一心一意地对学姐好，如果以前那些不相干的人，说了一些不相关的话，成了咱俩之间的隔阂，那就没意思了。"

"唉……"梁珅猛吸了两口烟继续说道，"我已经改变了本属于若莹的闲适生活，可即使是这样我们的世界仍然相差悬殊，我……确实配不上她。"

"珅哥！学姐跟你在一起都快三年了，你怎么现在还纠结这个毫无意义的问题？什么叫配不上，书航的事你今天也听到了，只要喜欢那就去大胆地爱，你怎么不能像他那样？"

"当局者迷，旁观者清啊。"说着，梁珅把烟屁股丢在地上踩灭，"如果不是亲身经历，你永远也体会不到这种感受。"

"也许吧。"李璟熠站起身，背对着梁珅说道，"总之，该说的话我都说了，珅哥，你先回去吧，我想上天台吹吹风。"转身上了几个台阶后，李璟熠又回过头来嘱咐道："对了，回去以后你不要跟学姐和瑾玉说我在哪儿，我想一个人安静一会儿。"

“我知道。”说着，梁珅也站了起来，拍着裤子叮嘱道，“那你早点儿回来，别太晚了。”

“放心吧，乘凉而已。”李璟熠随口一句，殊不知哪有大秋天跑到楼顶上乘凉的。

就这样，两个人一前一后上了楼，待梁珅进家后李璟熠又多爬了一层来到天台，靠着根铁管，他仰头望着夜空中的一钩新月，静静地看了许久后拿出手机给程书航发了条信息：

“书航，战国四君子里的平原君，他辅佐的是哪个赵王？”

没多久，手机震了一下，李璟熠打开信箱，读着程书航的回复：

“平原君一共辅佐了两代君主，赵惠文王还有他儿子孝成王。二哥，你怎么忽然关心起历史来了？”

看完信息，李璟熠回道：

“没事，帮一个朋友问的。听括军说，你明年就要变成他的十二姨夫了，哈哈，我提前恭喜一下，到时候咱哥儿几个见面，好好聚聚！”

回了信息，李璟熠将手机放进口袋，抬起头继续望着夜空。此时此刻，妙凡的真实身份，他已经猜出个八九不离十来。按照自己的推论，妙凡很有可能就是孝成王的女儿，她跟李慕云之间应该是迫于政治原因才没能在一起的。那么，李慕云后来怎么了？妙凡又为何会被封存在玉佩里？究竟是什么样的勇气能让她在玉里执着苦等了两千年？闭上眼睛，李璟熠苦苦地思索着，去过玉禅寺后，在他记忆中多出的那块小天地里一切都是朦胧而又神秘的，每当自己主动去回忆那些画面的时候，结果总是适得其反，然而，指不定在哪个不经意的瞬间，几个莫名的片段便会跃然于眼前，然后就那么一下忽闪而过。还记得，玉禅寺里的那个老禅师告诫他要耐心等待，也许，这就是自己现在唯一能做的了。

“夫君……”这时，李璟熠的身后再次响起了那个熟悉的声音。

“我知道，你一定会出来，所以就在这儿一直等。”这次，李璟熠一反常态，显得格外冷静。没等妙凡回话，他便继续问道：“妙凡，我想问你个问题，回答之前你要保证不能骗我。”

“可以不问吗？”妙凡低声说道。

“不可以。”李璟熠一口回绝，“既然你要找的那个人就是我，那我也有必要知道你的一切。”

“夫君一定要让自己回想起那些陈年旧事吗？我们现在这样……不好吗？”

“赵孝成王是不是你父亲？”

李璟熠一脸肯定地迫视着她，然而，妙凡却出乎意料地摇了摇头。看她似乎还想要把一切都藏在心里，李璟熠微微叹了口气追问道：“你以为这样瞒下去我就不会知道答案吗？”

“夫君，我……”

“别再叫我夫君！”李璟熠突然提高了声音，吓得妙凡胆怯地退了半步。不等她说话，李璟熠继续逼问道：“孝成王是你父亲，你就是赵国的公主对不对！”

“他……他真的不是我父亲。”

“你为什么还不承认？”李璟熠压住闷火儿，死死盯着妙凡的双眸。

一阵长长的静默后，妙凡轻叹了一声，徐徐说道：“赵丹是我王兄，妙凡的父亲是惠文王。”

虽然李璟熠已经十分确定妙凡一国公主的身份，但这个事实被妙凡亲口说出的一刹那，还是令他震惊不已。

“既然这样，那你到底叫什么？我要听真名。”

“焓。”

“焓……赵焓……焓公主……”在心中默念着这个名字。李璟熠忽地向前一大步，直视着她郑重其事地说道：“赵焓，你听好了，我不管你是一国公主还是一介平民，今天我要让你记住，我李璟熠，唯一喜欢的人就是你！”

面对这突如其来的表白，赵焓的心一阵慌乱，呼吸也跟着急促起来，一抹霞红瞬间飞上脸颊，在这静谧的钩月星空下显得尤为动人。赵焓一只手抚在胸前，语气哽咽地说道：“有你这么一句话，一切都值得……”

“无论你来自哪里，无论我们以后会怎样，只要能跟你在一起，李璟熠无怨无悔，我要你做我的妻子。”

“夫君！”赵姶身体微微一颤，她的手紧紧抓着衣襟，在合上双目的瞬间，泪水夺眶而出。缓缓地，赵姶转过身去，轻语道：“只要能陪在你的身边，做个妾氏或是婢女，无论怎样都行，这对于我来说已经足够了，妻子这样的名分，我……我不能奢求，也不敢奢求。”

“这不是你的奢求，是我发自内心的渴望！难道你忍心让我们两个人都失望吗？”

“可是夫君，有些事情韩姑娘可以做到，而我……却不能。两千年了，我现在是人还是鬼，抑或是其他什么，就连我自己都不清楚，况且……”

没等赵姶把话说完，一双手臂已经温柔地穿过了她的腰间将她紧紧抱住，赵姶的耳畔随即传来了李璟熠温柔的气息：“只要能和你在一起，别的我什么都不在乎。”

“那……夫君也会为我煮粥吗？”

听了赵姶的话，李璟熠鼻子一酸，泪水马上充盈在眼眶，他张嘴吸了一大口气，满怀歉疚地哽咽道：“会，一定会！”

赵姶柔柔地转过身来，含泪仰头望着李璟熠的面庞，抬手轻轻地揽住了他的脖子，宽大的衣袖顺势滑至肘处，露出一双白皙无瑕的手臂。沉醉在那清幽无限的茉莉芳香中，李璟熠拭去赵姶眼角的泪滴，深情地吻住了她的双唇……

星河揽月柰花香，隔世诉衷肠。古玉尘缘再续，爱难舍，泪千行。流光梦，轮回生。坦荡荡。相逢滋味，话浅情浓，挚爱无疆。

——《诉衷肠·古玉流光》

第十章　往昔——情深缘浅

从楼顶天台回到卧室后，李璟熠拉上窗帘，熄灭了屋内所有能发亮的东西，哪怕是手机充电器那样的星点微光。枕着胳膊，李璟熠在这静谧无声的环境中努力平复着浪漫过后的窃喜与激动，然而，与伊人暂别的空虚却早已洞穿了他的心。此时此刻，李璟熠很想再次将赵媗唤出，让她像个真正的妻子一样无拘无束地睡在自己身边，想到这里，他特意往床边挪了挪身体腾出一个人的空位来，合起双目开始勾勒那甜蜜而又平凡的未来——清晨，阳光叫醒了美梦，为她煮一碗浓香四溢的红枣米粥，临出门前在她眉心留下一个暂别的轻吻；午饭间，给家里去个电话，叮咛一下冷暖，送上体己的关心；下班时，推掉一切不必要的应酬，买两样时鲜蔬果带回家；入夜后，点上那盏昏黄的玻璃风灯，耳语上几句情话，调侃一下人生百态……平淡而又纯真的日子就这样循环往复，永不乏味。

心潮迭起，翻涌着希冀的浪花令李璟熠睡意全无，辗转反侧了多时，夜已步入深沉。打开灯下了床，李璟熠呆呆地站在镜子前，一会儿整整衣领，一会儿又理理头发，他试着去捕捉自己最帅的瞬间，前一刻还在痴痴地傻笑，后一刻又开始深沉地装酷。李璟熠幻想着，下次再见到赵媗的时候自己应该亮出个怎样的笑脸，该对她说些什么话……就这样神经质似的摆弄了半天，终于，他弯下腰耷拉着双手，满脸自嘲地笑了起来。可就在这个时候，李璟熠忽然感觉到哪里好像有点儿不对劲儿，他仔细看了看镜面，又随意做了几个动作，然而，镜子里的自己居然纹丝不动，仿佛是被定格在了某个瞬间一般！镜面上，笑容凝滞稍有沧桑，那凌厉的眼神令李璟熠毛骨悚然。他慌忙揉了揉双眼，正当他想确定一下是不是自己看错了的时候，胸前玉佩忽然红光耀耀，从镜子里突然飘出了一个冷寂的声音：

“都——想起来了吗？”

忽地听到这么一句话，李璟熠吓得一个趔趄接连后闪了两大步。抬起手，他指着镜子里的自己颤声问道：“你你你！你在说话？”

“对——是我——我就是你——你就是我——”这样的语气，这样的腔调，竟然跟李璟熠的声音一模一样！

“李……李慕云？”他猛然醒悟惊悚地问道，“你是李慕云？”

镜中影像既没点头，也不否认，依然略带微笑地看着他，随即影像阴沉沉地说道：“你——过来——”

几乎是在这声音发出的同时，镜中的影像竟然将双手伸了出来，并以极快的速度抓住李璟熠的两肩。接着，一股异常强大的拉力紧随而来，硬生生地把他往镜子里拖去。眼前这一切发生得太过突然，把毫无防备的李璟熠吓得脸色煞白，他奋力扭动着肩膀想要挣脱束缚，可眼看着自己马上就要撞到镜面了，也只得本能地闭上眼睛撇过头去。随着镜中一句悠长的“我——回来了！”，李璟熠感觉自己身体像是砸在了一面厚重无比的水墙上，那猛烈的冲击力瞬间夺去了他的知觉……

“宣——胡骑营右路先锋军卒长——李慕云！觐见——”内监的通报声尖细洪亮，抑扬顿挫。

李慕云目光刚毅，侧身一步跨出行伍，微微整了整衣襟后带着一身凯旋的自豪，昂首阔步地向宣政殿走去。颈系青巾的赵国军士手持战戈，威风凛凛地沿路站成两排，待李慕云经过举戈高声呐喊：

“大赵河山！巍峨瑰丽！胡服齐射！问鼎诸侯！嚯！嚯嚯！”

轩宇的宫殿，狂舞的旌旗，雄壮的战歌，威严的气势，处处展示着泱泱大赵那精诚尚武的国风。

李慕云行至殿前，在内监的接引下，正欲跨过那道暗棕色门槛，却被一只孔武有力的臂膀拦了下来。身形魁梧的侍卫官满怀敬意地说道：“李卒长，您的佩剑。”

李慕云冲他点点头，目不斜视，从腰间解下佩剑，双手捧起交到了侍卫官手中，接着便颔首低眉步入了宣政大殿。

庄严肃穆的大殿内，文武群臣各按身份跪坐在两旁。赵王身着古朴的云纹长袍，正襟危坐于殿前主位上，珠帘细碎遮挡着那略显苍老的面容，他的一双老眸，明澈透亮极为睿智。

李慕云快步走上前去，单膝跪倒在地洪声拜道：

“末将李慕云叩见大王，吾王万岁，万岁，万万岁！”

赵王撩起遮面珠帘细细打量着李慕云，虽未发一言，但目光中已有赞许之意。片刻后，赵王侧目扫了一眼身边的内侍，缓缓扬了扬手，那内侍立刻会意，毕恭毕敬地从袖带中取出诏书高声诵读道：

“右路先锋军卒长李慕云，义胆忠肝，足智多谋，阏与之战，北山御敌，连斩秦都尉三员，所部军士杀敌破万，赫赫军功，光耀大赵，特破祖例，越级晋封为胡骑将军，统领胡骑营三军，尊享国尉之礼。复赐良田百倾，黄金百两，白银千两，绝色歌姬五人，望再立高功，为大赵拓土开疆！”

诏书读毕李慕云并未谢恩，他迟疑了一下复又深吸了口气，微微抬头回禀道：

“末将出身寒微，父母皆亡于战乱，本是无依无靠，幸得太子殿下赏识收为家臣门客，才有了今日的寸许战功。北山御敌，此乃军职所在，承蒙大王厚爱，赐予高爵厚禄，末将惶恐至极，然……”

说到这里李慕云欲言又止，赵王也看出他似有难言之事相求，略微思量了一下，捋着胡须问道：“有什么话但说无妨！”赵王的语调苍老迟缓却又力度非凡。

“末……末将。”李璟熠努力平复着胸腔内一颗狂跳不已的心，直言道，“末将求大王将长公主下嫁于我。”

李慕云一语既出满座皆惊，短暂的沉默过后，朝堂众臣见赵王并不答话便开始交头接耳窃窃私语，四下议论着眼前这个不知天高地厚的小子。此时，跪坐在丞相位置的一个中年男人慢慢地转过头，犀利的目光直视着李慕云。

李慕云口中的这位长公主，嬴姓赵氏，名婠，又称婠公主，乃是赵王之正妻威王后的嫡出长女，她生得天姿国色，聪慧无比，深得赵王眷爱，视为掌上明珠。在众位名师的悉心教导下，婠公主自幼精习“礼乐书数”，熟读百家典籍，在赵国，她可谓是堪与和氏璧相媲美的第一才女。

“你……想娶寡人的爱女？”虽是满座哗然，但赵王的语气却依然平和。

“是！只要婠公主愿意，末将可以放弃一切封赏！”李慕云言辞恳切地说道。

此时，王座旁一近侍碎步行至赵王身后，在他耳边掩面低声说了些什么，赵王听罢缓缓地点了点头，眼睑低垂迫视着李慕云说道：“原来，你就是那个在婠儿及笄之日无礼咆哮的人？”赵王一顿，目光如电，转而垂视着跪坐在近前的太子丹扬声道：“丹儿！”

“儿臣在！”太子丹急忙起身拜道。

“寡人听闻这李慕云原是你的门下食客？”

“禀父王，李慕云虽曾是儿臣门客，但他更是儿臣的良师益友，若婠儿下嫁于他，可谓美女配英雄，父王也算是成就了一段佳话……”

“这么说，你是要替婠儿做主了？”赵王语调上挑，面色忽显凝重，言辞间颇有试探之意。

“儿臣不敢！”太子丹连忙叩首，战战兢兢地答道。

这一下，大殿内的气氛马上紧张起来，面对如此情景，谁也不知下一刻将会发生什么，众臣屏气凝神静待着大王的后话。赵王垂目，看了一眼那个跪坐在相位的中年人，问道："丞相似是有话要说？"

平原君立即会意，知道大王是想听听他的意见。按理说，平原君身为相国，居公族大臣之首，若论起来，婠公主还是他的侄女，以这等身份谈谈公主的婚姻大事倒也无妨。然而，此事如今已有太子丹介入，大王究竟意下如何他又着实猜不透。稍作思索，平原君也只得试探着说道："禀大王，下臣以为李慕云虽出身不高，但确是我大赵难得的青年才俊，无论是当日坚守北山，还是今日殿前坦言求亲，勇气可嘉也！依国法，公主与他的地位身份相差悬殊，不过，念及李慕云阏与一役中立下大功，大王又刚赐他尊享国尉之礼……"

说到这里，平原君抬头看了一下儿赵王，未见其面有愠色，于是放胆继续说道："若是公主下嫁，嗯……倒也无妨。"

"哦？"听过平原君的话，赵王也起了兴致，"没想到，连平原君都要替这个年轻人说话。"

"非也！"平原君起身一拜，转了话锋，"下臣的意思是择一位公主下嫁，其所指并非就是婠公主。吾王共有公主十二位，之中尤以婠公主与婵公主的身份最为特殊，二位公主地位高贵，犹如群星之北辰，因而婚嫁之事决不可儿戏对待。"

赵王听后很是满意，点头赞道："平原君所言甚合寡人心意，嗯，说下去。"

"暂且不提婠、婵两位公主，在大王的其他公主中，除了已经出嫁的大公主，二公主，四公主，仍有三位均已成年，尚待字闺中。依下臣之愚见，大王不妨在其中择一位下嫁，以示洪恩浩荡。"

平原君的一席话令在座的群臣无不颔首称是，由此可见他在朝堂上那举足轻重的威信。

然而，赵王还没发话，李慕云却早已按捺不住心中的急切，直言恳求道："大王，我李慕云此生非婠公主不娶！"

李慕云再次语出惊人，朝堂众臣见他这般不知好歹，无不出言讥讽，就连那素来沉稳的平原君也有些不知所措，一脸不快地冷眼看着他。

“好——好！”赵王突然发话，殿内群臣立时安静，“李慕云啊，寡人很欣赏你的大胆与执着，你若是真心要娶婂公主，那寡人便与你做个约定，五年之内，只要你能为我大赵再立三大军功，届时婂儿若无异议，那寡人便给你这个恩典！”说罢，赵王老臂一挥不等李慕云叩首谢恩，便继续说道：“好了，平原君留下，其他人都退了吧。”

众臣听闻，也不敢再作计较，依礼跪拜后按序退出了宣政殿。

出殿后，李慕云刚取回佩剑就被太子赵丹叫到了一边。

“慕云，你这胆子也太大了，居然当着文武群臣的面向父王求亲，刚才就连那大名鼎鼎的平原君也被你弄得下不了台，你不想活啦。”太子丹一脸轻松地笑骂道。

“太子殿下，慕云为了婂公主，情愿冒死一试。”

“不过，父王竟然能与你定下五年之约，这也算默许了吧。”

“其实，慕云也没想到。”说着，李慕云躬身一拜，“慕云在此谢过太子在殿前……”

“哎，你我之间不必如此。”太子丹将李慕云扶起，提醒道，“不过慕云，你今日的所作所为太露锋芒，已经引起了平原君的不满，日后一定要多加留心。还有，父王口中的三大军功其实并不好衡量，所以，此事成败还在他一念之间。”

“太子提点，慕云铭记于心。”

“对了，今日午后你留在别院莫要出去，我有一件宝贝要送给你。”话说到这里，也不知是为何，太子丹忽然莫名地笑了起来。他抬手按住李慕云的肩头小声道：“慕云啊，你今日的作为当真不亚于那天及笄大典，若是婂儿知道了，她又会作何表现呢？”说罢，太子丹放声大笑，背着手信步离去。

目送着太子丹渐行渐远，李慕云将佩剑插回腰间，昂起头，一脸从容地望着高飞在空的雀鹰。忽然，在他身后不远处响起了几个细碎的脚步声，李慕云回头一看，居然是婠公主在一众婢女的拥簇下经过门廊。远望着伊人的倩影，李慕云又是兴奋又是紧张，此时，婠公主似乎也注意到了他，停下脚步冲他盈盈一笑。见到婠公主为自己驻足，李慕云强忍着满心激动，恭敬地拜了个礼，抬起头时露出一个坚定的微笑，随即转过身，大步流星地向宫门方向走去。

这真是一个晴好的日子，几团白云拱着太阳在天际漫步，习习和风掠过婠公主的面颊，她轻抬素手，理了理被风吹散的长发，浅笑着低吟道：

“既见冬雪，何怨无春。韧草颔首，秋华未晚。望舒佳人，半樽清酒。壮士情愁，直醉云霄。”

“嗡——嗡嗡——”手机一遍又一遍地震动了许久，可躺在地板上的李璟熠似乎毫无察觉，陈若莹站在他的屋外一次又一次地敲着门，却始终得不到半点儿回应。直到临近下午的时候，李璟熠这才迷迷糊糊地抬起胳膊搭在额顶，半睁开眼睛，恍惚间看到天花板上依然亮着的吊灯，正想起身去关，谁知，无论他怎么用力，自己的身体就好像散了架一般，根本不受控制。就这样，李璟熠躺在地上缓了好一会儿，麻木的身体终于有了些许知觉，他吃力地翻了个身，顺势爬坐起来，接着，又往后挪了挪，靠在沙发上拍着额头，好让自己彻底清醒过来。就在这时，门外又响起了一阵急促的敲门声，随即传来陈若莹焦虑不安的声音：

“璟熠，你在吗？璟熠？”

“学姐……喔，我刚醒，有点儿睡迷糊了。”

“哎哟，你可算是发出点儿声响了，瑾玉给你打了一上午电话，我也敲了好几次门，可你这屋里是一点儿动静都没有，吓死我了。”听上去，学姐的声音已经平缓了许多。

“昨天晚上用手机看小说来着，睡晚了，学姐你稍等，我换好衣服这就出来。”

说罢，李璟熠用力晃了晃脑袋，手指伸进杯子沾了点儿水擦了擦眼睑，当他再次睁开眼睛的时候，总算是能把东西看真切了，此时，他第一个反应就是昨晚那面奇怪的镜子。扶着沙发站起来，李璟熠托着两条麻酥酥的腿，一步一蹭地走到镜子前，盯着镜中的影像他慢慢抬起手，一边碰触镜面一边注意着镜子的反应，然而，一切都很正常，并没有任何异样，这倒也在他的意料之中。李璟熠转身来到窗边，推开“沉重”的纱窗探头出去，大口大口地呼吸着窗外的空气，随着清凉的气息注入全身，他的四肢也有力多了。这时，李璟熠惊奇地发现虽然自己的身体还是有些乏力，但也不知为什么却没有丁点儿疲累的感觉，相反，他觉得似乎有一股莫名的力量正在体内四下游走。

昨晚的梦是那样的清晰，李璟熠甚至可以回想起自己被拽入镜子后的每一个细节：赵王的威严，平原君的眼神，太子丹的话语，嫆公主的微笑，这些画面深深地映在了他的脑海中。与之前几次梦境相比，这一次似乎有着很大的不同，现在的李璟熠更加确信，一切的一切都不是梦，而是自己的记忆正在被唤醒的过程。

看着铺洒在眼前的阳光，李璟熠心一紧，低头看了看表，时针已经指向下午三点，他掰着指头一算，从凌晨一点到现在，自己已经睡了整整十四个小时，这可是他自出生以来睡得最长的一觉了。

出屋洗漱后，李璟熠两眼发直地坐在客厅，脑中一片混乱。

“璟熠，你起来了？”陈若莹的声音从背后传来。

“咦？学姐，你怎么没上班啊？”

“今天放假呀！璟熠，你这是怎么了，脸上一点儿血色都没有。”说着，陈若莹抬手摸了摸他的额头，关切地问道，“身体不舒服吗？你是不是生病了？”

“那倒没有，其实我……唉，这怎么说呢。”

说到这里，李璟熠明显是把正要说出口的话给憋了回去，虽然学姐是他最信得过的人，自己也很想把赵嫆的事告诉她，但李璟熠确实很担心，万一被其他人听到那可就乱套了。想到这里，李璟熠忽然发现，自从他出来之后，又跟学姐说了这半天话，一直都没见到珅哥和韩瑾玉。他往陈若莹屋里看了一眼，不禁好奇地问道："学姐，珅哥出去了吗？还有韩瑾玉呢，怎么也没看见她？"

"哦，我正要跟你说呢，梁珅的妈妈住院了，今儿一早他就带着瑾玉赶回老家了。"

"啊？住院了！是病情恶化了吗？"

"梁珅接电话的时候，我也没太听清楚，好像是半夜突然胸闷，在家里躺了一宿还是难受，就直接送医院了，应该挺严重的。"

"这样啊……咦？你怎么没跟着一起回去呢？"

这话刚一出口，李璟熠马上觉得自己问的也太二了。虽然珅哥和学姐保持男女朋友的关系已经三年了，但一直以来学姐还没有正式见过珅哥的父母，总不能在这个时候回去吧。

听了李璟熠的问话，陈若莹也是一愣，略显尴尬地看着他。李璟熠不好意思地挠了挠头，想着赶紧说点儿什么好岔开话题。就这样沉默了一小会儿，陈若莹笑盈盈地开口问道："你饿不饿？我给你做点儿吃的吧。"

"快别麻烦了，咱俩下楼吃吧，你想吃什么我请客。"

"不麻烦，你别总在外面吃，对身体不好。"

"嗯，姐……我都好久没吃到你做的饭了，自从……"

"自从我跟梁珅在一起？"陈若莹见李璟熠似有隐晦，大大方方地把话接了过来，"呵呵，你也好久没有叫我姐了。"

"呃……是。"李璟熠鼓着腮帮子，一脸孩子气。

陈若莹笑而不语，轻哼着小调儿走进厨房，娴熟地开始淘米煮饭，切肉炒菜，几道工序有条不紊地并行着。李璟熠不禁站起身来，望着厨房里一脸惬意的陈若莹，看了大半天这才知道，原来厨房里的各式器具那都不是摆设，各有它的用途所在。比如，哪个刀是切菜的，哪个刀是片肉的，哪个铲子用来炒菜，哪个铲子用来盛饭，以及那些瓶瓶罐罐里都装着些什么作料……他光看着就觉得眼花缭乱。想起大学那会儿，学姐跟闺蜜在校外租房子住的时候，一到周末，张括军就会拽着自己去她那儿蹭饭，在由衷赞叹学姐好厨艺的同时，俩人谁也没想过，做出一顿可口佳肴原来有这么多的讲究。今天，眼看着陈若莹一顿饭就要做完，厨房里依旧是整齐如初，垃圾被她归置在一次性塑料袋里，做菜临时用到的锅碗瓢盆她也顺手洗干净放回原处，这时，李璟熠发自肺腑地感慨道："若莹学姐绝对是个打着灯笼都难找的贤妻良母。"

没一会儿工夫，两盘精致的小炒，一叠开胃凉菜，还有一道浓香四溢的高汤便摆在了李璟熠的面前。当陈若莹盛好饭的时候，他已经坐在那儿咽了半天的口水，能吃上这么一顿饭，刷碗似乎也变成一件很幸福的事情了。

"你跟瑾玉是什么时候在一起的？"陈若莹一边给他夹菜，一边问道。

"姐，其实我俩……"李璟熠微叹了口气，直截了当地说道："在你面前我不想说谎，我不喜欢韩瑾玉，真的，况且我俩之间也没发生过什么，我只是把她当妹妹那样照顾罢了。"说到这里，李璟熠稍稍一顿，"唉，有些事情，你最好去问问珅哥，我不知道他跟韩瑾玉说了些什么，闹出这么大的误会。"

"梁珅说过什么那不重要，他为什么要这么做我心里很清楚，我们暂且抛开这些不谈。璟熠，有一点你必须明白，瑾玉确实挺喜欢你的，否则依她的个性没人能左右她的感情。"看李璟熠埋头吃饭也不说话，陈若莹继续说道，"难道不是吗？像瑾玉这样的女孩儿，为了你已经做到这一步……璟熠，不管你心里到底是怎么想的，这件事情都必须认真对待。"

"姐，有个事我憋在心里很久了，今天想告诉你，而且这件事……我也只能跟你一个人说。"李璟熠放下筷子，一本正经地说道，"其实在很早以前我就喜欢上了一个女孩儿，只不过一直没有机会告诉你。"

"哦？很早以前？"陈若莹以为他是在故意搪塞，笑着调侃道，"不会是那个跟你青梅竹马，耳鬓厮磨的小姑娘吧。"

李璟熠一愣，着实不知道陈若莹口中的那个小姑娘指的是谁，他一脸茫然地挠了挠后脖颈，复又苦苦思索了一番，仍是没想起自己还有这么段“两小无猜”的故事。

“你以前跟我提过的，怎么？不记得啦？”看着李璟熠那丈二和尚摸不着头脑的傻样，陈若莹直白地提醒道，“就那个小学的时候跟你一起写作业的小伙伴。”

“哦！”听了陈若莹的提示，李璟熠顿时恍然大悟，“你是说她呀，哎哟喂，快别提了！记得我俩刚认识的时候，人家就比我高半头，小学毕业那会儿整整高出我一头，非要论起来，她才是竹马，我顶多算个草莓。”说到这里，李璟熠不禁哑然失笑，“算到今天，我俩至少也有十年没见面了，听老同学说人家现在都一米九二了，还耳鬓厮磨呢，那我也得够得着啊。”

“哈哈哈，那你刚才还说是很早以前就认识的，难不成比她还早啊，幼儿园的水晶之恋？”

“是……很早很早。”李璟熠态度认真，声音严肃，“确实比她还早……”

看着李璟熠那郑重其事的态度，陈若莹知道他这不是在敷衍，收了笑意本想继续问下去，可话还没想好，李璟熠又接着说道：“姐，你还记得吗？我说过如果自己有了女朋友，我要让你第一个知道，也会让你第一个见到。”

“既然是这样，瑾玉那边……你打算怎么处理？”

“我不知道。”李璟熠苦着脸摇了摇头，“毕竟我从来没遇到过这种事，总之，我不想伤害她。”

“可有些问题不早点儿说清楚可能会更糟，唉……顺其自然吧。”陈若莹淡淡地说道，“我希望你能让她自己感觉到，其实你并不喜欢她，千万不要主动拒绝，即便是最委婉的拒绝也不行，因为那样你会伤了一个女孩儿的自尊。璟熠，你听我说，要让瑾玉放弃你，只有这样她才能挺胸抬头地退出。”

"我知道了。"李璟熠似懂非懂地点着头，由衷地说道，"姐，谢谢你。"

"你是我弟弟，当姐姐的总会不自觉地向着你。璟熠，我相信你的眼光，在你刚才提到那个女孩儿的时候，从你的表情里我看得出你非常非常喜欢她，我想，她一定是很特别，有机会一定要让我见见她。"

"会的！等我俩下次见面的时候，我一定把她带过来让你看看。"望着陈若莹，李璟熠释然地笑了起来，接着又一脸幸福地补充道："姐，她跟你的性格很像，都属于那种很安静的女孩儿，你俩相处起来一定特别融洽。"

"这话让你说的，我都有点儿等不及想要见见这个弟妹了，真想看看她到底有多漂亮，竟把我这个向来风轻云淡的弟弟迷得七荤八素。"

看着她微笑地说完，李璟熠也不好意思地跟着憨笑起来。

陈若莹做饭，分量掌握得很是到位，一桌饭菜吃得一点儿也不剩。饭后，李璟熠一边洗碗，一边又跟陈若莹聊了许多，他一直都很庆幸自己能认到这么一位善解人意的姐姐，如果在这间屋子里只住着自己、赵媗还有学姐，那他必定就是这个世界上最幸福的人了。

吃过"午饭"，李璟熠回屋围着茶几似模似样地踱步消食，可这等闲情逸致他享受了还不到五分钟就被手机的来电震动声打断。在电话里，韩瑾玉气愤地数落着他那"令人发指的罪行"，面对那劈头盖脸的一顿质问，李璟熠绞尽脑汁各种解释，有的借口说出来连他自己都丁点儿不信。唇舌费尽总算是让韩瑾玉暂时消了气，就这么个"声讨电话"韩瑾玉打了将近一个小时，作为男人，李璟熠用自己的亲身经历验证了两个经典的人生命题：第一，一个谎言需要无数个荒诞的理由来掩盖；第二，宁可相信这世界上有鬼，也不能相信男人的那张嘴。回想起自己上大学的时候，一个语言学的老教授曾说过："谎言是人类最伟大的精神发明，人文社会的情感交流与秩序营造大多都是依靠谎言来维系的，倘若这个世界上没有了谎言，那才是真正苍白的。"

在听到这番理论后，班上许多同学尤其是女生，大都抱以不屑一顾的态度，年轻气盛的李璟熠对此更是嗤之以鼻。到了今天，深有体会的他不得不承认自己当时的无知。真相这种东西，永远会以最露骨的形态出现，让人一时间很难接受，然而，无论你信还是不信，事实终归是事实，自欺欺人不也是谎言的一种特殊表现吗？

在这世上有许多东西，你看不到并不代表它就不存在，李璟熠记得自己曾看过一部名叫《Kate & Leopold》的经典电影，男二号的一句台词让他记忆犹新：

“I'm that dog who saw a rainbow, only...none of the other dogs believe me.”

“我就是那只看见了彩虹的小狗，只是……其他小狗都不愿相信我罢了。”李璟熠喃喃自语道。

狗这种动物天生就是色盲，它们的眼睛看不到颜色，所以一直都封闭在那个苍白无力的世界里，或许，那位已经过世的老教授，临辞世前都还处在这种无人理解的抱憾之中吧……

夜潮暗涌，华灯初上，李璟熠点起那盏昏黄的玻璃风灯，背靠着枕头倚坐在床，赵妗枕着他的腿躺在身边，一双手矜持地放在腹前，在衣袖宽广的遮盖下，微露出几根白皙的指尖。屋里的气氛温馨而又祥和，赵妗的衣裙舒展在床，襦裙上，大气的暗色绣纹衬显着主人无上高贵的身份，皓白色的鎏金裙带慵懒地团卷在一起，点缀在上的星星红梅愈发鲜艳了。

两个人就这样安静地依偎在一起，陶醉在那千载难逢的眷恋之中。许久，李璟熠挽起赵妗的手，与她十指相扣，语气轻柔地说道：“妙凡，昨晚我见到了你父王，见到了你哥哥赵丹，还有平原君，他是你王叔吧……”说到这里，李璟熠加重力道将赵妗的手握得更紧，“从宣政殿里出来之后，我看到了你，虽然只是远远望了那么一眼，但那个你给我的感觉特别真实。”

“夫君又梦见以前的事了吗？”仰头凝望着李璟熠，赵妗幽幽地问道。

“不，不是梦。”李璟熠摇着头，万分动情地说道，“我与你曾经的一切怎么会是梦呢？那是我们共同的经历，是刻骨铭心的记忆，我不会忘，不能忘，也不敢忘……”

“过往的悲伤夫君就应该把它彻底忘记。”赵婠缓缓坐起身来，轻抚着李璟熠脸颊说道，“答应我，到此为止吧，不要再去回想那些旧事了好吗？我很喜欢像现在这样无忧无虑地陪在你的身边，或许……待夫君百年之后，我们就能长相聚了。”

李璟熠一把将赵婠揽入怀中，在她的耳鬓处轻语道：“从前我也一直认为，是李慕云在冥冥之中非要让我看到千年前所发生的一切，可到今天我明白了，其实，恰恰就是我自己，一直都在不自觉地追寻着那些逝去的曾经。妙凡，我和李慕云根本就是同一个人！”李璟熠轻抚着赵婠的长发，满心怜惜地问道：“可不可以告诉我，你为什么会在玉佩里？”

侧身躺在李璟熠怀中，赵婠把耳朵紧贴在他的胸口，静静地聆听着那有力的心跳声，一双星眸望着躺在茶几上的玉佩轻声说道：

“我在那块玉佩里住了很久很久……直到那天，一阵温热将我唤醒，再次睁开眼睛的时候我看到了一片鲜红的血色。那时，我的心忽然跳得很快，夫君的背影在我眼前忽闪而过，我惊喜地唤了一声，却没有你的回应。接着，又是一阵短暂的黑暗，直到一束微弱的银光照射进来，我便看到你躺在这张床上……那便是隔世千年后我初次见你，见到了现在的这个你。”说到这里，赵婠的嘴角扬起一抹浅浅的微笑。

伴着她的讲述，李璟熠也跟着仔细地回忆起来。

“照这么说，在我看到你之前你已经从玉佩里出来过了……”李璟熠闭着眼睛，检索着记忆的每一个细节，突然他眼前一亮，“我刚住到这里的那个晚上，洗完澡以后不小心撞了鼻子，流了很多血，血沾到玉佩上，接着我就听到了心跳的声音，然后就是你的一声‘夫君’……原来如此，是我的血把你唤醒了。”

赵婠微微地点了一下头，一只手紧紧地拉着李璟熠的衣襟不再说话。

“对不起，让你一个人孤寂地等了我那么久……” 轻抚着赵娢的后背，李璟熠在她耳边忧伤地说道。

“不想错过的最好方式就是等待，与其去苦苦地追寻还不如平静地在原处等待，这样，总有一天你会发现我的。”赵娢幸福地叹了口气，“把说不尽的悲伤锁在心底，只让你看到我的微笑，这样你才不会因怜悯而爱上我。的确，我需要你的爱，因为它能让我千年的等待有个说法，可是夫君，我也是一个世俗的女孩儿，我更需要的是你纯粹的爱，唯一的爱，全部的爱，是那种不会轻易分心的爱……”

“你得到了，真的，我爱上的不仅是曾经的你，更是现在的你。”李璟熠的声音，沙哑中伴着些许哽咽，“妙凡，告诉我，如果从今往后你不再回到玉佩中……会怎样？”

“夫君的意思是？”赵娢略显吃惊，一双星眸毫不松懈地望着他。

“我想让你一直陪在我身边！”李璟熠语气坚定地说道，“就像我身边的那些人一样，唯一不同的是，我们要一起生活到老。”

“难道夫君不娶妻了吗？”赵娢惊讶地掩口问道，“那韩姑娘……她怎么办？”

“韩瑾玉？”李璟熠沉沉地吐出一口气，继而坦诚地说道，“我和她原本就不是一路人，我的心太狭小只容得下你，宁愿让她一时受伤，怨我也好，恨我也罢，我不能就这样违心地骗她一辈子，我……做不到！”

“可是夫君，我很害怕，我怕自己终有一天会让你失望，有些事情恐怕现在的我已经做不到了，况且，对于你们的生活，我还一点儿都不了解，我不想成为你的负累。”

“不会的，只要有你陪在我身边，其他事情我都不在乎。”说着，李璟熠紧紧地握住了赵娢的双肩，满目期待地说道，“钱没有了我可以去赚，只要每天都能看到你，再辛苦我也不怕。尽管以我现在的能力，还不足以让你过上公主般的生活，但是只要你不嫌弃粗茶淡饭，我一定会加倍努力让你过得更幸福。妙凡，在这段日子里，虽然我们聚少离多，但与你在一起的每时每刻我都觉得很轻松，也很快乐，仿佛在那一瞬间放下了所有压力，这种生活是我梦寐以求的。我想给你一个家，名正言顺地与你在一起生活，我要让你成为那个家唯一的女主人！”

“夫君……”赵婠倒在了李璟熠的怀中，泪水奔涌而出，“妙凡知道了，记住了，永远都不会忘记你的这些话，永远不会！”

“妙凡……”李璟熠轻轻地抚摸着赵婠的长发，继续说道，“现在的生活方式你不用担心，明天我会带你去见一个人，让她告诉你现代女孩儿是如何生活的。”

“是臻姐姐吗？”

“臻——姐姐？”李璟熠一脸不解地问道。

“嗯……我是说那位陈姐姐。”

“啊对！她的名字叫陈若莹，是我的学姐，她对我一直都很好。我想把我们的故事都告诉她，而且我相信她是唯一能够帮助你的人。”

“嗯！妙凡也相信，我一定会用心去跟她学习的。”

玻璃风灯里的火苗闪动了几下后，光晕愈发明亮起来。李璟熠微红着脸，解开了赵婠的裙带，为她脱下外衣的那一瞬间茉莉幽香四溢，在柔光的映衬下，只着一身素白寝衣的赵婠第一次为李璟熠展现出她娇柔妩媚的一面。在那清澈双眸的注视下，李璟熠意识到原来自己也是个俗人，一个俗不可耐的俗人。强忍着阵阵撩心欲火，他把赵婠的衣裙小心地叠放在一边，侧躺下身温柔地轻拍伴她入睡。待赵婠睡熟后，李璟熠悄悄地下了床，打开韩瑾玉的笔记本电脑，在网页搜索引擎中键入了“战国、赵国、赵王”。

网页打开后，李璟熠逐一浏览着古代赵国的历史。从赵魏韩三家分晋开始，到赵武灵王胡服骑射，再到蔺相如完璧归赵，与廉颇的将相和睦，后来，他终于找到了赵惠文王末期秦赵的阏与之战。依据历史记载，惠文王二十年，秦国挫齐破楚后，兵锋直指赵国的西南门户——阏与关，赵国大将赵奢受王命驰援，在屯兵阏与二十八天后，赵奢听取了一个军士的建议，出奇兵一万余人抢占北山高地，诱敌攻山，秦人久攻北山而不下，赵奢本阵挥兵大败敌军，阏与之围遂解，这也就是人们所常说的“狭路相逢勇者胜”这一典故的出处。接着，李璟熠读到惠文王与孝成王政权交替的时候，他找到了一篇非常熟悉的古文：《战国策》中的名篇——《触龙说赵太后》。做了一些延伸阅读后，李璟熠终于查到了赵惠文王嫡出子女的记载。惠文王的正妻赵威后共生养三子两女，他们分别是孝成王赵丹、长公主、燕后、庐陵君还有出质于齐的小儿子长安君。然而，据正史记载，出生于惠文王十二年的长公主隔年便夭折在了王宫，在历史上她根本就没有封号，而那位燕后便是古文中“媪之送燕后也，持其踵为之泣”所描述的那位公主，也就是说她远嫁到燕国去了。看到这里，李璟熠满心疑问，他在想：“既然妙凡是长公主，那历史上怎么说她在儿时就夭折了呢？难道这位夭折的长公主另有其人，还是说在当时就有人删改了历史？如果真是这样，那又是什么样的人能拥有这样的能力，她又是出于什么样的目的呢？”继续滚动着鼠标，李璟熠找到了关于赵孝成王的历史记载。首先映入眼帘的是一幅黑白色的人物绣像，看着那高冠束发的男人侧脸，他却没有半点儿印象。就这么迟疑地看了一阵，绣像忽然间自动填充了颜色，李璟熠顿时打了个激灵，依照自己这些天的奇幻经历，他意识到接下来一定会发生些什么。壮着胆子，李璟熠屏气凝神地盯着绣像看了半天，这才发现原来那是网站自动加载的效果图，害得他虚惊一场。回头看了看尚在睡梦中的赵婠，又看了看茶几上的玉佩，他无奈地轻笑自己的疑神疑鬼。轻击鼠标，李璟熠关掉网站，然而那自动染色的绣像图竟仍挂在屏幕原处，此时，孝成王已经转过身来，双目直视着他，那黝黑的眼眶中似乎隐着一丝怀疑。李璟熠连忙长按电源键强行关机，屏幕立刻黑了下来。看到一切都已恢复正常，他这才抬手拭去额头上的冷汗，长吁了一口气后慢慢地合上电脑，可就在李璟熠抬起头的一瞬间，自己的面前竟然浮空飘着一双眼睛，把他吓得浑身哆嗦。就这样僵持了不到三秒，那双眼睛忽然转动了一下，接着，猛地冲李璟熠的眼睛飞了过来，就在四目重合的一刹那，李璟熠的眼中燃起了熊熊烈焰，随着火光的逐渐黯淡，他沉沉地昏倒在了沙发上……

这是一个无月之夜，没有月辉夺华，朗朗夜宇繁星璀璨，天河仿若一条银光缎带，自西向东，横悬于赵国王城之上，与那王宫内的点点宫灯交相辉映。入夜后的宫殿比白日里更加威严，五步一楼，十步一阁，李慕云阔步走在通往宣政殿的磐石边道上，盔甲的摩擦声伴着矫健的步伐似乎在私语着那昔日的铮铮荣耀。

刚行至宣政殿外，一个内侍急忙碎步上前拜见："小人见过将军！大王有令，若是李将军来了，即刻入殿，不必通传。将军，请——"

李慕云沉沉地点了点头，缓缓推开那道红木殿门。

"末将李慕云，叩见大王！"

赵王双目微垂，盯着桌案上的竹简并不抬头，许久后才道了句："都退下吧，孤王有话要与李将军说。"

大殿内的十几个近侍、婢女齐声道了个"喏"，躬身垂首退去，走在最后面的两个婢女合力关上了沉重的殿门。

侧立在一边，李慕云看到赵王面色凝重，良久也没有问话的意思，他也只得小心翼翼地站在原处，时不时微微抬头，看着眼前那个熟识的陌生人。李慕云心知，如今的赵王早已不再是当年那个能与自己谈笑风生的太子丹了，身处于这样一个烽火连天，战火不断的年代，坐上了赵国的王位，他就必须对大赵未来的命运负责，这般沉重的担子，让那个太子丹在短短几年的时间里完全蜕变成了另一个人。

宫灯里的火苗不安地抖动了几下，火光也黯淡了许多，这时，赵王卷起竹简，摩挲着和氏璧冷冷地说了句："你知不知道，都已经七年了……"

李慕云抬头看了看赵王，心中全然明白他的所指，随即沉沉低下头，惭愧地说道："末将无能，没有为我大赵再立战功，也无颜迎娶……婼公主。"

“你是无能！”赵王突然龙颜震怒，拍案而起厉声道，“孤王真想杀了你！你知不知道，孤王的两个亲妹妹，她们为了你，一个远嫁燕国，一个至今未嫁！还有……”赵王双拳紧握，喘了口气继续说道：“还有那臻郡主！为了成全你们，心甘情愿地替姶儿出嫁魏国，你知不知道！从邯郸到大梁的那一路上，臻郡主每隔两天才进得一顿饭食！”

“大王……慕云！惭愧……”李慕云强忍悲恸，语气中尽是哀伤。

“惭愧？哼！哈哈哈——好一个惭愧！”说着，赵王怒指着李慕云，寒声问道，“李慕云，孤王想知道，你对姶儿可是真心？”

“大王！慕云对姶公主之心可昭日月，只要能与她在一起，末将什么都愿意放弃！”李慕云钢牙紧咬，心如刀割，沉痛地拜倒在地。

“可昭日月？真的什么都可以放弃吗？！”赵王忽地背过身，沉声道，“整整七年，你有的是机会，为什么不带着姶儿远走高飞？！”

听了赵王的话，伏在地上的李慕云大惊失色，他万万没想到一国之君竟能说出这番话，居然让自己携公主——他的亲妹妹——私逃！

看着李慕云不发一言，赵王怒不可遏，他猛地一拳砸在桌案上质问道：“孤王说什么你听不懂吗？立功？”赵王一声冷笑，“你就知道立功，每次出征，你只看到姶儿微笑相送，可你走后，她终夜清酒为伴，以泪洗面，无时无刻不在忧心你的安危，一曲邯郸战歌她不知唱了有多少遍！”

“邯郸……战歌？”李慕云抬起头，诧异地望着赵王。

“邯郸战歌你已经耳熟能详了是不是？错！大错特错！去！你到那邯郸城的大街小巷，民宅小院里走上一遭，去听一听那些民妇们是怎么唱的！”赵王仰起头，望着大殿穹顶深吸了口气，“李慕云，实话告诉你，你与先王的五年之约期满那日，平原君拿着一道先王遗诏来见孤王，诏书里有六不准，上面的第一条就是，不准姶公主下嫁李慕云！”

李慕云闻言浑身一颤，他目瞪口呆地盯着地面，哀莫大于心死。赵王后退了两步，疲倦地靠在王座上，良久后，心力交瘁地说了句：

“慕云啊，起来吧，地上凉……”

心寒如冰的李慕云闻言再拜，吃力地站起身来倚靠着宫殿内的圆柱，神情恍惚。

“慕云，还记得当年孤王与你在邯郸城外赛马，谈笑间你抬手拉弓，那么霸道的一箭射出，雀鹰应声而落，那还是孤王第一次吃鹰肉啊。”赵王惨淡一笑，仿佛又回到了那个自由自在的时候，“与其说你，还不如说是孤王无能，可在先王遗诏的面前，又有平原君拼死直谏，孤王真的无能为力啊，只得眼睁睁地看着……看着……”说到这里，赵王忽地笑了一下，“慕云，今夜孤王传你过来是有件事要告诉你，如今，娢公主二十有三，孤王已为她择选了夫婿……”看着李慕云面如死灰的表情，赵王无奈地摇了摇头继续说道：“明日，孤王就会当着文武群臣的面昭告全国，令娢公主下嫁李慕云！”

面对赵王这突如其来的决定，李慕云简直不敢相信自己的耳朵，他声音颤抖地问道：“大王……你……你……说什么……”

“孤王说，明日娢公主将要下嫁于你。”说着，赵王把早已拟好的诏书拿起来，冲着李慕云晃了晃，又无力地丢在了桌案上，“慕云，如今的形势你也知道，秦人攻韩，韩上党郡百姓为躲避战乱纷纷逃往我赵国境内，韩上党太守欲献出上党十七县，平原君一向力主接收，孤王已决定采纳他的建议，同时也与他达成一致，只要你能协助他驻守上党两年，那么，你和娢公主的婚事，他便不再以先王遗诏来反对。孤王怕他这是缓兵之计，所以在你出征前，为你们二人赐婚，暂且先做一对有名无实的夫妻，待你班师回朝，孤王会撤去你的一切军职，再赐给你们一片封地……平原君说，这原本也是先王的意思。”

听到这里，李慕云已是热血沸腾，他强压着满腔激动，坚毅地说道：“李慕云义不容辞，誓守上党！”

“那好，平原君此刻已在城外整军待发，你也即刻点将出兵吧。”

“末将领命！”说着，李慕云从胸前取下了一块玉佩，将它双手捧起放在了桌案上，“大王，这是我与娢公主昔日的定情之物，烦请大王代为转交，慕云……走了！”

说罢，李慕云披风一甩转身正欲离去，刚走出两步，身后又传来赵王的叮嘱：“你要记住，慕云在！上党在！”说到这里，赵王的声音明显顿了一下，“慕云，从现在开始，姶儿已经是你的结发妻子了，即便是上党丢了，慕云……你也一定要回来……”说着，赵王仰面向天，一道暖流划过面颊。

赵王话音刚落，空旷的宣政殿内便响起了一阵厚重的“吱嘎”声，李慕云单手推开殿门，迎着刺骨的夜风一路脚步不停离开了王宫。

骑马奔回大营后，李慕云立刻召集所属将领，下令道：

“全军整备，即刻拔营！”

一声令下，胡骑营三军马上紧张地准备了起来。迎着呼啸而过的北风，李慕云独立于军帐之外，两行热泪再也无法抑制，奔涌而下，在那泪水中饱含着激动与苦涩，喜悦与憧憬，这还是他七年戎马以来的第一次洒泪军中。

第十一章　情殇——为爱退出不算输

徜徉于时光彼岸，李璟熠遥望着停滞在彼岸的李慕云，盈盈一脉弱水间，赵媗用千年的执着守望架起一座纯净无瑕的光阴长桥，将两个时空巧妙地对接在了一起。桥面，星光透彻，朵朵奈花沿着伊人的足迹悄然绽放，情殇，彷徨千载，从蛰伏中毫不停歇地觉醒，掀起一幅又一幅记忆画卷，它们嗅着幽香指引的方向，在不同时刻，不同地点，以不同方式，将逐风而散的往事注入到了李璟熠的灵魂深处……

“夫君……夫君？”

躺在沙发上，李璟熠仰面朝天睡得正香，恍然间听到一声温柔的轻唤，他揉了揉惺忪的睡眼，见到赵媗白衣胜雪，正站在面前轻轻地摇着自己的肩膀。

“媗儿？”

这一声“媗儿”，李璟熠叫的亲切而又自然，站在他身旁的赵媗微微一怔，抿着嘴唇羞赧地问道：“夫君怎么睡这儿了？”

顷刻间，暖暖幸福包裹住了李璟熠的心。从前，自己一觉醒来后，赵媗早已回到了玉佩之中，淡淡的茉莉余香总让他有一种莫名的失落感，而今天，睁开眼睛就能看到自己深爱的女子，那般喜悦，那股满足，当真是难以言表。不过，本着“死要面子”的男性本能，李璟熠酷酷一笑，故作镇定地问道：

“怎么样，睡得好吗？这还是我第一次看见你睡觉呢。”

“嗯，我睡得很好，倒是夫君，怎么在这儿睡着了？”

“啊，昨晚你睡了以后，我开电脑查了点儿资料，然后……”

李璟熠刚想把昨晚的事跟赵焓细说一遍，这时，正在充电的手机却很不知趣地响了起来。他斜眼一看，又是韩瑾玉打来的，不由皱了皱眉头，极不情愿地接起电话。李璟熠本想装出半睡不醒的声调，草草应付了事，可电话那边韩瑾玉的声音却充满了疲倦。

“璟熠，我们可能要到假期结束以后才能回来，我大姨的诊断结果刚出来，挺严重的。”

李璟熠一听，表情马上严肃了起来，他知道韩瑾玉是亲历过母亲早逝的人，既然她这么说，估计那边的状况应该很不乐观。

“医生怎么说？”

“脑溢血，虽然勉强控制住了，可是主治医师看了脑CT，说还有再出血的可能。”

在听到“脑溢血”这个词后，李璟熠的心一下揪了起来，想当年自己的爷爷就是因为这个病突然辞世的。

“瑾玉，你别着急，阿姨一定会好起来的。对了，珅哥在旁边吗？你让他接下电话。”

“我哥还在重症监护室外面守着呢，你等一下我这就去找他。”

韩瑾玉说完，电话那边一阵长长的沉默，只能听到她高跟鞋上楼的“跶跶”声。紧握着赵焓的手，李璟熠出神地望着灰暗的天空，视线逐渐模糊起来。

依稀记得爷爷发病的那个中午，原本全家人正一团和气地围坐在桌前吃饭，爷爷像往常一样坐在他的老位置上，笑呵呵地给自己斟了一盅药酒。可谁也没想到，就在爷爷端起酒盅要跟孩子们碰杯的时候，他的手臂忽然痉挛一抖，酒盅顺势掉在了桌子上，还没等全家人反应过来，爷爷已经从椅子上重重地摔了下来。一家人马上乱作一团，七手八脚地将爷爷扶上床，焦急地围在旁边。爷爷脸上没有一丝血色，躺在床上不停地打着哈欠，苍老的手无力地挥动着，示意大家不要担心。在那个时候，李璟熠只有九岁，他又怎么知道，其实爷爷当时已经说不出话来了。当救护车赶到楼下时，爸爸与一众长辈都跟着去了医院，家里只剩下几个孩子，李璟熠怎么也没想到，那一次，竟成了他与爷爷的永别……爷爷出殡后，奶奶拿出了爷爷提前预备好的遗书，除了简单安排自己的后事之外，爷爷还言辞肯定地写道："家传的云焓玉佩只能由李璟熠一人继承。"在这句话的上面，爷爷特意按上了十个指印，表达了他最坚决的态度。等到李璟熠大学毕业回老家办理迁户手续的时候，奶奶将爷爷留下的玉佩连同一封暗黄色的信交给了他。在信中，爷爷写道：

"熠熠，在爷爷心里你是个很特别的孩子。记得你两三岁的时候，爷爷拿着玉佩逗你玩儿，你看到玉佩就一直笑，一直笑，攥在小手里怎么也不肯放。那会儿爷爷就觉得你跟这玉佩有缘，想着等你长大以后就传给你，可爷爷也不知道自己能不能等到那个时候，所以就提前写了这封信，把玉佩传给你，权当是留个念想了。熠熠，你一定要记住，这块云焓玉佩是咱们老李家最值得继承的东西。"

读完这封信，老爸又给他讲起了太爷爷和玉佩的故事，李璟熠一边听眼泪一边簌簌地往下掉，想到爷爷生前就是个很讲公平的人，在遗嘱上他不偏不袒，把财产分配得合情合理，可唯独这块玉，爷爷是连老爸这个长子都没传就直接给了隔辈的自己，这一切令他感动至极。当李璟熠把玉佩戴在胸前的时候，心中顿时温暖无比，仿佛在那一刻爷爷又回到了他的身边，时刻护佑着他……

"璟熠，你找我？"电话那边传来一个沙哑的声音。

"珅哥，阿姨现在的情况怎么样了？"

"唉……"一声绝望而又凝重的叹息，"不是太好，脑压一直稳定不下来。"

"你别担心，脑溢血和脑梗的性质不一样，阿姨肯定会好起来的。”李璟熠安慰道。

“嗯，谢谢了。璟熠，你等一下，我有话跟你说。”

接着，电话那边又是一阵沉默，等了好一会儿，梁珅低沉的声音再次响起：

“璟熠，你身边……现在有人吗？”

被梁珅这么一问，李璟熠登时有点儿糊涂，他看了一眼赵娢，也不知珅哥所说的“有人吗”指的是谁。于是，李璟熠绕了个圈子，试探着问道：“你说有人吗？指的……是什么人？”

“唉！若莹在你身边吗？”梁珅直白地问道。

“哦，她不在。我刚起床，还在自己屋里呢，珅哥，有什么事你尽管说，要是缺钱你就告诉我，我帮你想办法！”

“不，不是钱的事……”梁珅的声音明显顿了一下，接着，他用极其微弱的声音说道：“璟熠，我想跟若莹分手。”

“什么？！梁珅！你说什么呢？！”

李璟熠突然这么激动，弄得身边的赵娢都有些惊慌。虽然她并不知道究竟发生了什么事，但从李璟熠的眼神还有握着自己手的力度，赵娢感觉得到，她的夫君现在非常生气。

“你先别这么激动，听我把话说完。其实，我心知肚明，你不喜欢瑾玉，那是因为在你心里最重要的人是……”

还没等梁珅把那个名字说出来，李璟熠早已怒不可遏，他冲着电话喊道：“你给我闭嘴！当初在我面前，你是怎么信誓旦旦地保证的？！”

“好了！璟熠，我真的不能给若莹带来幸福，我承认，曾经的自己太过天真，相信只要努力，草根照样可以实现梦想，可是现实却没有我想象的那么简单。你知道吗？现在我妈躺在医院每天都要花掉很多钱，璟熠，我真的不能再耽误若莹了。”

“耽误？学姐一直跟着你租房子、打工，她何时叫过苦喊过累？你现在说耽误，考虑过她的感受吗？”

“璟熠！我已经奋斗一年多了，本来家里再添点儿钱，房子的首付就够了，可是现在这种情况，你想让若莹等我到什么时候，两年？五年？还是一辈子？”

“够了！”李璟熠极不耐烦地打断了梁珅的话，“直说吧，你想要我怎样？”

“替我照顾若莹好吗？只要你答应，我保证自己和瑾玉再也不会出现在你俩面前。”

听到梁珅说出这么不负责任的一句话，李璟熠怒火中烧，他气冲冲地质问道：“以前你让我照顾你妹妹，好，我答应了。现在你又让我照顾你女朋友？！”

“你俩才是真正门当户对的金童玉女，而我，唉……只不过是个无所谓的过客罢了。”

“你放屁！”李璟熠气得满脸通红，咬牙切齿地喊道，“梁珅你给我听着！你要是敢甩了我姐！我他妈跟你没完！！”说着，他猛地从沙发上站了起来，一把将赵婠拉进怀中，继续喊道：“你不是一直都想知道我喜欢谁吗？行！我今天就告诉你！我李璟熠的妻子叫赵婠！除了她我谁也看不上！”

话一说完，李璟熠牙关紧咬，青筋暴跳，盛怒之下将手机狠狠地摔在了墙上。靠在李璟熠怀里的赵婠还是第一次见到他发这么大的火，一时间也不知该说什么好，一只手轻放在他胸前安抚着那重重的心跳。良久之后，赵婠的耳鬓处响起一声倦倦的叹息：

“婠儿，好累，我真的好累啊。”

“夫君……”

自从大学毕业来到这个城市之后，短短几个月的经历让李璟熠切身体会到了人与人之间情感的复杂，这千丝万缕又毫无头绪的纠葛让一向淡然处世的他很难适从。在这里，他几乎每天都要应对不同事件的发生，开心的也好，郁闷的也罢，当真是一波未平一波又起。性格使然，李璟熠每时每刻都在不自觉地顾虑着他人的感受，却恰恰忘了其实自己也只是个凡人，也会有心情的高低起落。兄弟的猜疑，学姐的渐变，韩瑾玉的错爱，李璟熠觉得自己就像被关进了一间密不透风的地下室，可以呼吸的空气越来越稀薄……

讨厌昼的喧闹，唯爱夜的宁静，因为在那个时候，赵焓会陪在他的身边，感同身受地与自己分享快乐，排解困扰。许多个这样的夜晚，在那盏玻璃风灯昏黄的柔光下，他高兴的时候，赵焓会微笑着陪他聊天，他烦闷的时候，赵焓会静静地陪他想心事。离开空气，人无法生存；离开赵焓，李璟熠无法呼吸，也许，这便是“依恋”一词最贴近的诠释了。

“焓儿，我刚才是不是吓到你了？”李璟熠满心歉疚地问道。

然而，躺在怀中的赵焓并没有马上答话，纤细的小指勾起自己的一缕发丝，似乎在想着些什么。许久，她仰起头，凝视着李璟熠柔声说道：“夫君，我觉得你变了，变得我越来越熟悉了。”

“啊？有吗？”李璟熠茫然地挠着头一脸不解地问道。

“嗯，我能感觉到，曾经的那个你又回来了。”

说着，赵焓抬起手温柔地为李璟熠整理着衣领，忽然，她踮起脚尖，在李璟熠嘴角处轻快地吻了一下。这不期然的一个香吻让李璟熠顿觉天地忽转，两只脚好似踩在了软软的棉团上，一浅一深，一轻一重，整个儿人都飘了。

可正当李璟熠想要回吻过去的时候，赵焓却很是调皮地用两根手指将他轻轻推开，转身走到床边拿起衣裙提醒道：“夫君不是说今天要带我见见那位陈姐姐吗？”

“呃，是……是是是！”

经她这么一问，被那轻吻弄丢了魂儿的李璟熠总算是回过神来，想到自己刚刚的那份情不自禁，他不由尴尬地摸了摸鼻尖，弯下腰收拾着已经摔坏的手机，时不时抬起头，偷瞄几眼正在穿衣的赵焓。

待两个人把一切都准备妥当之后，李璟熠带着赵焓来到了陈若莹的屋门前，刚要敲门，抬起的手却僵在了半空，他扭头看了一眼墙上的挂钟，时针刚好指向九点。李璟熠心想："都这个时候了，学姐应该起床了吧……刚才我在屋里乱喊一通，也不知她听见没……就这么把婠儿带到她面前，会不会太突兀了？"

正当李璟熠纠结迟疑的时候，身边的赵婠拉着他的衣袖问道："夫君是怕我穿的这身装束会吓到陈姐姐？"

"呃……倒也不是。"李璟熠摇了摇头，略显拘谨地说道，"我不知道该怎么跟她说，毕竟你我能相遇这已经是一件很奇妙的事情了，说实话，我是怕学姐她一时间……唉，不管了！"

说罢，李璟熠抛开一切顾虑，轻轻地敲了几下……居然没有回应，此时，他的心里也打起了退堂鼓："学姐是不是出去了？嗯，这样也好，等她回来以后再说吧，这种事情最好事先跟她沟通一下，打个提前量，然后再把婠儿带过来……唔！对对对。"想到这里，李璟熠又象征性地拍了两下门，刚要带赵婠回去，不料屋门内却传来了陈若莹的声音：

"是璟熠吗？"

"对，是……是我。"李璟熠只好硬着头皮说道，"学姐，我……有事找你。"

"唔……你等一下，我……这就出来。"

学姐说话声音怪怪的，像是嘴里正含着什么东西，又好似是在低沉地呜咽着。李璟熠暗叫不好，紧张地胡思乱想起来："完了，刚才跟珅哥打电话的时候学姐肯定是听到了什么，现在可能正伤心呢……唉，我也太不会挑时候了！况且，婠儿说的也对，她这身打扮不会吓到学姐吧……"随着屋门内那越走越近的脚步声，李璟熠的心也提到了嗓子眼儿，嘴里不住地嘀咕着：

"千万别吓到她……千万千万别吓到她……"

事情就是这样，有时候还真是怕什么来什么，在屋门打开的那一瞬间，果然有人发出"啊！"的一声惊呼，不过，这声音的发出者并不是陈若莹，更不是一向端庄沉静的赵婠，反倒是李璟熠自己。

“姐……姐！你的脸……怎么绿了？”看着眼前这个真人版的“变相怪杰”，李璟熠瞠目结舌地问道。

“喔！呵呵呵，我听着歌敷面膜呢，忘告诉你啦！”

她这一笑不打紧，脸上那已经半干的面膜马上龟裂出一道道细碎的纹路，这可把赵娢吓得不轻，只见她黛眉紧蹙，一双手紧紧地抓着李璟熠的胳膊，一边本能地往后缩着身体一边紧盯着对面的“绿脸妖怪”。而此时，陈若莹也发现了这个站在李璟熠身旁的女孩儿，及腰的长发，灵秀的面孔，高雅的长裙，飘逸的缎带……美得不可方物。

“璟……璟熠，这是谁啊？”

陈若莹一边问一边打量着女孩儿的装束，不由吃惊地张开了嘴，在如此剧烈表情影响下，她脸上的面膜已经开始往下掉渣儿了。

两个女孩儿一个惊恐，一个惊讶，就这么对视了几秒后，满脸黑线的李璟熠方才醒过神来，赶紧上前一步横在当中，将两个人的视线隔开后他强咽着唾沫说道：“你俩都先转过身去！听听……听我解释。”

看着两个女孩儿都很听话地背过了身，李璟熠长出一口气，抚着胸口淡定地给她俩介绍道：“首先，娢儿，这是我学姐陈若莹，她今天，呃……其实就是在脸上涂了点儿东西，你别害怕，一会儿洗干净就好了。”李璟熠一顿，喘了半口气后，继续说道：“姐，这就是我跟你提起过的，嗯……我女朋友赵娢，她这么穿是……是因为……”

“艺术学院，表……表演系的？”陈若莹试问道。

“不不不，娢儿她……她是赵国人，春秋战国时代的那个赵国。”

“啊？！”

随着一声惊叫，陈若莹不自觉地就要转过身来，李璟熠连忙制止住，暂且不管学姐能不能接受这个事实，李璟熠可是绝不敢再让她转过头来了，经过如此丰富的面部表情运动，学姐的脸现在指不定成什么样儿了，别说娢儿一个古代人，就连他自己看着都觉得瘆得慌。

“姐，淡定淡定，我知道你一下子很难接受，可我确实没有开玩笑，娢儿……她真的是两千年前的古代人。”

“两千年前？你说战国时代……”陈若莹自顾自地思索着，“秦！秦始皇……长生不老？”

“是是是！”李璟熠稀里糊涂地点着头，突觉不对，慌忙又拼命摇着头，“哎呀，不是不是，婠儿是从我玉佩里出来的。”

“玉！佩！！”陈若莹一字一顿地惊呼道。

“对，我的玉佩，你忘了？我总戴着的那个传家宝，为了再见到我，婠儿在玉佩里等了两千年。”

“你的意思是说，你女朋友她……她是鬼？”说话间，陈若莹的后背明显哆嗦了一下。

“不不不！婠儿不是鬼，不过……她确实跟我们不太一样。”

正当李璟熠抓耳挠腮，越解释越糊涂的时候，赵婠落落大方地往前移了一小步，优雅地做了个万福，道：“陈姐姐，诚如夫君所言，我确实是赵国人，距离你们现在已经有两千二百七十四年了。”

“夫——君？你是说李璟熠……啊？”

看这情况，李璟熠知道今天肯定是说不明白了，再解释下去也是徒劳，于是他转而语气平静地说道：“姐，我跟婠儿之间的事情三言两语是说不清楚的，不过，你先别纠结这个了，我带她过来是有事请你帮忙。”

“我？我我我……我能做什么呀？”

“我想让你教教婠儿现在的生活方式，告诉她怎么才能成为一个现代女孩儿。”

“陈姐姐，我会跟你认真学习的。”赵婠接着说道。

“好……好！那个，璟熠啊……你先带她回屋，等我把脸洗了再去找你们啊，哎哟哟……”

李璟熠应了声好，拉着赵婠正要回屋，忽然又想起了什么，转过身认真地对陈若莹说道：“姐，我和婠儿的事现在只有你一个人知道，在婠儿学会现代的生活方式之前，希望你能替我保守秘密，我不想让她成为别人眼中的异类。”

陈若莹僵硬地点了点头，微微侧脸看了赵姶一眼，又飞快地转过身去，迟疑了一下后，说道："璟熠，你不要多想，刚才你说的话，我……我都信，可我真的没想到，这种事居然会发生在自己身边。"

"呵呵，姐，谢谢你了。"李璟熠言辞恳切地说道，"那我就先带姶儿回屋，一会儿你收拾好了再来找我们。"说罢，他牵着赵姶的手回到了自己的卧室。

在这小长假的后几天中，赵姶跟陈若莹学习了现代女孩儿的生活方式，也认识了许多"新鲜"的日常用品。在这期间，赵姶那股与生俱来的高贵气质让陈若莹赞叹不已。与此同时，陈若莹也发现她是个极其聪慧的女孩儿，只用了那么短短一上午的时间，赵晗就轻而易举地掌握了钢笔的用法，写出来的篆书就像是花体字一般贵气十足，这让从小就用钢笔练习正楷的陈若莹打心眼儿里佩服。

为了能让这个弟妹的思维委婉地过渡到现代，陈若莹还专门找出了《寻秦记》这部老片陪着她一起看，可谁知赵姶刚看了一小部分反倒是更迷茫了，最让她搞不懂的就是剧中的那位"赵倩公主"，赵姶着实不知道她到底是自己的哪个姐妹，况且在他们赵国的王室成员中，只有男子才会称赵氏，而女子一般都是称嬴姓的。在一旁的李璟熠听了她的这番讲述后才知道，原来姶儿的本名应该叫嬴姶才对。在这同时，李璟熠还发现了一件很有趣的小事，如果把姶儿与孝成王的名字合起来，"姶丹"那不就是赵国都城邯郸的谐音嘛！由此，足可见姶儿在王室成员中那非同一般的尊贵地位。然而，当年的、现在的自己，却偏偏爱上了这样一个女子。当剧情演到孝成王出场的时候，赵姶笑得几乎忘却了公主的威仪，或许她怎么也想不到，后代人对自己的哥哥居然是这般描述。赵姶告诉陈若莹，她王兄其实是个很有主见的人，最受不了被他人摆布，大部分国事一般都是在自己有了决策之后，才会似模似样会拿出来与群臣商讨，一旦他已经认定了这件事，那便很难再做改变，单凭这一点，就完全不像剧中所表现的那样，很随意地听信他人谗言。赵姶说，在赵国上下唯一能使王兄改变初衷的也只有母后一人而已。至于剧中那个叫赵穆的侯爷，赵焓对他很是反感，一再跟李璟熠强调，在她王兄在位时期，赵国不可能容得这样的败类存在，所以，《寻秦记》她只看了一半儿就不想再继续下去了。不过，李璟熠反倒觉得这或许也是件好事，焓儿作为一国公主，对赵国始终怀有深深的眷顾，若是让她知道秦始皇最终统一了六国，那岂不是徒增烦恼。

每当赵焓和陈若莹这两个性格娴静的女孩儿在一起聊天的时候，李璟熠就会很是知趣地躲到客厅里，尽量不去打扰她们。虽然，两个女孩儿的第一次见面有些尴尬，但真正相处起来却非常的融洽，李璟熠隐隐发觉，她俩之间似乎有着一种说不清道不明的情谊，那种感觉不像是闺蜜，倘若用姐妹来形容似乎更为贴切。

假期的这段时间，张括军这个不靠谱的家伙，依然保持着一贯的不靠谱作风。在那天吃饭的时候，他还信誓旦旦地承诺说："这次来，一定要跟大家好好聚聚！"谁知，自打第二天起这家伙就失联了，直到他要返程的时候，人都已经到车站了，这才想起给李璟熠去个电话，"痛不欲生"地检讨几句后，原形毕露直奔主题——那位奇女子的书法。李璟熠原本以为那是张括军随口一说的事，他也没太当真，跟着应承了一下，可没想到他这次居然这么执着。李璟熠拗他不过，只得"央求"赵焓即兴写了一幅，颠儿颠儿地给他送到了车站。虽然张括军如获至宝地得了书法，但还是因为没能见作者一面而遗憾万分。

小长假最后一天的晚上，李璟熠下楼给赵焓买了一盒冰激凌，借着玻璃风灯的烛光，两个人坐在床上一起吃。当那凉丝丝的冰激凌在赵焓口中融化的时候，这个来自千年前的女孩儿露出一副惊讶而又喜悦的表情，果然，无论在哪个时代，女孩子对美食的热衷那都是天性。

看着赵焓那满脸幸福的模样，李璟熠情不自禁地揽住她的腰，关切地问道："焓儿，眼看着天气是越来越凉了，你的这身衣服好像挺单薄的，明天我让学姐帮你买一套新衣服吧。"

"夫君，不必如此劳烦。"赵焓摇了摇头，侧躺在李璟熠肩膀上微笑着说道，"我的身体现在已经感觉不到冷暖了。"

“感觉不到冷暖？！”李璟熠大惊，“那……那刚才你吃冰激凌的时候怎么……”

“只要是夫君为我做的，不管是什么我都喜欢。”说着，她捧起李璟熠的手，贴在了自己脸颊上，“夫君，在我心里除了你的温度什么都没有。”

听着赵媱的这句话，李璟熠鼻子微酸，眼前的这个女孩儿，她在玉中度过了两千多年，已然遗失了自己的一切，可唯独这份执着的纯爱，这深埋在时光中的真情，一直被她完好无损地呵护着……在那颗纯净的心中保存着。

“夫君，”赵媱忽然问道，“假如我能住进你的心里，你会害怕吗？”

“害怕？”李璟熠疑惑地望着她，“害怕什么？”

“如果我当真住进了你的心里，那我就会知道你每时每刻的想法。”赵媱略微一顿，继续说道，“我会知道你到底爱不爱我，我会知道在这个世界上你最在乎什么，我甚至会知道在你的心里除了我还有没有其他女孩儿……这样的一个我，你不会害怕吗？”

“如果真的可以，那我的心随时欢迎。”虽然李璟熠语气淡淡的，但这个回答既干脆又坦诚。

“夫君如果想要我一直都陪在你的身边，不再回到玉佩中，或许这是唯一的方法，只是……你真的想清楚了吗？”

“嗯。”李璟熠毫不犹豫地答道，“媱儿等了我两千年，为的就是让我真诚相待，要是连这一点都做不到，呵呵，那我还有什么资格说爱你。”

“媱儿……知道了。”赵媱的声音忽然变得空灵起来，“夫君，我们下次相见的时候，媱儿就再也不会离开你了，夫君……等我……不会……很久……的……”

伴着那一抹醉人的微笑，赵媱的身体凝成一条幽蓝色的光带，缓缓注入了玉佩之中。

梁珅和韩瑾玉是在假期结束后的第二天才回来的，心力交瘁的梁珅整个人都瘦了一圈，由于好几天没刮胡子的缘故，他的面容一下子沧桑了许多。在见到李璟熠的时候，梁珅也并没有提起那天打电话的事，只是很“客气”地笑了笑，那个笑脸极为勉强，让李璟熠觉得即便是客套也显得尤为生硬，这还是他们认识这么久以来，李璟熠第一次对珅哥有了陌生的感觉。随梁珅一起回来的韩瑾玉倒是没什么太大的变化，刚一回来就抓着李璟熠问长问短，然而，一连几日的医院陪护确实也把她累了个够呛，再加上第二天就要上班了，韩瑾玉絮叨了一阵，也就回屋休息了。

不知不觉，赵姶回到玉佩里已经快一个多月了。在这段时间里，李璟熠几乎是玉不离身，但凡见到漂亮的景色或是在身边发生了什么有趣的事，他都会第一时间把玉佩从怀里拿出来。他虽然并不知道赵姶能不能看见这些，但还是不由得想要这么做。每当李璟熠独自一个人的时候，他总能依稀闻到一股清雅的茉莉淡香，这让他深深地感觉到，赵姶——这个自己深爱着的女孩儿——与他同在。

十一月的最后一个周六，城区迎来了今年的第一场雪，星碎的雪花乘着北风在天空自由自在地飘舞着。清晨，李璟熠站在窗前隔着玻璃欣赏着雪景，一片较大的雪花轻盈地飘落到眼前，当它在微湿的窗台上消融的一瞬间，李璟熠的心忽然满是矛盾。

在这个世界上，越是美好的东西往往就越脆弱，同样的，你越想得到什么，那它就越难来到你的身边。人生就是这样，保存希望的状态其实比遭遇失望的那一刻更可怕，更难熬……

午后雪停，暖阳初照，韩瑾玉拖着李璟熠来到了繁华的商业步行街。原本，李璟熠是不想去的，可今天毕竟是韩瑾玉第一次领工资的日子，人生第一桶金的到来确实值得庆贺，因此，他也不好执拗拒绝。其实，在李璟熠决定陪韩瑾玉出来的时候，他已经想得很明白了，这次正好避开学姐和珅哥与韩瑾玉独处，可以找个机会把一切都跟她说清楚，如果她可以接受，那以后还能做朋友，若是她接受不了，李璟熠也只好搬出这间屋子了。

两个人并肩走在稀稀拉拉的人群中，走着走着，韩瑾玉突然驻足在一个玻璃橱窗前，目不转睛地盯着橱窗里面。顺她的目光看去，李璟熠发现橱窗正中央最显眼的位置上摆着一枚炫彩惹眼的钻戒，在明媚阳光的照射下，钻石那星星棱彩散射到乌黑的底衬上，让它在所有的珠宝陈设中显得格外惹眼。李璟熠细看了眼钻戒下方那块以暗金色镶边的标价签，刚数完零他不由一怔，这枚小小的钻戒居然要六万，而且还是一口价，单从奢侈品的角度上来讲，这样的价格对于他来说也算是天文数字了。

这时，韩瑾玉往近前探了一步，双手抱在一起，赞叹道："哇，好漂亮呀！"

"唔，确实不错，做工精致大方，估计是定制版吧，独一无二，当真是可遇不可求啊，不过……"李璟熠指了指标价签，继续说道，"这价格也确实是很任性啊。"

说着李璟熠仰头看了看橱窗上的店名，心里暗自感叹道："噢！怪不得呢，原来是Tiffany的钻戒，正所谓一分钱一分货，想当年林肯总统在这里买珠宝人家都不给打折呢。"

"璟熠、璟熠！明年情人节的时候，你就把它送给我好吗？"韩瑾玉一脸期许地说道。

"你在说什么？"李璟熠一脸惊愕地望着她，"这样的钻戒，你只把它当成是情人节的礼物……而已？"

"咱俩相处这么久了，你都没送过我一件礼物呢！"韩瑾玉嘴一噘，闷闷不乐地转过身去。

就这么背着身站了好一会儿，韩瑾玉发现李璟熠根本就没有想要哄自己的意思，于是，她极不情愿地转回来，皱着眉头问道："怎么，生气啦？"

"没有。"李璟熠面无表情地注视着她，回答得简洁明了。

"那……是不是因为太贵了？"

“不！这跟价钱没关系。”李璟熠的语气充满了冷漠。

“好啦，我不过是随口说一句罢了，干吗这么认真？”韩瑾玉软言道。

然而，李璟熠依旧不吭声，目光愈发冰冷起来。

“你怎么啦？为这么点儿小事至于吗？”韩瑾玉的声音，焦急中杂着些许委屈。

然而，李璟熠仍旧是默不作声，就那么倔倔地站在原地，好像今天非要和她过不去似的。这时，韩瑾玉也忍不住了，瞪着李璟熠毫不留面子地大声说道：“我就是想知道，对于我特别喜欢的东西，你会是什么样的态度，仅！此！而！已！李璟熠，你太让我失望了！你根本就没有在乎过我！”

说完，韩瑾玉气鼓鼓地一扭头拐出步行街，招手拦下辆出租车后狠狠地摔上了车门，留下李璟熠一个人，伴着身边行人的窃窃私语僵立在原处。望着那已经远去的出租车，李璟熠的视线渐渐模糊起来，一股强烈压抑带来的憋闷感在他心中肆虐。

在现代社会中，钻戒的现金价值已经远远超越了它的实际价值。虽然李璟熠很认同这一点，但对买钻戒这件事他其实并不反感，韩瑾玉的作为之所以令他很不高兴，那是因为他觉得韩瑾玉对待钻戒的态度实在是太随意了。在李璟熠的心中，钻戒所承载的意义要高于它的价值，而且，给予跟索要也有着本质上的区别。给予，建立在情意之上，它使得钻戒升华为一种意义性的存在，可索要，却是建立在虚荣之上，它使钻戒堕落成一种价值性的存在；情意与虚荣泾渭分明，这条不可逾越的鸿沟恰恰就是李璟熠判断爱情的底线所在。

“钻石那高贵的本质，注定它不应该被当作是一种炫耀的资本。”李璟熠喃喃道。

也许有很多人认为，在婚礼的殿堂上男孩儿单膝跪地为自己的新娘带上钻戒，这毋庸置疑，是个既浪漫又愉悦的时刻，然而，李璟熠的想法却显得与众不同，某种程度上，甚至有点儿格格不入。在他看来，为自己妻子戴上钻戒应当是个无比庄严，万分严肃的时刻，从那个圣洁的仪式开始，两个人要在一起同甘共苦，一起体会新鲜与乏味，一起度过激情与平淡，一起经历辉煌和挫折，一起感受欢喜和悲伤，这意味着爱情从稚嫩走向成熟……一起走过的每个瞬间都是真爱。

With this hand I will lift your sorrows.
Your cup will never be empty， for I will be your wine.
With this candle， I will light your way into darkness.
With this ring， I ask you to be mine.

用我的这双手抚平你的伤痛，
你的酒杯永远不会枯竭，那是因为我将成为你甘甜的佳酿。
用这只红烛，我将照亮你道路上的阴霾，
用这枚戒指，我请求你成为我的妻子。

——选自《僵尸新娘》婚礼誓词

经过了那场钻戒小风波后，韩瑾玉似乎又耍起了傲娇的小脾气，不声不响地与李璟熠展开了冷战。无论是大家聚在一起吃饭，还是在客厅里跟李璟熠偶遇，韩瑾玉总是摆出一副漠不关心，甚至有点儿视而不见的态度，什么“无所谓啦”“随便吧”这些类似的敷衍，几乎成了她与李璟熠对话的口头禅。刚一开始还好，大家也没怎么太留心，不过时间一久，两个人的隔阂便愈发明显了。对于这样的僵局，陈若莹早已了然于胸，可梁珅却是越来越在意了。不过，李璟熠自己倒是很轻松，他把这个状态当成是个很好的契机——自己没有任何拒绝，韩瑾玉主动放弃。就像陈若莹曾跟李璟熠说的那样，顺其自然，让时间慢慢地淡化一切，这样一来，他就不用再去纠结自己会不会对韩瑾玉造成伤害的问题了。

这天，李璟熠收拾好办公桌正准备下班回家，忽然接到了珅哥的电话，约他晚上到楼下去吃烤羊腿，李璟熠也没多想，爽快地答应了。李璟熠也知道上次自己在电话里太冲动了，完全没有考虑到珅哥当时的压力，后来，珅哥知道他手机摔坏了，还特意去给他新买了一部，回想起来，自己也很久没跟珅哥静下心来单独聊天了。自打踏出校门之后，珅哥在这个社会上摸爬滚打了一年半，身边发生的那些从美好愿景到残酷现实的悲剧性让步，想必珅哥已经见得太多了吧，或许这就是为什么，李璟熠始终无法理解珅哥偶尔会异常悲观的缘故吧。

饭桌上，梁珅自始至终也没再提及那天的不愉快，就像是什么都没发生过一样，与李璟熠聊的都是些无关痛痒的小事。吃完饭后，梁珅又点了一打啤酒，每每与他谈上几句自己便会满饮一杯。虽然跟珅哥比起来，李璟熠的酒量当真是“小巫见大巫”，但是看着他那个样子，李璟熠也只得舍命陪君子，一杯接着一杯地往肚里灌。这天晚上，两个人都喝了不少，直到晚上十二点多才酩酊而归。相互搀扶着，兄弟俩踉踉跄跄地往家走，一路上扯着嗓子，上一句《真心英雄》下一句《朋友》地胡吼乱唱着。刚进楼道还没上到第二层，醉眼蒙眬的李璟熠没看清脚下台阶，一个趔趄摔倒在地，连着梁珅也一并被他带倒，身体一着地，俩人谁也不想再动一下了，就这么躺在有棱有角的台阶上，打着酒嗝喘着气缓了好一会儿。

突然，梁珅的手紧紧地抓住了李璟熠的手臂，也不知是酒精作用，还是梁珅手劲儿过大，李璟熠感觉自己的手臂一阵阵地发麻，他侧头看了眼缓缓吐气的珅哥，借着酒劲儿直白地问道：“怎么？有话要说？”李璟熠用力挣开他的手，“靠！想什么就说出来，这么婆婆妈妈的有意思吗？”

“李璟熠，我很想知道，你到底喜不喜欢瑾玉！”

“哈！梁珅，我也很想知道，你到底喜不喜欢若莹！”

李璟熠对他直呼其名，更没有加上学姐这个称谓，或许在这个时候，在这种状态下，这样的称谓对于两个男人来说太多余了。

“我早就告诉过你，我喜欢若莹，她就是我梁珅的全部。”梁珅语气坚定地说道。

“那我也告诉过你，我不喜欢韩瑾玉，我俩……呵呵，那本来就不是一路人。”李璟熠用同样坚定的语气回应道。

听到李璟熠这么说，梁珅出乎意料地大笑起来。看到珅哥如此，李璟熠反手握住他的手臂，也跟着放纵地笑了起来。笑声刚停，梁珅重重地吐出口气，冲着李璟熠的耳朵说道：“若莹是我的挚爱，可有时候就是因为太爱了才不得不放手，不得已的退让是为了让她跟更适合的人……”

李璟熠一听，立马提起梁珅的胳膊往台阶上猛地一磕，不想听他再说下去。

“既然你真心爱她，那就更应该好好珍惜！知道吗？能爱上一个同样也爱着自己的人，而且每天还能跟她在一起……这有多不容易！”

“可是璟熠啊！以我的能力真的不能给她快乐的生活。”梁珅的语气满是悲凉，充斥着无助的自嘲。

“可你能给现在的她心中真正想要的生活！到了今天，这一点也只有你能做得到，在陈若莹心里你已经是她的天了。”

“有谁不想快乐地生活下去？想要的……快乐的……有区别吗？”梁珅的话语中杂了一丝迷茫，可更多的则是执拗。

“没有区别吗？”李璟熠忽然提高了声音，“快乐的生活如果没有尽头，总有一天也会让人感到厌烦，可是想要的生活，除了快乐还有痛苦，它们加在一起叫作幸福，有滋有味的幸福！”话说到这里，李璟熠伸了伸脖子，解开上衣领的两个扣子后畅快地呼出了一大口气，“或许每个女孩儿都曾梦想过自己将来要嫁给一个身穿晚礼服的假面王子，或是那个脚踏七色祥云的盖世英雄，可我敢断定，那不过是她们儿时幼稚地憧憬一下罢了，没有哪个女孩儿会当真的！”

“为什么？”梁珅疑惑地追问道。

“男人大多是一见钟情，可女人却更看中日久生情，所以，对待爱情，女人可比我们想象中要现实得多。遇到心动的女孩儿之后，我们总是豪放不羁，看上了就一定要追到，说白了，这样的态度是一分喜爱，两分冲动，余下的就是野蛮的征服欲了。”说到这里，李璟熠淡然一笑，“可女孩儿就不同了，即便是真的喜欢上了那个追她的男孩儿，她也会在爱情面前保留矜持，我觉得那不是扭捏的惺惺作态，而是一种纠结，发自内心地在跟自己较劲儿，她在尝试着去了解那个人，想尽一切办法去读懂那个人。这就好比是读书，我们更在意封面美丑，可人家注重的却是正文质量。珅哥，我不知道你有没有发现，男孩儿往往会因为女孩儿的某个动作或是表情，瞬间就爱上了她；可女孩儿却会因为男孩儿对她做的某件事——那么一件不起眼儿的小事，而突然决定跟他在一起。呵呵，同样是在为迈出爱的第一步找个理由，相比之下，男人肤浅啊……”李璟熠深吸了口气，又缓缓地吐出，“珅哥，既然你曾做过那么一件事，能让若莹学姐感动并决定跟你在一起，那么无论前路有多么不尽人意，你都应该负责到底。”

李璟熠的一席话让梁珅听得哑口无言，他甚至有点儿想不通，为什么眼前这个从未经历过恋爱的人，竟能把感情的事看得如此透彻。

“那……你说我现在该怎么做？”

“怎么做？既然你当初因为封面而选择这本书，那就得用一辈子的时间去读懂她。”说着，李璟熠扶着栏杆坐了起来。想到赵媗曾劝解自己的一句话，言简意赅地总结道：“对老婆，极心无二虑；对家庭，尽公不顾私！其实女人没那么多要求，有这份心就足够了。你啊，总想那些没用的干吗！”

“璟熠，我……懂了。”梁珅忽然由衷地感谢道，“兄弟，谢谢你能跟我说这些。”

李璟熠并不回话，只是小有得意地笑了笑，接着，他也不知道哪儿来的那么大力气，一把就将梁珅拽了起来，架着他的胳膊上了楼。

像土匪一样砸开房门，两个人晃晃悠悠地撞了进去。一见他俩终于平安回来了，在家里焦急等待的两个女孩儿也终于松了一口气。可看到这俩人满身酒气、迷糊狼狈的样子，陈若莹和韩瑾玉同时也很庆幸他们还能找对家门。合力将这两个醉鬼逐一扶进了各自的卧室后，两个女孩儿这才放下心回屋休息去了。

的确，女孩儿的心思细腻如丝蔓，爱到深处，情到切时，她们可以清晰地洞察所爱之人，这似乎是一种得天独厚的能力。然而，无论她们有多么了解心中的那个男孩儿，可最终还是难以理解男孩儿之间这种不可名状的情义，那是因为在女孩儿的心里，她们始终把这种“匪夷所思”的关系当作友谊，而对于男孩儿来说，这叫兄弟。

醉倒在床的李璟熠头痛欲裂，胃里面的翻江倒海让他根本就无法入睡。李璟熠一直觉得，自己之所以不能喝酒大概是由于血液的缘故，他总认为自己的血液对酒精非常敏感，只是几杯啤酒下肚，他马上就会满面通红，甚至都能清楚地感觉到全身血液那不断加快的流速。平常人醉酒，往往是晕乎乎的一觉睡到天明，难受不难受也都是醒来以后的事了，可对于李璟熠来说，喝醉后最痛苦的事就是怎么才能让自己睡着，这个阶段才是真正难熬的。

这天夜里，李璟熠不止一次地爬起来，强忍着头痛去厕所里吐，折腾到了大半夜，胃里已然空空如也，回床上那么一躺，整个屋子都在晃，明明自己都已经困得有些迷糊了，可他就是睡不着，额头上的一阵阵神经跳痛简直是种生不如死的折磨。就在这个时候，一只温热的手柔柔地抚在了他的额头上，虽然屋内一片漆黑，但李璟熠知道，能在这个时候来到自己身边的人也就只有赵婚了。没过多久，一条半湿的热毛巾搭在了他的头上，那丝丝温热大大缓解了头痛，再加上两只手在太阳穴处轻柔有力的按摩，李璟熠顿时觉得舒畅了不少。又过了一小会儿，李璟熠的嘴唇碰到一只温凉的汤匙，当几勺甜丝丝的蜂蜜水顺着喉咙流入腹中后，他的胃舒服多了。

李璟熠在黑暗中摸索着，终于抓住了那只“羞怯”的手，放在自己胸前感动地说道：“我就知道，你一定会再回来的。”李璟熠又咽下一口蜂蜜水，“知道吗？其实在我们第一次见面的时候，你是从我的梦里走出来的……带着那么多难忘的回忆，不期然地走入我的生命中，用你的优雅、娴静、灵秀、涵养告诉我，原来在这个世界上，还有这样一个绚丽的女孩儿在苦苦地等待着我。所以，我爱上了你，无可救药地爱上了你，那不仅是源于曾经的诺言，更是因为现在的感动。婠儿，我会对你的执着负责，同样的，你也必须对我的爱负责，因为现在的我，已经把心彻底交给了你……”

或许是因为太感动的缘故，那只手轻微地颤抖了一下，像是想要缩回去，这时，李璟熠也感觉到了“赵婠”的回应，他不依不饶地将那只手攥得更紧。

“婠儿，你又要回去了吗？你不是答应过我，会一直陪在我身边吗……婠儿，以后我们也会有自己的家，可爱的孩子……婠儿，不要走，别再丢下我一个人……”

将“婠儿”这个名字念了许多遍后，李璟熠终于昏昏沉沉地睡着了。看着眼前已经睡熟的李璟熠，韩瑾玉把那只冰凉的手抽了回来，放在嘴边用力咬着自己回弯的食指。韩瑾玉不敢相信自己刚才所听到的一切，霎时间，一种被人遗弃的阴霾笼罩着她那颗濒临碎裂的心，原来，李璟熠早已心有所属……

韩瑾玉呆呆地愣在床边，目光黯淡，她一边无神地望着李璟熠的脸一边听着“婠儿”这个名字一遍又一遍地从他的口中念出，李璟熠每念一次，韩瑾玉的心就会跟着刺痛一下。虽然她与李璟熠认识的时间并不长，但根据表哥的描述再加上自己平日里的观察，韩瑾玉十分肯定：李璟熠是个从不轻言示爱的男孩儿。然而，这个婠儿，她究竟是一个怎样的女孩儿啊！居然能让李璟熠魂牵梦绕到了这种程度！优雅，娴静，灵秀，涵养！这四个词几乎是对一个女孩儿最高的评价，可李璟熠通通都用在了这个叫婠儿的女孩儿身上，她到底是个怎样的人啊……韩瑾玉机械地把毛巾连同空碗一并丢进脸盆，端起盆默默地回到了自己的卧室。这一晚，韩瑾玉连被子都没盖，就那么抱着枕头蜷缩在床上彻夜未眠，她没有想到，曾经那个天不怕地不怕的自己竟然会有这样的时候，单从李璟熠的话语中，那个叫婠儿的女孩儿已胜过自己千倍……万倍……

韩瑾玉离开后，清雅的茉莉芳香开始在屋中蔓延，玉佩上，“云”字渐隐，一条光带缓缓升起，伴着荧荧幽蓝在李璟熠的身体上方徘徊游走了许久，甚至有好几次都擦过了他的心房，可最终，伴随着一个空灵的声音，“云”字重刻，光带又沉入了玉佩之中。

“夫君……韩姑娘是个真实的女孩儿……她可以给你一个真正的家……还可以带给你一个可爱的孩子……这些事……可能我都做不到了……总有一天……我会令你失望的……也许……我已经死了……或许……我早就应该……死了……”

第十二章　巨变——婄公主的长平之战

自从那一夜醉过后，李璟熠已经有半个多月没见着韩瑾玉了。起初，他还以为这丫头一直都不在家，可到后来才发现，其实韩瑾玉是在有意无意地躲着自己。通常，李璟熠每天早晨七点准时起床，半个小时穿衣洗漱准备上班，但凡在这个时间段里，韩瑾玉是绝对不会在客厅露面的。尤其明显一次是若莹学姐早上跟韩瑾玉借洗面奶，那会儿李璟熠正好在客厅吃早点，他很清楚地听到韩瑾玉隔着门对学姐说："一会儿等他走了，我给你送过去。"韩瑾玉口中的这个"他"，貌似除了李璟熠之外也再没别人了。

从之前的视而不见，突然转变成现在的避而不见，李璟熠隐约觉得珅哥应该是专门找韩瑾玉谈过些什么，当哥哥的不希望自己妹妹在一段毫无结果的感情上继续停留，这也是理所当然的事。当然，对待这个问题韩瑾玉也有她自己的处理方式，然而无论她怎么做，李璟熠都必须默然接受，毕竟韩瑾玉从头至尾都没有做错过什么……可硬要说是错在李璟熠了，这似乎也不太恰当吧。

爱情面前永无对错，这……是真理。也许，这世上的大多数事物都能辨出个是非，分出个对错来，可人的感情却永远不能用是非对错这把人性标尺来衡量，那是因为对与错这一标准原本就是人依照自己的情感而设定的。

李璟熠所认识的韩瑾玉是一个敢爱敢恨的女孩儿，她的任何付出必须立见成效，从韩瑾玉对自己产生好感的那一刻起，她就开始不自觉地遵循着“确定目标——采取行动——获得成果”的思维定式。也许在韩瑾玉的感情世界里，她要的就是这种无所顾忌的自由，她的爱情只有自己说了才算数。虽然可能有点儿不负责任，但无论如何，这就是她果敢的恋爱方式。李璟熠明白这样的爱情观完全不适合自己，他和韩瑾玉……不过是同住在一个屋檐下的陌生人，仅此而已。

“追求一个不爱自己的人，或是被一个自己不爱的人所追求，同样都是在浪费青春，无论男孩儿还是女孩儿，为这样的‘爱情’流泪毫无意义。”

想到这里，李璟熠释然了……可无论怎样，这短暂的“恋爱”经历还是让他悟出了一个道理：面对自己所爱的人，首先不要顾虑结果如何，直接争取往往比默默付出更有意义，就算最终两个人不能在一起，但至少可以不让自己留下遗憾。

遥想当年的李慕云，或者说是当年的那个自己，为什么就不找个时机带赵姈远走高飞呢？为什么要让她在漫长的岁月等待中承受那支离破碎的痛楚……只是一味地想要迈过心中那道“能不能配得上她”的坎儿，李慕云硬要把自己打磨得完美无缺，醉心于这样的过程中，多少如同金子一般宝贵的机会擦肩而过。

坐在沙发上，李璟熠对着阳光举起玉佩，一边欣赏着上面的刻字，一边扪心自问：

“如果把当年的李慕云换作是现在的我，身处于那样一个战祸连年的时代，还会不会有现在这般的勇气呢？”

在接下来的半个月里，李璟熠不止一次地思考过这个问题，却始终不能得到一个让自己满意的答案，究其缘由，或许是他并没有在那个年代真正地生活过吧。

带着这个始终难解的疑问，再加上赵姈自那次离开后至今仍是音信全无，李璟熠时刻处于一种心神不宁的状态，在这段时日中，他也尝试了很多方法：比如把玉佩浸在水里默念着赵焓的名字；或是把自己的手指割破往玉佩上涂几滴鲜血；最无厘头的就是在玉佩前摆个香炉插上三炷香把它供起来，再神神道道地念上一通……然而，任凭李璟熠怎么折腾，赵焓就好像是在玉佩里沉睡了一般，丁点儿回应都没有，最后，他总算得出个比较能说服自己的结论来——赵焓冬眠了。

李璟熠是这样推想的，而且为了证明这个无聊的结论，也算是给自己寻求些心理安慰，他仔细回想了一下赵焓刚出现时的种种征兆，还特意拉出张清单来，锁定了几个关键信息：对血液有着特殊的情缘、主要在夜间活动但不怕光、白天偶尔也会现身、外柔内刚且个性执着、喜欢躲在某个地方。闲来无事，李璟熠在论坛上发了个帖子，重金悬赏，跪求答案，结果，热心的大神们给出的回答惊人的一致——蚊子！

李璟熠彻底淡定了……

这是一个乌云密布的午后，黑云如泼墨袭卷了大半个天空，那怪异的天象就如同世界末日即将来临一般。办公室里，几个老前辈聚在一起调侃着“玛雅人的末日预言”，可李璟熠却没有那份杞人忧天的闲工夫，坐在办公桌前，他双手抱头拧眉瞪眼，专心致志地盯着平放在桌面的玉佩，直恨不得用念力让它飘起来。

“小李干吗呢，我看你都发呆一中午了。”前桌的刘姐递过来一块小桃酥，一脸好奇地问道。

“呃……没事没事。”说着，李璟熠啃了口桃酥又喝了口咖啡，然后继续盯着玉佩，一本正经地从荀子的《劝学篇》中引了句：“上食埃土，下饮黄泉，用心一也！”

“啊——”刘姐恍然大悟地点头，调笑道，“你当自己是蚯蚓哪！”

李璟熠听罢，立马叼起桃酥双手合十举向天空，前后左右僵硬地扭动着身体做蚯蚓刨土状，刘姐忽地发现他居然还有这等“本事”，那滑稽的动作就像个变性不成功的泰国人妖在跳印度舞。

“行啦行啦，也不怕闪着腰。”说着刘姐眉毛轻挑，继续问道，

“对了，刘姐问你个正事，啥时候能喝到你和小韩的喜酒呀？”

李璟熠一愣，放下双手呆呆地望着刘姐，他实在是想不明白刘姐为何会如此关心韩瑾玉呢？

“刘姐，我跟韩瑾玉只不过是普通……”说到这里李璟熠迟疑了一下儿，突然话锋大转，坦诚地说道，“其实……我俩已经分手了。”

“什么？！”刘姐忽然站了起来，“你说什么？分手了！你凭什么？！”

刘姐的动作非常大，音调也跟着提高了不少，引得同事们伸颈探头纷纷把目光集中在了他俩身上。被刘姐这莫名其妙地一问，李璟熠一头雾水，他特别纳闷儿，心里怎么也琢磨不明白：“我跟韩瑾玉分手，她这算生的哪门子气呢？”

两个人就这么尴尬地对视了好一阵儿，刘姐的火气才慢慢平息下来，那些本来就搞不清楚是怎么回事的同事也懒得再去纠结，各自忙开了手头的工作。就在这时赵主任走进了办公室，把一摞文件放在李璟熠的面前，李璟熠正要起身，赵主任的手轻轻地压在了他的肩头，告诉他明天南城博物馆要举办一个古代文物展览，正好李璟熠之前跟那边有过一次对接，这次就还安排他过去，如果有能力可以帮着做个解说，实在不行就打打下手，引导一下来宾什么的。李璟熠欣然接受了这项工作，正巧自己最近闷得慌，去那边散散心想必也是极好的。

待赵主任走后，李璟熠拿起材料本想随意翻翻，可刚一看活动主题，他马上就被深深地吸引住了。原来，南城博物馆这次展出的是战国末期出土的文物，这段历史正是李璟熠求之不得想要了解的，对他来讲，这的确是个千载难逢的好机会，如果能亲眼看看姶儿那个时代的遗物，这可比在网上读资料要真切多了。于是，李璟熠简单收拾了一下，把资料装进挎包后，跟赵主任打了个招呼，便准备去公交站坐车，可没承想，他前脚刚迈出楼门，就被从后面追过来的刘姐给叫住了。刘姐态度和缓地解释了刚才的事，顺便跟李璟熠要了韩瑾玉的电话。话语间，刘姐一直都在强调，她只是觉得自己跟小韩很投缘，两个人分手实在是太可惜了。李璟熠也没有再多解释什么，只说是他自己配不上韩瑾玉，再加上两个人原本就性格不合，这才选择了和平分手，他俩现在还是好朋友。

待刘姐上楼后，李璟熠便径直去了公交车站，好不容易等来了去轻轨站的260路汽车，谁知一摸兜，自己身上居然全是百元大票。万般无奈的他只好开始四下搜寻着附近的店铺，想找一家便利店买瓶可乐换点儿零钱，可是转悠了大半条街他才发现，原来自己每天上班的必经之路居然连一家便利店都没有。这时，天空飘起了细碎的雪花，李璟熠苦闷地挠了挠头，站在路边招了半天手也没打着个出租车，然而260路汽车反倒来得勤快，一辆接着一辆从他眼前经过。李璟熠一咬牙，决定步行七站地走到轻轨站，不过没走多远，马路的拐角处竟然冒出个福利彩票投注站。这一下李璟熠总算是找到了救星，他连忙跑进去很随意地念了几个号码，当投注机“吱吱”地打出一张彩票后，老板冲着李璟熠手中的大票摆了摆手，告诉他破不开钱，可彩票毕竟已经打出来了，这东西可是不退不换的，郁闷的他只得又买了四注同样的号码，这么几经周折才换来几张十元的票子。李璟熠无奈地把彩票和零钱往兜里一塞又折回了公交车站，一边往回走他一边想象着自己该如何土豪般地把十元钞票放入投币箱。忽然，眼前一亮，希望竟然从天而降，就在他的正前方不远处跪着一个风烛残年的老乞丐。李璟熠摸着鼻子坏坏一笑，迈着大步“自信”地朝那老乞丐走了过去。老乞丐见到有人过来，连忙磕了两个头，嘴里一顿谁也听不懂的碎碎念。李璟熠悲悯地叹了口气，默默从口袋中拿出了十元钱，一脸悲伤地放进了老乞丐面前的破碗里，那老乞丐一看竟是张十元“大票”，激动地又是一阵碎碎念。这时，李璟熠心一横，竟在众目睽睽之下硬着头皮从人家碗里拣出了个一元硬币，然后快步缩进了排尾。排队等车的乘客何曾见过这种人，施舍钱还自带找零的，众人有的掩口偷笑，有的低头两两议论，然而此时最淡定的还是那个老乞丐。只见他熟练地从碗里拣出那十块钱揣进怀里，接着又从腰间摸出个一块钱钢镚儿不以为意地丢进了小破碗，然后便若无其事地趴在那里继续磕头。见到如此“残忍”的一幕，李璟熠顿时明白过来，无可奈何地仰天长叹道：

“唉，又是一个新技能啊！”

可能是由于天气突变的原因，260路汽车姗姗来迟，乘客一股脑儿地拥了上去，排在最后的李璟熠都快被挤成面条了这才勉强得到一小块容身之地。站在车上，李璟熠歪着头双腿束拢，两只手臂像长臂猿一样张开，很是艰难地抓着栏杆，那雷人的姿势就像被钉在十字架上受难的耶稣基督。好在从城区到轻轨站也就七站地，李璟熠只需在这水深火热的环境中苦撑十分钟而已，公交车每停靠一次，人流就会推着他往后门处挪上几步，等到达轻轨站的时候他居然被幸运地挤到了下车口的位置。顺利下车后，李璟熠如释重负，他暗自发誓：

“我以后一定要买辆车，哪怕是台电动车也行啊……”

不幸中总有万幸，还好轻轨列车并不像公交那么拥挤，当李璟熠买好面包香肠上车的时候还剩下好几个空位，于是，他从容地选了个靠窗的位置坐下，吃着晚餐等待发车。

在李璟熠旁边坐着一位年轻的妈妈，怀里抱着个约莫两三岁大的小姑娘，自打她们坐定后，那小姑娘就扑闪着一双大眼睛直直盯着李璟熠看。小姑娘长得很可爱，一脸萌萌的小表情让李璟熠顿时爱心泛滥，正当他想伸手逗逗人家的时候，谁知那小姑娘突然奶声奶气地冲着他叫了声“爸爸”。这声天真而又稚嫩的一声“爸爸”对李璟熠的精神杀伤力极大，惊得他慌忙把手缩了回去，一脸无辜地看着那位年轻的妈妈。然而，年轻妈妈似乎也是第一次遇到这么窘迫的事，满怀歉意地冲着李璟熠苦笑了一下，然后摸了摸女儿的小脑袋，温柔地说道：

“妙妙，不许乱叫哦，爸爸在家里等着我们呢。”

听到小姑娘的名字李璟熠一惊，心想：“妙妙，她居然叫妙妙，跟娢儿的闺名妙凡就差了一个字！”想到这里，他不禁多看了小姑娘几眼，“晕！妙凡不会是转世投胎了吧，不是常听人说，上一世的情人，这一世的女儿嘛。”

“你看呀，这个应该叫叔叔。”把着女儿的手，年轻妈妈又指向了旁边一个正在玩手机的男人，继续耐心地教导着，“妙妙，那个也叫叔叔。”

一听妈妈这么说，小姑娘含含糊糊地叫道：“猪猪……”

李璟熠幸灾乐祸地看着旁边那个一头雾水的男人，心里差点儿没笑死。说他是幸灾乐祸吧，那真是一点儿也不亏。正当李璟熠憋着笑吃下最后一口面包的时候，那小姑娘冷不丁又蹦出句：“爸爸！”这一下可比上次麻烦多了，人家可是挥起小手指着他鼻子叫的。李璟熠费力地咽下面包，抬手擦拭着额头，心里一个劲儿地犯迷糊：“这孩子是不是中邪啦，我长得很像他老爸吗？”此时，年轻妈妈脸颊微红，也是实在无语。气氛略显尴尬，车厢里站立的几个乘客也把目光齐刷刷地投向这边，饶有兴趣地看着这“一家子”。

“真不好意思，小孩儿不懂事，净乱叫。”年轻妈妈抱歉地说道。

“没关系，小孩子嘛，童言无忌。”说着，李璟熠送了个“台阶”过去，“我估计女儿这是想爸爸了，她经常这样吧。”

然而，年轻妈妈却完全没有领会他的意思，反倒非常认真地强调着：“以前从来没有这样过，今天还真是头一次呢。”

听了这话，李璟熠差点儿没气死，心里暗暗叫苦：“我的个神哪，你就说孩子总这样不就完了嘛，非得拿事实说话！唉……一孕傻三年，这话说的真是一点儿不假！”

想到这里，他也只好生硬地赔了个笑，万般无奈地提高音量说道：“看来我俩还挺有缘的，呵呵呵。”

轻轨列车缓缓地开动了，小姑娘站在妈妈腿上依旧盯着李璟熠，连眼睛都顾不得眨上一下。李璟熠感觉自己身边像是装了颗“定时炸弹”，说不准啥时候又蹦出句“爸爸”。轻轨列车行驶了一阵儿，小姑娘也只是这样相安无事地看着李璟熠，没有再说话。此时，年轻妈妈的手机响了起来，“好了伤疤忘了疼”的李璟熠看她抱着孩子掏手机很费劲，又贱贱地去帮人家抱孩子。人常说“不作死就不会死”，等年轻妈妈接完电话之后，那小姑娘居然紧紧地抓住李璟熠的衣领，说什么也不回妈妈那儿了。孩子还小，年轻妈妈也不敢太用力，好说歹说地哄了大半天，可这小姑娘也不知是怎么了，两只小手就是不放松，哭天抢地那叫一个悲伤。

“算了算了，我先抱着吧，等会儿下车的时候兴许就好了。”虽然嘴里这么说，但李璟熠自己也拿不准，天晓得下车的时候他该怎么办。

“真对不起，给您添麻烦了。”年轻妈妈有些难为情。

听到人家都已经用了敬辞，李璟熠憨笑着摇了摇头，也不好再说什么。就这样，小姑娘的手一直紧紧地抓着他，还不时扭头看看妈妈，一脸幸福快乐的小模样。

说起来，这还是李璟熠第一次抱小孩儿抱了这么久，忽然间，他体会到一种当父亲的喜悦与责任，那种被孩子依赖的感觉软软的，纯纯的……当真是很奇妙。

宝宝是夫妻的爱情结晶，此时的李璟熠觉得这话形容得简直太贴切了，将来也会有那么一个娇小的身体，生长着妻子的骨肉，流淌着自己的血液，她的小手会扯着你的衣襟，她的眼睛会望着你心爱的女子，人世间最美妙的事情莫过于此。

当爱情融化成亲情，情缘升华成血缘，生命延续的意义就是：有一天，你将无法继续思考下去，不得不向这个世界道别，到了那个时候，你曾经教给她的一切，依然会伴着她的回忆，证明你曾经来过……

“婠儿那么漂亮，我嘛……长得也不丑，况且混血儿一般都是帅哥美女，我跟婠儿不仅有地域上的跨度，同时还有着时空跨度，啧啧啧！我俩的孩子，哎呀呀，想想那都不一般！”

就这么自恋地遐想着，李璟熠傻呵呵地笑了出来，心中对赵婠的那份思恋愈发强烈起来。李璟熠抱定决心，等婠儿回来的时候一定要给她买套合身的衣服，让她像个正常的现代人那样与自己生活在一起，组建一个最幸福的家庭……

当轻轨列车驶入南城站的时候，小姑娘居然安心地躺在李璟熠的怀里睡着了，他小心翼翼地将孩子送还到妈妈的怀抱中，背起挎包恋恋不舍地下了车。当孩子离开怀抱的那一刻，李璟熠突然生出一股莫名的依恋，对待别人的孩子他尚且如此，更何况是亲生，在将来，他一定是个称职的好父亲。然而，这时的李璟熠并不知道，他所要面对的恰恰是个根本就打不开的死结，自己已然陷入了另一重进退两难的困境中，就在他怀抱着小姑娘倍感幸福的那一刻，赵焓的心在滴血。

李璟熠到达南城博物馆招待所的时候刚八点多，雪夜寒凉，偶尔一丝冷风灌进胸膛让他不禁打了个寒战。紧了紧衣衫，他快步向招待所走去，可没走两步，李璟熠一愣，他那双眼2.0的视力可真不是盖的，大老远就看见招待所门口的台阶上蹲着个抽旱烟的老头儿，那不是别人，正是上次被他偷走墨块的老大爷。李璟熠心一沉不由暗叫倒霉："哎呀，真是冤家路窄啊！"看到这种情况，李璟熠也不敢贸然过去了，只好在招待所对面的路灯下来回踱步。没一会儿工夫，夜空又飘起了雪花，李璟熠衣服单薄，独自一人在雪夜中游荡也的确是有点儿"凄惨"。冥思苦想了大半天，李璟熠终于憋出个"瞒天过海"的好主意，他先是找了个干净的地方揩了一层雪，然后将消融后的雪水抹在头上，三下五除二的工夫就给自己弄了个极度夸张的大背头。抱着试试看的心理，李璟熠瞪大眼睛，歪拧着一双眉毛，皱起鼻子板着嘴，忐忑不安地走到老大爷面前粗声粗气地说道："老伙计！我是南城图书馆……"

老大爷一抬头，猛地看见这么别扭的一张脸，惊得往后蹭了半步险些摔倒。

"哎哟我的娘哎！装什么装，大晚上的，你吓唬谁呢！"操着浓重的口音，老大爷一脸不快地抱怨道。

李璟熠登时一惊，心想："开什么玩笑，这你都能认得出来？"想归想，他仍旧保持着那怪异的表情，再次压低了声音问道："我装啥了？"

"整个刺儿头，皱巴着脸，这不明显刺猬嘛！眼睛还能瞪这么老大，我说娃呀，你咋做到的？"

李璟熠一听这话再加上那夜冷雪寒的郁闷，顿时气就不打一处来，脸上的表情也恢复了正常。他刚想发作，谁知老大爷噌地站了起来，指着他怒喝道："嘿！原来是你小子？！"

不容分说，老大爷把烟杆往地上一摔，脱下老布鞋一鞋底冲着李璟熠抽过来。说时迟那时快，李璟熠飞快地一侧身躲了过去，眼前这情形，自打他懂事起还真没遇到过，如果非要追溯，那可能就是自己五六岁时，调皮捣蛋被大人教训的模糊记忆了。李璟熠本想再解释一下，可那老大爷哪还给他说话的机会，又是一鞋底抽了过来，惊悚无奈之下，他也只得撒丫子开溜。刚跑了几步，耳边一物呼啸而过，紧跟着就是一股汗臭味，李璟熠回头一瞥，眼见着老大爷弯下腰就要脱下另一只鞋，他顿时一头黑线，还哪顾得上丢脸，拔腿拼了命地狂奔。可那老大爷就跟《英雄联盟》里的无极剑圣似的，抱着把扫帚当利剑，"高原血统"大招一开，光着脚丫连"疾跑"带"闪现"的，足足撵了他两条街，一直追到第三个路口拐弯处，李璟熠可算是把他甩开了。靠着街边的老榆树，李璟熠累得上气不接下气，心里一阵郁闷："我去！连'开挂'带'记忆存档'的！不就拿了你个墨块嘛，多大的仇啊，至于记这么久，这劲头儿，好嘛，砍死我你能penta-kill啊！"

郁闷地在老槐树下歇了许久，李璟熠这才想起一个至关重要的大事——自己晚上住哪儿啊！他绞尽脑汁合计了半天："招待所那是铁定回不去了，算啦，还是自己搭钱住旅馆吧……"

可人算不如天算，李璟熠在附近一连找了好几条街，旅馆、快捷酒店，就连星级宾馆全都是客满，这时，他再次恍然大悟：明天南城区博物馆搞展览，有很多古文物爱好者都是慕名而来，况且南城区又是新的开发区，能住宿的地方一共也就那么几处，客房大概几天前就被订光了。

这下可真把李璟熠给愁坏了，一句行走江湖的至理名言浮现在他脑中——出来混，迟早是要还的。

正所谓惊人的智慧那都是逼出来的。在大街上漫无目的地游荡着，垂头丧气的李璟熠灵机一动，终于想出个不是办法的办法来，拿出手机，他拨通了宋馆长的电话。

“喂？是宋馆长吗？”

“你好，哪位？”

“宋馆长，我是小李，对不起，打扰您休息了。”

“不好意思，你是哪位？”

“我是城区图书馆的小李啊，您不记得了？”

“嗯……哦！是小李啊，想起来了想起来了，你已经到了吗？住下没？

“已经，呃……住下了。”

“那就好，早点儿休息吧，明天早上六点整你到博物馆一楼的接待大厅，今天太晚了，具体工作明早我再安排。”

“好的，我知道了，呃——对了宋馆长，我现在可不可以去博物馆的展厅看看，这样也能多了解一些内容提早做好准备。”

“这样啊，难得你这么上心，不过，按照规定我们博物馆夜间是不对外开放的，这件事确实不好办哪。”

“宋馆长，其实我也是个历史迷，就想提前看看展品，明天人多，一忙起来就怕顾不上，您看……”

“嗯——这样吧，一会儿你直接去博物馆的值班室找小王，让他带你上楼走一圈。”

“太谢谢您了！”

“没关系，你是老赵的下属，况且我们‘棋投意合’也算是忘年交，这要是换了别人，我还真不敢放他进去。还有，你得把身份证号发过来，我现在就给小王打个电话安排一下。”

“好的好的，马上就发！”

电话挂断的那一刻李璟熠幸福了，他心里的小算盘早就打好了：首先，跟着值班的那个人到展厅转上一圈，顺便请教他几个历史问题，别管人家讲得好不好，自己就装作特别崇拜的样子一顿恭维，先给他灌点

“迷魂汤”，争取聊得晚一些，这么一来肯定能在值班室里凑合一晚。虽说值班室的条件想想也好不到哪儿去，但总比自己大冬天的雪夜露宿要强上许多吧。

约莫也就五分钟的路程，李璟熠来到了南城博物馆正门前，透过值班室的玻璃窗，他看见一个戴着眼镜的小伙子正趴在桌前挑灯夜读，那股对书本的痴迷劲儿像极了程书航。李璟熠敲了敲玻璃窗，摆着手冲他打了个招呼，小伙子抬起头，往上推了推厚厚的眼镜片，疑惑地看了一眼后慢吞吞地拉开了窗子。

“嘿，你就是小王吧！”李璟熠满脸堆笑地打着招呼。

“你才是小王八！”

话音未落小伙子就要关上窗户，李璟熠急忙伸手拦住那就要被关上的玻璃窗，一脸无奈地叫道：“哎！王哥王哥！王大哥！”

“你有病啊！”

“不是不是，王哥，我是城区图书馆来的……”

“你有病啊！”不等李璟熠把话说完，小伙子怒气冲冲地又来了句，好像他只会说这句话似的。

“我！”虽然李璟熠已是忍无可忍了，但是求人办事低三分的道理他还是懂的，只好赔着笑脸说道，“啊对！我有病！有病，呵呵呵……”

“哼！有什么事，说！”

“王哥你好，我是城区图书馆的小李，是宋馆长让我过来找你的。”

小伙子一脸不信任地打量着他，又拿出手机翻看了一会儿后问道：“城区图书馆，李璟熠？”

“对对对！是我是我！”李璟熠就像是找到了组织一样急忙点头。

“身份证拿来。”小伙子的语气缓和了许多。

李璟熠赶紧掏出身份证，双手递给了他。小伙子扶着眼镜细看了好一阵，这才确定了李璟熠的身份，抬手指了指边门，说道：“你的事馆长已经跟我说了，你从左边进来吧，我给你开门。”

收好身份证，李璟熠绕过围栏走了进去。两个人在值班室里简单认识了一下，原来这小伙子名叫王博，是南城博物馆新来的实习生，那股书呆子的木讷劲儿比程书航都严重，不过这下，李璟熠的心中也算有了底。

“蛤蟆叫，乌龟爬，王博，王博，读个轻音，王八，王八，呱呱呱。”李璟熠憋着笑在心里调侃着。

带着李璟熠来到一楼展厅，王博逐一打开灯认真严肃地为他讲解着每一件展品。然而，李璟熠却是左耳朵进右耳朵出，压根儿就听不进去，现在他满脑子里盘算的都是如何跟这个书呆子拉近关系，毕竟是出师不利啊。没一会儿工夫，一楼展厅就参观完了，王博关了灯把他带到楼梯前说道：“一楼就是这样了，展品都是我们平常就会展出的，二楼是为这次活动首次开放的，主要是我国春秋战国时期的珍贵文物，我这就带你上去看看。”

“真是太不好意思了，这么晚还麻烦王哥，受累了。不过，你讲得可真好，那么多历史细节你都能记住，不愧是南城博物馆的高才生！刚才在电话里，宋馆长就跟我说你是上知天文下晓地理，起初我还不信，现在看来，当真是实至名归啊！”说着，李璟熠竖起了大拇指。

“呵呵呵，还行还行，马马虎虎吧。”王博不好意思地挠了挠头，腼腆地憨笑起来。

恭维初见成效，李璟熠见王博着了道儿，紧跟着他踏上了通往二楼的台阶。可刚上了几步，李璟熠的心突地异常猛烈地抽动了一下，耳边随即传来一阵的喊杀声，那声音清晰尖厉，仿佛要洞穿耳膜一般。此时，李璟熠第一个反应就是掏出胸前的玉佩，果然玉佩也有了异变，一缕鲜红色的气团正在玉心处莹莹流转，不断溢出的红浆渐渐把“媱”字填满。李璟熠大惊失色，他紧攥着玉佩抬头看了一眼还在继续往上走的王博，心里暗暗念道：“媱儿，你可千万不能在这个时候现身啊，要是在这种地方出来，那可就真见鬼啦，非得把这个王博吓死不可。”

王博一回头，看见李璟熠正微弯着腰，僵在原地不走，于是，他纳闷儿地问道："咦？你怎么不走了？"说着，心情大好的王博冲他招了招手，"快上来呀！"

"哦！就来就来！"

李璟熠把玉佩放回到怀里，拍了拍胸口稍稍镇定了一下心绪后，快走两步追了上去。就在王博把二楼展厅的灯打开的一刹那，两下连续的心跳撞击着李璟熠的胸膛，耳畔响起的厮杀呐喊就像是在跟什么人拼命一样，惴惴不安的感觉开始在李璟熠心头肆虐。

似乎是刚才受到了李璟熠的语言膜拜，此时的王博精神大振，唾沫星子满天飞，讲的是绘声绘色，在那强烈的自我陶醉中，他恨不得把肚子里的知识一股脑儿地全说出来。然而在此时，李璟熠的前胸已是滚烫难忍，似乎有一股炙热的岩浆正从他的心脏中滚滚冒出，那骇人的灼烧感越来越强烈。

整个二层展出的都是春秋战国时期的农具，也有几个古老的冷兵器，心神不宁的李璟熠脚步未停，就像是丢了魂儿一样跟着王博继续往前走。慢慢地，展品中开始出现一些古老的战国兵器，李璟熠每看到一件就有一幅征战场面从展柜飞入他的眼中，渐渐地，他的双手开始发抖，整个胸口像压了块石头。终于，李璟熠停下脚步，一手扶住展柜一手护着胸口弯腰站在原地艰难地喘着气。这时，沉醉在华丽演讲中的王博也发现李璟熠有点儿不对劲儿，快步走了过去拍着他的后背，问道："哎，你怎么了，我看你胸口好像有点儿不舒服。"

李璟熠摆了摆手，刚想告诉王博自己没事的时候，忽然间，一股无形的力量像是冲破了某种束缚一般在李璟熠的身体里横冲直撞，王博侧了侧头，正想看看他的脸，突然，李璟熠猛地抬起头，那么霸道刚烈的一掌出去把猝不及防的王博一下子推倒在三米开外的地上。王博被这突如其来的状况吓得不轻，张着嘴瞪大了眼睛，不知所措地瘫坐在地。这时的李璟熠剑眉倒竖，目光凌厉骇人，那强大的气场瞬间覆盖了整个二层。只见他虎视四周，英姿飒爽地一转身做了个拽披风的动作，然后，迈开坚定的步子径直向中央展柜走去，那股大义凛然的气势俨然就是一个即将慷慨赴死的将军。

中央展柜里，陈列着一把鱼鳞纹络的古剑，锋利的剑身雕刻着精美的铸纹，在那剑柄末端刻有两个古老的篆字——玉晗。古剑旁边的文字介绍如是记载：

玉晗剑，春秋战国时期赵国铸剑，出土于赵国长公主的衣冠冢。长公主乃赵惠文王的第三个女儿，也是赵威后之嫡长女，燕武成后长姐，大约生于公元前287年，出生不久便殇折于宫掖，因而姓名不详。此剑，为长公主诸多随葬品中保存最完好的祭器之一，寓意：蝉蜕重生，朱雀涅槃。

魏国有野史残卷记载，曰：长公主十五，威王后主其及笄嘉礼。故民间亦有传闻，说她并未幼年夭折，而是在公元前268年赵国王宫突发的一场大火中罹难，由此，长公主的生卒年份还有待进一步考证。

“大！赵！河！山！巍峨瑰丽！胡服骑射！问鼎诸侯！”

突然，李璟熠放声豪歌，语调气壮山河回震四宇，一曲终了，余音经久不息，猛然间，他铁拳一挥，竟将那厚实的防盗玻璃生生砸出个大洞。博物馆的报警器立刻响了起来，然而李璟熠似乎充耳不闻，他镇定自若地将汩汩渗血的手伸入展柜，当手指碰触到玉晗剑的一瞬间，他身边的场景飞速旋转起来，随着玉佩上的“晗”字慢慢隐退消失，一道幻影从玉佩中分离出来，提着古剑站在他面前。眼含泪光的李璟熠拿起古剑，坚毅地望着面前那个身穿残甲，胸襟沁血的男子幻影。两个人就这样遥遥相望，一样坚定的表情，一样威武的姿势，一样的满腔热血，一样的热泪盈眶。当身边转动的场景逐渐停滞时，那男子的幻影忽然凝聚成一把极亮的光剑，在空中停顿了一下后，便直直地撞入了李璟熠的眉心……

此时此刻，他的身边已不再是博物馆展厅，取而代之的则是军营大帐以及侧立在两旁，威严勇武的赵军将士。

“斥候来报——”军帐外传来一个急促而又洪亮的声音。

“进来！”站在沙盘前的李慕云朗声说道。

“禀将军，南部哨探发现秦人有新军增援，自西南向东奔缑氏而来，不知所图。”

“知道了，退下再探，一旦有了新的动向立即回报！”

“喏！”

李慕云默不作声，盯了沙盘许久后，凝滞的眉心才渐渐舒展开来，抬起头，他按着佩剑说道：“也差不多是时候了，腻腻歪歪地僵下去谁也受不了。”说着，他急扫一眼众将，“诸位有何见解，说出来议议！”

“将军。”杨副将指着沙盘说道，“如今敌我两军主力对峙长平，然此时却在西南方发现秦人新军，想必这股增援是借道韩国而来，照我说，秦人此番调兵的目的已经很明确了。”说着，他在沙盘上画了个圆弧，“攻占缑氏，威慑我军主力，进而……”

“此言差矣！”立于排首的王参军打断了他的话，指着缑氏上方的河水说道，“缑氏距长平甚远，若秦出新军只为攻取缑氏，如此兴师动众却对主战场毫无意义。将军，依末将之愚见，这股新军的最终目的应该是北渡河水，以袭扰我军后方粮草。”

“嗯——”李慕云赞许地点了点头，“二位之言有理有据，却各说对了一半。杨副将久经沙场，看重的是实际地形对秦人的行军限制；王参军熟谙兵法，讲究的是出兵要义。不过对付秦人，我们更需要了解他们的性格。”

“愿闻将军高见！”两位将领齐声道。

“秦，素有虎狼之称。虎之性，凶猛是也；狼之性，奸佞是也！”李慕云缓缓地抽出了玉晗剑，剑锋指向缑氏据点，“二位的主要分歧在于，秦人新军究竟是要攻占缑氏还是北渡河水。”说着，李慕云上前一步，“诸位且看，缑氏以北是河水最宽广的地方，这里水流湍急不宜强渡，所以，杨副将认为秦人攻占缑氏后想要以万人之众快速北渡，这很不切实际。然而，诚如王参军所言，缑氏距长平甚远，攻取此地对主战场也的确毫无意义，可秦人为什么还要向此处发兵呢？为何又偏偏选在了这个时候？”看着一众将领拧眉苦思，李慕云忽地将剑锋移向缑氏西北方的高平，胸有成竹地一笑，“缑氏据点，防御薄弱，高平以西，水流缓和，诸位试想，倘若秦人新军在这里就兵分两路，一路少兵，佯装向缑氏进军意图攻占，而另一路则以重兵抢渡河水，继而攻占沁阳，与此同时，他们的北方主力再倾巢出动，与我军主力交锋后暂败诈降，以诱引我们全线出军，一旦我军乘胜追击，那夺取了沁阳的秦人新军必然沿丹水北进，以截断我们后路，如此一来岂不是双线合围，瓮中捉鳖？”

李慕云的一席话将整个战场形势洞悉得透彻非凡，一众将士听得也是哑口无言，如若真被李将军言中，那后果可就不堪设想了。沉思片刻，在王参军的带头下众人满怀敬意地齐声道：

“将军睿智！”

“传令兵！”李慕云喊道。

一个精瘦的士兵马上阔步走入大帐，跪在李慕云面前。

“你速去廉颇将军那里告诉他缑氏已失，秦人新军欲攻打沁阳，请他务必按兵不动，静观其变以寻找战机。”

“喏！”传令兵正欲起身，忽然面带难色，迟疑了一下儿后，问道，“赵括将军同为主将，他那边……”

“嗯。”李慕云点了点头，深思了一阵后，说道，“你带上我的虎印，告诉赵将军，在他做出任何行动之前一定要先请示廉颇将军！如若赵将军执意要出击，那你就亮出我的虎印告诉他，李将军说了，万一战局有变，请他务必沿丹水南撤，胡骑营三军会在那里接应。”

“喏！”传令兵将虎印揣入怀中，转身冲出军帐。

收起佩剑，李慕云面色凝重地望着诸将，沉闷了许久未发一言。想这班将士跟了李慕云多年，听过刚才的一番话也大都猜到了他的弦外之音：按照李慕云的一贯作风，胡骑营全军即将沿丹水南进，目的在于阻击秦人新军的偷袭，如果廉颇和赵括都按兵不动，那秦人的北方主力极有可能南下包抄，这也就是说，一场惨烈的背水之战正在等待着他们。

“置之死地而后生！”杨副将忽然单膝跪地，“李将军，你我曾共生死于阏与北山之役，这一次末将依然相信将军，必定誓死追随！”

“誓死追随将军！”众将也齐刷刷地跪倒在地。

看着跪倒在面前一众将领，李慕云的心里很不是滋味。在他们之中，有哪个不是与自己出生入死、患难与共的兄弟？邯郸城里的妻儿老小都在望眼欲穿地盼着大家平安归来。然而，国不强，家难安，为了得到上党，赵秦对阵了一载有余，几乎是拼尽了两国的老本儿。李慕云深知这场战役的重要性，问鼎天下的霸主之位究竟鹿死谁手当真是天运难测。长叹了一口气后，李慕云平静地下达了命令：

“诸将听令！子时初刻拔营，沿丹水向南兵分两路，夹道而行！”

“喏！”

得令后，众将纷纷离开大帐，各自归营整顿人马准备出战。待众人走后，李慕云独立于军帐中，抚摸着剑柄处的“玉晗”二字，喃喃道：

“功名利禄，似过眼云烟。娢儿，这些年来我所做的一切都是为了与你长相厮守，但愿苍天怜悯能让我一战凯旋，平平安安地回到你的身边。上天啊，这是我李慕云的最后一战了，等回去我就向大王辞官，从今往后绝不踏足疆场，也不再生杀戮，我要与娢儿安安稳稳地过好下半辈子……娢儿，你现在已经是我李慕云的妻子了，等我回来，等我回来，等我……”

冷月高悬，寒星渐隐，赵军胡骑营兵分两路沿着丹水齐头开进，直至黎明时分，两路纵队顺利抵达目的地，他们让开了中路，埋伏在两翼。正如李慕云所料，约莫半日工夫，秦人骑兵部队“如约而至”，早已埋伏多时的赵军从两侧突然发起进攻，已是人困马乏的秦军怎会料到在此处中伏，匆忙摆开阵势迎战。几轮交锋过后李慕云对秦军心生叹服，即使是在这样不利的形势下，他们还能随机应变，并没有鲁莽地冲破封锁线去达成既定任务，而是有条不紊地扎营防守，然而如此一来也正中了李慕云下怀，秦军原定计划已被打乱，在丹水东岸，李慕云的胡骑营与秦人新军展开了胶着对峙。

三日后，赵括的传令兵带着一身战火的洗礼来到了李慕云军帐中，简短汇报后，李慕云得知，赵括果然是立功心切，小尝胜果后全线追击，将李慕云按兵不动的建议弃之于不顾。还好，二次进攻受挫后，他已经在南撤的路上了，不日将与李慕云会师。相反，廉颇将军与李慕云的想法倒是不谋而合，二十五万赵国主力大军已经开始缓缓地向东南方偷进，随时准备反包围。同时，这也就意味着李慕云与赵括的部队十有八九会被秦军在丹水东岸前后夹击……

李慕云果断下令，全军收拢，即刻猛攻秦人的南部新军，然而，那虎狼一般的秦人骑兵抵抗势头异常强硬，几轮交锋过后，李慕云都没能将这股新军彻底打退。傍晚时分，赵括与李慕云顺利会师，从赵括口中他得知，他们的身后是紧随而来的秦军北方主力，这也就意味着被秦人合围已成定局。

面对秦人的前后包围，李慕云与赵括着手准备防御工事。一天后，李慕云的面前是久攻不破的秦人新军，赵括后方是来势汹汹的北方主力，秦军包抄完毕，李慕云与赵括已经陷入了一个绝望的包围圈中。然而，两个人临危不乱，默契配合，他们镇定地指挥着各自的部队南袭北扰，试图为暗中东撤的廉颇寻找一个最佳的反包围点。此时，秦人的北方主力急于吃掉已被打退的赵括，如同饿狼一般大举南进，他进我退，赵括从容不迫地指挥着部队避开秦人突袭，寻找他们的薄弱点挑衅进攻，为一心强压秦人南部新军的李慕云做坚实后盾。李慕云继续南攻，赵括且战且退，就这样，逐渐将秦人的北方主力全部引出长平。与此同时，廉颇的二十五万大军也神不知鬼不觉地在太行山西面不断集结，只要李慕云和赵括能够成功地拴住这两股秦军，那廉颇的反包围计划就可以顺利实现。

秦人的南部新军寸土不让，北方的主力也离长平越来越远，秦人的包围圈正在不断缩小，直到他们南北两军可以互望旌旗之时，李慕云与赵括也合兵一处，时刻等待着廉颇大军的到来。

第九日清晨，南北秦军终于发起了最后的猛攻，整个战场鬼哭狼嚎，尸横遍野，处处弥漫着浓烈的血腥气。厮杀的咆哮与惨烈的悲鸣交织在一起，直到午后才稍有停歇。赵军此时明显兵力匮乏，李慕云身中两箭，鲜血不断地从伤口冒出，就在他的眼前，秦兵越聚越多，赵国男儿一个接着一个倒下。李慕云毫不放松，飞身一个箭步冲了过去，提剑猛地一记竖劈，竟将一个秦军裨将活生生地砍成两半。见到如此血腥的一幕，围在李慕云身边的秦兵无不被震慑，惊恐而又愤恨地盯着他，却不敢再向前半步。突然！一柄长枪以迅雷不及掩耳之势向李慕云后背飞来，就在这千钧一发的时刻，一个身影猛然斜插过来，李慕云只觉自己身体被一个厚实的手掌推倒在地，当他再次抬起头的那一刻，长枪已经贯穿了赵括胸膛，两眼发直的赵括重重摔倒在地。

“括！”李慕云急忙翻滚到赵括身边。

“呃……让你……读读……兵书……你……你不读……殊不知……明枪易躲……暗……暗箭难防啊……”提着半口气，赵括断断续续地说道。

“括，你怎么样？”李慕云扯下披风，压在赵括那已被洞穿的胸膛上。

“我知道……有些人说我赵括……纸……纸……纸上谈兵……咳咳咳……我全线出兵……是为了诱敌追击……把秦人引出长平……廉颇的大军……就在他们身后！呃啊，咳咳……此战……秦人必败……秦国……完了！哈哈哈——”

“括！你别说了！我明白……我都明白！” 李慕云声嘶力竭地喊道，泪水狂涌而出。

“慕云兄……一定……一定要把我的尸体……带回邯郸……待你与嫿公主……大……大婚之日……别忘了给我……洒上杯喜酒……呃……

好久没喝酒了……”那微弱的声音未落，赵括的双目倦然合起，就这样沉沉地“睡”去了。

“括……赵括！赵括！啊——啊！”跪在地上，李慕云铁拳紧握仰天长啸。

面前，秦兵如黑蚁夺食般又聚了过来，李慕云起身一个横扫千军，两排秦兵应声倒地。接着，他又急速冲向了刚才的投枪士兵，恶狠狠地抓住那人左肩，一剑刺入前胸，一声怒喝，震慑寰宇，李慕云使出全身力气，竟将那士兵的左肩骨捏了个稀烂！推着这个濒死的秦人，李慕云一边狂怒地向前压制，一边将利剑不断刺入他的胸腔，一连刺了数十剑，突地，回鞘，定神，拔剑，那士兵的尸身顷刻间被斩断成三截！蜂拥而上的一队秦兵骇然失色，他们眼睁睁地只看到面前之人一个转身横劈，竟挥出两道剑气，那形同鬼魅般的速度，那阴森可怖的眼睛！众秦兵只觉头皮阵阵发麻，惊悚地战栗着，身体不由自主地抖动着。

敌人的血，挚友的血，自己的血，沾满了李慕云的身体，举起剑，他冷酷地指向对面的秦兵，宛如一个嗜血战神。战场上，站着的赵国士兵越来越少，李慕云可活动的范围也越来越小，此时他体力殆尽，全凭那股不能死的信念支撑着。慢慢地，李慕云身边的秦兵开始向后退却，精疲力竭的他将利剑插地，勉强支撑着摇摇欲坠的身体。果然，步兵后撤只是为了避免弓箭兵的误伤，一声号令，漫天箭雨袭来，李慕云拖着沉重的身体左闪右避，脚下的步子已是凌乱不堪，三只致命毒箭分别钉入他的腹部、后肩以及左腰。李慕云一口鲜血喷在剑上，随着一声震天怒吼，他咬牙拔出了腹部的箭，拼死冲向一个秦军都尉，飞身一剑削掉了都尉的头盔，接着，李慕云又一把揪住他的头发将他从马上拽下。把剑横在这个都尉脖间，李慕云踉跄地后退了几步，此时箭毒已然攻心，他的视线逐渐开始模糊起来，玉晗剑也随着手臂的痉挛不住地微颤着。就在这时，不远处响起一阵熟悉的进攻号角，廉字旌旗终于出现在地平线上，赵军的主力到达了……

虽然，激动的李慕云眼含热泪，但心中却满是不甘，他绝望地对天苦叹道：

“姶儿，若有来世，慕云必不相忘，以血为证，死生不负！”

说罢，李慕云沉沉地倒在了地上，那秦人都尉见自己性命犹在，仓皇狼狈地奔逃回去。围拢在旁的那些如同食尸鬼一般的秦兵见李慕云倒下，十几个人相视一眼后胆怯地聚上来，士兵长一声令下，数十把夺命战戈插进了他的身体……

十日后，一纵骑兵策马飞驰奔入赵国的邯郸王城，一路高歌凯旋：

“长平大捷——长平大捷啦！廉颇将军歼敌十五万，俘获秦兵三十万！”

这个令人振奋的消息即刻传遍了邯郸城大街小巷，城中赵人无不额手相庆，挤在街市中央高呼道：

“大王万岁！大王万岁！！”

宣政殿内，赵王听完捷报后，急切地问道：

“李慕云呢？突围了吗？”

“启禀大王，廉颇将军奏报，李将军料事如神，提早看破了秦人的诡计，立了这一战的头功。”

赵王听罢，兴奋地拍案而起，大笑着对殿中群臣炫耀道：“哈哈哈哈哈！都听到了吗？李慕云再夺头功！不愧是我大赵的驸马？”欢喜之余，赵王冲着堂下士兵继续说道：“你现在立即回去告诉廉颇，让李慕云速回邯郸完婚，总不能让我堂堂大赵公主等着他吧！哈哈！哈哈哈——”

“李……李将军他……他还不能回来……”士兵吞吞吐吐地说道。

“怎么？！”赵王面色忽变，厉声斥问道，“他负伤了？重伤？那这样，我现在就让姶公主准备一下，即刻随你等去军营探望。”

“启启启……启禀大王，李将军的胡骑营，全……全军覆没，李将军他……血染沙场，死无全尸……”

“你！你说什么？！”赵王大惊失色，接连往后退了几大步跌坐在王座上，双目无神吃力地看向前方。

宣政殿内，群臣立时静默，死寂持续了许久后，平原君赵胜这才小心翼翼地躬身问道：“大王，被俘的那三十万秦人……当如何处置？”

“全！部！杀！掉！不留战俘！！”此刻，赵王那无力的声音中满载着愤恨与凶残。

听到大王这么说，平原君急忙起身拜倒在地，战战兢兢一连叩了三个头劝道：“大王！大王三思，请大王三思啊！！”

赵王怒视四下，双拳紧握，骨节声嘎嘎作响，他咬牙切齿地冷声怒喝道：“孤王三思过了！三十万俘虏全部坑杀！给李慕云陪葬！陪葬！！陪葬！！！”

第十三章 相惜——云姶长歌

战火熄，硝烟起，鼓鸣马啸，声已远；知觉逝，心房眠，荒土埋尸，魂犹在……

在那奔涌不歇丹水河畔，古战场的画轴慢慢卷起，英灵，只剩下一片模糊的视野，犹迷离，渐恍惚……扯不断的叫离殇，回不去的是故乡，邯郸——那个魂牵梦绕的地方。

“大赵河山！巍峨瑰丽！胡服骑射！问鼎诸侯！心不畏死！踏尸前行！”

波光粼粼的丹水，夜雾稠稠的太行，千里征路一瞬还。厚砌的王城宫墙，死寂无言，紧闭的楼宇殿门，哀怨难鸣……忽地，一道鲜红色的柔光，绕过白玉雕栏，穿过沉木窗棂，彷徨中，探问那茉莉幽香的源头何在。灯火阑珊处，珠帘罗幕后，一个凄凉的倩影隐在那朱红似血的寝殿宫柱下。

她，一袭绛紫华裳在身，倚柱跪坐，半樽断肠残酒洒地，星眸凝泪。血迹斑斑的玉晗剑横陈在身边，晦暗昏黄的宫灯映照着哀伤的侧脸。

“君征沙场——吾织家园——长夜未央——盼归故里——欲高歌……声已哑……”

一行清泪滑至嘴角，苦涩的滋味激荡起心中那悠悠往事。昔日里，春阳无限，沁暖心田，及笄大典上的羞赧，宣政殿前的誓言……断缘锁情殇，如铜鉴里凋败的玉麝，似水镜中荡漾的玄烛，镜花梦初醒，水月终摇碎……

缓缓地高抬起一只手臂，掌心处睡着那块晶莹剔透的玉佩，她……藏泪而笑。打更声起，亥时初刻，目光决绝，直面烛火，她，拾起那把沉重的玉晗剑，在纤细的手腕处轻轻一抹，顷刻间，汩汩绯红沿着手臂游入深袖。

夜风骤起，发丝飞扬，她吃力地攥紧手心的玉佩，几滴鲜血乘着风势点落在皓白的裙带上……霜色润红，仿如冬雪初晴时那凌风绽放的红梅。

冷风暂歇，长夜无尽，眸中的泪水已然枯竭，悲伤也即将走到尽头。她的手臂垂落在地，衣袖顺势而下，盖住了那仍在渗血的手腕……双目倦然合起，素手自然摊开，半染血霞的玉佩上红光雕“焓”，蓝光刻“云”，记忆尘封匿流光，往事逐风散。

掌心——玉佩沁血，身边——宝剑泣血。

……

“焓儿……焓儿！不要……不要啊！！”一声大喊，李璟熠惊坐而起，一只手直直地伸向前方，极力想要挽住眼前那朦胧远去的画面。

“我的天哪，你可算醒了！”陪在病床边的梁珅激动地说道。

然而，满头冷汗的李璟熠就像是完全没有听到一样，仍旧目光呆滞地盯着白墙，抬起的那只手臂依然僵在半空。

“璟熠？怎么了这是？”梁珅焦急地晃动着他的肩膀，“璟熠！醒醒！”

“做噩梦了吗？”站在一旁的陈若莹也轻拍着他的后背。

汗水已打湿了李璟熠的衬衫，经陈若莹这么一拍他登时打了个激灵清醒过来。李璟熠慢慢地转过头，眼前是两张忧心忡忡的面孔。

“珅哥？学——学姐！你们怎么……”李璟熠一脸迷茫，“我这是在哪儿啊？”

“别担心，璟熠，你现在在医院里。”陈若莹安慰道。

“医院？”白色的背景，刺鼻的消毒液味，惶惶不安的李璟熠一手撩开被子，一边检查着自己的身体，一边惊呼，“我——我真的受伤了？！”

看着他那惊慌失措的样子，梁珅连忙补充道：“手上受了点皮外伤而已，医生说没伤到骨头，不严重。来，先躺下，我慢慢跟你说。”

听罢，李璟熠安心地舒了口气，正想抬手看看自己的伤势，谁知，自己的左手像是被什么东西拴住了似的，他侧目一看不由骇然失色，原来，那锁住他的东西居然是一只银晃晃的手铐！自己的左手已经被牢牢地铐在了病床上！

“珅哥，这是怎么回事？为什么要铐着我？！”

李璟熠用力抻着左手天真地想要挣脱开，额头上的汗水滑入眼角引得眼睛一阵酸胀。梁珅见状，急忙按住了李璟熠的手臂，示意他先别激动，接着，又很是为难地看了陈若莹一眼。

“璟熠，前天晚上的事……你还记得吗？”陈若莹问道。

“前天晚上？！”

李璟熠艰难地回忆着之前所发生的一切，此时此刻，他已经分不清究竟哪个是梦境哪个才是现实。

“前天晚上在南城博物馆，你……唉！”梁珅一顿，叹了口气后似有隐晦地说道，“你过度紧张晕了过去，然后……”

就在这时，病房的门被推开了，三个身穿制服的民警一进来就把梁珅和陈若莹双双“请”了出去。坐在病床边，民警们一边帮李璟熠回忆他那一晚的“惊天壮举”，一边认真地做着笔录。在一位女民警的疏导下，他慢慢拼凑出了那些残缺凌乱的记忆。做完笔录后，民警又告诉李璟熠，根据图书馆值班员王博的笔录，当时他砸开展柜取出古剑后整个人在原地僵立了很久，直到民警赶到现场的时候，他才昏倒在地，然后不省人事了。最后，三位民警又简单地了解了一下李璟熠近期的生活以及工作状况，临走前还特意嘱咐他暂时在医院里好好休息，而对于损坏展柜大闹博物馆的处理决定却只字未提。

两天之后李璟熠康复出院，刚离开医院他就被直接扭送到了拘留所。由于李璟熠损毁南城博物馆展柜直接影响到了第二天的展出进程，他被公安机关处以七日治安拘留，至于所造成的经济损失目前尚在估算中，还没有一个确切的赔偿数额。

在拘留所里，李璟熠度过了一生中最为漫长的七天，苦闷的牢狱生活隔离了外界喧嚣，在这孤寂的环境中他想了很多，很多……每到夜深人静的午夜，李璟熠都会抱着双腿蜷缩在床，低头呆呆地看着自己的手腕，满脑子都是赵姶裙带上那几点触目惊心的鲜红。

七日拘留期满后，李璟熠的民事处罚决定也出了结果，由于他的过激行为给南城博物馆造成了一定程度上的经济损失，因此，他需要承担两万元的设施维修费。心力交瘁的李璟熠默然接受了这个处罚，带着一纸罚单走出了拘留所大门。在刚出来的那一刻，李璟熠感觉仿佛有无数双眼睛正在鄙视着自己，他觉得进过拘留所就跟坐过牢一样没什么区别，这将成为自己人生道路上永远无法擦除的污点。想到这里，李璟熠的心情变得异常沉重，他埋低头漫无目的地快步向前走着。忽然，身后传来一个熟悉的声音，他警觉地回头一看，原来是珅哥正坐在街道边的长椅上冲自己招手，李璟熠长出了口气，淡笑着朝珅哥走了过去。

并肩坐在长椅上沉默了一小会儿后，梁珅给李璟熠讲述了这七天里所发生的事。原来李璟熠的处罚之所以这么轻，那是因为有人替他做了担保。梁珅告诉李璟熠，当他还在医院昏迷不醒的时候自己接到了一个电话，打电话的女人姓刘，说是李璟熠单位的同事，李璟熠的事她已经知道了，她让梁珅立刻以李璟熠亲哥哥的身份去公安局一趟。于是，梁珅索性就跟单位请了一个星期的事假，在那位刘姐的帮助下为李璟熠东奔西走。后来，民警又到家里做了调查，他们把家里的三个人隔离开，逐一做了笔录，这件事可把陈若莹吓坏了，然而，同为女孩儿的韩瑾玉毫无惧色，反倒非常配合地回答着民警提出的每个问题。

两个人在长椅上聊了很久才起身回家，在回家的路上梁珅又告诉李璟熠，自己已经跟他的家人通过电话了，告诉他的父母李璟熠正在外地接受单位组织的全封闭培训，所以这几天都不能接打电话，让他们别担心。对于这些自己已经无暇顾及的事情，珅哥却默默地为他考虑周全，此时此刻，李璟熠心中的感激无以言表，他很庆幸自己有这么一个能在关键时刻挺身而出的好兄弟。同样的，李璟熠也很感谢单位的刘姐，可在同时他也很纳闷儿，珅哥的电话刘姐是怎么得到的？为何她对自己的事会如此上心？

梁珅把自己从公安局代领回的玉佩和手机还给了李璟熠，又陪着他走了一段路程后便匆匆赶回单位了。梁珅走后，李璟熠心中感念着刘姐为他所做的一切，马上打车去了单位。正如李璟熠所预料的那样，他被省图书馆毫无悬念地开除了，在主任办公室里赵主任告诉他，这个处理结果是经上级领导讨论后决定的，当他还在拘留所的时候就已经公示了，事到如今，赵主任也无能为力。后来，赵主任又跟李璟熠聊了很多，直到正午时分才带着一脸惋惜将他送走。

当李璟熠回到办公桌收拾东西的时候，他并没有看到刘姐，单位同事说刘姐请了两个星期的假，恐怕最近是不会来单位了。李璟熠只好在她的办公桌上留了个字条，转身，默默地离开了办公楼。

从单位出来后李璟熠很饿，可此时的他哪还有吃饭的心情，这段时日的经历，让他真真正正地尝到了所谓人生跌宕起伏的个中滋味。李璟熠一步一步地走回了家，窝在床上思考着自己那灰暗的未来。就这样手握着玉佩，身心疲累的李璟熠沉沉地睡着了。

悄无声息间，玉佩蒙上一层幽幽荧光，蓝色的光带缓缓升起，盘绕在李璟熠的胸前迟疑徘徊。良人——倦容惆怅，眉心紧锁，光带终于不再胆怯，勇敢地注入进他的心房，玉佩上，“云”字渐隐直至完全消失……

再次睁开眼睛的时候，李璟熠看着卧室里那一如既往的陈设，赵娢写下的字依然挂在墙上，此时，他的心情更加沉重了。

“媕儿，你到底在哪儿？知道吗，我有好多话想对你说，这些话我只想跟你一个人说……”摩挲着手中的玉佩，他喃喃道。

突然！李璟熠惊骇地发现，玉佩上的“云、媕”刻字竟不知在何时全都消失了，就连玉的表面也变得黯淡无光像是在污油中浸泡过许久一般。

“媕儿，你真的走了吗？你不是说只要几天的时间就会回来……”

茶几上，手机闪烁着新信息的提示光，李璟熠拖着疲倦的身子下了床，那是一条韩瑾玉刚刚发来的短信：

“既然你已经这样了，我们之间还有相处的必要吗？何必互相折磨……”

看到这么令人心寒的一句话，李璟熠的心中却掀不起半丝波澜，他知道，从今往后，自己与韩瑾玉将不再有任何关联。古人云：“夫妻本是同林鸟，大难来临各自飞。”更何况他和韩瑾玉其实连男女朋友都算不上，之前的一切充其量也只是暧昧而已。如今，自己差不多已是一无所有，韩瑾玉终于做出了个正确的决定。

握住玉佩，李璟熠躺回到床上，他真的很想再见赵媕一面，哪怕是最后再看她一眼也好，忽然，他仿佛是想到了什么，翻身从床头柜里取了把美工刀，咬紧牙关屏住呼吸，往自己的拇指上狠力一扎，顿时疼痛钻心，拇指上立刻渗出一颗紫黑色的血珠。忍着剧痛，虔诚地念着赵媕的名字，李璟熠把血涂在了玉佩上抱着最后的希望静待奇迹出现。许久，卧室里寂静无声，心灰意冷的李璟熠彻底绝望了。

“我究竟做错了什么？为什么现在连你都不想见我！”李璟熠愤恨地盯着玉佩，猛然站起身来一声大吼，“既然这样！那你就永远也别再出来了！赵媕！我恨你！恨你！”

全然丧失理智的李璟熠举起玉佩狠狠地丢了出去，玉佩砸在墙上裂成两半，李璟熠的泪水决堤一般涌了出来，他一头扑倒在床，像个孩子一样抱着枕头放声大哭。结束了，一切都结束了，玉佩碎了，他与赵媕之间那唯一的联系就此割断。

李璟熠趴在床上哭了很久，很久……作为一个男人，他从来没有如此懦弱过，而现在，整个卧室里就只有他自己，少一点“过来人”的鄙视、嘲笑、批判、谩骂……就让璟熠再哭一会儿吧。

惨淡的夕阳，染红了半边天际，伊人的微笑，随着晚风飘零而去。收拾好行囊，李璟熠决定离开这个悲伤的地方，离开这间屋子，离开这个城市，或许只有这样，他才能慢慢地忘记妙凡，忘记赵婠，忘记婠公主，忘记与她的一切，曾经的，现在的，彻底……忘记……

临走前，李璟熠给梁珅留了个字条，告诉珅哥自己只是回老家看看而已，过一段时间就回来，请大家不用担心，可在他的心里，这次分别意味着再难聚首。如今，这个地方已没有任何值得留恋的东西，李璟熠摘下赵婠的字，包起裂成两半的玉佩，带走了再回来的唯一理由。

提着小包，李璟熠没有方向地走在“陌生”的街道上，现在的他只想找个地方把自己藏起来，在那样一个地方，没有纷扰，没有羁绊，只有他独自一个人，静一静，再静一静……

李璟熠在附近的银行取了一万块钱，账户里只留下两千多余额，这些钱便是他最后的家当了。拿着钱，李璟熠买了张第二天下午去河北邯郸的火车票，他想亲眼看看那个城市，看一看赵婠的家乡，也看看自己曾经的故土。买完票后，李璟熠又去超市买了酒，很多很多的酒，然后，他找了家很是豪华的宾馆暂住一晚。这是李璟熠在这个城市的最后一晚，他要让自己彻头彻尾地醉上一回。

李璟熠选了个安静的房间，在门外挂起了“免打扰”的牌子，拉上窗帘后整个房间一片漆黑。合着眼睛坐在地毯上，李璟熠在身边摆满了各式各样的酒，有几瓶甚至连名字都叫不上来，他特意拿了两个杯子，一杯倒满放在地上，另一杯则端在手中。

“婠儿，你王兄说过，每当我出征之后，漫漫长夜你总会与清酒为伴，现在看来，我们还真是同病相怜啊……喝着苦酒，思恋着对方。”

伴着一声无力的叹息，李璟熠举杯一饮而尽，当酒流过喉咙的一刹那，全身畅爽无比。从前，李璟熠一直不能理解，这酒到底有什么好的，为何那么多人对它情有独钟，今天他终于明白了——酒不甘甜，那是你的痛还不够深。酒，这个默默无言的挚友，从来不问你怎么了，因为它知道你痛在哪里。

烧酒、啤酒、红酒，李璟熠一杯接着一杯倒进肚子，一瓶喝尽又开一瓶，醇香甘冽的滋味冲淡了心中的苦不堪言，酒精麻痹着身体却始终填不满那无尽的空虚。李璟熠像着了魔一般不停地喝着，烈酒灼烧带来的瞬间快感令他不能自拔，直喝得自己头晕目眩天昏地暗。提着半瓶红酒，李璟熠晃晃悠悠地站起身来，扶着桌子稳住身体后，他七颠八倒地撞进了卫生间，双手撑着坐便器大口大口地吐着酒气。终于，李璟熠忍不住胃里的翻江倒海，"哇"的一声吐了出来，伴着剧烈的咳嗽，他把肚子里的酒吐了个干干净净。冲过厕所后，李璟熠俯在洗手池上漱了漱口，然后放满水把头埋进了池中，享受着水流带给他的阵阵清爽。突然，背部一阵温热，这再熟悉不过的感觉让李璟熠浑身一震，从水池中抬起脑袋，茉莉幽香即刻沁入心扉。李璟熠绷紧了每一根神经紧张地想回头却又不敢，他很害怕，害怕这一切不过是自己的又一个错觉而已，害怕自己回头之后看到的仍是无尽的失望。

一声柔柔的"夫君"从身后传来，李璟熠机械地回过头，终于，那个令他引日成岁的倩影出现在面前。从头发上流下的水滴模糊了双眼，可李璟熠却不敢用衣袖擦拭，他生怕自己不经意间的一个小动作，梦就会醒来。就这样痴痴地凝望了许久，李璟熠颤抖地张开嘴唇发出一个沙哑而又苦闷的声音：

"婠……婠儿……"

"夫君。"赵婠声音哽咽，一双星眸心疼地望着李璟熠，拿出丝巾就要为他擦去脸上的水滴。

"你！"突然，李璟熠脸色大变，一把夺下赵婠手中的丝巾重重地丢在水池里，他急促地喘着气，厉声质问道，"你去哪儿了，去哪儿了？这么长时间，你到底去哪儿了？！"

"夫君，我——"赵婠怯怯地后退了两步靠在门框上，一手捂着嘴竭力抑制着眸中的泪水。

“别叫我夫君！我现在就是废物一个！配不上你！！”

说完，李璟熠一把推开赵媃跌跌撞撞地冲了出去，摔躺在床上后他牙关紧咬，双眼盯着雪白的枕头一言不发。赵媃远远地站在一旁默默看着却不敢过去，毕竟这还是李璟熠第一次这么严厉地跟自己说话。趴在床上，李璟熠难受得翻来覆去，怎么也找不到一个能让自己稍微舒服点儿的姿势。

看着李璟熠如此痛苦，赵媃心疼得不知该如何是好，迟疑了一下后，她还是怯生生地走到了床边，俯下身关切地问道：“夫君，夫君，你哪里难受，我给你倒杯水喝。”

说着，赵媃就要转身去拿水杯，不料，李璟熠忽然握住了她纤细的手腕，指着自己胸口沉闷地说道：“痛，痛彻心扉，痛不欲生，这样的滋味，难道你不懂吗？”

赵媃鼻子一酸，眸中哀伤倾泻而出。李璟熠沉沉地吸了半口气，把她的手腕拉到眼前，看着那一抹淡粉色的伤痕怜惜地叹道：“原来，你裙带上的红梅竟然是用血绣成的。”李璟熠眼含热泪，双唇在她的手腕处轻柔地摩挲着，“媃儿，你的手——还疼吗？”

赵媃默默地摇了摇头，一颗晶莹的泪滴落在了李璟熠的手臂上。李璟熠稍稍用力，一把将赵媃拽倒在自己怀中，双手环抱紧拥着她的身体。赵媃怎会预料到这突如其来的状况，紧贴着李璟熠滚烫的胸膛，她慌乱的一颗心怦怦直跳。眼前是李璟熠灼热的目光，男子醉酒后那浓烈的气息将赵媃团团围住，他的双手正在抚摸着自己的后背，这让赵媃很明显地感觉到，他的这个拥抱不比往常那样柔情，此时此刻，多了几分势不可挡的欲望。赵媃开始挣扎，试图将他推开，然而，李璟熠的怀抱不松不紧，虽没有丁点儿被束缚的感觉，可却又难以轻易挣脱。

“夫君醉了，有什么事我们明日再谈好吗？我……我不走了，就在这里陪着你。”

话音刚落，趁李璟熠稍有松懈，赵媃使出全身气力终于从他怀中挣脱出来，慌退了几大步整理着被他弄乱的衣衫。看到赵媱如此，李璟熠怒火中烧，借着一股酒劲儿猛地坐了起来，指着她怒喝道："你想干什么？到底想干什么？！为什么……为什么要让我看到那些画面，为什么我要背起那些痛苦？为什么？！"

"夫君，你别这么大声，我……我心里害怕。"

赵媱的声音满是胆怯，语调中似乎带着一丝央求之意。然而，此时的李璟熠早已失去了理智，哪还会顾及这些，他疾言厉色地继续说道："从我们相识的那一天开始，你就默默地关心我，照顾我，让我为你动情，可当我无可救药地爱上你之后，你又突然消失得无影无踪！整整四十六天！你知道我是怎么过的吗？你告诉我，究竟要我怎么做你才会满意？你说！你说啊！！"

面对李璟熠的逼问，赵媱无言以对，她的手掩在不断起伏的胸前，红唇微张，欲言又止。静默了许久后，赵媱用微弱的声音倔强地说道："我要回去了，待夫君明日酒醒，我们——再谈。"

一听她这么说，李璟熠翻身下床一个箭步冲到了赵媱面前，紧紧地抓住她的胳膊大声喊道："回去？回哪儿去？！你在那块破玉里整整躲了两千年，还不够吗？！"

赵媱一脸惊恐地望着李璟熠，柔弱的身子靠着墙瑟瑟发抖，她知道自己已经没有退路了，这份尘缘在今晚必须有个了结。微垂着头，赵媱思虑了良久，终于，她再次抬起头，直视着李璟熠的双眼，鼓起勇气说道："既然你执意要问，那我就彻底为你解开心结！你知道吗……"

然而，话还没说完，李璟熠突然将她拦腰抱起，赵媱只觉得自己双脚腾空，身体再次被那团火热的气息包围，没等她反应过来，李璟熠后退了两大步，随着身体的后仰，两个人面对着面一并倒在了床上。

"夫君！你醉了，你真的醉了！"

赵媱侧过脸去不敢再看他，长长的秀发垂洒在李璟熠的脸颊脖间，撩起了浓浓的欲火，正当赵媱想要再次将他推开的时候，李璟熠一个翻身压在了她的身上。紧张地抓着李璟熠的肩膀，赵媱不自觉地把身体往一边挪动，然而，这一切只是徒劳，李璟熠的热吻已然落在了她白皙的脖颈上。赵焓顿时浑身一颤，羞急地推开李璟熠的头，现在，她已经完全可以预料到，接下来将会发生什么。李璟熠毫不理会她的反抗，火热的唇舌压在了那娇俏的唇上。一阵深吻过后，赵焓睫毛轻颤，双眼尽现迷离，喘息也愈发剧烈起来。忽然，赵焓感到自己腰间一松，皓白缀红的裙带已被李璟熠解开，衣衫一件接着一件离开了身体。此时，赵焓的脸颊绯红如霞，红晕渐渐蔓延到了耳根，李璟熠反手拽过一层薄被，遮盖住两个人的身体。当赵焓意识到自己腰间丝带轻轻松开的时候，终于羞赧地合上双目，彻底放弃了抵抗。

嘴角、脖根、肩头、锁骨，李璟熠的热吻一个连着一个落下，赵焓的双臂紧紧地拥揽着他的脖子，急促的呼吸渐渐变成了无力的轻喘，汗水在空气中尽情挥发，满床都是茉莉花那诱人的芬芳。缠绵间，赵焓偷偷地睁开眼睛，痴醉地凝望着良人的面孔，此时，李璟熠缓缓地低下头，俯在她耳畔轻柔地说道："焓儿，我没醉，我很清楚自己现在在做什么，以后，不许你再离开我，一刻也不行。"

说着，李璟熠抬起手，柔柔地盖在了赵焓的眼睛上，伊人的嘴角再次扬起那醉人的微笑，安心地等待着那一刻的到来……

残云渐退，夜空如洗，少了月华的滋扰，点点繁星熠熠闪光。沧海没，桑田起，流光千载转瞬间，古玉的泪，茉莉的香，情殇在这一刻……终于……圆梦成真。

> 绸缪束薪，三星在天。今夕何夕，见此良人。子兮子兮，如此良人何！绸缪束刍，三星在隅。今夕何夕，见此邂逅。子兮子兮，如此邂逅何！绸缪束楚，三星在户。今夕何夕，见此粲者。子兮子兮，如此粲者何！
>
> ——《诗经·唐风·绸缪》

柔媚的阳光穿过窗帘缝隙照在了李璟熠的脸上，他懒散地抬起胳膊挡在眼前，就这样迷迷糊糊地又躺了一会儿后，他伸着懒腰长长地打了个哈欠。睁开眼睛，李璟熠侧过脸望着地上那一堆东倒西歪的空酒瓶，四下一片寂静，于是，他翻了个身，懒洋洋地掀开被子正要下床，然而就在他撩起被子的一刹那，雪白床单上一抹触目惊心的殷红吓得他心突突直跳。李璟熠慌忙揉了揉眼睛，一阵金星跳过之后那刺眼的鲜红仍旧躺在那里，就像是一种无言的警告，提醒着他昨晚确实发生过什么。此时，李璟熠的大脑嗡嗡作响，打了个激灵后他一面努力回想着昨晚那模糊的记忆，一面瞪大眼睛慌张地四下巡视，然而，僵坐在床的他并未发现屋中有任何异样。李璟熠赶紧套上衣服，甩开被子跳下床，跑到卫生间门前，胆战心惊地纠结了好一会儿，终于一咬牙推开了那扇门。

熟悉的幽香再次飘进鼻子，绛紫色的交领襦裙，飘逸的缀红裙带，赵焓就坐在他的眼前。李璟熠哆哆嗦嗦地往门上一靠，傻在那儿连话都不会说了。气氛极度尴尬，两个人四目相对，赵焓神情坦然，那双澈亮的眸子没有丝毫闪躲。李璟熠干咽着唾沫，绞尽脑汁想了半天可算是憋出了一句话：“焓儿，你什么时候来……来的。”

“昨晚。”赵焓的回应轻柔利落。

听了这么一个回答，李璟熠脑中一道闪电劈过，表情僵硬地愣在原地，昨晚自己所做的一切历历在目，他勉强定了定神，不经大脑地蹦出一句：“对不起，昨天晚上我……我那什么……”

话说了一半，李璟熠顿时觉得自己真是傻得可以，试问这天底下有哪个女孩儿能原谅这种事，这话说得让人家怎么回答，总不能说句“没关系”吧。李璟熠尴尬地低下头，默数着自己的脚趾头：

“一、二、三、四……五、六、七、八、九、十……十一？晕！”

李璟熠心知就这么僵下去也不是个办法，好不容易，他厚着脸皮抬起头来，偷瞄了一下赵焓的反应，谁知，赵焓倒是十分大方地看着自己。

“看来，焓儿貌似是没生气……吧……”暗自寻思着，李璟熠深吸了口气，慢慢地蹲下身来壮着胆子一步一蹭地往赵焓跟前凑，一边缓缓地挪动，一边小心地说道：“焓儿，你别怕，别怕，我我我……扶你到床那边坐。”

李璟熠的动作迟缓得有些过了头，那谨小慎微的样子就像是在扑蝴蝶一般。虽然赵焓并没有答话，但看到她微微点了一下头后，李璟熠忐忑不安的一颗心总算稍稍平静了些。放大胆子，李璟熠猫着腰走到赵焓身边小心翼翼地将她扶起，没承想，赵焓刚迈出半步就是一个趔趄，整个身子向一边倾倒过去。见状，李璟熠急忙托住了她的腰，看着她双眉微蹙一只手正压着自己的腹部，这一刻，李璟熠连死的心都有了，他很是艰难地咽了口唾沫，懊悔地咬着舌头，埋下头去不敢再看她。就这样，一脸愧色的李璟熠沉着头把赵焓搀扶到床前，待她坐定后，李璟熠马上毕恭毕敬地退到墙角，蹲下身“静候发落”。然而，赵焓越是不出声李璟熠越是心乱如麻，很显然，自己昨晚犯下了一个“滔天大错”，一个根本无法弥补的大错。李璟熠拧起双眉两只手抱头，他宁愿赵焓现在冲过来狠狠地甩自己一巴掌，可她这样温婉的女孩儿又怎会这样呢。此时，李璟熠再次陷入了千年前的那个疑虑中：“自己怎么能配得上她？现在的自己又能给她什么？唉！骂起珅哥来那叫一个头头是道，现在轮到自己了还不是一样……”

的确，现在的李璟熠已是“今非昔比”，没有钱又丢了工作，一想到这些，他的脑袋简直就快要炸开了。经过一阵长长的沉默，赵焓终于开口说道：“夫君，我昨晚的话还没有说完。”

听到赵焓这么说，李璟熠如蒙大赦，抬起头一脸认真地望着她说道：“对不起，昨天是我不好，只要你还愿意说，我一定洗耳恭听。”

“夫君，你我这段尘缘背负的东西实在是太多了……”赵焓顿了顿，仰起头看着窗帘间隙夹着的一缕阳光，随着一声轻叹继续说道，“在你的玉晗剑下，多少鲜活的生命瞬间陨落，他们的妻儿老母在家乡翘首企盼，可等来的却是一具冰冷的残尸，有的甚至连尸骨都不能返乡，就那么凄凉地睡在一层薄薄的黄沙之下。阏与之战，赵秦对峙一载有余，既然两国僵持不下那就应该罢兵言和，可是夫君求功心切，直谏赵奢奔袭北山，一场恶战下来，十五万将士埋骨异乡。长平一役，旧事重演，夫君夹道藏兵重创秦人援军，且不提此役战死的军士，在我大赵得胜之后，王兄因夫君长平殒命，一怒之下坑杀了三十五万秦军降卒。夫君，你知道吗？在那些秦人里年纪最小的还不到十岁……一个十岁的孩子，他知道什么是仇，他明白什么叫恨吗？他……不懂，可他的亲人，他的国家，他们都懂！战祸难息，怨恨丛生，代代相传，何时休？赵魏韩齐楚燕秦，无论是哪国人，不都流淌着炎黄五帝的血脉吗？天子脚下同宗同源却连年兵争不止，纵使我大赵最终可以坐拥天下，可这累累血债又有谁来背负？这样的统一怎能长治久安？这样的君王，不过是一个比流寇更强大的坐寇罢了……”

听赵姶说到这里李璟熠有些迷糊，虽然，她说的这些与自己的梦境完全一致，可那毕竟是梦，李璟熠还是忍不住心中的疑惑问道：“姶儿，你刚才说长平之战是赵国赢了，还坑杀了秦军降卒！可……”

“夫君，我知道你想说什么，大争之世，战乱岂是你我口舌间就能避免的。那么婵儿呢？当年赵燕和亲，婵儿为了成全你我不惜替我远嫁，那一年她才刚过十五岁。”拭去眼角的泪花，赵姶哽咽着继续说道，“夫君还记得臻郡主吗？平原君欣赏夫君的才华，一心想把女儿嫁给你。那一年魏使求亲，指明要我出嫁，王兄左右为难，夜不能寐。我们赵魏韩三国同出于晋，应对此事王兄怎敢儿戏？眼看着我出嫁魏国已成定局，是臻姐姐挺身代我出嫁，凭着平原君与信陵君那微妙的关系，此事才得以圆满了结。可是夫君，臻姐姐的这份情谊你我又以何为报？”

此时，李璟熠已然目瞪口呆，他原以为自己已经完全了解了当年的始末，然而，赵姶的一番话令他如坐针毡。玉禅寺里，那个老禅师的话又一次回响在了耳边：

“人世间的等待大多源出一颗痴心，可施主缘遇到的这个等待，除了一颗痴心还有一份执念，这不单单是针对某一个人、某一件事……”

原来，为了成全他们，竟有两个女孩儿先后放弃了对未来的憧憬，选择了一段陌生的婚姻。曾经，李璟熠一度认为，女孩儿间的姐妹情义不过是嬉笑吵闹之中的儿戏罢了，只有男人才能做到为兄弟两肋插刀，如今，他不得不承认自己的无知。这两个女孩儿的所作所为是一种牺牲，一种极大的牺牲，一种男人做不到可女人却能义无反顾的自我牺牲。女孩儿的天性让她们把爱情看得很重，可恰恰就是因为这一点，这种牺牲的意义才弥足珍贵。

“长平战后，夫君为国捐躯，妗，身为妻室，殉情理所应当，这份尘缘本该至此终了，可是我不甘心，不想认命也不能认命！你我二人相恋数载，其间发生了太多的事，婵儿、臻姐姐，还有王兄，面对他们的苦心期望，我怎能轻言放弃？不要说等了你两千年，就算是要我一直等下去，我……”说到这里，赵妗已是泣不成声。

李璟熠环抱双腿盯着眼前的地毯发呆，作为一个男人，在赵妗的面前他简直是无地自容，赵妗心中那沉重的苦痛岂是自己能比的？为了这份尘缘的圆满，她一直都在默默地付出。两千年的执着太累了，可第一次相见的时候，赵妗却给自己留下了一个美丽的微笑，在这笑容背后，她的心是如此坚强。

终于，李璟熠坚定地抬起头，走到赵妗面前，蹲下身紧握着她的双手说道：“虽然现在的我一无所有，但如果你还是那么一如既往地认定我，我愿意为你从头开始。妗儿，从今往后，我们的未来不会有艰辛，也不会有困苦，只要能与你在一起，那生活就是甜的，日子就是美的，只要有你的爱，我李璟熠这辈子……值了！”

赵妗紧咬着下唇，感动得说不出话来，幸福的泪水簌簌而下。李璟熠的这些话，生前她等了十年，化入玉中后她又守望了千年。看着赵妗的眼泪一滴一滴落在了自己的手背上，李璟熠喉咙一阵刺痛，他强忍着马上就要哭出来的冲动，张嘴吸了一口气把泪水咽进肚子。从这一刻开始，李璟熠不再一无所有，赵妗给了他一份美好的爱，一个坚不可摧的梦，一个永远都不会被世俗所侵蚀的信仰……

拉开窗帘，崭新的一天伴着朝阳冉冉升起，赵妗闭着眼睛，幸福地躺在李璟熠怀中，任由他的手轻柔地抚过自己的发丝。

“对了婍儿，有一件事我挺好奇的，玉佩已经被我摔坏了，可你怎么还能……”

李璟熠的话刚说了一半儿，嘴就被赵婍纤细的手指盖住，她的指尖慢慢滑下，停在李璟熠的胸前，轻点着他心脏的位置，说道：“我已经住在这里了，因为我想知道，在你的心里究竟什么才是最重要的。夫君，谢谢你给了我唯一的答案。”

李璟熠握住了她的手，按在自己胸前说道：“既然已经住进来了，那可就永远都出不去了。”说着，李璟熠忽然坏坏地笑了起来，俯在赵婍的耳边柔柔地问道：“婍儿，昨晚……我弄疼你了吗？”

赵婍羞涩一笑并未回答，她踮着脚尖仰起头，柔柔地咬在了李璟熠的脖间……

李璟熠决定洗漱之后就退房，他要带着赵婍回家，回自己的家，带她去见见父母，再祭拜一下爷爷，跟他老人家说说他们的故事——这块玉佩的故事。

去洗漱前李璟熠怕赵婍一个人无聊，打开了电视机，没一会儿工夫，他擦着脸走出卫生间，电视里的一段报道引起了他的注意。

“寻找都市千万富豪的跟踪报道仍在进行中，第一百二十六期福利彩票的摇奖结果已于六天前公布，本期产生一等奖五注，共计两千八百五十万元的奖金得主竟然是同一个人，据悉，那位神秘的幸运者至今仍未兑奖。昨日下午，本台记者采访了出售这五张彩票的福彩投注站，相关工作人员回忆，当时是一位年轻的小伙子一口气购买了这五张同号彩票……”

报道播放到这里，李璟熠猛然间想起了什么，他急忙翻了翻自己的上衣兜，果不其然，那天为了换零钱而买的五张彩票依然还在，他赶紧掏出来，盯着屏幕下方的头奖号码仔细核对了好几遍。愣了半晌后，李璟熠转过身，望着坐在床上的赵婍呆呆地说道：

“婍儿，我——中奖了？”

第十四章　相守——盈盈时空，一水相隔

正午，玻璃窗滤去冬阳那冰冷的外衣倾泻进屋，尽管还没有开空调，整间屋子却格外温宜，这跟寒气袭人的室外比起来简直就像沐浴在天堂一般。暖光裹着李璟熠，赵姶斜倚在他的怀中，悄悄地，赵姶探出一只手，懵懂地抚摸着玻璃折射而出的一弯彩虹。如此温馨的画面让李璟熠为之沉醉，他身心惬意地闭上眼睛，享受着那无限奢侈的美好。

“一寸光阴一寸金，寸金难买寸光阴”，然而，眼前这宁静而又纯真的时光，怎能用金钱丈量？

李璟熠决定带赵姶出去走一走，带她看看现在的这个世界，不强求她能完全融入现代生活，不过多一点儿了解总是没有坏处的。打开电脑，李璟熠打算在网上给她买一套衣服，虽然，李璟熠早已习惯了赵姶的古装打扮，但也不能让她穿这么一身跟着自己“招摇过市”吧。

并肩坐在电脑前，李璟熠同时打开了好几家网店，款式各异的冬衣应接不暇。两个人一会儿看看大衣，一会儿比比毛衫，李璟熠本想着多给赵姶推荐几套，可挑来选去竟连他自己都眼花缭乱了。而此时，赵姶的关注点却截然不同，虽说这也不是她第一次接触电脑了，但面对眼前这个神奇的物件，以及那映在上面花样繁多的衣装图画，赵姶眉眼间泛起一丝内敛的小兴奋。果然，无论生活在哪个时代，女孩儿爱美都是天

性使然。

坐在电脑前的赵姈显得格外活泼，一席认真而又俏皮的问话弄得李璟熠哭笑不得，这让他无奈地否定了若莹学姐在十一长假期间的“辅导成果”。

“夫君，这一排小圈圈是什么？”

“啊，那个叫扣子，只不过比我身上的大一些。你看，只要有了它，穿衣服、脱衣服都很方便。”李璟熠耐心地解答道。

“夫君，这女子头上的‘耳朵’是怎么回事？”

“那个叫发卡，固定头发用的，嗯——大概跟你们那会儿的簪子差不多。”李璟熠满是爱怜地解释道。

“夫君，为什么她们都背着个小枕头呢？”

“枕头？哪儿呢哪儿呢？呃……那个是皮包，出门的时候装东西用的。”一颗大大的汗珠挂在了李璟熠的头上。

“夫君，她把白绫缠在脖子上了……”说着，赵姈一边用手掐住自己的脖子，一边吐出了小舌头。

这还是李璟熠第一次看到她做出如此搞怪的表情来，盯着屏幕上那个裹着白色长围巾的女孩儿，李璟熠一脸黑线彻底凌乱了。

其实，赵姈也没有想到，仅是一个小小的窗口就记录了那么多画面，这着实令她很难保持一贯的从容不迫，纤细的指尖在屏幕前比比画画，时而蹙眉沉思，时而好奇惊叹。这下可把李璟熠给忙坏了，他四肢并用，声情并茂地为赵姈一一解答，偶尔碰到几个大男人根本没法描述，或是那些他压根儿就不明白的问题，李璟熠也只得抓耳挠腮，凑合着对付了一番很是蹩脚的解释。好在赵姈冰雪聪明，总能在李璟熠语塞的时候会意他要表述的内容，无形中减少了时代跨度与男女之间的沟通障碍。

赵姈的心，似水晶般纯净无瑕，无论是谈到多么令人尴尬的话题，在她的话语中李璟熠感觉不到丁点儿扭捏，仿佛一切都是那么的自然正常。然而，在如今这么个绚丽多彩的时代里，尚有太多世俗的东西等着赵姶去接受，去适应，去包容……

整整一个中午，两个人把时间几乎都花在了挑衣服上，可最终也没能选出一套比较合身的。其实，赵姶身上有着一股与生俱来的高贵气质，再加上那难以言喻的古典美，随意几件衣装搭配都会令人眼前一亮，然而在李璟熠的眼中，刚刚看过的那么多衣服里似乎没有一件能配得上她。李璟熠中肯地思考了一番，他觉得这并非是“情人眼里出西施”的缘故，在赵姶选衣服的时候，李璟熠留心观察了一下她身上的古装，那身素锦交领襦裙虽然色调单一，但做工的精细程度几乎是到了天衣无缝的境界，从选料裁剪到漂染上色，暗纹刺绣，缎带镶边，裙摆压烫……真可谓是无所不用其极。现代衣饰不过是流水线作业下的批量产物，虽然外表光鲜华丽，但本质却难掩粗糙，根本不能与赵姶所穿的古衣相提并论，仅用心二字便是厘清两者的最好界限。

纠结忙碌了半晌，李璟熠已是口干舌燥饿得眼冒金星。从昨天到现在，李璟熠基本上是一口正餐也没吃过，再加上昨晚“劳累过度”，此时的他哪有心思去体会那浪漫的情调，果然，“人是铁，饭是钢”，这才是硬道理。于是，李璟熠索性把赵姶喜欢的衣服一并截了图，放在电脑桌面上供她挑选，当赵姶可以驾轻就熟地操作鼠标时，他才放心地拿起电话叫了份外卖。当李璟熠望眼欲穿地盼来大餐时，赵姶也为自己选好了一套衣服：白色雪纺衬衫，咖啡色毛呢斗篷，修身靴裤再配上一双小长靴，这样的服饰与她白皙的肤色很搭，感觉就像一杯浓香四溢的卡布奇诺。本来，李璟熠极力怂恿她再买上条细纱围巾就更完美了，可由于“白绫”的观念先入为主，赵姶总觉得那东西不太吉利，蹙眉沉思了一下，终究还是放弃了。看着赵姶那一心坚持的小模样，李璟熠也不好再劝，上网填好了宾馆地址又用网银结了账，大功告成后他急不可耐地把各式菜肴一一摆好，喷香满桌诱人至极。李璟熠把袖子往上一撸，一边给赵姶夹菜，一边狼吞虎咽地往自己嘴里送，现在的他忽然间什么都有了，在这个时刻跟爱人饱餐一顿，天底下哪还有比这更幸福的事呢。此时此刻，李璟熠哪还计较自己的个人形象，吃得那叫一个风卷残云直至杯盘狼藉。相比之下，赵婠用餐的整个过程却悄无声息，这当真让李璟熠见识到什么叫“食不作声，行不弄裙，娴静而坐，亭亭玉立”，这种只能在古文诗词中才能幻想到的场景，如今他可算是见到活的了。用餐毕，李璟熠简单收拾了桌子，又为赵婠递上一块湿巾。

“与夫君一起用膳真好。”轻拭嘴角后，赵婠笑盈盈地说道。

“呵呵，让你见笑了。”李璟熠不好意思地挠着后脖子，“我实在是饿得不行了。”

“夫君用膳，嗯——”赵婠掩唇而笑，故作淡定地补赞道，“很有气势。”

确实，李璟熠是真的饿了，自打出院后他的心情就跌到了谷底，被关在看守所的日子里，他几乎寝食难安，在那种精神濒临崩溃的状态下，他一直苦苦地撑到了今天，好在雨过天晴，长虹高挂，赵婠的再次出现为他带来一个崭新的憧憬，李璟熠终于迎来了自己一生中最灿烂的时光。

“原来，幸福不是定义在虚幻的未来，而是藏在眼前的每一个瞬间里，静静地，等待着有心人去发现……”李璟熠喃喃道。

午后的时光恬静而又慵懒，陶醉在彼此的情话中，一眨眼夜幕降临了，李璟熠拉上窗帘，只打亮了床头的一盏红罩壁灯。在那淡红色的柔光下，赵婠静静地跪坐在床上，小指勾着一绺发丝似乎在想着什么心事。李璟熠洗了两个杯子，抱着瓶刚打开的红酒坐到她身边问道：“婠儿，可以喝一点儿吗？”

“夫君既有此兴致，妾身自当相陪。”赵婠伸手接过杯子，转而轻叹道，“记得夫君出征上党的那一晚，我默诵着邯郸战歌，心中企盼的正是在凯旋之日，西窗红烛下与你共饮一觞佳酿，唤你一声夫君。”

“邯郸战歌……”李璟熠黯然神伤，“在梦里，这首歌堵着我的耳朵没完没了地唱，上半阕，壮志雄心，下半阕，情意潺潺……”

一声叹息，心潮澎湃的李璟熠百感交集，此时此刻，在自己眼前的这个女孩儿，不是什么赵国公主，也不是那所谓的女朋友，而是他的妻子，他的亲人，是此生仰仗他，以他为天的爱人。学着赵婠的样子，李璟熠庄重地跪坐在她面前，斟了半杯红酒，两个人双臂相交一饮而尽，酒的醇香在房间里弥漫，那醉人的滋味如梦似幻。

“婠儿，”李璟熠放下杯子，若有所思地说道，“有件事我还是没弄明白。”

“何事烦扰，夫君请讲。”赵婠好奇地望着他。

“今天早上，我听你说起长平之战……”

“长平——”赵婠一弯黛眉深蹙，幽幽地念着这两个字，似乎不愿再回想那段伤心的往事。

这时，李璟熠也注意到了赵婠的情绪变化，轻抚着她的肩，语气和缓地说道：“要是不想说……那就算了吧，不管当年结果如何，如今，一切早已烟消云散了，无论是对你还是对我，这些旧事已经不重要了。”

赵婠微沉下头，咬着嘴唇静默了好一会儿后，坦然说道：“如果我不说，夫君终究是郁结难解。”

虽然，李璟熠微笑着摇了摇头，但在他的心底确实像是堵着什么东西一般憋得难受。

“当年，秦人攻伐韩国，占领野王，数万大军直逼上党，惶恐不安的百姓们纷纷逃亡到我们赵国境内，上党郡守不愿降秦，情急之下只得献出上党十七县向我们求援。王兄得知此事后寝食难安，朝堂上，群臣对于接不接受上党郡的问题终日唇枪舌剑，争论不休。那天深夜我永生难忘，王兄的贴身内监给我送来一帛国诏，在那上面写的真切，王兄将你我的婚事布告天下。我猜想，婚事突然变得这么顺利一定跟上党郡的局势有关，当即便差侍婢打探原委，直到第二日清晨我才得知，原来王兄采纳了平原君的建议决定接收上党，并在前夜已令夫君与他一道驻军上党，说是待局势稳定后，夫君就会回国筹备正式迎娶。然而，秦人的进攻比预想中来得更快，几个月后便兴兵四十万欲夺上党，王兄急命廉颇领兵二十五万前去增援，大军开进上党后，赵秦两国对峙一载有余。

后来，邯郸城内忽然流言四起，说老将廉颇有不臣之心，欲倒戈相向。虽然王兄口说不信，但仍在三日后命赵括带兵二十万驰援。发兵诏书上只说是新兵支援，上党主将廉颇、李慕云各司其职，可据我所知，王兄其实是害怕廉颇资历太深，夫君镇不住他，这才让赵括过去暗中监视他的动向，若廉颇当真心怀不轨，赵括便会拿着密诏将其诛杀，再由夫君统领上党三军御秦。”

听赵婝讲到这里，李璟熠心中的疑团更多了，他清楚地记着程书航曾跟自己讲过，历史上，赵括带兵到达上党后应该是直接取代了廉颇的主将位置，可婝儿为何说他们仍旧各司其职呢？还有最重要的一点，那就是李慕云这个人，他真的存在吗？为什么史书上一点儿记载都没有呢？虽是疑惑重重，但李璟熠并没有急着打断赵婝的话，他想知道当年究竟发生了什么事，最终导致赵国惨败长平。

“战场的局势风云突变，王兄知我心急如焚，一有了新的消息便会遣人告知。赵括大军抵达后，与廉颇还有夫君三线布防，彼此互为犄角，令秦人不敢轻易冒进。半月后，秦国新出援军，猝不及防地攻下缑氏，夫君率兵南下丹水阻截，后来，听说赵括也去了，长平附近只留下廉颇在驻守。又过了一个多月，终于传来了长平大捷的喜讯，邯郸城中百姓额手相庆，我那悬着的一颗心也总算落了地。可在午后，王兄亲自为我送来了夫君的佩剑……”说到这里，赵婝声音哽咽，眼眸中哀伤倾泻而下。

不用再听下文，李璟熠也能想象到之后发生了什么，婝儿的讲述与自己的梦境完全一致，倘若真是这样，那《史记》和《战国策》里记录的历史又到哪里去了呢？

“唉——”李璟熠长叹了一口气，继续说道，“强占上党这无异于虎口夺食，你王兄未免也太贪……”这话刚说到一半，他马上很是知趣地打住了，再怎么说，这个“昏庸”的赵王也算是自己的大舅子，在人家妹妹面前说三道四的总归是不太好。于是，李璟熠急忙调转话锋说道：“其实这也是情非得已的事情，赵魏韩三国同根同源于晋，韩国太守献出上党本是无奈之举，你王兄接收上党那也是为了守住祖宗基业不至于落入外人之手罢了，说实话，这个心情还是可以理解的。”

然而，对于李璟熠的这番话，赵嫆却不是很认同，她坚定地摇着头说道：“夫君，上党郡这块跳板我们决不能让步！一旦上党陷落，那大赵西南太行山的这道天然屏障就会形同虚设，国都邯郸岌岌可危！”赵嫆一边用指尖在李璟熠的掌心画着图，一边认真严肃地继续讲道：“相反，如果能守住上党，那秦国的军事重镇便会完全暴露在我们眼前，秦与魏一向交恶，若赵魏联军能一举夺下安邑重镇，秦都咸阳命悬一线就指日可取了。不错，秦人一向有灭赵野心，可我泱泱大赵亦有亡秦之志！”

说到这里，赵嫆的双眸满是睿智，眼光独到不愧为一国公主，这番惊天言论当真使李璟熠醍醐灌顶。然而，历史终究是历史，没有那么多如果，一杯酒下肚，李璟熠惋惜地叹道：

“唉，可惜啊，秦国最终还是灭掉了东方六国，一统天下。”

“夫君！”赵嫆大惊，急切地说道，“怎……怎么可能？！”此时，她的情绪异常激动，手中杯子险些掉落，“灭六国？统天下！他秦国草莽耕夫，一群乌合之众，焉能与我大赵相提并论？！况且……况且魏国怎会袖手旁观！再不济，那还有齐国，楚国，燕国！还有……还有……”赵嫆的眸中满是惊恐，一只手颤抖地捂着胸口，呼吸也变得急促而又剧烈。

看到赵嫆这个样子，李璟熠的肠子都悔青了，他在心里暗骂自己：“唉！我也真是有病，原本和嫆儿聊得挺好，非要提这些破事干什么，都过去两千多年了，我这不是自讨没趣呢吗！”

想到这里，李璟熠连忙移到赵嫆身边，揽着她的肩膀，温柔地宽慰道：“嫆儿，别想了，我们不要去纠结那些陈年旧事了好吗？”

赵嫆紧紧地抓着李璟熠的衣衫，一声悠长的叹息之后便不再说话。经过如此沉重而又尴尬的话题讨论后，先前满屋的温馨感荡然无存。沉默了许久后，赵嫆抬起头望着李璟熠问道：“夫君读过的历史中，我们赵国当真是长平大败吗？”

“嗯……是这样记录的。”李璟熠不想骗她，很是为难地回答道。

“历史不能被改写，夫君，是这样的对吗？”赵娢追问道。

“当然不能了，傻丫头，要是真像你说的那样，秦国没有统一天下，那么我连同我生活的这个时代不就不存在了吗？”

“果如夫君所言，那我岂不是……”

赵娢的这句话让李璟熠登时打了个寒战，那种感觉就像是一瓢冰水从头浇下，霎时间，一股强烈的不安冰镇在心头。的确，赵娢的亲身经历与李璟熠在书上读到的，正是同一时间轴上所存在的两段截然不同的历史，那也就意味着，长平之战赵国获胜，那李璟熠现在的这个时代就不可能存在；换言之，长平之战秦国获胜，那赵娢所经历的历史就不应该存在。历史终究只有一个，这也就是说，无论这段历史是怎样的，如今，处在同一时代下的李璟熠与赵娢，他们两个人之中必然有一个是不属于这个空间轴的……

李璟熠脸色惨白，双目黯然地望着前方，那刚刚燃起的希望被这残酷的现实瞬间冻结，低下头，他看到赵娢正用同样的眼神望着自己，对于这个极其聪慧的女孩儿来说，这样的推论她怎会想不到。虽然，李璟熠此时的心情异常沉重，但他还是极力克制住那份惶恐，勉强挤出个微笑来，摩挲着赵娢柔顺的长发，劝慰道：

“娢儿，别想了，无论怎样，我们现在不都好好地坐在对方眼前吗？既然你我谁也没有消失，我相信我们一定还有存在的必要……对不对？”

本是在安慰，可李璟熠的心里却一点儿底气都没有，然而面对现实，他又能怎样呢？竭力调整了一下儿心绪，李璟熠拿起红酒又给赵娢倒了半杯，自己则举起剩下的残酒，闭目，一饮而尽。

“娢儿，相信我，一定不会有事的。”李璟熠自我宽慰着，“再过两天，你的新衣服就要到了，我还要带你出去玩呢，我想让你看看外面的世界，看看这个即将与我共同生活的城市。”

一想到李璟熠还要带自己出去，赵媗的思绪也渐渐转移到新奇的憧憬之中，望着李璟熠温柔的笑脸，她的嘴角再次扬起了那醉人的微笑。

不知不觉夜已深沉，躺在李璟熠的怀里，赵媗安心地睡着了。李璟熠小心翼翼地拉过枕头，慢慢地扶她躺下。不经意间，赵媗呼出的气息带着那浓郁的茉莉芬芳弄得李璟熠一阵迷糊，赵媗柔软的身体压着他的半只手臂，交领上衫略松，两根销魂锁骨美妙地向肩膀处延伸。白皙的脖颈，醉红的脸颊，淡粉色的嘴唇，还有那微微上翘的睫毛……李璟熠赶紧闭上眼睛，心中一阵嘀咕："可不能再看了，再神的我也抵挡不住这么妩媚的诱惑。"一边想，他一边使劲晃着脑袋，谁知，睡梦中的赵媗微微往上挪了挪身体，左肩微露，长发流泻，淡雅的幽香不断飘进李璟熠的鼻孔，残存的那么一点儿理智彻底被这温柔乡融化掉了。终于，李璟熠放弃了那毫无意义的纠结，俯下身正欲吻住她那薄薄的嘴唇，这时，赵媗微微张口，蒙眬间呓语道："夫君，也给媗儿煮一碗米粥吧……"

李璟熠的动作僵住了，喉咙中一阵刺痛，无力的眼眶再也盛不住那沉重的泪滴……对于当时刚认识不久的韩瑾玉，他还给人家煮过一碗红枣米粥，可与媗儿从相识到相知，这么长的时间自己却没为她做过一件事！拭去泪水，李璟熠拨开赵媗耳边的发丝轻轻一吻："媗儿，从今天起我只为你一个人煮粥，为你煮一辈子。"

晶莹的泪珠从眼角溢出，顺着赵媗的脸颊滑落而下……

三天后，李璟熠网购的衣服到了，签收后他逐一拆开包装，剪下标签，一件一件认真叠好放进卫生间，赵媗沐浴后换上新衣，整个人马上就变了样儿。现代风格的衣饰隐去了她身上那股不食人间烟火的仙气，倒是增添了几分邻家女孩儿的韵味。赵媗站在镜子前擦拭着已经半干的头发，臭美地欣赏着镜中那个焕然一新的自己。看着媗儿娇俏可爱的模样，李璟熠感觉到，服饰的简单改变似乎吹散了她记忆中那层厚厚的浓尘，她的心扉已经准备好对新世界敞开了。

沉醉在眼前这唯美的变化中，李璟熠忽然很是懊悔，他在想："为什么自己没能早一点儿让蛤儿享受到这种感觉。”悄悄地，李璟熠将赵蛤揽入怀中，在她耳畔温柔地赞道：“蛤儿真的很漂亮。”

“夫君喜欢，我自然开心。”

“对了，还有一件事。”李璟熠顿了顿，“蛤儿以后不要再叫我夫君了……”

“为何？！”李璟熠还没说完，赵蛤急忙转过身来，一张小脸已惊得花容失色。

“不不不，我不是那个意思。”李璟熠慌忙安抚道，“夫君这个称呼在现代已经很少用了，要是让外人听见你这么叫我，肯定感觉怪怪的。”

听过这番解释，赵蛤担忧才慢慢消退，她会意地点了点头，问道：“若是依照现在的叫法，我又该如何称呼呢？”

“嗯——应该叫老公呀！”李璟熠不假思索地答道。

“老……公鸭……老公鸭？”赵蛤一面重复，一面狐疑地看着他。

这一下可把李璟熠雷了个外焦里嫩，他连忙打断了赵蛤的复述，一字一顿地强调道：“叫——老——公，没——有——鸭。”

看着李璟熠一板一眼地说出个这么怪异的称呼，赵蛤不禁哑然失笑，微歪着头好奇地问道：“夫君未达而立之年，怎能以‘老’字冠之？”

“呃——这个嘛……”

赵蛤冷不丁一句话还真把李璟熠给问住了，弄得他一时语塞，也不知道该怎么解释。其实，这种事情就好比太阳为什么不叫“亮球儿”，星星怎么不叫“闪点儿”，平常人谁会去纠结这种事，那得无聊到什么程度啊。

“若按夫君这般道理，嗯——”赵蛤略微沉思了一下，轻轻地念道，“天——地，乾——坤，雌——雄，公——母。”

“哎，好了好了。”李璟熠连忙做了个打住的手势，“蛤儿以后就叫我璟熠吧，既简单又好记。”一边说，李璟熠一边想：“要是再让她琢磨下去，一会儿非得推敲出个‘老母’来，这让我情何以堪。”

“如此，也好，那便依璟熠所言吧。”依偎在李璟熠的怀中，赵娢柔声念道，“璟熠，璟熠……真好，娢儿记得了，不会忘记，永远都不会。”

这番浅浅呢喃让李璟熠情不自禁地低下头，吻在了她的耳鬓处，赵娢身子微微一颤，缩着肩膀，轻声嗔道：“璟熠不许使坏，我们今天不是要出去吗？”

李璟熠掰着手指细细一数，他俩在宾馆里都快宅一个星期了，要是再不出去见见太阳吹吹风，没准儿身上就该长蘑菇了。想到这里，李璟熠傻傻一笑，恋恋不舍地放开赵娢转身去收拾东西。

李璟熠把赵娢换下的古装叠好，又用自己的衣服裹起来，正当他想要放进背包的时候，不经意间瞥见床上的那一抹殷红，在赵娢羞涩目光的注视下，李璟熠一本正经地把床单抽了下来，认真叠好后与衣服一并收进了包里。一切准备妥当，赵娢挽着他走出了房间，刚下了几步楼梯李璟熠明显感觉到赵娢有些紧张，轻拍着她的手，李璟熠温柔地叮嘱道：

“一会儿出去了，你要是害怕就抓紧我的胳膊，看到什么不明白的你就小声问我，别担心，我就在你身边。”

李璟熠这番安慰卓有成效，赵娢浅浅地吸了口气，神情似乎也放松了不少。在这个陌生的时代，赵娢对李璟熠有着一股浓浓的依恋，只要有他，自己就不再是无依无靠。

紧贴着李璟熠，赵娢信步走在这个与自己相隔了两千年时光的街道上，这是她第一次看到如此繁华的现代都市，出现在眼前的每一幕都令她无比震撼。一路上，两个人走走停停，赵娢仿若一个涉世未深的孩子，这边瞧瞧，那里看看。宽阔的大路上车水马龙井然有序，在街道两旁林立的高楼“危如累卵”，一辆辆没有马匹牵引的车子却能急速飞驰……面对这些，她的一双眼眸早已应接不暇。然而，走了许久赵娢也没有提出一个问题，这倒让李璟熠很是纳闷儿，于是，他主动问道：

“怎么样，好玩儿吗？”

“璟熠生活的地方真是美好。”赵焓轻语道。

“美好？为什么？”李璟熠确实想不通，焓儿为何会用“美好”这个词来形容现在的世界呢？

“一路走来，我看到了很多画像，每一幅上都画着漂亮的笑脸，没有战争的时代真好，大家都可以毫无烦恼地生活着。”说到这里，赵焓的眼眸中流转着无限憧憬。

“毫无烦恼……啊呵，也许吧。”李璟熠淡淡地笑着。

如今，笑脸确实充斥着大街小巷的每一个角落：店铺门口的海报上，街道两边的广告旗上，商务大厦的LED屏幕上……各式各样的笑脸频繁得让人麻木至极。单纯的赵焓或许无法想象，在她所见到的笑脸里其实没有几个是真心实意的，那微笑背后隐匿的辛酸又有谁能看得到呢？其实，无论处在一个什么样的时代，发自内心的微笑都是一种奢侈品，所以对于李璟熠来说，赵焓的每一个微笑都是无比珍贵的。

带着赵焓，李璟熠先是拿着那五张彩票到省福彩中心兑了奖，这奖中得邪乎，兑奖的时候更邪乎，光是个人所得税他就交了六百四十多万。烦琐的领奖程序过后，李璟熠拉着赵焓绕开那些喋喋不休的记者，来到了这个城市最热闹的商业步行街。

今天恰巧是个天气晴朗、温度适宜的周六，这样的日子在冬天很是难得。在步行街上散步逛街的人很多，情侣们成双入对，游人们三五结伴，不知不觉间，两个人路过一块天蓝色招牌的珠宝店，李璟熠记得这正是前段时间自己与韩瑾玉经过的那家，在那展示橱窗里，熠熠闪光的钻戒依然在静候着自己的主人。

“璟熠，怎么了？”赵焓看他忽然止步不前，好奇地问道。

“焓儿，你快看！”李璟熠用指头点了点橱窗玻璃问道，“怎么样，漂亮吗？”

“什么？”赵焓一头雾水地问道。

“钻戒呀！”

“哦……银环。”赵焓似懂非懂地点着头。

“啧！喜不喜欢呀？”

“啊？”

“哎呀，我就问你想不想要？”李璟熠捏了捏赵焓的肩膀，笑呵呵地问道。

看他那不依不饶的样子，赵焓不禁仔细看了看橱窗里那镶着宝石晶晶闪光的指环，接着略显疑惑地问道：“银环是手指上的一种饰物，璟熠说这个叫钻戒，是用来做什么的呢？”

“呃——钻戒是……”

李璟熠刚想给赵焓解释清楚，忽然一个大胆的想法在他心中酝酿起来。于是，李璟熠兴奋地把赵焓领进了珠宝店，令人惊讶的是，那枚钻戒仿佛就是为她专门定制的，圈口大小非常合适。李璟熠一看，激动地二话没说便去收银台结了账，在店员们羡慕与诧异的目光下，他拿起钻戒拉着赵焓走了出来。一出店门，李璟熠就把赵焓带到了广场中央，幸福地深吸了一口气，他稍稍平复了一下怦怦直跳的心，附在赵焓耳边温柔地说道：

“焓儿，别怕，记得要微笑。”

正当赵焓还在疑惑不解的时候，李璟熠忽然后退了一大步，手托钻戒单膝跪在她面前，自信地凝望着她。这一经典场景马上吸引了周围行人的眼球，大家不禁驻足，饶有兴趣地静待着那即将上演的浪漫一幕。

这时，在李璟熠的眼中，赵焓惊讶的表情都是那么唯美动人，他把想说的话凝聚成最美的语言，带着一个阳光而又洒脱的微笑，虔诚地说道：

“爱，是我对你的一见倾心，是你对我的生死执着；情，是你期盼的长相厮守，是我承诺过的义无反顾；爱情，就是彼此相爱的我们，一同走到记忆的尽头。焓儿，曾经的我错过了一次，那也是最后一次，请你把今生所有的时光放心地交给我，让我用一辈子来呵护你。缘定三生，永不相负！赵焓，嫁给我吧！”

围观的人们被这求婚誓言所感动，几双手已经不自觉地抬了起来做欲鼓掌状，此时，大家都屏气凝神期待着女孩儿的决定，当星眸噙泪的赵姶颔首点头的那一瞬间，人群中立刻爆发出一阵热烈的掌声。

当戒指戴在赵姶无名指上的那一刻，湿润的眼眶已无法承载那潮涌而出的幸福，虽然在她的世界里从未出现过这样的场景，但是她知道，李璟熠现在所做的一切将会是自己此生最绚丽的回忆。

此时此刻，此情此景，她就是他的幸福，他便是她的全部。李璟熠站起身来，张开双臂紧紧地将赵姶拥入怀中……

在这个世界上，有过多少人，他们倾注心血，流尽汗水，用生命的轨迹去演绎奋斗的历程，为的就是实现那个曾被自己定义在未来的幸福。可到头来，容颜老去，两鬓飞霜，蓦然回首间，原来自己的一生竟有那么多无法弥补的缺憾，难道这就是获取幸福而必须付出的代价吗？

究竟什么是幸福？在李璟熠的眼中，幸福就是赵姶第一声空灵而又婉约的“夫君”，无论在千年前还是千年后，那还是她第一次这样称呼自己……

幸福并不在遥远的未来，无论何时，它都离你只有一个转身的距离。

清朗的下弦月在夜空悠然爬升，几块碎云错落有致，在幽幽银辉的勾勒下宛若通向天穹的阶梯。都市入夜良久，依然有喧闹声在喋喋不休，这让几寸宁静时光变得炙手可热。小巷中，两个人的投影依偎在一起，夜风拂过，赵姶的发丝轻舞飞扬。

“起风了，姶儿你冷吗？”李璟熠不自觉地关心起来，他甚至忘记了赵姶早已……

“我还好，璟熠会冷吧……”

话未说完，李璟熠已经利索地脱下外套披在了她的身上，接着又弯下腰，一边为她系着纽扣，一边温柔地说道：“裹紧点儿，千万别冻着。”

“璟熠！你快穿上，我……”赵姶一顿，咬着嘴唇继续说道，“你知道的，我在那块玉佩里度过了上千年，对于天气的冷暖已经没有感觉了。”

然而，李璟熠依然认真地系完最后一个纽扣，抬起头，他轻抚着赵姶的肩叹道：“就算身体感受不到，不是还有心嘛。”虽然李璟熠的语气淡然和缓，但他说出的每一个字都在轻叩着赵姶的心扉。

“璟熠，你听我说。”抓紧了他的手，赵姶鼓起勇气说道，“现在的我，不知道自己到底是人还是鬼，有些事情我……我不知道自己还能不能做，如果……”

“孩子吗？”李璟熠捧起她的手放在嘴边轻轻哈着气，“姶儿，在我的生命里有你就足够了，如果你喜欢孩子，我们可以领养一个。”

强忍着泪水，赵姶露出了那个醉人的微笑。从李璟熠求婚的那一刻起，赵姶就决定不再让他看到自己的眼泪，幸福的也好，感动的也罢，两千年的时光她已经哭够了，在璟熠的记忆中，如果可以，她希望自己永远微笑。

“璟熠，带我回家吧……”

“赵姶在哪里，哪里就是李璟熠的家……”

这句话，原本是亚当为夏娃写的墓志铭，亚当没有说出口，夏娃也没能亲耳听到。然而现在，李璟熠说了，所以，他比亚当更幸运，赵姶听到了，所以，她比夏娃更幸福。

> Wherever she was, there was Eden.
>
> 夏娃在哪里，哪里就是伊甸园。
>
> ——马克·吐温《亚当夏娃日记》

刚来到楼梯口，李璟熠趁赵姶不注意忽地将她打横抱起，面对这突如其来的公主抱，赵姶的神情慌乱中透着羞涩，羞涩中藏着幸福。

“璟熠，快放我下来，万一被别人看到了，他们……会笑话你的。”

“没事，楼道里面太黑了，我抱你上去。”李璟熠微笑着说道。

赵姈心知拗不过，只好老老实实地窝在他的臂弯中。没一会儿工夫，两个人便来到了屋门口。然而李璟熠显然没有要把她放下来的意思，赵姈急忙抓住他那正要敲门的手，羞急地说道：“璟熠，放我下来吧，屋里有人……”说到这里，赵姈的声音小得几乎听不见。

看着赵姈那着急而又认真的表情，李璟熠只好小心地将她放了下来。李璟熠深知，无论自己有多么爱她，无论自己有多想向所有人宣布他们的爱，可一个女孩儿的矜持与高雅，是不能因为他的任性而被破坏的。

待赵姈整理好衣衫后，李璟熠掏出钥匙打开了房门，在门被推开的一瞬间，梁珅、陈若莹还有韩瑾玉，三双眼睛齐刷刷地望向了李璟熠，而当门被关上的时候，梁珅和韩瑾玉更加吃惊地打量着出现在面前的陌生女孩儿，尽管这个女孩儿还站在李璟熠的身后，可她那出尘绝俗的美貌与优雅大方的气质，瞬间便营造了一个强大的气场。

为了缓解尴尬，李璟熠假装看着腕表打趣地说道：“这都十点多了才吃饭，你们吃的这算晚餐呀还是夜宵啊？”

三人面面相觑地一愣，作为他们之中唯一见过赵姈并了解她身世的人，陈若莹连忙打了个圆场：“璟熠回来啦。”

梁珅的脸色明显有些阴沉，他默不作声地看着眼前这个女孩儿，李璟熠在她身上的衣服从某种程度上已经昭示了他俩之间的关系。然而，此时韩瑾玉所关注的却不只是这些，她呆呆地盯着女孩儿无名指上的钻戒，竭力压制着已经充盈眼眶的泪水。显然，对于陈若莹这句试着打破僵局的话，坐在她身边的两个人就跟没听到一样。

李璟熠后退了半步，搂着赵姈的肩，笑呵呵地给众人介绍道：“我这两天不是回了趟老家嘛，给大家介绍一下，她叫赵姈，嗯——我的未婚妻。”

一语既出，众人皆惊，就连陈若莹都不知该说些什么好。

“诸位好。”说着，赵姈大方地上前一步，居然不自觉地做了个万福礼。

面对这样的情景，在场的人就连李璟熠也算在内，无不被她震住，几双眼睛呆呆地看着眼前这个唯美而又端庄的女孩儿，惊叹于她如此自然的动作。看着大家那诧异的表情，赵娢有点儿不知所措。李璟熠第一个反应过来，慌忙赔了个笑，耸着肩膀说道："大家先吃着，那什么……吃好，喝好，我带她进屋，一会儿再跟你们聊，呵呵，呵呵呵……"

说完，李璟熠拉起赵娢就往自己卧室走。谁知临进屋前，赵娢转过身又做了个万福，优雅地说道："诸位慢用。"

坐在客厅的三个人当场石化，一脸惊愕的梁珅手中筷子都掉在了地上，韩瑾玉痴痴地望着赵娢背影消失的方向，眼中尽是那枚钻戒刺目的光芒，一直保持淡定的也只有陈若莹，她一脸无奈地盯着面前的碗筷摇头苦笑。

卧室里，李璟熠轻抚着赵娢的手，悄声说道："唉，都怪我，忘告诉你了，在我们这个时代刚才那样的礼节完全用不着。"

"璟熠，这些都是应该的。"赵娢的语气出奇的平静。

"应……该的？"李璟熠迷茫地挠着头，"就算退一万步讲，即便是在战国时代，你作为一国公主也用不着这么礼贤下士吧。"

"璟熠不晓得所谓'刑不尊大夫，礼不卑庶人'的道理吗？"赵娢小有严肃地说道。

"刑不……尊？呃——不是说'刑不上大夫，礼不下庶人'吗？"

看着他那一脸迷茫的表情，赵娢微笑着解释道：

"九鼎王权，天为尊，称乾，地为祭，称坤，而后有一国礼法，刑罚不可尊重权贵，礼仪不能排斥百姓，正所谓'刑不尊大夫，礼不卑庶人'。然而，璟熠刚才所说的是'刑不上大夫，礼不下庶人'，上意为增，下意为减，王子犯法与庶民同罪，庶民亦复如此。权贵订立法度，因而通晓奖罚要义，平民日间忙于劳作，故而很少接触，可礼法既已设立，便要坚决统一在全国执行，这也就是说，不能因为权贵知法犯法而从重量刑，亦不可因平民不懂礼仪而减少了必要的礼节。”

对于李璟熠而言，他可是头一次听到这样的解释。依稀记得程书航曾跟自己很是严谨地强调过：“历史，我们谁也没有真真正正地经历过，所以要多理解少评价，在春秋战国那个诸侯混战的非常时代，一国君王对百姓的重视程度远比大一统时期要严肃得多，因为他们比谁都清楚‘民贵君轻’的道理。”

“难道不是这样吗？”看着李璟熠那若有所思的样子，赵娢不禁问道。

“嗯对，是这样的。”轻抚着赵娢的长发，李璟熠爱怜地说道，“娢儿说的一点儿都没错。”

说罢，李璟熠在心底暗暗叹了一口气：“娢儿的心灵那么纯净，可如今这个时代却暗藏狡诈，假如真的让她完全融入现代生活中，她那颗金子般的心就一定会沾染俗尘，难道自己愿意看到这样的变化吗？”

不过，对于李璟熠来说这些事还需要从长计议，因为眼前，就在客厅里，还有个更棘手的僵局正等着他呢。

正要推开房门，李璟熠心里忽然闪过一丝金屋藏娇般的窃喜，可一想到客厅里那尴尬的状况，他连忙揉掉脸上的笑容，平静地走了出去。

“珅哥，学姐……”李璟熠顿了一下，“瑾玉，这几天让大家操心了。”

陈若莹应了一声，就连韩瑾玉也默默地点了一下头，唯独梁珅依旧一脸漠然地注视着前方，闷不作声间缓缓地拉出把椅子来，陈若莹见状连忙冲李璟熠招了招手，示意他先坐下。

四个人又一次齐聚客厅，然而一切已经物是人非。到今天为止，李璟熠来到这个城市已经快半年了，这段时日说长不长，说短也不短了。如今，各自经历了那么多事后，他们心中早已没有了那份天马行空的自在，其中，变化最明显的当然就是李璟熠了，从刚跨出校门时的风轻云淡到现在的细腻沉稳，突然间拥有千万身价的他，此时由内而外透出一股真正的成熟。

静默了许久后，梁珅终于开口说道：“璟熠我问你，那个女孩儿……”

“她是我未婚妻，暂时会跟我们住在一起。”直视着梁珅，李璟熠语气和缓地打断了他的话。

“哥，我困了。”韩瑾玉突然站起身来，“你们聊吧，我先回屋了。”

“瑾玉。”李璟熠也跟着站了起来，本想说句“等一下”，可话到嘴边却始终没有说出口。

虽然，韩瑾玉停住了脚步，但却没有回过头来，等了一小会儿也没听到李璟熠的下文，又在原地愣了一阵后，韩瑾玉推开房门就要往里走。

“我真的没有半点儿怪你的意思。”看韩瑾玉并没有关上房门，李璟熠继续说道，“我们还是朋友对不对？”

“怪我？朋友……”韩瑾玉喃喃道，语气中充满了自嘲。

留下这么句话，她慢慢地关上了房门，始终没给李璟熠一个正脸。带着满心不快，李璟熠愤愤地想着：“这算什么？！难不成还是我对不起她吗？！从刚认识的时候就这样，好像这世界上所有人都欠她似的！”

“璟熠，来，先坐下再说。”陈若莹软言劝慰道。

“学姐，我……”李璟熠压着一股闷气冲她点了点头，坐回到椅子上。

“你刚才说，那个女孩儿她叫什么名字？”陈若莹故意装出毫不知情的样子，随意引出个话题来。

“她叫赵娢，跟我是，嗯……一起长大的邻居。”原本李璟熠想说自己跟赵娢从小就订了娃娃亲，可考虑到梁珅的感受还是放弃了。

“哦，原来是这样，以前好像听你提起过。”陈若莹竭力护着他，可话已至此却也没了下文。

此时此刻，李璟熠感觉在今天这种状况下任何跟竫儿有关的话题都不宜再进行下去了，于是，他放松了坐姿，将两只手背到脑后仰头望着天花板说道：

“学姐，在我心里你与珅哥一直都是顶好的人，也是最最般配的一对。还记得上大学那会儿，咱仨经常一起去图书馆自习，每到中午就‘石头剪子布’谁输谁去买饭，那个时候珅哥老是输，后来他才告诉我，只有这样他才能天天给你买饭，呵呵呵，珅哥的话，想想都觉得幸福。学姐你还记得吗？咱文学院上公共课的那半学期，珅哥就跟打了鸡血似的非要跟我一起去上课，嘴上说是想多了解一下国内外的著名文豪，可他一个连海子是男是女都不知道的人，去了那不就跟听天书一样嘛，我知道，其实他就是为多看学姐一眼，这份执着真的让我又敬又佩，唉……执着这东西，它就像一种无声无息的表白，比任何花言巧语都金贵。亲情，友情，爱情，但凡感情上的事，时间总是最好的证明。”

“好了！别说了……”梁珅一挥手打断了他的话，拉开罐啤酒一口气喝干，在那静悄悄的客厅里，只能听到他“咕咚咕咚”的喝酒声。打了个长长的酒嗝，梁珅随手一撇，空罐子准准地飞进了垃圾桶。

“璟熠，我看得出来，这个赵竫在你心里很重要，跟你做兄弟这么久，我还是第一次见你这么直白地介绍一个女孩儿，虽然今天是初次见面，但从言行举止来看，她绝对不是一般人，既然以后要与我们同住，那我有个请求，请你们不要伤到瑾玉的心。”

说到这里，梁珅又开了一罐啤酒，依旧是一口气饮尽，把空罐子往桌上一放，他撑着桌子站了起来，头也不回地朝自己卧室走去。临关门前，他又背着身沉沉地抛下了一句话：“李璟熠，有件事儿我希望你记住，我妹妹从来没有做错过什么，所以，用不着你原谅！”

“砰”的一声门关上了，李璟熠也彻底震惊了。此时此刻，虽然自己完全可以理解梁珅那颗爱护妹妹的心，但在他的记忆里，珅哥对自己还从来没有这么冰冷过。

“璟熠，”陈若莹安慰道，“梁珅他今天喝多了，刚才说话的语气有点儿过，你们都是男孩儿，明天就没事了。”

“姐，瑾玉毕竟是他妹妹，珅哥心里不舒服也是在所难免，这种心情我能理解，况且今天我……唉！确实有点儿突兀。”

“你刚走的那天晚上，梁珅为了你们的事儿跟瑾玉大吵了一架，直到今天他俩才刚刚冰释。”说着，陈若莹轻叹了口气，淡然一笑道，“其实在他心里，你这个兄弟跟他妹妹是一样重要的。不过璟熠，你和娢儿……”说到这里，陈若莹欲言又止。

“姐，有什么话你就直说吧，实在不行……那我就跟娢儿搬出去。”

“不，我不是这个意思。”陈若莹略微迟疑了一下，“璟熠，我承认娢儿是个非常难得的好女孩儿，在这间屋子里，除了你以外，只有我跟她接触过，女孩子之间很容易了解对方的。娢儿……她太完美了，就连同为女孩儿的我有时都会忍不住想多看她两眼，可越是这样……”

“越是怎样？”看到陈若莹说话支支吾吾，李璟熠忍不住问道，“姐，你今天这是怎么了？”

“唉，其实也没什么，可能是我想多了吧……梁珅他有妹妹，可我也有自己的弟弟，总之，我也是不希望你受伤的。”说着，陈若莹起身走到李璟熠旁边拍了拍他的肩膀，“时间不早了，快回去吧，别把人家一个人冷在屋里。”

李璟熠感激地点了点头，也道了句晚安，目送着陈若莹打开屋门又关上。此时，空荡荡的客厅里就只剩下李璟熠自己，闭上眼睛，他陷入了沉思。这一天下来，娢儿与这个时代的格格不入已经初现端倪，以后又会遇到什么情况，李璟熠真的不敢想象。为了不让赵娢受到丁点儿伤害，李璟熠暗下决心，从明天开始，自己不仅要让娢儿逐渐了解这个时代，同时他必须学会如何去保护娢儿，那也是最重要的。

当李璟熠再次回到卧室的时候，赵娢已经脱去了外套，半盖着被子斜靠在枕头上等他。如此温情的画面顿时洗去了李璟熠的一身烦恼，闭了灯，脱去外衣，他身心释然地躺在了赵姶的身边，或许是白天玩得有点儿累，伴着赵姶在自己额头轻柔地按摩，没一会儿工夫，他便沉沉地睡着了……

夜阑人静，喧闹渐隐，赵姶缓缓地从被窝里挪出身体，为李璟熠掖好被子后起身下床来到窗边。抬眼，赵姶凝望着那轮已经升到半空中的弦月，一丝难以言喻的伤感在她的星眸中流转闪烁：

“婵儿，臻姐姐，还有……王兄，一份尘缘让我欠了你们两世恩情，那两个万福礼就权当是致谢吧。”

第十五章　轮回——若失莫忘

昨晚这一觉，李璟熠睡得特别香，他做了个很美很美的梦，在梦中，自己与婠儿住进了一个富饶而又宁静的小村庄，那里的村民们日出而作，日落而息，凿井而饮，耕田而食，过着与世无争安然闲适的田园生活……当李璟熠睁开眼睛的时候，他的脸上还挂着恋恋不舍的微笑。一手支着头，李璟熠发现赵婠的唇角竟也弯起了一抹浅笑，她那薄薄的眼睑下，眸珠似乎在轻微地转动着，仿佛与自己做了同一个梦。此时此刻，李璟熠真的很想搂住赵婠再小憩一会儿，可又生怕吵醒她，就这样痴醉地看了一会儿，李璟熠悄悄地披上外套独自一个人下了床。

洗漱后，李璟熠开始淘米洗红枣，眨眼工夫便熬出了一碗热气腾腾的米粥，在粥的上面，他还特意用切碎泡软的红枣屑摆出了一个“婠”字。小心翼翼地把碗端到桌子上，李璟熠静候在一旁，时不时用手摸一下碗试试温度，直到他确定米粥已经不再烫嘴的时候，这才端起来准备回屋。然而，就在李璟熠转身的一刹那，他发现赵婠正靠在门框上含情脉脉地凝望着自己。也不知是为什么，赵婠今早又穿回了那套古装，虽然感觉有点儿奇怪，但李璟熠也没多想，只当是她还不太习惯现代装束罢了。李璟熠把粥放回到桌子上，扯着一股京剧腔招呼道：

“娘——子——来呀！尝尝为夫的手艺——”

眸眼中，赵婂的目光深情不改，可她却依然纹丝不动地站在原地，李璟熠觉得她一定是有些不好意思，或者说，已经被自己感动得不知所措了。歪着头，李璟熠好奇地眨巴着眼睛，见她还不过来于是干脆自己走了过去，想要牵住她的手，不料，当李璟熠碰触赵婂身体的时候，他竟抓了个空，手居然毫无阻挡地横穿过去。李璟熠吓得一怔，继而惊呼道：

“婂儿，你这是怎么了？！”

焦急地喊着，李璟熠的两只手仍在赵婂的身体上穿梭抓空，他几乎不敢相信自己的眼睛，更不愿看见眼前这一切，然而，那件足以摧毁他全部美梦的事，终究还是发生了。

“婂儿，别闹了，快……快过来喝粥，我……”李璟熠自我安慰道，“你在跟我开玩笑对不对？好啦，被你吓到了，这个玩笑我可开不起！怎么了，婂儿……你！你说话啊！”

焦急万分的李璟熠抬起头，忽然看见赵婂的嘴唇在动，似乎正在跟自己说着什么，可他现在却是一点儿声音都听不到。李璟熠脸色煞白，微微颤抖的后背瞬时渗出一层冷汗。为了证明这只是个噩梦，情急之下他挥手抽了自己一巴掌，可令他无比失望的是……噩梦并没有醒来。此时，赵婂已是潸然泪下，她拼命地摇着头，向前一步想要再次投入李璟熠那温柔的怀抱，李璟熠急忙张开双臂，然而，随着一阵茉莉幽香迎面拂过，自己的怀中依旧空空如也，他惊悚地转过身，看到赵婂微弯着腰正在掩口抽泣。

“婂儿，究竟发生了什么事，你别吓我，这到底是怎么了？不……不能……婂儿你不能这样！”

缓缓直起身，赵婂露出一个令人心伤的微笑，她的嘴唇仍然在动，可不知为什么，李璟熠还是一个字也听不到！努力地观察着她的口型，李璟熠依稀辨认出赵婂所说的最后一句话：

“承君一诺……必守三生……流光若失……不忘璟熠……”

此时，赵婂的身体已逐渐模糊起来，幽蓝色的荧光化作洁白的茉莉花瓣，正在空中舞动……散涌……消退……

眼睁睁地看着自己心爱的人即将消逝，李璟熠死攥着拳头大口大口地喘着气，急得满头大汗却又无所适从，突然，他不顾一切地向赵娢冲了过去，又一次穿过了她已经完全朦胧的身体，狠狠地撞在墙上。头被撞得生疼，可李璟熠哪还顾得上这些，当自己再次转过身的时候赵娢的倩影已然消失得无影无踪，随着茉莉余香散尽，那块摔裂的玉佩缓缓地飘坠下来。

李璟熠脑中一道晴天霹雳，忽地急火攻心，他两眼一黑重重地跌坐在地，此刻，除了那嗡嗡回响的耳鸣声之外，周围已然死寂无声。僵坐了良久后，李璟熠拾起那块碎玉，失魂落魄地回到了卧室中。

床上，被子已经叠好，那套赵娢只穿过一次的衣服也整整齐齐地放在床头，衣服上面钻戒莹莹闪光。万念俱灰的李璟熠面无血色，他双眼无光，僵立在床前仿如一座久经沧桑的雕像，他的手紧攥着玉佩渐渐加重了力道，开始不停地震抖，碎玉棱角割破掌心，鲜血一滴一滴掉落在地板上。此时，身体上的知觉已不复存在，心中的苦楚早已盖过了手掌的疼痛。

“你等了两千年，难道就是为了把悲伤全都还给我吗？娢儿，对不起，我知道错了，我煮的粥你还没喝呢。求求你，回来吧，不要把我一个人孤零零地丢在这个世界上。”

泪水汩汩，包裹着哀伤顺喉直下，苦涩无尽，推卷着绝望翻滚而上。抬起手，李璟熠忽然狠狠地抽了自己一巴掌，接着“啪！啪啪！”耳光一个又一个打在自己脸上，直到侧脸有了火辣辣的麻痛后，噩梦终于醒了……娢儿走了，真的走了……眼泪溢出眼眶，流过脸颊仿如岩浆灼烧一般。

抱着双腿，李璟熠蜷缩在墙角，他感觉自己的灵魂似乎已被强行剥离出身体，此时的他已与行尸走肉无异，曾经的那份风轻云淡再也找不回来了。机械地摊开手掌，碎玉已深深插入李璟熠的掌心，在鲜血浸染下，玉佩蒙上了一层冷冷的红霜。

“吱呀——”推门声响起，李璟熠抱着最后一丝希望抬起头，转而又失望地看着愣在门口的韩瑾玉。

韩瑾玉捂着嘴一脸骇然，她惊恐地回想着刚才所发生的一切，隔着自己卧室的门缝，她清楚地看到了赵婄消失的情景，也看到了李璟熠心碎发狂的整个过程。

“你……你真的是璟熠吗？”韩谨玉呆呆地望着眼前这个已经完全陌生的人说道。

李璟熠没有答话只是把头埋得更低，整个人如死一般沉寂，这把韩瑾玉吓得完全没了主意，她慌忙给梁珅打了个电话，把哥哥和陈若莹全都叫了回来。待两个人急匆匆地赶回来后，韩瑾玉语无伦次地讲了半天，梁珅听得是一头雾水，也弄不清究竟发生了什么事，只有陈若莹，她忧心忡忡地从医药盒里取出纱布，默默地为李璟熠包扎着手上的伤口。

整整一个上午，无论大家怎么跟李璟熠说话，他都始终一言不发地看着那块碎玉，两只眼睛黯淡无光，眼皮许久才会无力地合上一下。到了下午，大家陪着李璟熠也是一口饭没吃，三个人里面最担心他的还是陈若莹，此时，陈若莹忧虑的眼神中杂着一丝隐隐的懊悔，或许她怎么也没有想到，只是自己一句不经意的担忧之言如今真的应验了，而且一切还都来得这么快，这么突然。可是，现在的自己除了安慰又能做什么呢？看着韩瑾玉和梁珅都在李璟熠的身边，陈若莹也只好暂时放心地去做饭了，也许吃点儿东西能让李璟熠稍微好受一些。

没一会儿工夫，饭菜就摆在了李璟熠的面前，陈若莹蹲下身轻拍着他冰凉的手劝道：“璟熠，吃点儿饭吧。”

这时，依然不明白究竟出了什么事的梁珅忍不住再次问道：“兄弟，不管啥事你都得先告诉我啊，天大的事也有我……”他的话说到一半儿就被陈若莹摇着手打断了，梁珅一下急了，他双目圆瞪，盯着陈若莹追问道：“这到底是怎么了？！那个叫赵婄的女孩儿呢？”

听到赵婄这个名字，李璟熠的眼珠微动了一下，终于发出个低沉而又沙哑的声音：“嫸儿……她走了，再也不会回来了……不回来了……”

梁珅一听，似乎觉察出一点儿眉目来，想起昨晚若莹跟自己聊起赵嫸时，话语间的那股反常劲儿，再加上她刚才那么冷静的表现，此时，梁珅已经确信，若莹绝对是有事瞒着自己，转头又看到她一脸为难的样子，似乎想说什么却又说不出口，梁珅再也压不住心头的一股闷火，冲着陈若莹喊道：“你要是真知道什么那就赶紧说！你看看！他现在都成什么样了！你也忍心？！”

“珅哥……”李璟熠木然摇头，“别再难为学姐了，这事是我让她保密的。”

“兄弟，到底怎么了？是不是因为我昨天的话，你跟赵嫸吵架了？她人呢？我去跟她解释，只要你俩能和好，让我道歉也行！”

“珅哥，嫸儿不是我们这个时代的人……”李璟熠苦笑摇头，“她是来自两千年前战国时代的公主……”

听李璟熠这么说，韩瑾玉倒还算镇定，可梁珅顿时就傻眼了，他甚至开始怀疑李璟熠是不是疯了，然而扭头看到陈若莹正一脸悲凉地冲着自己点头，他磕磕巴巴地说道：“战战战……战国？！秦始皇？长……长生不老？！”

看到梁珅跟自己当初那一模一样的反应，陈若莹哭笑不得地“唉”了一声，转而拍了拍梁珅的后背，示意他先把李璟熠扶到床上去。

在接下来的时间里，李璟熠把整个事情的经过细细地讲给了大家，在他讲述的过程中，包括与赵嫸接触最早的陈若莹也是惊讶万分，大家听着听着都入了迷，仿佛是在切身经历着那段如真似幻的传奇故事。韩瑾玉坐在沙发上，眼睛一直盯着摆在赵嫸衣服上的那枚钻戒，一边听一边偷偷地抹眼泪，没有人知道她为何要哭泣，或许就是她自己，都很难为这泪水找到一个合适的理由。

漫长的下午，经过大家的不断劝慰，李璟熠总算是勉强吃下了一点儿东西，到了夜幕降临的时候，李璟熠的心里已经很过意不去了。他逼着自己挤出一个生硬的微笑，淡淡说道："无论怎样，生活总还是要继续下去的。姈儿走了，我还有你们，还有父母，大家陪我一天都累了，回去休息吧。我没事，没事……"

说完，李璟熠沉沉地闭上了眼睛不再出声。梁珅看了看手表，时间也确实不早了，虽然心中难免有些放心不下，但面对这种事情，他们又确实帮不上什么忙，三个人默默地互望了一眼后，也只好先各自回屋了。

待大家走后，身心疲倦的李璟熠从床上爬了起来，整个人就像是患上了强迫症一般，把赵姈留下的衣服打开，叠起，再打开又叠起……时而呆呆地微笑，时而又无声地痛哭。忽然间，他想起了上大学的时候自己跟张括军那段不以为意的对话：

"嘿！你觉得这个世界上什么东西最可怕？"李璟熠很随意地问道。

"兔子，必须是兔子！尤其是母兔子，哎呀呀呀，太可怕了！"

"啊？为什么呀？"听着张括军那么笃定的回答，李璟熠不禁好奇地追问道。

"啧！你小时候没听说过那个故事吗？从前，有一只兔子活生生地撞死在农夫的面前，打那以后，这个农夫就啥活儿也不干了，天天到原地去苦等，整整等了一辈子！"

"守株待兔嘛，这跟兔子可怕有什么关系？"李璟熠很是纳闷儿地问道。

"这还不算恐怖啊！你想想，那只兔子以死为代价，居然毁了农夫的一生！兔子一死，也算是解脱了，可那农夫就悲催啦，一瞬间的希望把他的心锁了一辈子，啧啧啧，真是可敬又可叹哪……二哥，你觉得呢？"

……

思绪游走在回忆间，李璟熠的惆怅更浓了。人世间，还真就有那么一件小事，或是一个在别人看来根本不起眼儿的物件，悄悄地，暗暗地，锁住了你的脚步，你的心，甚至是你的人生……

“一花一世界，一笑一尘缘。”

沉沉地念着，李璟熠从包里取出了赵娢写的那幅字，轻轻摩挲着……拿起笔，他在纸的背面怅然写道：

“喜欢这座城市，喜欢这间屋子，喜欢那盏玻璃风灯，喜欢那道古怪的风水门，因为就在这里，我遇见了你……古玉为我们编织了一段尘缘，把如真似幻的你带到了我的身边，那醉人的淡茉之香是我此生最难忘的味道。你，蕙质兰心，棋艺精湛，我，败得心悦诚服；梦回阏与，在那北山之巅我看到了当年的自己；慢慢地，被你那颗纯如水晶般的心所俘虏；庄生晓梦，我终于找回了真正的自己；一朵茉莉融化了我的世界，一个微笑涤荡了我的凡俗；金枝抽芽玉叶生，蛰伏涅槃补情殇；纵使情深缘浅，我依旧执念不改，承卿一诺，必守三生；两千年的执着，流光中的守望，我怎能为爱退缩；一战长平，两个结局，镜花凋败，水月摇碎；虔诚地哼唱着传世长歌，却依然化解不了时空的纠葛；我与你终究是一水时光，两岸相隔；离别瞬间的留言，心死莫敢忘；再度千年后，旧梦重筑，还续前缘……”

洋洋洒洒地写到这里李璟熠惨淡一笑，也不知自己究竟想要表达些什么，提笔继续，他竟将一纸随笔写成了遗书！

“在我的银行卡里共有存款两千二百七十四万，这是我买彩票中奖得到的，当然，如果能让娢儿再次回到我身边，哪怕只有两千二百七十四个小时，那我也情愿做个穷光蛋，因为，爱上一个人可能只要一瞬间，可恋上那颗心便要追随到记忆的尽头了。身体发肤，受之父母，儿子不孝，为爱轻生，对不起二老多年的养育之恩，两千万留给你们安度晚年；剩下的二百七十四万，留给陈若莹和梁珅，他俩是我此生最好的朋友，这也是天底下最般配的一对，同甘共苦的真爱不只应该只有个自己的家而已；至于那枚钻戒，就留给韩瑾玉吧，说句对不起，谢谢你的爱……”

释然搁笔，李璟熠拿起纸又在心中默诵了一遍，起身，他从床头柜里找出了一把美工刀，推开刀片，将锋利的刀刃对准手腕，喃喃道：

“婠儿，漫漫黄泉，长路无尽，再等一会儿，让我陪你共度轮回。”

说着，他咬紧牙关，就在刀片马上就要割下去的刹那间，门外忽然响起了一阵微弱的敲门声。李璟熠慌忙合起刀片，将遗书收好，与美工刀一齐藏在了枕头下面。

“咚咚咚……”敲门声再次响起，李璟熠托着沉重的步子走到门前，打开门后韩瑾玉的面庞出现在了他的眼前。

“瑾玉？”李璟熠略显疑惑地看着她。

“你……还好吧？”韩瑾玉小心地问道。

“我？好，挺好……我还能有什么不好的？”李璟熠语气哀凉，虚弱的声音中透着一股浓浓的自嘲。

“那我……可以进去吗？”

看着韩瑾玉那略带恳求的神情，李璟熠点了点头也没再说什么。待他坐回到床上之后，韩瑾玉关好门，找了个离他稍远的地方坐了下来。两个人无言，沉默着坐了良久后，韩瑾玉拿出手机看着屏幕，问道：“从看守所回家的那天，我给你发的信息你看了吗？”

“嗯，看了。”李璟熠淡漠地说道，“都已经是过去的事了，还提它做什么。”

“既然你已经这样了，我们之间还有相处的必要吗？何必互相折磨……”韩瑾玉盯着手机沉吟道。

“算了，别想了，这件事你并没有错，当然，我也没有怪你的理由，毕竟我们……”

“李璟熠。”韩瑾玉咬着嘴唇，语气执拗地打断了他的话，“记得我第一次睡在你房间的那个晚上，你睡着以后，嘴里就一直念着妙凡这个名字，那种眷恋的声音，那样温柔的语气，还有睡梦中你的表情……真的很幸福。自从我们认识以来，你从来没有用这样的语气叫过我的名字，一次也没有。当时我就特别好奇，我在想，那个妙凡究竟是谁？怎么会让你如此魂牵梦绕？后来，有天晚上你跟我哥出去喝酒，回来以后醉得一塌糊涂，我知道你夜里肯定会难受，于是悄悄地热了点水，泡了一杯蜂蜜柚子茶想去帮你醒酒，可我刚喂了你两口水，你忽然抓住了我的手，虽然那样的力气有点儿大，但我却真真切切地感受到了你的温柔。在那一瞬间我好开心，然而，当‘姶儿’这个名字从你口中念出的时候，我的心一下子坠入谷底。从那天起，你令我无比失望，我真的很后悔，后悔自己居然喜欢上了一个脚踏两只船的衣冠禽兽，更可怕的是，你竟然还能伪装得那么善良。今天，我知道了，终于知道了，原来妙凡和姶儿是同一个女孩儿，她的名字叫赵姶。”话到这里，韩瑾玉已然抽泣起来，瘦小的肩膀也连带着微微颤抖，“我见到了她，也看到了她手指上的钻戒，我输了，彻底输了，输得一败涂地。当她从我身边经过的刹那间，我闻到了你最爱的茉莉花香，原来在玉禅寺的时候，你想抱的那个人就不是我……”说着，韩瑾玉深吸了一口气，利落地擦掉眼泪，“从小到大，没有一个女孩儿能让我韩瑾玉的尊严低头，可在她面前，我尝到了自卑，这感觉看似由她而来，可其实……全都是因你而起。”

“瑾……瑾玉！对不起，我真的不知道那天晚上竟然是你，我还以为……”

“李璟熠！”韩瑾玉叫着他的名字，又一次打断了他的话，“在如今这个诱惑重重的社会中，我能遇见你——一个对待感情如此认真的男孩儿，即便被爱的那个人并不是我，可我依然觉得自己很幸运。成全了你的爱，我选择退出，既然她已经占据了你的心，我再强求下去那就是互相折磨。”

“其实我！瑾玉，对不起，我也不是……可我真的……”

话已经说到了这个份儿上，李璟熠也不清楚自己究竟想要表达什么，看着眼前这个曾经天真活泼的女孩儿被自己伤得如此之深，他的心中五味杂陈，那种滋味当真是无法形容。

“现在她走了，我也决定马上从这个地方搬出去，等我离开之后，我们便不会再有任何交集。”韩瑾玉顿了一下，决绝地看了一眼李璟熠，“在我走之前，你要记住一件事，李璟熠，你欠我一份爱！如果想还，那就在这辈子还清，但前提是你必须忘记赵姈，无论她在你心里多么重要，你都要彻底忘了她。我承认自己很喜欢你，可我绝不会去做她的影子，绝对不会！在你的世界里，有她没我，有我就没她！我韩瑾玉不相信什么轮回不忘，再世情缘。如果你永远都忘不了她，真有来世的话，也请你……忘了我。”

一席话说完，韩瑾玉站起身来，推开门走了出去，李璟熠也跟着站起来送她到门口。临进自己屋前，韩瑾玉忽然又转过头来，冲着李璟熠露出一个灿烂的微笑，满心幸福地说了句：

“璟熠，你知道吗，我见到了妈妈，原来，我和她是那么像……”

韩瑾玉的声音有些空灵，李璟熠的目光也跟着蒙眬起来，眼前，她的身影开始变得模糊不清，越来越不真切。

“我……这是要瞎了吗？”回屋后，李璟熠无力地自嘲道，“呵呵，瞎了？瞎了更好，反正我的这双眼睛从来就没有把爱看清楚过……”

返回到床上，正当李璟熠想要从枕头下摸出美工刀的时候，也不知为何，突然间冒出一股心神不宁的感觉，他隐约觉得好像哪里总有些不对劲。愣了一下后，李璟熠忽然想起韩瑾玉刚才好像说“要搬出去住”之类的话，皱着眉头迟疑了一阵终究还是放心不下。于是，李璟熠推开门跑到韩瑾玉屋门前轻轻地敲了敲，半晌无人应答。

“是不是已经睡了？”李璟熠自我安慰着，正要准备回屋，可转念一想还是不对，“这才多大会儿工夫啊，‘觉皇’也不能睡得这么快吧。”

转身折回去，李璟熠加大力气又敲了半天，仍旧没有半点儿回应，此时，他心中的不安感越来越强。李璟熠壮着胆子扭了一下门把手，门竟然没锁，他的心马上吊了起来，容不得再多想，他一把推开门忐忑不安地走了进去，一边摸索着顶灯的开关，一边试探着问道：

“瑾玉，瑾玉？你睡了吗？”

当顶灯亮起的那一刻，李璟熠震惊了，空荡荡的屋子空荡荡的床，别说是韩瑾玉了，就连她的日常生活用品也通通消失得无影无踪。

“真搬出去了？这么快，不可能吧！刚才也没听见有开门的动静啊！”

抬手一看表，李璟熠倒吸了口凉气，现在已经将近十一点了，这大晚上的，一个小姑娘提着行李在外面走太不安全了。想到这里，他匆忙跑到梁珅和陈若莹的屋门前，用力拍打着门叫道：“珅哥！学姐！瑾玉在你们那里吗？珅哥！珅哥！！”

“璟熠吗？”是学姐的声音。

“是我！学姐快开门！瑾玉好像自己跑出去了，你跟珅哥赶紧出来啊！”

“瑾玉出去了？等一下！我马上出来！”是梁珅的声音。

李璟熠站在门外急得团团转，可等了将近五分钟也不见他俩出来。

“啧！你俩干吗呢？要不我先出去找，珅哥你快点儿！让学姐留在家里等着，万一瑾玉回来了……”

说着，李璟熠飞奔回屋胡乱捡了件大衣披上，当他再次跑过梁珅卧室的时候，里面还是没有一丝动静。他顺手砸了两下门，心急如焚地喊道：“还没完事呢？都干什么呢？！”

当李璟熠的第三拳砸在门上的时候，房门居然开了，卧室里面黑漆漆的一片，安静得有些诡异。打开灯，李璟熠一阵心悸，屋中陈设一如既往，却唯独没有了梁珅和陈若莹这两人。

“这！什么情况？！人……人呢？！”他失声叫道。

异样感越来越强，李璟熠头也不回地冲出了屋子……

街道、小巷、餐厅、旅店，虽然各处依旧灯火通明，但却没有一个人影，整个城市死寂无声，那诡异的感觉令人毛骨悚然。李璟熠四处狂奔着，他是遇门则敲，见亮就喊，一颗颗豆大的汗珠从额头滚落下来，心中的疑虑渐渐被恐惧所代替。一连跑了五条街，李璟熠居然一个人影都没看到。这时，他忽然间有了一种被整个世界遗弃的感觉，到最后他几乎陷入了疯狂，脑子里思绪乱飞。

“娢儿消失了，那就意味着长平之战秦国最终获胜，也就是说，我的这个时代应该存在，可现在人都上哪儿去了？！明明刚才还听到珅哥和学姐的声音……如果，他们都消失了，那就是说长平之战是赵国打赢了，既然历史已经改写，那——那为什么我还存在？”

终于，李璟熠放弃了最后一丝希望，两腿像灌满了铅水，一步一沉地走回了家，他真的想不通，在这一天之内究竟发生了什么事？回家后，李璟熠走进韩瑾玉的卧室里，托着腮帮子呆呆地守在窗前，也不知是过了多久，天际逐渐发亮，久违的太阳终于再次升起。李璟熠麻木地推开窗户向下望去，街道不再有车水马龙，小贩的叫卖声，汽车的鸣笛声，一夜之间竟全部消失，窗外寂静得可怕，李璟熠彻底崩溃了……

沉沉地吐了一口浊气，李璟熠仿佛是想通了什么，怀揣着对赵娢深深的思恋，紧握着手中碎裂的玉佩，他费力地爬上窗台，合上眼睛纵身一跃，身体开始急速坠落，呼呼的风声擦过耳边似乎在对他说：

“一切都已经结束了，死亡就是最好的解脱……”

许久之后，在阳光的直射下，李璟熠浑浑噩噩地睁开眼睛，在他眼前出现的一切远比十八层地狱都要恐怖，原来，他没有死，不仅没死，浑身上下竟连一点儿瘀伤都没有。睁大了充满血丝的眼睛，李璟熠仰头望着天空声嘶力竭地喊道：

“我究竟在哪里——到底发生了什么——为什么——为什么不让我死？！为什么——”

声音在上空盘旋、回荡，渐渐被这个无声的世界所吞噬……

时光没有停滞，太阳依旧东升西落，轮回反复。然而对于李璟熠来讲，他的生命已经终结了。

一个月过去了……

在这段日子里，李璟熠没有喝过一口水，更没有吃过一口饭，可他却丝毫没有口渴或是饥饿的感觉，漫无目的地在这个空寂的城市中游荡着，他的身体也从未感到疲倦。到了晚上，李璟熠有时睡在马路中央，有时躺在高层楼顶……

一年过去了……

李璟熠尝试了各种自杀的方法，跳楼、割腕、上吊，只要是他能想到的，自己能做到的，几乎试过了无数次，然而，当他再度睁开眼睛的时候，周遭熟悉的一切令他如坠深渊。现在的李璟熠不知道自己是人还是鬼，是已经死在了现实中，还是一直都活在梦里……

十年过去了……

在李璟熠的卧室里，赵婠的画像随处可见，每一幅都是他亲手绘制的，当然，在这个世界上除了他还会有谁呢？一摞摞的画像，一幅比一幅精美，一幅比一幅逼真，画中，赵婠的微笑灿若晚霞，是那样美丽，美得如真似幻……

两千年时光如梭……不经意间……已经过去了整整两千年！

屋子里，楼道中，大街小巷的每一个地方，在这个城市的每一个角落，赵婠的微笑随处可见……在李璟熠的身后立着一尊栩栩如生的雕像，那双美眸深情地凝视着他。与画像不同，赵婠的雕像就只有这么一尊，这是李璟熠留下的，自己雕刻的最完美的一尊，因为在他的心里，婠儿永远都是唯一！

这是个一切如旧的傍晚，夕阳——依然如旧，和风——依然如旧，依然如旧的李璟熠一条黑布遮住双眼，他面带微笑，手中的画笔却不停歇，一幅崭新的画像即将完成。

“李……璟……熠……”

远远地，从半空中传来一个声音，首次打破了两千多年来的沉寂，依然静坐，专心绘画的李璟熠对此毫无反应，在那无尽的岁月中，他的耳边曾响起过无数声音，可当他确认那只不过是自己的幻听之后，希望瞬间被无尽的绝望所掩埋。经历了千年孤寂，李璟熠已经陷入了一个完全混沌的状态，此时，任何声响都不能再度扰乱他那颗尘封已久的心。

“李璟熠——”

声音再次响起，忽然间变得异常清晰，那语气中满载着激动仿佛就是从他身后传来一般。缓缓地，一只手握住了李璟熠的肩头，这让他一阵惊悸，手中的画笔僵住了。站起身来，李璟熠慢慢地转过身，拉下眼前的黑布后，一张陌生男人的面孔出现在了他的眼前。

“你？是谁……”李璟熠面庞麻木，没有任何表情。

“我们……又见面了……”男人的声音变得兴奋起来，可说话的语速却依然和缓。

“又，见，面，了？”李璟熠一字一顿，迟缓地问道。

“不是吗？璟熠……我们又见面了……”男人的眼眶忽然充满了莫名的泪水。

“你究竟是谁？我们何时见过？难道说这个世界上……还有人？”

“不，不，不……”男人摇着头，眼中掠过一丝失落，“璟熠，对不起，这个世界上已经没有人了，没有了……”

“你……怎么会知道我的名字？”李璟熠伸出手想要碰触面前的身体，可正像当年那样，他的手又是毫无阻挡地穿过了这个男人的身体，“为什么？既然你能碰到我，可我却……我是不是已经死去很久了……”

男人淡淡一笑，微微摇着头飘走到窗边，他的眼睛望着那即将落幕的夕阳，平静地说道：“我不仅知道你的名字，还知道你的一切，知道你的全部故事，甚至有些事你不知道的，我……也知道……”

男人缓缓吐出一口气，继续说道：“赵姶，你的妻子，那个举世无双，完美无瑕的女孩儿！”说到这里，男人的表情变得十分自豪，“还有韩瑾玉，那个可爱的小姑娘，她真的很爱你，非常非常地爱你，就那么傻傻的一直爱着你；梁珅，你最好的兄弟，可惜啊，他始终都不懂你真正想要的是什么；陈若莹，那么娴静温婉的女孩儿，虽然她并不是你姐姐，但却比亲姐姐更加心疼你……璟熠，我说的对吗？”

听到他说出这一连串熟悉的名字以及他们跟自己的关系，李璟熠怔住了，一脸茫然地望着眼前这个谜一样的男人，惊讶得说不出话来。

男人看着李璟熠那不知所措的表情，微笑着点头说道："我还知道张括军、程书航、卿晓云、卿晓月还有……还有很多……娢公主、婵公主、臻郡主、惠文王、平原君、赵奢、赵括……你知道吗？赵娢的闺名之所以叫妙凡，那是因为她从小就想做一个平凡的少女，而这一切恰恰就是你能带给她的生活……慕云，慕云，羡风慕云，李慕云，他就那样坚持着，坚守着……直到生命的最后一刻。璟熠啊，他真的很羡慕你，羡慕你的风轻云淡……"

"你！"李璟熠颤抖地指着他，惊愕地后退了两大步质问道，"你究竟是什么人？怎么对我的事情，娢儿的想法，还有李慕云的名字都……都那么清楚？！"

"娢儿，娢儿……多美的名字啊。"男人一脸幸福地陶醉着，"她原本是文殊菩萨宝冠上的一朵茉莉花，只因菩萨许下了她一世尘缘，这才能来到你的身边。长平战后，娢公主为爱殉情，菩萨心生怜悯，将你与她的记忆注入古玉，化作'云娢'二字，待流光轮回千年后你们再度相逢，了却这段尘缘。璟熠，怎么样，这个故事美吗？"

"既然你什么都知道，那快告诉我，娢儿在哪里？她现在到底在哪里？！"李璟熠紧张地问道。

"她已经走了，载着与你在一起的全部记忆回去了，回到那个本属于她的时代，我的故事写到这里，已经……结束了。"

"故事？你的故事？！什……什么意思？什么结束了？！"李璟熠惊愕地追问道。

"璟熠，你所生活的这个世界是我编造出来的，你身边的所有人，包括你自己，你们都是我小说中的人物，其实，你们只是活在我编织的故事里……"

"你的小说？"李璟熠简直不敢相信自己的耳朵，"你是说我，不！我们？我们都是你虚构出来的人物？！"

"对，你们都是我笔下的人物，你们的命运都掌握在我的手中，不过，你很特别，当初差点儿就改变了一切。"

李璟熠愣住了，望着眼前这个男人迟疑了一阵后他忽然惊觉，急切地喊道：“我想起来了！你就是当初我来城区的火车上坐在我旁边的那个男人！”

“是啊，呵呵呵，当初你的那瓶水差点儿毁了我的电脑，你不知道，那会儿我正在构建故事大纲，文档都还没保存呢。”

望着男人淡淡的笑，李璟熠猛然想到了什么，声嘶力竭地继续喊道：“我明白了！也就是说你接下来怎么写，我的未来就会怎么发展，对不对？！那你赶紧回去写，让我再见到媗儿！快去写啊！！”

“对不起……”男人低下了头，惋惜地说道，“璟熠，真的对不起，我的故事已经结束了，你现在的状态便是故事的结局。”

“不，不！没有结束！”李璟熠疯狂地摇着头，“你的故事没有结束，你！你不能这么不负责！我和媗儿的故事没有结束，没有！没有！！！”

看着李璟熠那濒临崩溃的样子，男人很是自责地叹了口气：“其实，在刚开始写这部小说的时候，我就已经重疾缠身了，我之所以要扛着病把小说写完，那是因为你们的故事太美了。璟熠，我故事里的每一个字，每一句话都凝结着我的心血，我希望在临死之前把它写完，给世人留下一部完美的作品，让大家都知道你们的故事。如今，我的时间已经不多了，可故事还没有臻尽完美，可我真的已经尽力了，竭尽全力……璟熠啊，现在的我正躺在医院抢救，既然能以这种状态见到你，那就证明死神的丧钟已然敲响，我的生命即将走向终结。璟熠，这世界上本就没有完美的事情，在命运面前，我们只是卑微的评价者，仅此而已。就像我自己一样，创造着别人的命运却不能改变自己的宿命，我的妻子，我的女儿，她们也必将接受这个残酷的现实，唉……”

说到这里，男人也同样陷入了忧伤。两个人就这么同病相怜地静默了许久后，男人再次开口道：“璟熠，其实我能来到这里，不就是每一个小说作者所追求的真谛吗？他们穷尽心血，把自己的思想转化成文字，为的不仅仅是让读者看，或者是让那些喷子批判，更重要的是，这些文字最终会铸成一个容器，一个承载着他们灵魂的容器，这样，作者们就会活在自己编织的故事里，生前是这样，死后也是一样的。人，依靠思想而活，借助思想意识到自我的存在，语言也好，文字也罢，它们正是存在的家，小说作者们的灵魂不朽，那是因为我们永远都有寄托之所！”

在说这番话的时候男人的眼神一直闪烁着异样的光彩，可当看到李璟熠那依旧失落的表情后，他的脸上又多了一份沉重的遗憾。

“本想给你留下一份快乐的回忆，让你在那无尽的岁月里细细回味，可到头来，我没想到会令你这么痛苦，即便是我现在想要修改结局，可一切都已经太晚了，对不起，璟熠，对不起……对……不……起……”

话说到这里，男人的影像渐渐远去，声音也开始模糊不清，终于，完完全全地消失在了天际。伫立在原地的李璟熠望着男人消失的方向，沉默了良久，忽然，他仰起头冲着窗外大声喊道：“不！你说的不对！在命运面前，人并不是卑微的评价者！命由天定，事在人为！我不会像你一样活在虚幻的梦中逃避现实，我要亲手铸造自己的未来！”李璟熠把两只手放在嘴边，继续喊道：“既然——你已经写不下去了——那就让我——继续往下写——你的故事——我替你写——我的故事——从现在开始——我！自！己！写！”

李璟熠的声音如同利剑射向天空，冲破这个世界的最后边际，飞向了故事萌生的地方……

第十六章　觉醒——旧梦重筑，寻爱未晚

身前是那一望无际的时光之海，暗潮携卷着赵姶的画像层迭起伏，时钟的“嘀嗒”声响起，一幅幅画像聚拢过来，在李璟熠的面前铺开一条通路，逆着那奔涌而来的流光，他每踏出一步就有一摞画像被还原成白纸，路尽头至彼岸，李璟熠手中的碎玉重新拼合起来。

波浪隐退，混沌散尽。此时，李璟熠已然置身于一个光怪陆离的空间中，一卷卷鲜活生动的画轴接踵而至，在他眼前，浓厚的工厂烟尘被袅袅炊烟取代；在他耳边，清脆的短兵相接声盖过了喧嚣的都市协奏曲，沧海沉没，桑田迭起，奈花飘香，千年转瞬间……李慕云的记忆片段，一个个从李璟熠的额前释放而出，它们扭曲着，盘绕着，飞进了他的双眸。渐渐地，李璟熠那原本淡然的瞳孔增添了几分凌锐，单薄的身躯也变得厚实了许多。

视线逐渐清晰，李璟熠脚踏着故乡的土地，一颗尘封千年的心猛然觉醒。高昂起头，李璟熠目光炯炯，眉宇间飘逸着不凡的傲气，他抬眼远眺，天高宇阔，风轻云淡，雀鹰一声长鸣直冲穹顶；他颔首平视，宣政大殿气势恢宏，大赵旌旗踏风飞扬，凯旋的热血男儿手握长戟，精神抖擞地站立在两旁。终于，同时保有两份记忆的李璟熠，回到了那个本属于他的时代……

“宣——右路先锋军卒长——李慕云！觐见——”

通传声洪亮悠长，响彻王城，面对此情此景，李璟熠的满腔激动难以言表，因为他知道，用不了多久，自己将会再次见到婃儿那醉人的微笑。

“卒长，李卒长？大王在宣召你呢。”身旁的一个军士悄声提醒道。

李璟熠先是一怔，继而平复了一下心中的狂喜，只身跨出行伍迈着矫健的步伐向大殿走去，在他所经之处，士兵们高诵邯郸战歌，曲调激昂，气势磅礴。行至殿前，李璟熠目不斜视地解下佩剑，单手交给殿前侍卫后，昂首阔步踏入宣政大殿。

殿内，群臣左文右武，整齐地跪坐在两边，在那前方的御台上，珠帘遮目的赵王正襟高坐，一道炯锐的目光穿过帘幕间隙，俯视直下。李璟熠英姿勃发，大步走上前去，潇洒地一甩披风拜倒在地，高呼道：

“末将，李慕云，叩见大王！”

声如洪钟，器宇不凡，目光坚毅，傲骨铮铮，这等气魄令殿内在座无不肃然起敬，群臣纷纷伸颈侧目，争先恐后地想要一睹这位名震北山的少年英雄。

“哦，李慕云。”拨开细碎珠帘，赵王细细地打量了一番，不禁点头赞道，“比寡人想象中还要年轻一些，正所谓英雄出少年，北山一役，不仅斩敌都尉三员，还拖垮了秦人三十万大军。嗯，果然是后生可畏哪啊！起来吧。”

“谢大王！”李璟熠站起身来，微微抬头望向赵王。眼前的这位老人便是婃儿的亲生父亲，同样，也正是这个老人，他临终前的一帛遗诏让自己与婃儿各自苦等了两千年。人常说伴君如伴虎，一国君主的可怕之处，就是让你永远都猜不透他的真实想法。然而在这个时候，也不知是为什么，赵惠文王的眼神，威严中杂着浓浓慈爱，那种神情就像是个“老领导”在看着一位寄予厚望的“新人”，这让李璟熠感受到一股莫名的亲切。

此时，王座旁一近侍附在赵王耳边，掩面低声似是说了些什么。赵王听后，点着头问道：“唔，及笄大典虽有唐突，不过胆色可嘉。李慕云，寡人听闻你原本是我儿赵丹的门客？”

“是，末将出身布衣，幸蒙太子不弃，收为家臣，这才给了末将一个报效国家的机会。太子殿下的提携之恩，慕云一生铭记，定当竭尽全力，誓死相报！”

赵王听罢很是满意，他微笑着点点头，把目光移向了跪坐在不远处的赵丹，夸赞道：“吾儿眼力不错，能结识如此年少有为的将军，真乃我大赵之福，寡人之幸也！”

殿内众臣忽闻赵王改称李慕云为将军，马上猜到了大王已有封赏之意，宣政殿内一阵窸窸窣窣的骚动，王族重臣的议论声打破了原有的肃静，唯独赵丹转过头，冲着李璟熠投来一个兴奋的眼神。

“咳！”赵王咳嗽了一声，大殿内马上安静下来。接着，他垂目看了一眼跪坐在近前的平原君，捋着胡须问道：“平原君，依你之见，这李将军……如何？”

平原君赵胜毕恭毕敬地坐直身体，并不看李璟熠一眼，便直言道：“禀大王，李将军虽出身寒微，但阏与之战，北山一役，足可证明他胆略过人，才能卓越，更何况他还是太子殿下的谋臣，下臣以为，将军这个名位李慕云还是担得起的！”

平原君虽然语气孤傲，但那言辞间的确是公正不阿，胸襟之宽广，气量之伟岸，几句谈吐便展示出了他惜才如命的风范，不愧被后世列为“战国四君子”。

“蔺大夫，廉上卿？诸位卿家意下如何？”赵王苍眉上挑，扫视四座。

“大王英明！”群臣齐声唱喏道。

见诸臣并无异议，赵王大手一挥，宣诏内监马上会意，小心地从袖袋中取出那份早已拟好的国诏，朗声念道：

“右路先锋军卒长李慕云，义胆忠肝，足智多谋，阏与之战，北山御敌，连斩秦都尉三员，所部军士杀敌破万，赫赫军功，光耀大赵，特破祖例，越级晋封为胡骑将军，统领胡骑营三军，尊享国尉之礼。复赐良田百倾，黄金百两，白银千两，绝色歌姬五人，望再立高功，为大赵拓土开疆！”

“末将叩谢王恩！”李璟熠跪下身来，虽口中称谢，但心里却在琢磨着怎么跟赵王提及自己与娢公主的事。正要开口之际，忽然一个念头在脑中闪过，立即让他无比清醒：“尤其是在这么个敏感的时刻，我决不能重蹈覆辙，若是让人知道我对娢儿早有倾心，那无异于打草惊蛇，我一旦变成众人的关注焦点，接下来再想有什么动作就难上加难了。”如此这般地悉心盘算着，李璟熠再三叩首，千恩万谢后低调地退出了大殿。

宏大的册封礼结束了，李璟熠假借游园之名故意滞留在王宫花园内，信步游赏间，他眼睛一直密切地注视着前方不远处的镂花拱门。李璟熠记得真切，在册封大典的梦境中，娢儿曾在一众宫女的陪同下从那里经过，这对自己来说可是个千载难逢的好机会：“假如把玉佩当作战利品向娢公主进献，这样一来我便可借献宝之由跟娢儿搭上话，只要能稍加隐晦地告诉她我自己的想法，那么接下来……”

想到这里，一阵轻盈细碎的脚步声响起，李璟熠心中大喜，机会终于来了！眼前不远处，一身襦裙的娢公主在众星捧月般的簇拥下走出拱门，李璟熠的心再次像往昔那般狂跳起来。虽然，此时的娢公主刚过十五岁，容貌神态都比李璟熠记忆中要稚嫩些许，但那一抹醉人的微笑依然是他永生难忘的幸福。紧了紧握在手心的玉佩，李璟熠一边向娢公主走去，一边在心底默念着：“玉佩啊，成败就在此一举了，只要能争取到与娢儿独处的机会，我就可以把一切都告诉她，相信她不会忘记我的，一定不会……”

然而，还没等李璟熠走出两步远，身后便传来了一个浑厚有力的声音：“慕云！”

李璟熠一怔，止住脚步很是纳闷儿地回头一看，原来那叫住自己的人是赵丹，虽然心里有一百个不愿意，但人家毕竟是太子，无奈之下李璟熠也只得返身疾步向他走去。

“臣下，见过太子殿下。”李璟熠恭敬地拜道。

“呵呵呵，怎么跟我还见外了？如此一来，嗯……李将军，快快请起。”赵丹往前一步，笑着将他扶起，“如今你我已同为大赵臣子，慕云若再以家臣自居反倒失了身份，‘末将’这一谦称便足以了。”

赵丹的话语让李璟熠的心中注满了温暖，他抬起头望着面前这个容貌俊朗，神色老成的男人，他便是婠儿的哥哥，也就是未来的赵孝成王。想起赵丹对自己的知遇之恩，以及牢狱中那份礼贤下士秉烛畅谈的情谊……回味着这些自己虽未亲身经历，但却深刻于李慕云记忆里的情境，一丝莫名的愧疚涌上眉头。

正在李璟熠锁眉踌躇间，赵丹向前一步，贴着他的耳朵小声提醒道：“慕云，婠儿已经走了。”

李璟熠听罢大吃一惊，他急忙转过身去，果然，拱门下已空无一人，婠公主早已离去多时了。李璟熠闷闷不乐地叹了口气，忽觉肩头一热，那是赵丹厚实的手掌。

“你与婠儿的婚事再忍耐一下，待我继位后，第一件事情便是昭告全国，令王妹下嫁于你，然后再操持一场国宴，赐你们一处封地。”

赵丹的这番话深深地触动了李璟熠的心，令他满怀纠结。没想到，赵丹对自己的婚事竟然如此上心，俨然把他当成是亲如手足的兄弟一般。然而面对他的这份真诚，自己却在处心积虑地计划着怎么才能把人家的妹妹拐跑，想到这里，李璟熠的内疚感愈发强烈起来。

“慕云，在那么多外姓家臣中，你是我最信任的人，将来你还要帮我实现亡秦称霸的梦想，令天下诸侯唯我大赵马首是瞻！”说到这里，赵丹解下自己的佩剑，“此剑，因剑柄镶玉，故而唤作玉晗，相传是轩辕黄帝后裔子孙的佩剑，我把它送给你，以此剑为誓，只要有我在，除你之外，婠儿绝不会下嫁于他人！”

“太子殿下……”李璟熠双手接过玉晗剑，一股荣耀之火在心底腾腾燃起。

此时赵丹忽然轻叹了口气，背过身去，他仰望着宫宇楼阁意味深长地说道："还记得小时候父王曾给我讲过，当年周武王伐纣，平定天下，铸九鼎以分封诸侯，自称为天子，绵延后世数百年。周王迁都前，国力兴盛，民居乐土，每逢王子帝姬成年，宫廷都会举行盛大的弱冠及笄之礼，场面之壮阔，气势之恢宏，仅护行仪仗就有千人之众……那个时候我就在想，总有一天，我要让姶王妹与天子帝姬平起平坐！慕云啊，请务必鼎力相助于我，让你的姶儿成为这普天之下最尊贵的公主！"

返回了赵丹府邸，李璟熠走进自己的别院，他跪坐在书案前盯着手中的玉佩左右为难。此时，在他的脑海中，一边是李慕云的报国宏志，另一边则是李璟熠的小家美梦，两边的较量此起彼伏，在这艰难的取舍中，李璟熠深深体会到李慕云当年的心境。原来，往昔的一切都不像自己想象中那么简单，放弃苦盼千年的隐居生活，他绝对做不到，可为了圆梦，他就必然会伤及那些信任自己，需要自己的人。

"我究竟该怎么做，才能让一切都圆满呢……"李璟熠喃喃自问着。

午后，王城的红衣内监带来了大王的赏赐，除却那些金银器物之外，五个身段窈窕的歌姬也随之一并送到，不一会儿，赵丹的赏赐文书接踵而至，太子殿下送给他一座宅院，让他在将军府建成之前可以暂住在那里。

面对眼前这富贵荣华，李璟熠的心中苦不堪言，眼前，那五名歌姬一字站开，相貌姿色各有千秋，仪态装束风情万种，五双美眸明艳动人，正用那无比崇敬的目光凝望着他。

"将军愁眉不展，不知因何事烦扰，若蒙不弃，倾云愿献上一舞，以解惆怅。"站在最中间的女子朱唇轻启，柔柔地说道。

"唉，不用管我，你们从王宫来到这里想必走了不少的路，都先下去休息吧。"

"将军！"女子忽然跪倒在地，满眸噙泪，"就让倾云为将军一舞吧，权当是答谢将军替吾父报仇，为吾兄雪耻之大恩。"

"报仇……雪耻？"李璟熠搜尽记忆，却也想不起来自己与这个名叫倾云的女子有何关联。

“倾月见过将军。”立于倾云身边的女子上前一步，深深地做了个万福，“小女子与倾云乃是同胞姐妹，我等父兄四人皆惨死于秦人剑下，至今尸骨未还。半月前，听闻将军北山御秦，血债血偿，我姐妹二人感激涕零，如今不为名分自愿追随，但求终生服侍将军。”

说罢，倾月舒展纤臂，秀足微抬，曼妙地一个回转，云袖轻扬，似仙如灵，与此同时，站在她身后的四个女子也随着点足抬腕，陪衬着舞了起来。五个女子，时而聚成欲绽的花蕾，时而排成荡漾的水波，那美女的舞姿说不尽的婀娜妩媚，道不出的风雅绝俗，轻舞转眸间，眉目传情，含笑藏羞。的确，作为一个血气方刚的男人，无论是在哪个时代，哪个地方，享受被女子崇拜的感觉都是件无比诱惑的事。然而，此时的李璟熠哪还有静下心来欣赏舞蹈的闲情逸致，赵丹的话语在他耳边一遍又一遍地回响着：

“让你的娢儿成为这普天之下最尊贵的公主！让你的娢儿成为这普天之下最尊贵的公主！让你的娢儿成为这普天之下最尊贵的公主……”

“赵丹说，等他继位之后就会让娢儿下嫁于我，君无戏言，我到底该不该相信他？如今的我已经不是从前的那个李慕云了，可是命运、历史……我真的能够掌控这一切吗？”苦苦思量着，李璟熠心神难宁，这时，门外响起一声唱喏打断了他的愁绪。

“太子到！”

李璟熠急忙起身出外相迎，五名女子也即刻止舞，小心地退在了一旁。

“末将参见太子殿下。”李璟熠肃然抱拳，恭敬一拜。

“慕云，我刚从王宫回来，顺道给你捎来个好消息。父王刚才说，今夜会在宣政侧殿设国宴犒赏功臣，凡是已经成年的公族子弟均可参加，这也就是说晚上你便能见到娢儿了。慕云，你放心，只要有机会我一定会设法安排你和娢儿独处的。”

“谢过太子殿下！”这一句谢，李璟熠当真是发自肺腑。

“嗯，那我先走了，晚上依我眼色行事。”赵丹笑着点了点头，正欲离去时，忽地又转回身来对那五名歌姬吩咐道：“你等随大管家去新宅打理一切，好让李将军尽快入住。”

望着赵丹离去的背影，李璟熠在心中默默地念了句：“谢谢你，真的谢谢你了，我终于要见到娢儿了。”想到这里，他的心怦怦狂跳，满怀欣喜地想象着自己与娢儿见面的那一瞬间。

“幸福，不是给虚幻的未来下个定义，而是藏在眼前的每个瞬间里。幸福始终跟随着你，它的归属由你的选择来决定，只需要一个有勇气的转身罢了。”

反复咀嚼着这句话，李璟熠兴奋难耐，他隔三岔五地跑到院子里看看太阳，急切地盼望着日暮西垂的时刻，然而，他的这番欣喜很快就被新的苦恼所冲淡：“今晚的王城夜宴确实是带走娢儿的最好时机，可如果我要等到晚上才能见到她，在那么短的时间里，不仅要说清楚一切，而且还要把逃出邯郸的计划部署周全，这……唉！不行，我必须马上见娢儿一面。”

在院子里踱着步，李璟熠绞尽脑汁想要找个合适的理由再入王宫一次，可在这个陌生的时代，偌大一个邯郸城中可信之人只有赵丹和娢儿，如今，赵丹已经在着手安排他们晚上见面了，若是此时再去猴急地求人家，难免惹人起疑，然而，他又不能就这么没个由头，大摇大摆地进出王宫啊。

“对了！献宝！还是用献宝这个借口最好！”

想到这里，李璟熠连忙找了个精致的小木盒把玉佩装起来，可刚出别院没走两步他又折了回来。

“娢儿已经及笄，这也就是说她现在是成年待嫁，我这么唐突地去献玉，必然会传到赵王的耳朵里，万一他有所介怀反而弄巧成拙，唉……这也不行，那也不对！怎么办？怎么办啊！要是娢儿能主动召见我，那就好了……”

跪坐在书案前，李璟熠把小木盒打开又合上，冥思苦想了半天，他眼前一亮，终于找到了一个不仅可靠而且还有能力帮自己通风传信的人，她就是妗儿的亲妹妹，如今尚未成年的婵公主！

李璟熠当即取出一把匕首，在玉佩上大胆地用楷书刻下了两行小字：“我是璟熠，跟我走。”

吹了吹已经刻好字的玉佩，李璟熠抬起头微吐了口气：“在这个时代，能认出楷书的就只有我和妗儿了，只要她能看到这块玉佩就一定会明白我的意思，妗儿那么聪明，找个名正言顺的理由召见我易如反掌！”

于是，李璟熠立即换了一身便服，带着玉佩行色匆匆地赶往王宫。借献宝之由，在没有提及妗公主的情况下，他果然顺顺利利地见到了赵婵。婵公主一见到李璟熠，便马上兴奋地冲他摆了摆手，一脸孩子气地问道：“慕云哥哥！究竟是什么好东西呀，快拿来让婵儿瞧瞧！”

李璟熠微微一笑将手伸入怀中，正想拿出玉佩之时，随眼瞥见那立在一旁侍候的婢女正在不动声色地注视着他，似乎很有心计的样子。李璟熠停住手上的动作，故弄玄虚地说道：“公主殿下，这件宝贝我只能给你一个人看。”

“哦？”赵婵眨了眨眼睛，好奇心更浓了，“岚儿，这里不用你伺候了，先下去吧。”

“这……”

“无妨无妨，慕云哥哥又不是外人！”赵婵急不可耐地催促道。

婢女只得应了声“喏”，慢慢地退下。待她将门关好，李璟熠这才不紧不慢地拿出玉佩，旁敲侧击地提醒道：“呃，给你可以，不过你要记住，好东西一定要跟自己最亲密的姐妹分享哦。”

赵婵一把抢过玉佩，笑嘻嘻地举至头顶，一边细看，一边说道：“咿呀呀，原来是块玉佩啊。”看着看着，她小眼珠滴溜溜一转，突然古灵精怪地冒出一句：“这玉佩莫不是慕云哥哥专程送给王姐的吧？”

李璟熠一听马上愣住了，这小姑娘居然什么都知道，看来平日里这两姐妹当真是没少“交流”。

“来来，我再告诉你个小秘密，其实啊，这块玉佩它会说话，是我在战场上缴获的，可神奇啦！”李璟熠挑了挑眉毛，“不过，这邯郸城里就只有你王姐一人知道怎么让它说话，不信你去试试！”

“呀！”赵婵扑闪的双眸，忍不住满心好奇，没等他再说话便一溜烟跑出去了。

望着她欣喜跑开的背影，李璟熠心中一阵窃笑，暗自寻思着：“切，我还就不信了，一个小丫头，还哄不了你了！”

正当李璟熠放下心来准备离开的时候，赵婵居然又颠儿颠儿地跑回来了。李璟熠顿时无语，心想自己是不是太低估她了，毕竟人家跟嫆儿是一个娘胎里出来的，姐姐那么聪明，妹妹自然也差不到哪儿去。

跑到李璟熠跟前，赵婵一边喘着气，一边伸出小手说道：“这块玉佩分明就是慕云哥哥送给王姐的，我不管！婵儿也要！”

“要……要什么啊？”

“我也要一块！”赵婵不依不饶地说道。

这下可把李璟熠愁坏了，这让他上哪儿找去。就在李璟熠百般无奈之际，他突然想到了自己腰间的佩剑，那玉晗剑的剑柄处不就镶着一块朱红色的玉吗？他急忙背过身去，拔出匕首小心翼翼地将红玉从剑身上剜了下来，回头递到赵婵手上，继而又附在她耳边小声叮嘱道：“这件事你可千万不能跟别人说起啊！还有，记住了，玉佩给姐姐，红玉才是婵儿的。”

赵婵一看到那块红玉马上喜欢的不得了，满意地点了点头后，又一阵风似的跑了出去。

终于，李璟熠心中的一块石头暂时落了地，现在自己唯一能做的就是回到别院等着嫆公主的传召。在回来的路上，他一边走一边在心中暗暗祈祷着：“赵婵哪，一切就全靠你了，千万要把玉佩交给你姐姐啊。”

再次返回别院后，李璟熠坐立不安地一直等到了傍晚，但凡屋外有个风吹草动的声音，他都会跑出来瞧瞧是不是传召的人来了，然而，到了庆功夜宴即将召开的时刻，也没见半个人来找他。无奈之下，李璟熠只得草草整理了一番，赶去赴宴，一路上，他心神不定地胡猜乱想着："难道那丫头半路上去哪里玩，就把这事给忘了？该不会是把玉佩弄丢了吧！"

想到这里，李璟熠仔细回想着赵婵的模样，突然觉得她相貌似乎跟韩瑾玉有些相似，不由得愈发担心起来，想想看，韩瑾玉有时候就挺不靠谱的，这丫头长得有点儿像她，不会性格也一样吧！

来到庆功宴席后，李璟熠找到自己的座位，入座后他满心忐忑地盯着婠公主的座席发呆，偶尔与同僚应承着攀谈上一两句，虽是面色沉着，但却依然难掩那眉宇间的焦虑。

"大王到——"

随着一声洪亮的唱喏，四座即刻安静下来，李璟熠紧张地望向王座，期待着婠公主的出现。片刻工夫，赵王连同威王后一行人款款步入宴席，跟在他们身后的第一个人便是让李璟熠魂牵梦绕的赵婠。待全部王族成员入座后，古韵盎然的编钟声响起，一众美艳舞姬分两排进入宴席中央，歌舞升平，觥筹交错……慢慢地，宴会进入了高潮。

丝竹弦乐，李璟熠充耳不闻；舞姿曼妙，李璟熠视而不见，他的心思全都放在了离自己不远处的婠公主身上，此时，虽说只有几步之遥，但对他来说仿佛相隔千里。就这样，李璟熠紧张地凝望了半天，可娴静而坐的婠公主似乎全然没有注意到他的存在，只是落落大方地欣赏着歌舞，偶尔品一口香茗，再与旁座的威王后攀谈几句。

"果然！赵婵这丫头根本没把玉佩交给婠儿！"

李璟熠愤愤地想着，一不做二不休，他拿起酒樽起身来到赵王面前，拜了一拜，道："末将借此庆功欢宴，祝我大赵国运兴隆，大王万寿无疆！"

"好！"赵王一拍桌案，趁着酒兴端起金樽朗声道，"自我先王胡服骑射以来，大赵先灭中山，再败林胡、楼烦！北筑长城，国富民强，如今这阏与一战又大败秦军。蔺大夫、廉上卿、平原君、马服君，诸位且看，这年纪轻轻的李慕云是否也有几分你等当年的勇武？来！诸位爱卿，与寡人满饮此樽！”

“大赵河山！巍峨瑰丽！胡服骑射！问鼎诸侯！”群臣激昂，高诵邯郸战歌，豪气冲天地饮尽樽中的祝捷美酒。

然而，李璟熠的心中可没有那么多豪情壮志，此时，娢公主离自己就只有两步之遥，若是没有旁人在，他早就冲上去将娢儿揽入怀中，一诉衷肠。可是，眼前的娢公主虽是面带微笑，但看李璟熠的眼神却充满了一视同仁的陌生感。

李璟熠再也压抑不住满心忧急，抱着豁出去了的想法侧身向前两步，对着娢公主拜道：“公主殿下，正所谓宝剑赠英雄，美玉配佳人。阏与战后，王子赠臣玉晗剑一柄，臣感激不尽。在北山浴血苦斗之时，臣有幸缴获玉佩一枚，已转托婵公主交呈给……您，不知公主可否中意。”

“嗯。”娢公主微笑着颔首点头，“那枚玉佩我已收到，多谢李将军美意。”

“哦？玉佩？”威王后似有警惕地斜了一眼李璟熠，转而又把目光投向了娢公主。

“母后，只是一枚凡玉罢了，想必这等俗物李将军觉得不配进献父王，便任由婵儿抢了去，女儿看了觉得甚是有趣，便夺人所爱了。”娢公主轻描淡写地说道。

“原来如此。”威王后似笑非笑地点了点头，看着李璟熠的眼神中多了几分猜疑，仿佛是已经洞穿了他的心思，然而见到女儿对此事并不是很在意，这才没有再深问下去。

“禀公主殿下，这枚玉佩本是一个名叫璟熠的秦人所有，此人死在我剑下时一只手还紧紧地握着它，臣本以为这玉佩价值连城，费尽千辛万苦终于掰开那只僵手，将它完好无损地带了回来，可万万没想到，这玉……它只不过是个俗物！污了公主殿下的慧眼……”

李璟熠语气愤懑，悲凉中尽是无助，然而，尽管娢公主已经听到了

“璟熠”这个名字，却还是没有半点儿反应，反倒侧过脸去跟赵婵谈笑起来。带着一脸僵硬的笑意，心凉至极的李璟熠低着头缓缓退回到自己的座位上。

盯着眼前的满桌酒肉，李璟熠目光恍惚，连饮三樽后他微微抬头，再望姶公主一眼，伊人脸颊依然洋溢着醉人却又生疏的微笑。

“姶儿，你不是也带着记忆回来了吗？你不是答应过我，会永远记得璟熠这个名字吗？为什么会是这样？你为什么对我如此平淡？我在那个孤寂的世界里苦苦等了你两千年，你就这么轻易地把我忘记了？！姶儿……姶儿！”

身边婢女又斟满了一樽酒，李璟熠麻木地拿起酒樽，仰头一饮而尽，酒水仿若穿肠毒药，腐蚀着曾经那些美好的记忆。再斟一杯，李璟熠缓缓地倒入口中，带着无尽的绝望，彻底心死的他悄悄地离开了宴席。

冷风萧瑟，寒月悬天，昂首站在王宫门前的李璟熠心灰意冷，此时此刻，此情此景，他终于体会到了赵姶初见自己时，那苦寂的心情。同样的陌生时代，同样的无依无靠，望着眼前那个熟悉的陌生人，满怀思恋却无法倾诉，原来，那一抹微笑竟是如此的坚强，如此的珍贵……

“忘了我……也好。”李璟熠黯然感叹道，“只要忘了我，你就不会再被那些痛苦的回忆折磨，无论怎样，只要你能快乐地生活下去，我真的……真的……真的无所谓了……”

如今，在这个陌生的战国时代，那个唯一与自己有关联的人已经把他忘得一干二净了。流光转换，尘世变迁，唯一不改的还是那轮苍凉的明月，无情的幽光飘落在李璟熠的身上，为他驱散了所有的记忆……那些幸福的、痛苦的、欢乐的、悲伤的……

拖着累重如山的身体，轻按着支离破碎的心，李璟熠一步一沉地向宫门外走去，当一个人失去了他自己最珍贵的东西时，剩下的就只是一具无力驾驭的躯壳而已……李璟熠不知道自己要去何处，也不知道在这个时代还有什么地方可以收容他，只能一味地向前走，向前走，走到哪里，算哪里吧。

“李将军……李将军请留步！”

身后，一个声音叫住了他，李璟熠回头一看，不远处正有个侍卫模样的人急追过来，跑至近前侍卫拜倒在地，上气不接下气地说道：“呼——呼李将军，呼——平原君大人请您过府一叙。”

“平原君？”李璟熠淡漠地回问道，“他不是还在宴席上吗？怎么突然……”

“禀将军，大人说了，请您先入府品茶，他随后便到。”

“好——知道了，你在前面引路吧。”

虽然，李璟熠此时心乱如麻，但平原君毕竟是赵国重臣，此刻相邀，无非就是那些精忠报国之类的慷慨陈词，拉拢人心而已。

“他让去，那我就去吧，唉……”李璟熠暗自沉吟着。

一路跟着侍卫拐到了平原君的别院，进屋后，李璟熠刚坐了片刻工夫便有个相貌清秀的“美男子”出来相迎，只见那少年手捧茶壶，为他倒了半杯，恭敬奉上，道：

“将军请用茶。”

接过茶杯，李璟熠客气地点了点头，满心好奇地打量着眼前这位俊俏小生。说来也怪，这个人无论是样貌表情，还是声音举动，似乎给自己一种很熟悉的感觉，真不知道那平原君的葫芦里究竟卖的什么药，光明正大的相邀，却不在自己府上攀谈，反而把他带到这偏僻的别院来。不过，现在的李璟熠也懒得再去深究这些了，端杯刚要喝茶，隔壁忽然传来了一阵幼儿的啼哭声。

“是小公子在哭吧。”清秀少年转过身对堂内下人吩咐道，“你们都去看看是怎么回事，我这里安顿好李将军就过去。”

下人们低头称喏，逐一碎步离开。

“李将军少安毋躁，君上的小公子近日受了些风寒，却也不是什么大病，叨扰之处还望见谅，请先用茶吧，这是今春新采的香茗，君上特意嘱咐我拿来给您尝尝。”

“好，平原君客气了。”

说着，李璟熠端起茶杯，毫不在意地一口饮尽，如此牛饮的姿态着实令那少年颇感惊讶。许是在宴席上酒饮得太急，李璟熠此刻确实有些口渴，少年刚倒一杯，他便牛饮一杯，如是这般来回反复，四五杯茶下肚后，他的上下眼皮开始打架，连带着头也胀胀的。警觉地拍了拍脑门儿，李璟熠意识到这茶水中定有古怪，正要揪住那少年问个清楚，然而一切为时已晚，药力已经渗入了他的身体。惊觉起身后一阵强烈的眩晕袭来，李璟熠双腿瘫软又跌坐到了榻席上，他撑起双臂勉强支着桌案，刚要发问，便听那少年语气平静地说道：

“李将军莫要惊慌，不过是有位故人想要见你罢了，请稍睡片刻。”

那少年话音刚落，李璟熠便昏昏沉沉地倒在了桌案上，浑浑噩噩间，他感觉自己好像是被几个人抬进了一驾马车中，经过一番漫长的颠簸后，似乎又被抬到了床上，到后来又发生了什么事他便全然不知了……

再次苏醒的时候，李璟熠身上的力气已恢复了一多半，如此看来，这药劲也并不大。撩开蚕绒锦被，李璟熠抬手按着两鬓处的太阳穴，起身下床四处环顾着：珠帘层层，罗幕叠叠，宫灯昏黄映照着朱红色的宫柱，幽幽清香在身边弥漫——是那久违的茉莉花香！

“没错，不会有错的，这里……这里是婠儿的寝殿。”

李璟熠笃定地自语着，不只是因为那熟悉的香气，而是在某个忧伤的梦境中这个地方他曾来过。

“吱呀”一声门响，李璟熠转身一看不禁愣住了，那推门而入的女子正是刚才那个为自己奉茶的“少年”，然而，让他更为惊讶的是，当女子换回女装之后，她那相貌神情几乎跟陈若莹是一个模子刻出来的，这不仅仅是相像而已，除了衣饰有别，她俩分明就是同一个人！

正当李璟熠就要叫出“学姐”之时，女子已走到了他的面前，从袖袋中拿出一裹绛紫色的小布包，递过来说道：“李将军的一位故人嘱托我亲手将此物交给你。”

颤抖的手接过布包，李璟熠的心一阵狂跳，虽然尚未打开，但捏着布包他已经能感觉到，这里面绝对就是那枚玉佩。一手托着布包，李璟熠轻轻地掀开了一层，在玉佩一角露出的刹那间，一个轻柔的，亲切的，难忘的声音在他耳边呜咽着响起：

“璟——璟熠——”

那声音美若天籁，余音绕梁，止不住的泪水从李璟熠眼中奔涌而下，隔着蒙眬，他看到了星眸含泪的赵婗正站在宫柱下，她的目光无限熟悉，无限温柔。李璟熠冲了过去将赵婗紧紧地揽入怀中，口里不断重复着：

“婗儿，我以为你已经不再记得我了，婗儿，我等了好久，等的好苦，婗儿！婗儿！！婗儿！！！”

李璟熠泣不成声，这个美妙名字就算让他再叫上一百遍，一千遍，一万遍……不够，永远也不够……

“我答应过你，不会忘记璟熠，不会的，永远都不会！璟熠，你来了，你真的来了！璟熠……”

望着眼前这不可思议的一幕，女子一手捂嘴，登时愣住了，虽然她知道李慕云对婗公主早有爱慕之情，但此时此刻，她又怎能想到婗公主对李慕云的感情竟也如此深厚。

相拥相泣了良久，李璟熠温柔地拭去赵婗眼角的余泪，语气坚定地说道：“婗儿，跟我走，离开这里，离开邯郸，今晚，今晚就走！”

这话刚一出口，吓得那女子连连后退了两大步，可当她看到婗公主幸福地微笑颔首之时，女子彻底震惊了，嘴张了半天终于发出一声惊呼：“你们要离开邯郸？”

一声惊叫将两个人从隔世相见的惊喜中唤醒，赵婗急忙转过身来对那女子说道：“臻姐姐，低声一些，隔墙有耳。”

“隔……隔墙有耳？”女子抚着胸口，一脸惊恐地喘着气，她永远也不会明白，那一向温婉含蓄的婗公主今天这究竟是怎么了？

回转过身来，赵婗微笑着给李璟熠介绍道：“璟熠，都忘了给你引见，这位是臻郡主，平原君的长女。”

“哦！臻郡主，久仰大名，幸会幸会！”李璟熠双手抱拳，傻呵呵地胡乱应承着。

现在，李璟熠早就幸福得不知东南西北了，什么久仰大名，好像他何时听过人家名号似的，不过细细一想，他马上也回过味儿来，原来，眼前这个与若莹学姐容貌如此相像的人居然是平原君的女儿，怪不得姶儿那时会认错；还有刚才在宴席上，姶儿分明就是在故意冷落自己，这样一来，既能名正言顺地化解他人猜疑，又可以逼他提前离开宴席，接下来，再让臻郡主以父亲平原君的名号掩人耳目把他悄无声息地带进寝殿……在那么紧迫的时间里想出如此缜密的计划，赵姶的聪敏与沉着再一次令李璟熠叹服。

“臻姐姐，我要的东西都准备齐全了吗？”

“一壶火油，一驾马车，十日口粮，金银细软，还有我父君的虎符。”臻郡主一一念道。突然她惊慌地失措盯着赵姶，吃惊地问道：“那会儿，你只是说想见故人一面，我还以为你要送他出城，可现在你……你居然要跟他一起走？”

“臻郡主，今晚我必须带姶儿离开，否则以后就没有机会了。”李璟熠紧抱双拳深深拜道，“臻郡主，拜托你了！”

“不——不行！绝对不行！你不能把姶公主带走！”臻郡主拼命摇头，一双眼眸无神地看着赵姶，似乎在企盼着一丝转机，然而，赵姶的目光同样坚决，显然是早有决定，此时不过是在等着这个男人的一句话而已。

“姶公主！”臻郡主尽力平复着内心的不安，语重心长地问道，“你若是就这么走了，那大王怎么办，你母后怎么办？还有，你王兄，婵儿，他们怎么办？姶公主，这些人可都是你的至亲至爱啊！对了，璟熠？璟熠是谁？”

“臻姐姐，我们之间的事情三言两句是说不清楚的，如今时间紧迫，我只能告诉你，我已经决定和璟熠去过平凡的生活。”说着，赵姶向前半步，深深地做了个万福，“嬴姶请求你，协助我们离开邯郸，这样，你和婵儿也就不必替我……”

“嫆公主！”臻郡主失声叫道，她怎么也不敢相信，嫆公主为了眼前这个男人，不仅启用了自己的本名，而且还把姓放在了名的后面，言辞间分明就是抛弃了大赵公主的身份在求她。

寝殿瞬时安静了下来，三个人许久不发一言，在这一刻臻郡主心乱如麻，可面对那两双极近哀求的眼神，她再次开口确认道：“嫆公主，你真的已经想好了，思虑周全了吗？一旦你们离开大赵，离开邯郸，离开你的故乡和家人，那再想回来就……”

赵嫆并未答话，只是默默地转身走进内室从里面取出个紫红色的包裹，徐徐说道：“我答应过璟熠，承君一诺，必守三生，所以臻姐姐，我已经想得很明白了，即便是以后浪迹天涯，居无定所，我也要跟璟熠走，一直陪在他的身边。”说着，赵嫆把包裹交给了臻郡主，“臻姐姐，我走后请把这件披风带给我王兄，请他找个合适的时机转呈父王。还有一件事请臻姐姐务必保守秘密。”说着赵嫆顿了顿，继而幽叹道：“不要让父王知道我还活着……”

“你让我准备火油，难道……”

“是！”赵嫆决绝地点着头，“我必须烧了寝宫，让所有人都知道嫆公主已经葬身火海。”说到这里，赵嫆转目深情地凝望着李璟熠，“不过，妙凡还活着，她会陪着璟熠，为他生儿育女，一家人永远在一起，其乐融融。”

“原来，你把一切都安排好了，嫆公主，你当真要走？”

臻郡主依然不死心地问道，此刻哪怕只有一丝一毫的转机她都不想放过，可看着两个人的表情依旧坚决，臻郡主长叹了一口气，终于沉沉地说道：“寝宫失火，必然会成为整个王宫的焦点，这样你们便能趁乱离开，相信有我父君的虎符在手，出城也绝非难事，如此精密的布局，嫆公主，这也只有你能做得到，可你真的……”

她的话还未说完，面前的两个人竟不约而同地点了点头。

宣政侧殿，觥筹交错渐稀，歌舞曲乐渐隐，庆功夜宴已接近尾声，然而就在这个酒酣饭饱的时刻，一名王宫巡卫喘着粗气狂奔进来，叩首急报嫆公主寝殿起火。赵王大惊失色，当即罢宴率众人赶去救援。熊熊烈火，借着风势越烧越旺，在那冲天火光中赵嫆与李璟熠的笑脸若隐若现，一驾马车避开了救火的人群缓缓驶出王宫，直奔邯郸城南门而去。

车架将至南门，远远地就被守城的侍卫们发现，眼看着马车越行越近却丝毫没有要停下来的意思，侍卫兵长也不管那驾车者是谁，厉声呵斥道："来者何人！不知道入夜封城的禁令吗？"

"是我！"臻郡主利落地跳下马车说道。

侍卫兵长定睛一看，知是臻郡主驾到，连忙恭敬地上前一拜，道："原来是臻郡主，刚刚多有冲撞还望郡主海涵。"

其实，这位臻郡主不仅是平原君的女儿，而且自幼学兵习武，一身箭术百步穿杨，在邯郸城驻军中也算是小有威望。

侍卫兵长侧目看了一眼她身后的马车，好奇地问道："敢问郡主，您这是要？"

臻郡主毫不拖沓，直接亮出了平原君的虎符，娇声斥道："王宫莫名起火，父君命我火速出城通知胡骑营警戒，还不开门放行！"

侍卫兵长机警地向王宫方向望去，眼见确有浓烟四起，看来臻郡主所言不虚，可他却也是个老练的人，当值五年间这种趁乱偷送人出城的事一来一往见得多了，只是面前的这个人大小也是个郡主，若是自己明面上出言阻拦，万一撕破了脸皮，那谁也下不来台。于是，他与身边士兵嘀咕了几声后，试探着建议道："胡骑营现已由李将军接管，您看……是不是先容我通报一声？"

"王宫失火，此事刻不容缓，若有半点儿差池，你等担待得起吗？！"

果然，事情并没有像赵嫆预想的那么顺利，如此一来，臻郡主也只好以言语震慑一番。

"郡主殿下！严守城门是我等职责所在，您也知道，邯郸城入夜后禁止出入这是王命，恕在下万死不敢开门，郡主请回吧！"侍卫长据理力争道。

臻郡主一听不由得双眉紧蹙，想要再说些什么，可委实却也没有更好的理由了。正在这尴尬僵持之际，马车的门帘缓缓掀起，一个人从里面探出头来，众士兵一见是李慕云，马上站好军姿，侍卫兵长单膝跪地高声拜道：“南城门侍卫兵长陈天航！参见李将军！”

李璟熠面色镇定，凌厉的目光扫了一眼众卫兵后，严肃地说了句：“开门。”

“属下遵命！”侍卫兵长毫不怠慢，立即起身，仰头冲着城楼上的士兵喊道，“快开城门——快开城门！”

一句“开门”简洁明了，若是臻郡主所说，或许尚有迟疑的余地，然而，这话出自李将军的口中那可就是军令了。车马顺利驶出南门，侍卫兵长万万没有想到，在这车架上其实还坐着一个人，那就是他们大赵的长公主——嬴姶。

邯郸城南郊。

“臻郡主大恩，李璟熠铭刻于心……”说到这里，若莹学姐的面庞忽地在眼前飘闪而过，李璟熠微微一顿轻声说道，“若有来世，李璟熠赴汤蹈火，必报大恩！”

“臻姐姐，谢谢你。”在李璟熠的搀扶下，赵姶也跟着下了车，紧握着臻郡主的双手，她继续说道：“臻姐姐，此帛书是我刚才在马车中写的，等婵儿再大一点儿的时候你再交给她，告诉她我还活着，很幸福地活着……”

“我知道，知道。”臻郡主双眸盈泪，紧握着赵姶的手转而看向李璟熠，“你，璟熠，一定要照顾好姶公主啊！你要永远记住，公主殿下为了你……”

“臻郡主放心，我视姶儿为珍宝，必定守护她一生一世，李璟熠若违此誓，天诛地灭！”

说完，李璟熠将行囊挂在骏马身上一一系紧，又小心地扶着赵姶一起坐上马背。用厚绒披风把赵姶牢牢裹进自己怀中后，李璟熠抽出佩剑冲臻郡主点了点头，一剑砍断套车绳索，看着手中的玉晗剑，他闭目轻叹：“烦请郡主将此剑交还给太子殿下，告诉他，李慕……唉！是我李璟熠对不起他，若他不弃，来世我们再做兄弟！”

随着一记马鞭声响起，骏马嘶鸣，奔入了浓浓的夜雾之中。

站在原地，臻郡主踮起脚极目远眺，骏马渐行渐远直至完全消失，那一刻，她的泪水夺眶而出，大概是离别不舍，也可能是伤情惆怅，或许，就连她自己也不知道为何要流泪。

“我这么做……到底对不对……”臻郡主喃喃道。

夜，静谧非常。在那星河的彼岸，淡雾潺潺，月晕朦胧，幽幽光轮仿若一圈“缘满”的句号，遥挂在邯郸城楼上空。

冬梅沁雪春尚早，夏草领首秋蝉叫。伊人夜酌半樽酒，壮士情愁醉云霄。

——璟晗长歌

（全文完）

番外篇

二世三生

玉河如发，绕过怪石嶙峋蜿蜒而下，草木葱郁，沿着水畔无拘无束地生长着，蔓延着。一阵和风吹过林间，树影摇曳拂落花雨漫天，几片花瓣乘着清涧溪流，一路上打着转儿漂进了那个避世已久的山谷村落。

几日前，宇恒村长破例收留了一对远道而来的外乡男女，今天晚上正是这二人的大婚之夜。打从清晨开始，各家各户的女眷便相约集结在晒谷场筹备婚宴，大家聚在一起欢声笑语不断，忙碌间竟忘了还要给正在田间耕作的丈夫们送饭。

太阳尚未西斜，田埂上还饿着肚子的青年们也早早收拾好农具，三五结伴吟唱着古风乡谣走在回家的小路上。村中，老人们闲适地坐在树下摆着木桌品茶论棋，青年从田间归来恭敬地行礼问好；男孩子们两个人一组，三个人一队，手拿各式自制的小器物，摸鱼、捉虾、打果子；女孩子们则分散在林间空地，采蘑菇、摘野花，她们把那珍奇的花儿扎成一束又一束，唱着童谣送进一幢新建的梨木小屋中。

小屋里，喜庆的嫣红随处可见，姑娘们嬉闹着围坐在一起剪喜字，摆茶点……这时，新娘已经梳妆完毕，正娇羞无限地坐在木榻上。

“你们瞧，妙凡姑娘可真漂亮哩！”

“要我说啊，在咱们山谷里除了琳芳姐姐，再没人能跟妙凡姑娘相比喽！”

“瑞香，又在胡言乱语了。”一个女子的声音从窗外传来，婉转动听似玉石相叩般悦耳，虽未见其人，单凭这声音便足以令人倾倒。门缓缓地推开，众女子抬头一看，漫步走来的人果然是琳芳。

“我这百岁老妪怎能跟妙凡姑娘相比呢？”

虽是这般说辞，但无论怎么看，这个名唤琳芳的女子相貌年岁也只有二十出头而已，她的那种美貌仿佛是与生俱来，倾城，倾国，倾天下，如此的形容毫不为过。

莲步轻移，琳芳走到了妙凡身旁坐下，轻抚着她的肩膀，赞道：“妙凡是新娘子，今天最漂亮，来，背身过去，我为你梳头。”

说着，琳芳拈起木梳，身边的女子们马上挤到她俩的身后齐声笑唱到：

“一梳梳到底，二梳白首齐眉，三梳儿孙满堂！”

银铃般的声音穿过窗格，去天际追逐那灿烂的晚霞，微风吹散了最后一缕炊烟，朗月慢慢升起时，热闹的婚礼即将开始。

“一拜天地——举案齐眉！二拜先祖——子孙满堂！夫妻交拜——白首偕老！礼——成——送入洞房——”

宇恒村长话音刚落，古灵精怪的孩子们马上点燃了焰火，夜幕瞬间被染得色彩斑斓，看着那缤纷炫目的烟花在空中绽放，孩子们激动得又跳又叫，整个恒芳谷沉浸在淡淡的幸福之中。

洞房内，红烛成双，佳酿溢香，李璟熠轻轻挑起了那张嫣红的盖头，妙凡脸颊绯红星眸脉脉，嘴角的微笑是如此醉人，这便是李璟熠一生中所见过的最美的女子，不是之一，是唯一。

时光流转，千年一叹……

两千年后，通往城区飞驰的列车上。李璟熠坐在车窗边捧了本《东周战役汇编》聚精会神地读着，当读完秦赵长平之战后，他缓缓地折好书页合上了书。转头，李璟熠望着车窗外那飞掠而过的风景感慨万千，在赞叹秦国大将白起用兵如神的同时，他嘲笑着那只会“纸上谈兵”的赵括。自不量力的赵孝成王为贪图上党十七郡，在强秦面前虎口夺食也就罢了，既然已经任命廉颇为主将御秦，还诸多猜忌，临阵换将最终招致长平大败，让四十万赵人埋骨他乡，一下子把先祖赵武灵王辛苦创下的基业败了个一干二净。正所谓“用人不疑，疑人不用”，一国之君竟如此昏庸，怎么连这么简单的道理都不懂呢？

想到这里，李璟熠很是轻蔑地一笑，不料胸口忽然剧烈地刺痛起来，疼得他连喘气都很费力，紧接着，耳边传来了一阵兵马厮杀之声，嘈杂间又有两个声音接连响起：

“李将军，你在哪里？救救我们，救救我们啊——”

“慕云，为什么，你为什么要背叛我！为什么！！”

那声音如同闷雷一般，响彻耳边却又转瞬即逝，弄得李璟熠一阵迷糊。他使劲揉了揉耳朵，胸口的闷痛已逐渐缓和。可就在这时，列车忽然前后一晃，即将到站的广播声将李璟熠拉回到了现实中，他下意识地挠了挠头，提起小包就要往车厢的连接处走。

“哎，你的书忘拿了。”说话的是一个坐在他对面的女孩儿。

李璟熠转过身，不好意思地笑着接过书又道了个谢，然后挤过人群来到车门前。

列车平稳入站，李璟熠下车后深深地呼吸着这个城市的空气，从明天开始，这里就是他梦想绽放的舞台了。

出站后，李璟熠心情甚好，他先坐公交去了趟省图书馆，看看自己未来的单位，然后又按照短信上的地址打车来到玉秀园小区。兴奋地一口气奔上五层，李璟熠拍着502号门大大咧咧地叫道：

“珅哥！学姐！我来啦！”

然而敲了半天也没反应，李璟熠纳闷儿地掏出手机正要给陈若莹打电话，这时，门忽然轻轻地开启了一条缝，门锁处还挂着防盗链。李璟熠好奇地把头伸了过去，往里面看了半天也没见有人，正在他迟疑迷茫间，一张女孩儿的面孔突然出现在眼前。

“呀！！！”

随着女孩儿一声尖叫，门“砰”的一声关上了，李璟熠吓得一个趔趄，差点儿摔倒，他庆幸地摸着自己的鼻子继续叫门："喂，学姐吗？是我呀，我是李璟熠，学姐？若莹学姐！"

就这么喊了半天，里面又没动静了，李璟熠郁闷地往台阶上一坐，拧着眉毛琢磨起来："不能吧，这才一年没见而已，难道连我的声音都听不出来了？"

呆呆地坐了半天，李璟熠又掏出电话准备给珅哥拨过去，没承想就在这时门哗地一下又打开了，李璟熠一阵惊慌，手机都差点儿没拿稳。

"你……找谁？"

这一次可好，只闻其声不见其人，不过单凭这语气声调，李璟熠已经可以完全肯定这说话的女孩儿绝对不是陈若莹。忽然间，他仿佛是想起了什么，继而试探着问道："呃，请问你是不是珅哥的妹妹？"

"嗯。"女孩儿回答的声音很小。

"啊！我说你怎么不认识我呢，我是陈若莹的师弟李璟熠，今年刚毕业，学姐安排我住在这里，那个……你就是韩晶莹吧！"

"我叫韩瑾玉……"女孩儿无奈地说道。

李璟熠一听登时大窘，没想到自己把人家名字都记错了，这可太丢人了。于是，他连忙解释道："不好意思，你的名字珅哥在电话里就提过一次，我没记住。"

"没关系，你先别着急，等一会儿我哥就下班了。"

说话间，韩瑾玉终于肯露出半个脸出来，手里还拿着个手机，可还没等李璟熠看清她长什么样，门居然又关上了。

李璟熠再次傻在了原地，心想："敢情人家是让我在楼道里等啊，天哪，现在的妹子'反恐意识'都这么强吗？"

不过又能怎样呢，万般无奈的李璟熠只得拿出手机，一边玩游戏一边苦等梁珅。经过韩瑾玉这么一闹，李璟熠也不好意思再打电话求援了，这要是让他们知道自己如此狼狈，呃——这不搞笑呢嘛！

玩了一会儿游戏，手机也快没电了，李璟熠百无聊赖，只好抛着硬币打发时间，然而这时，房门居然又神奇地打开了。这一次李璟熠也懒得回头了，只是闷声闷气地说了句：“姑娘啊，有什么事你就干脆一次问清楚再关门吧，这一惊一乍的。”

“实在抱歉，要不然你进来等他吧。”

“啊？”

韩瑾玉的这么一句话惊得李璟熠半天没回过神来，他心想：“这姑娘怎么搞的，就这么几分钟的工夫，她突然良心发现了？”

李璟熠愣了一下，慢慢地站起身来拍着裤子上的灰尘，苦笑道：“呵呵，你不怕我是人贩子啊，就这么把我放进去，一会儿我再把你给卖了。”

“没关系的，刚才我拍了你的照片发给我哥确认过了，你进来吧。”说着，她卸下了防盗链，门总算是完全打开了。

李璟熠一脸黑线，哭笑不得地跟在她身后进了家，终于来到了那个即将属于自己的卧室。房间不是很大，可“麻雀虽小五脏俱全”，屋内必备的家用电器齐全，连日常用品都是应有尽有，看来若莹学姐真是费了不少心思。在这间卧室里，最为别致的地方那就是摆在窗台上的一小株茉莉花，这让李璟熠饶有兴致的地走了过去，看着那含苞待放的白色花骨朵，他不禁把鼻子凑上去闻了闻，淡淡幽香扑面，令人心旷神怡。

“这盆茉莉是我放的，你要是不喜欢她的香味我可以搬回去。”韩瑾玉站在他身后说道。

“不用不用，就放这儿吧，挺好的，我一个大俗人能跟这么有仙气的花住在一起，也算人生的一大幸事了，你说是吧。”

“你这人，说话可真有意思。”韩瑾玉抿嘴一笑，转身便要离去。

这是李璟熠第一次看到韩瑾玉的笑容，在那微笑中带着一丝俏皮，让他突然有一种很想挽留的冲动。依旧站在原地，李璟熠呆呆地望着她即将离开的背影，却也不知找个什么理由好。这时，韩瑾玉忽然又转过身来，走到他面前伸出手，说道：“以后我们就是室友啦，我叫韩瑾玉，请多多关照。”

李璟熠先是一愣，然后马上醒过神来，连忙伸出手，一边握手一边说道：“关照，一定关照！呵呵呵，我叫李璟熠。”

望着他那傻傻的模样，韩瑾玉不禁莞尔一笑，轻声道：“璟熠，李璟熠？好奇怪的名字……”

夜幕铺开时，月色正朦胧，李璟熠躺在床上心情好得不得了，对于他来说，今天的确是个格外开心的日子，在这一天里，自己不仅见到了久别多时的珅哥和学姐，更重要的是，他还认识了韩瑾玉。说来也惭愧，这还是李璟熠长这么大以来第一次碰陌生女孩儿的手呢，那种柔柔的感觉令他辗转难忘。

一阵夜风吹了进来，卷着些许茉莉芳香飘进李璟熠的鼻子，他侧了侧头把目光投向窗台，果然，是那株茉莉开花了！看着那在风中舞动的嫩枝，一股说不清道不明的温馨感涌上李璟熠心头，就这样幸福地笑着，他转过身闭上了眼睛。

今夜，一个美梦正在等候着他……

憾　千　年

泱泱大赵，胡服骑射；赳赳老秦，立木取信。战国末期，赵、秦改制兴国，军事实力逐渐攀升到了巅峰。乱世战祸终需散，天下大势趋一统，烽烟腾滚间，一场问鼎诸侯的霸业之争悄然揭开序幕。

公元前269年，秦国重挫齐国，大败楚国，把锐不可当的兵锋指向赵国的西南门户——阏与关。秦军压境，势如破竹，在这个危急的紧要关头，赵惠文王亲命大将赵奢领兵驰援。赵奢临危受命，率军西出邯郸，在与秦军对峙了二十八天后以奇兵奔袭北山，出其不意大败秦军。得胜后，赵奢班师归国，惠文王携文武众臣出城相迎，并册封其为马服君，凯旋荣归的三军将士各论战功皆有封赏。

在这阏与一役中，赵国有位年少的卒长一战铸名，被誉为阏与破秦的肱骨良将。此人先是献奇计抢占北山高地，复又孤军抗秦二十余日，连斩秦都尉三员，麾下军士歼敌近万，为赵奢的主力大军挥戈围剿争取了宝贵的地利之机。归国后，赵奢奏述其功，惠文王表其勇武，以国尉之礼相待。然而，就在此人受封的当夜，他竟无故弃府离去，从此杳无音信，所以，拂去历史的尘埃，此人英名鲜为人知，他那如流星般转瞬即逝的影迹更是难以追溯。

在册封立功将士的傍晚，邯郸王城举办了一场空前绝后的庆功宴，上至公族君侯，下到庶民百姓，举国同庆。夜宴桌席间，推杯换盏，纵酒豪歌，宣政偏殿内觥筹交错，惠文王与诸臣子是酒酣耳热，尽兴至极。可就在这个歌舞升平的欢愉时刻，王城内一座寝宫突发大火，惠文王得知后当即罢宴，亲率众臣前往救援。当惠文王赶到之时，火势早已熊熊难控，他只能眼睁睁地看着宫殿被烈焰吞噬，一夜间，宫宇化为灰烬，惠文王最珍爱的女儿——一位年仅十六岁的嫡出公主，随着宫室的坍塌而香消玉殒。年迈的惠文王痛失爱女，心如刀绞，次日便追封女儿为“玉晗公主”以慰芳魂。给女儿这样一个谥号，不仅表达了惠文王作为父亲的哀苦愁伤，同时也寄托了他愿女儿能重获新生的奢望。

没有掌灯的宣政大殿清冷寂寥，少了白日里的威严激昂，只剩下一片孤寂落寞。偌大的宫厅里，昔日英明神武的赵王正缩坐在王座旁，黑暗无尽，压挤着他萧瑟的身影。

夜风骤起，闯入窗棂，四下探问忧伤何在。惠文王打了个寒战，苍老的枯手掀开那紫红色的包裹，细细地抚摸着女儿尚未织完的披风，一滴老泪冲破了一国之君的威严封锁跌落在披风上。

突然，惠文王老拳紧握，满面哀愁散尽，他猛地站起身来拭干泪痕，一双剑眉下凶光迸射：“李慕云，若是让寡人知道你胆敢欺负娢儿分毫，寡人必定兴我大赵百万雄师将你碾碎！哪怕你小子逃到天涯海角，寡人也定要把你揪出来碎尸万段！万段！”

悲愤地怒斥着，惠文王用丝巾捂着嘴剧烈地咳嗽起来。冷风撞开宫门，染血的丝巾飘落在地，惠文王一声长叹，疲累地靠坐在大殿门槛上，抬起手，一颗，两颗，三颗……细数着夜幕上的点点寒星。

许久后，惠文王的手突然僵住了，继而缓缓落下，那炯睿的两只眸珠飞快转动了几下，忽地仰起头望着天穹哈哈大笑道：“聪明，真是难得的聪明啊！父母之爱子，必为之计深远，李慕云，无论你的军功有多么显赫，寡人也绝对不会把娢儿下嫁于你，怎么可能？怎么可能……寡人怎么可能把自己的掌上明珠托付给你——一个征战沙场，朝不保夕的将军？好小子！年纪尚浅竟能揣测到这一步……”说着，惠文王的一双老拳慢慢地舒展开来，他的呼吸也跟着和缓了许多，“好好对待娢儿，千万别让她受委屈，李慕云啊，寡人……寡人求你了……”

公元前266年，赵惠文王薨，太子赵丹继位，史称赵孝成王。就在这政权接替的多事之秋，赵国掌管宗庙礼仪的大奉常临终前道出了一个惊天秘闻：当年在主持玉晗公主丧葬的整个过程中，并没有为公主的遗骨进行大小入殓之礼。届时，王宫中又有内侍传言，曰：“当年大火扑灭后，宫殿的断壁残垣中根本就没有发现公主尸身。”讹传不胫而走，一传十，十传百，到最后弄得满城风雨，甚至有人大胆妄言，曰：“玉晗公主其实是被那个据守北山的名将所掳！”当这些谣言传入王宫，赵孝成王雷霆震怒，拍案昭告全国：“赵境内，凡再有妄议玉晗公主下落者，一经查实立即收监，隔日腰斩于市，同族连坐。”此诏一出国民惶恐，莫敢再言之。

然而，两年前爱将李慕云携娢公主私逃这事的再次掀起，深深地刺痛了赵孝成王的心，继位一年后，他开始暗中布置，密令近卫亲信查探娢公主下落，可查访了几年终无结果，最终，孝成王一怒之下革除了李慕云全部的功名记载并诏令全国：凡赵境内再有提及此人者一律腰斩于市，同族连坐。威太后为了能让儿子专心政事，改玉晗公主封号为长公主，同时命言官史吏重新记载，曰：“长公主，娢，生于惠文王十二年，身体孱弱，越明年，殇折于襁褓。”顾及赵国大局与母亲的感受，孝成王也只得将探查之事暂且搁浅，然而，他的心结终究郁郁难解，多年前，王妹被异姓功臣所掳的传闻如鲠在喉。渐渐地，他开始排斥异姓臣工，愈发倚仗公族大臣。

公元前262年，秦发兵攻韩，占领野王，切断了上党郡与韩国国都之间的鱼水联系，韩上党太守献十七郡于赵，孝成王采纳平原君之建议，出兵接收，秦遂发兵攻取，赵国大将廉颇领兵二十万御敌。大军抵达长平附近，廉颇全线布防，令敌不敢冒进，在长期的对峙中两国互有胜败，然而，随着时间的推移，赵军渐渐陷入劣势，孝成王的疑心也越来越重，再加之邯郸城内流言突起，讹传廉颇怠战，欲降秦。孝成王大惊，当即命公族重臣马服君之子赵括领新军二十五万前去支援，顶替廉颇主将之位。赵括接掌兵权后，稍作整顿便全线出击，直捣秦军阵地，不料被丹水北上的秦人新军截断后路，围困于长平。被困四十六天后，赵括孤军突围，最终战死于乱箭。主将殒命，赵军弃甲投降，反被秦主将白起坑杀，四十万赵人慷慨就义，死难瞑目，一曲邯郸战歌随风而逝：

“大赵河山，巍峨瑰丽，胡服骑射，问鼎诸侯……”

邯郸城内，噩耗突至，民妇悲歌，老妪泣血，又一曲邯郸战歌，满载哀怨：

“君征沙场，吾织家园，长夜未央，盼归故里……”

十年后，燕国王城的禅贤殿内，一个侍女的身影忽闪而过，悄悄地躲在了大殿的屏风之后。约莫一炷香的工夫，殿门打开，进来的是燕武成王与相国栗腹。

“栗爱卿，燕赵数十年交好，更何况两国已有婚盟，这发兵攻赵之事……唉，让我如何与王后说起呢。”

“大王，如今赵之壮者尽于长平，其孤未壮，此等大好良机怎能错失？臣冒死直谏，切不可因家事而废国事。”

“爱卿所言极是，然赵虽长平失利，可邯郸之战仍可大败秦军，足见其国力未衰，不可小觑，不可小觑啊……”

“依臣愚见，赵国经邯郸一战已是强弩之末，若非平原君散尽家财收买人心，焉能取胜？更何况秦攻赵都，三军深入腹地，大败亦合乎常理，而我大燕此次出兵……”

栗腹话尚未说完，殿门再次打开，只听一人上前禀告：

“启禀大王，邯郸城内应快马急报，赵之上卿蔺相如积劳成疾久病不治，一月前已下葬于曲阳。”

“什么？蔺相如死了？！”

“此乃天助我大燕也！大王，廉颇、蔺相如乃赵国之左膀右臂，如今蔺相如身死，廉颇老矣，此刻不出兵更待何时？！臣栗腹愿请精兵三十万攻赵，誓夺五城！”

“可王后那边……唉！叫孤王如何是好！”

“自古国事大于家事，婵公主既已入燕为后，那便是我大燕子民之国母，理应摈弃旧情为燕国的未来着想，大王切不可错失这开拓霸业的良机啊！”

“如此……”

“大王！！”

“唉，好吧，孤王就许你精兵六十万攻赵，爱卿切记，万万不可误伤赵国王室一人！”

“大王英明，臣领命！！”

夜幕悄落，燕王后在寝宫平静地听完侍女的禀报后一对秀眉紧蹙，握着红玉的手瑟瑟颤抖，此时，忽闻门外有魏使求见。

“小人荆轲拜见大燕王后！”

“既是魏使，如何不觐见大王，反倒来我这里？”燕王后略有警惕地问道。

“小人乃受托来蓟都，将此锦匣亲呈于大燕王后，主人交代过，只要王后阅毕一切自然明了。”说着，荆轲将锦匣恭敬地放在地上，“锦匣已送达，小人告退！”

迟疑地望着那名叫荆轲的少年退离，燕王后屏退一众侍女缓缓地打开了锦匣。匣子里面放着一幅水墨丹青，画的是古城楼下一男两女，男子手持利剑，似乎正要砍断那套马缰绳，两个女子则站在一旁双手互挽，像是在依依惜别，就在这画卷的落款处，以弓箭为衬，印着一个“臻”字。

“臻姐姐？！”燕王后掩口惊觉，即刻想起闺房旧事，急忙细细查视着锦匣，终于在匣内摸到了一个机关，只是轻轻地一按，锦匣二层打开，一封已然发旧的帛书赫然出现在眼前。看着那捆绑帛书的一段皓白漂金丝带，燕王后大惊，急忙打开。

“婵儿，请原谅王姐的不辞而别，请原谅王姐不能亲自为你及笄，请原谅王姐不能看着你出嫁……在阏与捷报传来的那个晚上，王姐做了一个很长很长的梦，在那梦里王姐记起了许多事，记起了璟熠——那个与我相识，相知，相惜，相守的人……如今，他来了，他真的来了，当王姐再次见到那块玉佩的时候便已抱定决心，要与他去过平凡的生活，因为只有这样才不会留下遗憾。婵儿，在那个梦里王姐知道了许多未来将要发生的事，所以离开邯郸是我最好的选择，或许只有这样臻姐姐就不会因我而出嫁魏国，而你也不必替我远嫁燕国了。婵儿，王姐真心地希望你能得到一段美满的婚姻，嫁给一个你真正爱的人。知道吗？那种被称为初恋的感觉真的好美。李慕云便是李璟熠，璟熠便是慕云……"

看着信帛落款处那绕了一圈缎带的"姶"字印记，燕王后泪流满面，紧攥着手中的红玉，她黯然伤叹道："王姐啊，一切都没能改变……婵儿的倾心之人已经属于你了，璟熠？李璟熠……呵，好奇怪的名字啊……"

公元前252年，继秦赵两国阏与、长平、邯郸三大恶战之后，与赵国已有婚盟的燕国举兵六十万攻赵，赵孝成王再度启用廉颇为将，英勇反击。几个月后，廉颇于藁城大破燕军，斩敌主将栗腹，围困燕都，后来，在燕王后的居中调停下，燕武成王被迫出质子，割五城以求和。廉颇再立大功，被赵孝成王封为信平君，兼任相国之位。

受封当日，双鬓斑白的廉颇老泪纵横，他一手压着胸口，驻足于宣政殿外，仰望着踏风狂舞的大赵旌旗，长叹道：

"此生戎马，唯憾长平，唉！长平！长平哪……"

庄生蝶梦

医院的病床上，男人缓缓地睁开眼睛，首先看到的便是妻子温柔的笑，女儿的小手正紧紧地抓着他的大拇指。出人意料，他并没有死，主治医师说，就在手术最艰难的时刻，已被全身麻醉的他竟然露出了一个幸福的微笑，这让主刀医生感受到了生命的伟大与坚强，大家齐心协力，终于把他从死神的魔爪中拉了回来。

“手术非常的成功，你丈夫会恢复得很好。”这便是主刀医师从手术室里出来后与他妻子说的第一句话。

男人轻抚女儿的小手，一双眼睛出神地盯着雪白的天花板，大脑中仔细回想着刚才所梦到的每一个细节，那个梦简直太美妙了，一下子打开了他的写作思路。侧过脸，男人央求妻子明天把笔记本电脑带来，他决定把故事的第十六章补全，把最美好的结局送给璟熠，也送给每一位读者。

“现实生活中的烦扰和压力已经够多了，写出来的故事也就没有必要再徒增伤感了吧。”男人感慨道。

第二天，妻子将他的电脑带了过来，可由于是大病初愈，妻子只让他写半个小时而已。男人应允后便急不可耐地打开了电脑，拖动着鼠标一直拉到了故事的第十五章结尾处，男人将“全文完”那三个字删掉，正当想往下一页翻的时候，他愣住了，彻彻底底地震惊了！原来，故事的第十六章已经写完！男人揉了揉眼睛，目瞪口呆地盯着屏幕上的文字，一个字一个字地认真读完。里面叙述的每一个情景，每一个细节居然与自己的梦境完全吻合，转头看了看身边正在为自己削苹果的妻子，男人抬眼望向窗外。

天宇幽蓝，阳光透彻，那悠然飘动着的白云仿如一双正在拼命打字的手……就这样呆呆地看了好一会儿，男人不自觉地问了妻子一句话：

“我们是不是也活在别人的故事里呢？”

后　记

我是一个孤陋寡闻的人，痴醉于写作却很少阅读他人佳作，当然也包括自己的这部拙作。

实话实说，文学创作是一件令人抓狂却又乐哉陶醉的事情。在我的世界里，创作绝不可能一气呵成，因为我的思维太过零碎，有时还会有很大的跳跃性，这些个人特质便决定了我需要绞尽脑汁地去反复修改。从编织情节到营造氛围，从独创亮点到掌控节奏，我努力抽取出藏匿在心灵深处的那一段段华美瞬间，用恰当的文字串联起来，最终绘制成一个通俗易懂而又蕴含深意，天马行空又不失严谨逻辑的故事。当然，最重要的还是能让喜欢纸张阅读的人可以抛却世俗烦扰，身心自然地融入故事中，跟着情节的脉搏舞动灵魂，在那样一个看似虚拟的世界中自在游走。正像我在本书的结尾处提到的——或许我们所生活的世界也是他人编织的一个故事而已，只是置身其中的你我浑然不知罢了。

说起小说的创作历程，我想用七个词来诠释——烈焰、静水、磐石、幼芽、鲜花、地狱、闪电。

烈焰是热情的象征，在小说初稿的创作中，我热情澎湃、自信满满，相信自己一定会写出一部惊世骇俗的作品，就这样抱定信心十五天完成初稿，共计九万字；静水是沉稳的象征，在小说第二稿的修改中我将自己的心绪稳定下来，查阅历史文献，设计贴近史实的情节，用了三个月的时间完成二稿，共计三十五万字；磐石是恒心的象征，三稿修改前期我几乎否定了之前所做的一切，抱着持之以恒的态度开始重新梳理故事逻辑，增设伏笔插入细节性“彩蛋”，历时四个月三稿完成，共计四十一万字；幼芽是希望的象征，种子的萌发过程异常艰辛，同样四稿的修改也是困难重重，第四稿可以说是我小说改动最大的一稿，为了避免故事烦冗拖沓，我删除了大量套话以及一些无关痛痒的情节，一些与历史冲突过大的部分我也毫不吝惜地忍痛割舍，六个月后四稿完成，共计二十万字；鲜花是升华的象征，大多华美的事物都需要一个丑陋的成长历程，第五稿的修改重点在于考量词语用法、贯通语句逻辑，合理搭配段落，只有注重细节才能让小说脱胎换骨，经过两个月的打磨五稿完成，共计二十四万字；地狱是苦难的象征，黎明前的黑暗会令人无比煎熬，在修改第六稿时，我最大的困扰是茫然，因为那时的我已经找不到哪里还有修改的必要性，我觉得已经达到自己的能力极限了，然而当硬着头皮坚持完成了第六稿的修改后，我发现自己收获颇丰，在六稿的修改中我将后现代哲学思维导入，更深层次地提升了故事的整体内涵与社会意义，两个半月后六稿完成，共计二十二万字；闪电是凝华的象征，冷热空气在天空积蓄摩擦，达到足够的力量后迸发出耀眼的光辉，这便是闪电“凝华”的瞬间，对于我来说第七稿其实算不上是在修改，更多的则是一个自我反思的过程。在检阅七稿的时候，我领悟到了成功的瞬间性与短暂性，于是开始酝酿自己的下一部小说，就这样新的轮回开始了……

最后，感谢我的妻子为我不辞辛苦地校稿七次，这部作品中姶公主的大部分情节设定均源自她的灵感，与她在卧室飘窗上一同品着茉莉香茗探讨小说的时光是那么令人陶醉，感谢上天赐予我如此优雅的一个女孩儿，“不忘初心，方得始终”。感谢我的父亲为本作品的出版奔波辛劳，感谢我的母亲在我创作过程中的暖心支持，正是他们的付出才使我的创作更有价值。

承蒙陈忠实先生不弃，为我这个无名晚辈亲自撰写序言。我衷心地希望大家能够喜欢《古玉三生》，进而砥砺自己创作出更好的作品。

作　者

2015年10月28日于沈阳绿岛